ŒUVRES DE GABRIEL CHEVALLIER

Dans Le Livre de Poche :

SAINTE-COLLINE.
LES HÉRITIERS EUFFE.
LA PEUR.
CLOCHEMERLE-BABYLONE.

GABRIEL CHEVALLIER

Clochemerle

PRESSES UNIVERSITAIRES DE FRANCE

QUI EN DIRA AUSSI LONG QU'UNE PRÉFACE AVEC MOINS DE PEINE POUR LE LECTEUR

Difficile est non satiram scribere.

JUVÉNAL.

J'estime qu'il ne tumbe en l'imagination humaine aulcune fantasie si forcenee, qui ne rencontre l'exemple de quelque usage publicque, et par consequent que notre raison n'estaye et ne fonde.

Le parler que j'ayme, c'est un parler simple et naïf, tel sur le papier qu'à la bouche.

MONTAIGNE.

Il faut que je désennuie, c'est la condition, mais il faut que je m'amuse quelquefois.

DIDEROT.

— Qui t'a donné une philosophie aussi gaie?
— L'habitude du malheur.

BEAUMARCHAIS.

Je porterais un masque avec plaisir, je changerais de nom avec délices.

STENDHAL.

I

UN GRAND PROJET

Au mois d'octobre 1922, vers cinq heures du soir, sur la grande place de Clochemerle-en-Beaujolais, ombragée de très beaux marronniers, et ornée en son milieu d'un magnifique tilleul qu'on dit avoir été planté en 1518 pour fêter l'arrivée d'Anne de Beaujeu en ces parages, deux hommes faisaient côte à côte des allées et venues, avec la lente démarche des gens de campagne, qui semblent toujours avoir tout leur temps à donner à toute chose, en échangeant des paroles chargées d'un sens si rigoureux qu'ils les prononçaient après de longs silences préparatoires, à raison d'une phrase à peine tous les vingt pas. Souvent, un seul mot tenait lieu de phrase, ou une exclamation. Mais ces exclamations comportaient des nuances très expressives pour deux interlocuteurs qui se connaissaient de longue date et poursuivaient de concert des buts communs, ensemble posaient les jalons d'une ambition mûrement méditée. Leurs soucis, en cet instant, étaient d'ordre politique et, comme tels, tournés vers une opposition. Ce qui leur donnait tant de gravité et de prudence.

L'un de ces hommes, âgé de plus de cinquante

ans, grand, rouge de teint, encore blond, offrait le
type pur d'un descendant des Burgondes qui peu-
plèrent autrefois le Rhône. Son visage, dont les
vents et le soleil avaient craquelé l'épiderme, vivait
surtout par deux petits yeux gris clair, entourés de
rides fines et perpétuellement clignés, qui lui donnaient un air de malice, tantôt dure et tantôt cordiale. Mais la bouche, qui aurait pu fournir sur
son caractère des indications qu'on ne lisait pas dans
son regard, demeurait invisible sous la moustache
tombante, dans laquelle s'enfonçait le tuyau d'une
courte pipe noire, mâchée plutôt que fumée, qui
sentait à la fois le marc et le tabac. Le personnage
paraissait de forte charpente, sec, monté sur des
jambes hautes et droites, avec une pointe de ventre
qui était négligence musculaire plutôt qu'embonpoint véritable. Bien qu'il fût vêtu sans recherche,
à ses souliers confortables et cirés, à la qualité du
drap de son habit, au faux col porté avec aisance
un jour de semaine, on le devinait cossu et res-
pecté. On sentait l'autorité dans sa voix et ses gestes
rares.

Cet homme se nommait Barthélemy Piéchut,
maire de la commune de Clochemerle, dont il était
le plus gros propriétaire viticulteur et possédait
les meilleures pentes exposées au sud-est, celles qui
produisent les vins les plus fruités. En outre, président du syndicat agricole, conseiller départe-
mental, ce qui en faisait un personnage considérable à plusieurs kilomètres à la ronde, tant à
Salles, qu'à Odenas, Arbuissonnas, Vaux et Per-
réon. On lui prêtait même d'autres visées politiques, non encore démasquées. On l'enviait, mais
sa puissance flattait le pays. Il portait simplement,
rejeté en arrière, le chapeau de feutre noir de

paysans, à calotte rentrée et larges bords ourlés d'un galon. Ce jour-là, pour mieux réfléchir, il tenait ses mains agrippées au revers de sa veste, sur la poitrine, et penchait la tête en avant, attitude chez lui habituelle, dans les cas graves, et qui imposait à ses administrés. « Il en a lourd dans la caboche, le Piéchut! » disaient-ils.

Son interlocuteur au contraire était un personnage chétif, sans âge, dont la barbiche cachait une fâcheuse déficience du maxillaire à l'endroit du menton, et qui portait à l'ancienne mode, sur un important cartilage servant d'armature à deux conduits sonores qui assaisonnaient de consonances nasales tous ses propos, un lorgnon de fer dénickelé, retenu par une chaînette qui avait son point d'attache à l'oreille. Derrière les verres de la myopie, les prunelles avaient ce reflet glauque qui dénonce les esprits chimériques, occupés à concevoir les modalités d'un idéal inapplicable. Le crâne pointu était coiffé d'un chapeau de paille du genre *panama*, qui tenait de plusieurs étés au soleil et de plusieurs hivers dans un placard la teinte et le craquant de ces barbes de maïs qui sèchent en Bresse sous les avant-toits des fermes. Ses souliers à crochets de cuivre, sur lesquels s'était trop visiblement exercée l'ingéniosité du cordonnier, arrivaient au terme du dernier ressemelage, car il devenait improbable qu'une nouvelle pièce en pût sauver l'empeigne définitivement défaillante. L'homme suçait une cigarette parcimonieuse, plus riche de papier que de scaferlati, roulée dans des doigts malhabiles. Ce second personnage se nommait Ernest Tafardel instituteur, secrétaire de la mairie, et à ce titre ordinaire lieutenant de Barthélemy Piéchut, son confident à cer

taines heures et dans une certaine mesure (car le
maire n'allait jamais très loin dans la confidence,
et jamais plus, en tout cas, qu'il n'avait décidé),
enfin son conseiller pour quelques écritures administratives qui exigeaient des formules compliquées.

L'instituteur affichait pour les petits détails de
la vie matérielle le noble détachement des vrais
intellectuels. « Une belle intelligence, disait-il,
peut se passer de souliers vernis. » Il voulait exprimer par cette métaphore que les fastes du costume
ou sa médiocrité ne peuvent ajouter ni retrancher
à l'intelligence d'un homme. Cela donnait également à entendre qu'il existait à Clochemerle au
moins une belle intelligence — malheureusement
confinée dans un rôle subalterne — dont on pouvait reconnaître le possesseur à l'absence d'éclat de
sa chaussure. Car la vanité d'Ernest Tafardel était
de se croire un profond penseur, sorte de philo-
sophe campagnard, ascétique et incompris. Tout
ce que disait l'instituteur avait un tour pédago-
gique et sentencieux, ponctué fréquemment par le
geste que l'imagerie populaire prêtait autrefois
aux membres du corps enseignant : celui de l'index
vertical, au-dessus du poing fermé et tenu à la
hauteur du visage. Lorsqu'il affirmait, Ernest
Tafardel appuyait son index à son nez, avec une
force qui en déviait la pointe. Rien d'étonnant
donc, qu'après trente ans d'un métier qui exige
constamment l'affirmation, son nez fût un peu
tordu à gauche. Ajoutons, afin que ce portrait soit
complet, que l'haleine de l'instituteur gâtait ses
belles maximes, ce qui faisait qu'on se méfiait à
Clochemerle de sa sagesse, qu'il aimait à insuffler
aux gens de trop près. Comme il était la seule personne du pays à ne pas connaître son inconvé-

nient, il attribuait à l'ignorance et au bas maté-
rialisme des Clochemerlins l'empressement qu'ils
apportaient à le fuir, et surtout à écourter toute
conversation confidentielle. toute discussion pas-
sionnée. Les gens reculaient et lui donnaient raison, sans opposer d'arguments. Tafardel voyait là
du mépris. Sa conviction d'être persécuté reposait
donc sur un malentendu. Il en souffrait pourtant,
car, naturellement prolixe, il eût aimé, étant instruit, à faire étalage d'érudition. Il concluait de
son isolement que cette race de vignerons monta-
gnards avait été abrutie par quinze siècles d'oppression religieuse et féodale. Il s'en vengeait en portant
au curé Ponosse une haine vive — d'ailleurs pla-
tonique et purement doctrinale — que tout le
bourg connaissait.

Disciple d'Epictète et de Jean-Jacques Rousseau,
l'instituteur se savait vertueux, consacrant tous ses
loisirs aux écritures de la mairie et à rédiger des
communiqués qu'il adressait au *Réveil vinicole* de
Belleville-sur-Saône. Veuf depuis de longues années,
il était chaste. Venu d'un pays sévère, la Lozère,
Tafardel n'avait pu s'habituer aux grosses plaisanteries des buveurs de vin. En sa personne, pensait-il, ces barbares bafouaient la science, le progrès.

Il n'en portait que plus de reconnaissance et de
dévouement à Barthélemy Piéchut, qui lui témoignait sympathie et confiance. Mais le maire était
un habile homme, sachant tirer parti de tout et
de tous. Lorsqu'il devait avoir une conversation
sérieuse avec l'instituteur, il l'entraînait à la promenade : de cette façon, il l'avait toujours de
profil. Il faut dire aussi que la distance qui sépare
un instituteur d'un gros propriétaire creusait entre
eux un fossé de déférence qui mettait le maire à

l'abri des émanations que Tafardel prodiguait face
à face aux petites gens. Enfin Piéchut, en bon politique, utilisait à son profit la virulence buccale
de son secrétaire. S'il désirait obtenir pour une
affaire difficile le consentement de certains conseillers municipaux de l'opposition, le notaire Girodot, les viticulteurs Lamolire et Maniguant, il
prétextait un malaise et leur dépêchait à domicile
Tafardel, avec ses dossiers et son éloquence empes-
tée. Les conseillers donnaient leur consentement,
pour fermer la bouche à l'instituteur. Le malheureux Tafardel se croyait une force d'argumenta-
tion peu commune. Conviction qui le consolait de
ses déboires en société, qu'il attribuait à l'envie
que la supériorité inspire aux médiocres. Il revenait très fier de ses missions. Barthélemy Piéchut
souriait silencieusement et frottait sa nuque rouge,
ce qui était indice chez lui de profonde réflexion
ou de grande joie. Il disait à l'instituteur :

— Vous auriez fait un fameux diplomate, Tafardel! Dès que vous ouvrez la bouche, on se trouve
d'accord.

— Monsieur le maire, répondait Tafardel, c'est
l'avantage de l'instruction. Il y a une façon de
présenter les choses qui échappe aux ignorants
mais finit toujours par persuader.

*
**

Au moment où débute cette histoire, Barthélemy Piéchut prononçait ces mots :

— Il faut que nous trouvions quelque chose,
Tafardel, qui fasse éclater la supériorité d'une
municipalité avancée.

— J'en suis bien d'accord, monsieur Piéchut.

Mais je vous fais observer qu'il y a déjà le monument aux morts.

— Il en existera bientôt dans chaque commune, quelle que soit la municipalité. On pourra nous le jeter à la figure. Il faut que nous trouvions quelque chose de plus original, qui soit mieux en rapport avec le programme du parti. Ce n'est pas votre avis?

— Bien sûr, monsieur Piéchut, bien sûr! On doit faire pénétrer le progrès dans les campagnes, chasser sans répit l'obscurantisme. C'est notre grande tâche à nous, hommes de gauche.

Ils se turent et traversèrent la place dans toute sa longueur, qui était de soixante-dix mètres, pour s'arrêter à l'endroit où elle se termine en terrasse et domine la première vallée, elle-même suivie d'un enchevêtrement d'autres vallées formées par les pentes des montagnes rondes qui vont en déclinant jusqu'à la plaine de Saône qu'on apercevait, scintillante et bleue, dans le lointain. La chaleur de ce mois d'octobre donnait plus de corps à l'odeur du vin nouveau qui flottait sur le pays, et même sur toute la contrée. Le maire demanda :

— Avez-vous une idée, Tafardel?

— Une idée, monsieur Piéchut? Une idée...

Ils reprirent leur marche. L'instituteur balançait méditativement la tête. Il souleva son chapeau, qui s'était rétréci en vieillissant et lui serrait les tempes. Cette pression gênait le travail cérébral. Puis il le remit en place avec soin. Quand ils eurent fait tout l'aller :

— Oui, une idée. En avez-vous une, Tafardel?

— C'est-à-dire, monsieur Piéchut... Il y a une chose à laquelle j'ai pensé l'autre jour. Je me proposais de vous en parler. Le cimetière appartient

bien à la commune? C'est en somme un monument
public?

— Certainement, Tafardel.

— Pourquoi, dans ce cas, est-ce le seul monument public de Clochemerle qui ne porte pas la
devise républicaine : *Liberté, Egalité, Fraternité?*
Est-ce qu'il n'y a pas là une négligence qui fait le
jeu des réactionnaires et du curé? Est-ce que la
République n'a pas l'air de convenir que son
contrôle cesse au seuil de l'éternel séjour? N'est-ce
pas reconnaître que les morts échappent à la juri-
diction des partis de gauche? La force des curés,
monsieur Piéchut, c'est de s'approprier les morts.
Il serait important de montrer que nous avons aussi
des droits sur eux.

Il y eut un grave silence, consacré à l'examen de
cette suggestion. Puis le maire répondit, avec une
amicale rondeur :

— Voulez-vous mon opinion, Tafardel? Les
morts sont les morts. Laissons-les donc tranquilles.

— Il ne s'agit pas de les troubler, mais de les
protéger contre les abus de la réaction. Car enfin,
la séparation de l'Eglise et de l'Etat...

— Il n'y a pas à y revenir, Tafardel! Croyez-
moi : nous nous mettrions sur les bras une histoire
qui n'intéresse personne et ne ferait pas bon effet.
On ne peut pas empêcher le curé d'entrer au cimetière, n'est-ce pas? Et d'y aller plus souvent que
les autres? Alors, tout ce que nous pourrions écrire
sur les murs... Et puis les morts, Tafardel, c'est le
passé. Nous devons regarder l'avenir. C'est une idée
d'avenir que je vous demande.

— Alors, monsieur Piéchut, j'en reviens à ma
proposition d'une bibliothèque municipale, où
nous aurions un choix de livres susceptibles d'ou-

vrir l'esprit de nos populations et de porter un
dernier coup aux anciens fanatismes.

— Ne perdons pas de temps avec cette affaire
de bibliothèque. Je vous l'ai déjà dit : les Clochemerlins ne liront pas vos livres. Le journal leur
suffit largement. Croyez-vous que je lise tant, moi?
Votre projet nous donnerait beaucoup de mal sans
grand profit. Trouvons quelque chose qui fasse
plus d'effet, qui s'accorde avec une époque de progrès comme la nôtre. Vous ne voyez décidément
rien?

— J'y réfléchirai, monsieur le maire... Serait-il
indiscret de vous demander si vous-même...

— Oui, Tafardel, j'en ai une d'idée... Voilà longtemps que je la rumine.

— Ah! bien, bien! fit l'instituteur.

Mais il ne posa pas de question, parce qu'il n'y
a rien de tel pour faire perdre à un homme de
Clochemerle toute envie de parler. Tafardel ne
manifesta même aucune curiosité. Il se contenta
d'approuver, en toute confiance :

— Du moment que vous avez une idée, ce n'est
pas la peine de chercher davantage!

Alors Barthélemy Piéchut s'arrêta au milieu de
la place, près du tilleul, en jetant un regard vers
la grande rue, pour s'assurer qu'il ne venait personne dans leur sens. Puis il porta la main à sa
nuque, en remontant, de manière à rabattre son
chapeau sur ses yeux. Ensuite, il resta là, fixant la
terre à ses pieds, à se masser doucement le cerve-
let. Enfin, il se décida :

— Je vais vous la dire, Tafardel, mon idée... Je
veux faire construire un édifice aux frais de la
commune.

— Avec l'argent de la commune? répéta l'insti-

tuteur, étonné, pour savoir combien les dépenses
engagées sur la masse que procurent les impôts
peuvent entraîner l'impopularité.

Mais il ne demanda pas quel genre d'édifice, ni
quelle somme il faudrait débourser. Il connaissait
le maire pour un homme de grand bon sens, et
prudent, très adroit. Ce fut celui-ci qui compléta,
spontanément :

— Parfaitement, un édifice! Et qui aura son
utilité, aussi bien pour l'hygiène que pour les
mœurs... Faites voir si vous êtes malin, Tafardel?
Devinez un peu...

Ernest Tafardel exprima par un geste de ses
deux bras que le champ des suppositions était
immense, et que ce serait folie de s'y engager. Ce
que voyant, Piéchut donna un dernier coup à son
chapeau, qui lui couvrit d'ombre le visage, cligna
ses yeux à fond, le droit toujours un peu plus que
le gauche, pour bien juger de l'impression que son
idée ferait sur l'autre, et dévoila toute l'affaire :

— Je veux faire construire un urinoir, Tafardel.

— Un urinoir? s'écria l'instituteur tout saisi, tant
la chose aussitôt lui parut d'importance.

Le maire se méprit sur le sens de l'exclamation :

— Enfin, dit-il, une pissotière!

— Oh! j'avais bien compris, monsieur Piéchut.

— Qu'en dites-vous?

On n'a pas d'opinion sur une affaire si considérable qui vous est révélée à l'improviste. Et la précipitation, à Clochemerle, retire de la valeur à un
jugement. Comme pour bien voir clair en ses idées,
d'une vive chiquenaude Tafardel désarçonna son
lorgnon de son grand nez chevalin, le porta devant
sa bouche pour l'imprégner d'une buée fétide et
lui donner, en le frottant de son mouchoir, une

transparence nouvelle. Après s'être assuré qu'il ne restait plus de filigranes poussiéreux sur les verres, il le remit en place avec une solennité qui marquait la portée exceptionnelle de l'entretien. Ces précautions comblaient d'aise Piéchut : par elles il pouvait juger que ses confidences produisaient de l'effet. Tafardel éructa deux ou trois *hum!* derrière sa main maigre, toujours tachée d'encre, et lissa son bouc de vieille chèvre. Alors il dit :

— Pour une idée, monsieur le maire, c'est une idée! Une idée vraiment républicaine. Bien dans l'esprit du parti, en tout cas. Mesure égalitaire au plus haut point, et hygiénique, comme vous disiez si justement. Quand je pense que les grands seigneurs de Louis XIV urinaient dans les escaliers des palais! C'était du propre sous les rois, on peut le dire! Un urinoir, c'est autre chose qu'une procession de Ponosse, pour le bien-être des populations.

— Et Girodot, demanda le maire, Lamolire, Maniguant, enfin toute la clique, pensez-vous qu'ils vont être *bredouillés?*

L'instituteur fit entendre le petit bruit grinçant qui lui servait de rire, manifestation rare chez cet homme triste et méconnu dont la joie était comme rouillée, car il la mettait uniquement au service de la bonne cause, dans les grandes occasions : les victoires remportées sur l'obscurantisme désolant qui recouvre encore la campagne française.

— Sûr et certain, monsieur Piéchut, que votre projet va leur porter un rude coup auprès de l'opinion publique!

— Et le Saint-Choul? Et la baronne de Courtebiche?

— Cela pourrait bien être la fin du prestige des

ci-devant! Ce sera une belle victoire démocratique,
une nouvelle affirmation des immortels principes.
En avez-vous parlé au Comité?

— Pas encore... Il y a des jalousies, au Comité...
Je compte un peu sur votre éloquence, Tafardel,
pour présenter l'affaire et l'enlever. Vous vous
entendez si bien à fermer le bec aux grincheux!

— Vous pouvez compter sur moi, monsieur le
maire.

— Alors, c'est dit! Nous choisirons le jour. Pour
l'instant, *motus*. Je crois qu'on va s'amuser, pour
une fois!

— Je le crois, monsieur Piéchut!

Content, le maire promenait en tous sens son
chapeau sur sa tête. Point rassasié de compliments,
pour en obtenir de nouveaux, il adressait à l'instituteur des « Hein! » et des « Dites voir un peu! »,
avec un air de roublardise paysanne. toujours en
se frottant la nuque, siège de ses démangeaisons
de pensée. Chaque fois, Tafardel lui décernait de
nouveaux éloges.

C'était l'heure souveraine de la journée, par un
des plus beaux soirs de l'automne. Une immense
sérénité descendait du ciel, plein des exploits stridents des derniers oiseaux, et dont le bleu léger
virait doucement au rose qui prépare des cré-
puscules magnifiques. Le soleil disparaissait derrière les montagnes de l'Azergues, n'éclairant plus
que quelques crêtes, qui émergeaient encore d'un
océan de douceur champêtre, et de rares endroits
de la confuse plaine de Saône, où ses derniers
rayons formaient des lacs de lumière. La récolte
avait été bonne, le vin s'annonçait excellent. Il y
avait lieu de se réjouir dans ce coin du Beaujolais.
Clochemerle retentissait d'un bruit de futailles

remuées. Des bouffées fraîches, un peu aigres, venues des celliers, traversaient l'air tiède de la place, lorsque les marronniers frémissaient à la brise du nord-est. On voyait partout les éclaboussures des grappes pressées, et des alambics distillaient déjà le marc.

Au bord de la terrasse, les deux hommes contemplaient cet apaisant déclin. L'apothéose de cette fin de saison leur semblait un heureux présage. Et soudain, Tafardel demanda, non sans emphase :

— A propos, monsieur le maire, où allons-nous le placer, notre petit édicule? L'avez-vous prévu?

Le maire eut un sourire profond, auquel participèrent toutes les rides de son visage dangereusement jovial. On aurait pu admirer dans ce sourire une illustration de la fameuse maxime politique : *gouverner, c'est prévoir*. Comme on pouvait y lire la satisfaction de Barthélemy Piéchut à se sentir puissant, craint, propriétaire de beaux biens au soleil, et de caves qui renfermaient les meilleurs vins que produisent les coteaux, entre les cols de l'ouest et les avancées de Brouilly. De ce sourire nourri de réussites palpables, il enveloppait le fébrile Tafardel — un malheureux qui ne possédait pas un lopin de bonne terre, pas un pied de vigne —, avec cette pitié que les hommes d'action ressentent pour les écrivailleurs et les falots, qui s'attardent en billevesées fumeuses. Heureusement, l'instituteur était protégé de l'ironie par sa vertueuse ferveur et sa croyance aux missions émancipatrices. Rien ne pouvait l'atteindre ni le blesser que l'inexplicable recul d'un interlocuteur devant ses aphorismes corrosifs. La présence du maire l'inondait de réchauffante chaleur humaine, entretenait dans son cœur le feu sacré de l'estime pour soi-même. En cet instant, il attendait la réponse de celui dont les gens de Clochemerle disaient : « Le Piéchut ne fatigue pas sa langue pour rien! » Il ne la fatigua pas en effet :

— Allons voir l'endroit, Tafardel! dit-il simplement, en se dirigeant vers la grande rue.

Mot grand. Mot de l'homme qui a tout arrêté d'avance. Mot qui se peut égaler à celui de Napoléon traversant les champs d'Austerlitz : « Ici, je livrerai une bataille. »

II

ON suppose le lecteur moins impatient que Tafardel de connaître l'endroit où Barthélemy Piéchut projette d'installer un morceau de sobre architecture qui rappellera la pompe romaine, alors que ce maire a la prétention d'innover. (Il croit probablement que les urinoirs datent de la Révolution.) Laissons donc les deux hommes se porter de leur pas tranquille vers l'emplacement de la vespasienne destinée, bien plus peut-être à confondre Mme la baronne Alphonsine de Courtebiche, le curé Ponosse, le notaire Girodot et les suppôts de la réaction, qu'à procurer un grand soulagement à la gent virile de Clochemerle. Au surplus, nous rattraperons bientôt le maire et l'instituteur, qui vont lentement. Mais nous avons d'abord à nous occuper du pays beaujolais.

A l'ouest de la route nationale n° 6, qui conduit de Lyon à Paris, s'étend, entre Anse et les abords de Mâcon, sur une longueur d'environ quarante cinq kilomètres, une région qui partage avec la Bourgogne, le Bordelais, l'Anjou, les Côtes du Rhône, etc., l'honneur de produire les plus fameux vins de France. Les noms de Brouilly, Morgon, Fleurie, Juliénas, Moulin à vent, etc., ont rendu célèbre le Beaujolais. Mais à côté de ces grands noms, il en existe d'autres, moins fastueux, qui cependant ne correspondent pas à moins de vertus. Au premier rang de ces noms que la renommée injuste n'a pas propagés au loin vient celui de Clochemerle-en-Beaujolais.

En passant, expliquons ce nom de Clochemerle. Au XIIe siècle, alors que la vigne ne s'y cultivait pas encore, ce pays, placé sous la domination des sires de Beaujeu, formait une région très boisée. Une abbaye occupait l'emplacement du bourg actuel, ce qui, par parenthèse, nous donne l'assurance que l'endroit a été bien choisi. L'église de l'abbaye — dont il reste aujourd'hui, mêlés aux structures postérieures, un portail, un charmant clocheton, quelques cintres romans et des murailles épaisses — était entourée de très grands arbres, et dans ces arbres nichaient des merles. Quand on sonnait la cloche, les merles s'envolaient. Les paysans du temps disaient « la cloche à merles ». Le nom est resté.

On entreprend ici une tâche d'historien, concernant des événements qui firent du bruit en 1923 et dont il fut parfois question dans la presse de l'époque, sous ce titre généralement adopté par les journaux : *Les scandales de Clochemerle*. Cette tâche, il convient de l'aborder avec le sérieux et les précautions qui seuls nous permettront de tirer les enseignements d'une série de faits demeurés obscurs, et près de tomber déjà dans l'oubli. S'il ne se fût trouvé à Clochemerle-en-Beaujolais un maire ambitieux et une aride demoiselle, du nom de Justine Putet, solitairement aigrie dans le célibat, qui portait une vigilance malveillante et redoutable aux gestes de ses contemporains, sans doute n'y aurait-il eu dans cette agréable localité ni sacrilège, ni effusion de sang — sans préjudice d'un grand nombre de répercussions secondaires qui, pour n'être pas venues toutes à la lumière, sont allées cependant bouleverser des vies qui paraissaient convenablement abritées des ricochets du sort.

Par là le lecteur s'attend bien que les événements qui vont être relatés, s'ils eurent leurs origines dans quelques petits faits apparemment insignifiants, prirent rapidement une ampleur considérable. La passion s'en mêla, avec la violence qu'on lui connaît parfois en province, où, longtemps sommeillante, manquant d'aliment, elle révèle soudain sa présence et sa force éternelles, qui conduisent les hommes à des extrémités hors de proportion avec les causes dont elle a pris prétexte. Parce que ces causes, ici, pourraient sembler dérisoires, mesurées à l'échelle des conséquences qui en ont découlé, il importe de bien montrer d'abord ce pays de Beaujolais, d'où partirent des troubles dont l'origine était presque bouffonne, et qui allèrent pourtant jusqu'à influer sur les destinées nationales.

Une chose certaine : le Beaujolais est mal connu, comme cru et comme région, des gastronomes et des touristes. Comme cru, on le prend parfois pour une queue de la Bourgogne, une simple traînée de comète. Loin du Rhône, on a tendance à croire qu'un Morgon n'est qu'une pâle imitation d'un Corton. Erreur impardonnable et grossière, commise par des gens qui boivent sans discernement, sur la foi d'une étiquette, ou les affirmations dou teuses d'un maître d'hôtel. Peu de buveurs sont qualifiés pour distinguer l'authentique du faux, sous les blasons usurpés des capsules. En réalité, le vin de Beaujolais a ses vertus particulières, un bouquet qui ne peut se confondre avec aucun autre.

La grande foule des touristes ne fréquente pas ce pays vinicole. Cela tient à sa situation. Alors que la Bourgogne, entre Beaune et Dijon, étale ses coteaux de part et d'autre de la même route nationale n° 6 qui longe le Beaujolais, cette dernière région comprend une série de montagnes placées en retrait des grands itinéraires, entièrement tapissées de vignobles entre deux cents et cinq cents mètres d'altitude, et dont les plus hauts sommets, qui la protègent des vents d'ouest, atteignent à mille mètres. A l'abri de ces écrans successifs de hauteurs, les agglomérations beaujolaises, fouettées d'air salubre, sont campées dans un isolement qui conserve quelque chose de féodal.

Mais le touriste suit aveuglément la vallée de la Saône, d'ailleurs riante, sans se douter qu'il laisse à quelques kilomètres un des coins de France les plus pittoresques et propicement ensoleillés. Le manque d'information lui fait perdre une des belles occasions qu'il puisse rencontrer, en roulant, de s'étonner et d'admirer. Si bien que le Beaujolais demeure une terre réservée à de rares fervents qui viennent y chercher le calme, la variété de ses perspectives immenses, tandis que les automobilistes du dimanche époumonent leurs cylindres à soutenir un train d'enfer qui les mène invariablement aux mêmes relais encombrés.

S'il se trouve parmi les lecteurs quelques touristes qui aient encore le goût de la découverte, on leur donnera ce conseil. A trois kilomètres environ au nord de Villefranche-sur-Saône, ils trouveront sur leur gauche un petit embranchement généralement dédaigné des automobilistes, qui amorce le chemin de grande communication n° 15 *bis*. Qu'ils le prennent et le suivent jusqu'au chemin de grande communication n° 20, dans lequel ils s'engageront. Ce second chemin les conduira dans une vallée encaissée et fraîche, ornée de belles masses d'ombre, de belles vieilles maisons à style de manoirs campagnards, dont les fenêtres donnent sur des esplanades touffues et des terrasses faites pour contempler les matins et les soirs. La route monte insensiblement, puis s'élève par des séries de lacets à large courbe. Bientôt vallées et virages se succèdent, on tourne et l'on monte sans cesse, on passe d'un cirque dans un autre, où sont accrochés des villages silencieux, on voit surgir et s'élever l'écran noir des forêts où serpentent les chemins des cols, dans le lointain. Chaque hauteur conquise est une conquête sur un horizon que ferment au loin les Alpes et le Jura. On fait ainsi plusieurs kilomètres. Enfin un dernier tournant démasque la vallée que nous cherchions. Du coude par lequel on débouche on aperçoit en face de soi une grosse agglomération située à mi-hauteur de l'autre pente, à près de quatre cents mètres d'altitude. C'est Clochemerle-en-Beaujolais, dominé par son clocher roman, témoin d'un autre âge, qui porte le poids de neuf siècles.

**

Dans tout ce qui va suivre, la disposition des lieux est d'une extrême importance. Si la configuration de Clochemerle n'avait été ce qu'elle est très probablement les faits que nous entreprenons de relater ne se seraient pas produits. Il importe donc de donner au lecteur une idée claire de la topographie de Clochemerle. Pour cela, nous ne voyons pas de meilleur moyen que de placer sous ses yeux un extrait sommaire du plan cadastral (page 27), en l'accompagnant de quelques explications.

Construit d'ouest en est, le long d'une route montante qui enlace le flanc de la colline, le bourg de Clochemerle s'est maintes fois modifié au cours des siècles. Il a pris naissance dans la partie inférieure de la pente, la mieux protégée des intempéries, à une époque où les moyens de défense contre les rigueurs de la saison froide étaient rudimentaires. Son point le plus élevé était alors l'abbaye, dont la situation ancienne est encore indiquée par l'église et quelques vieilles murailles qui servent d'assises aux maisons avoisinantes. Le développement du vieux bourg, conséquence de l'extension prise par la culture de la vigne, se fit donc peu à peu en direction de l'est, mais se fit craintivement, en tenant les maisons toujours serrées, parce que les hommes de ce temps hésitaient à s'écarter d'une communauté qui leur était constamment nécessaire. De là l'enchevêtrement des parcelles, et de là aussi que l'extrémité primitive du bourg en soit devenue le centre. Le résultat de ces modifications fut de reporter tout à l'est l'espace disponible, jusqu'au grand tournant de la route, au point où la colline forme éperon. Au saillant de cet éperon on traça en 1878 la grande place de Clochemerle, au bord de laquelle on édifia en 1892 la nouvelle mairie, qui sert en même temps d'école.

Ces explications permettent de comprendre

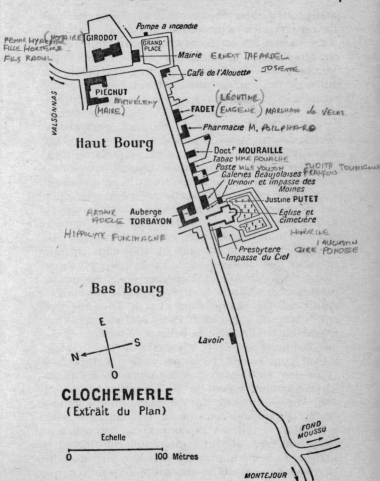

Pompe à incendie

GIRODOT

FEMME HYACINTHE NOTAIRE
FILLE HORTENSE
FILS RAOUL

GRAND'
PLACE

Mairie   ERNEST TAFARDEL

JOSETTE

Café de l'Alouette

PIÉCHUT
BARTHÉLÉMY
(MAIRE)

(LÉONTINE)
FADET (EUGÈNE) MARCHAND de VÉLOS

VALSONNAS

Haut Bourg

Pharmacie M. POILPHARD

Doct.r MOURAILLE
Tabac MME FOUACHE
Poste MLLE VOUJON
Galeries Beaujolaises FRANÇOIS
Urinoir et impasse des
Moines

JUDITH TOUMIGNON

ARTHUR
ADÈLE

Auberge
TORBAYON

Justine PUTET

Église et
cimetière

HIPPOLYTE FONCIMAGNE

HONORINE
AUGUSTIN
CURÉ PONOSSE

Presbytère
Impasse du Ciel

Bas Bourg

E

N   S

O

Lavoir

CLOCHEMERLE
(Extrait du Plan)

FOND
MOUSSU

Echelle

0   100 Mètres

MONTEJOUR

pourquoi l'édifice projeté par Barthélemy Piéchut
n'aurait pas rendu beaucoup de services sur la
grande place, à l'extrémité d'un bourg qui s'étire
sur quatre cents mètres d'une voix unique. Pour
que l'urinoir fût d'utilité générale, il fallait le
situer en un lieu aisément accessible, sans avanta-
ger une partie de Clochemerle au détriment de
l'autre. La meilleure solution eût été certainement
de prévoir trois urinoirs équidistants, répartis dans
le quartier haut, le quartier bas et le centre. Le
maire l'avait envisagé. Mais c'était jouer trop gros
jeu pour débuter. Alors qu'il pouvait remporter
un succès avec de la prudence, il se couvrirait
d'impopularité en manifestant une largeur de vues
qui ferait crier ses ennemis au gaspillage : un pays
comme Clochemerle, qui s'était passé d'urinoir
pendant mille ans et plus, n'éprouvait pas le besoin d'en avoir trois du jour au lendemain, surtout
en les payant de ses deniers. Et d'autant plus que
l'usage de l'urinoir demanderait une éducation
préalable des Clochemerlins, peut-être un arrêté
municipal. Des hommes qui avaient uriné de père
en fils contre les bas murs et les renfoncements, au
hasard du besoin, avec la belle générosité de vessie
que donne le vin de Clochemerle, qu'on dit bien-
faisant pour le rein, ne seraient pas très disposés à
s'épancher en lieu fixe et dépourvu de ces petits
agréments que procurent les fantaisies d'un jet
bien dirigé chassant un puceron, courbant une
herbe, noyant des fourmis ou traquant une arai-
gnée dans sa toile. A la campagne, où les distractions sont rares, il faut tenir compte des moindres
plaisirs. Et tenir compte du privilège viril de faire
ça debout, ostensiblement, gaillardement, ce qui
ne va pas sans prestige auprès des femmes, aux

quelles il est bon de rappeler fréquemment leurs
infériorités, pour leur apprendre à tenir leurs
langues ravageuses, à modérer leurs criailleries
qui cassent la tête.

Tout cela, Barthélemy Piéchut ne l'ignorait pas.
Aussi attachait-il une grande importance au choix
de l'emplacement, et ne l'avait-il arrêté qu'après
mûres réflexions. Il faut remarquer que l'absence
de rues latérales rendait ce choix très difficile, la
grande artère de Chochemerle était sans disconti-
nuité bordée de façades, de magasins, de portails
et de grilles, limites de la propriété privée, sur
quoi la commune ne conservait aucun droit.

Rejoignons maintenant nos deux hommes. Partis
de la place, ils ont descendu la grande rue jusqu'au milieu du bourg marqué par l'église, où ne
pénètre jamais Tafardel et rarement Barthélemy
Piéchut. Le premier s'abstient par conviction fanatique, le second transige par tolérance politique,
ne voulant pas que son attitude constitue un blâme
agressif à l'égard d'une partie de ses administrés.
D'ailleurs la femme du maire va régulièrement à
l'église, et leur fille Francine, dont on veut faire
une demoiselle, termine son éducation chez les
religieuses de Mâcon. Ces compromissions sont ad-
mises à Clochemerle, où le sectarisme, humanisé
par la bonne humeur que dispense le vin de Beaujolais, ne se montre pas intraitable. Les Clochemerlins comprennent qu'un homme puissant
comme Barthélemy Piéchut doit s'assurer des intel-
ligences dans les deux camps, en marquant cependant une hostilité de principe à la cure, point
important de son programme.

Devant l'église, Barthélemy Piéchut s'arrêta doucement, de manière à laisser supposer aux curieux à l'affût qu'il s'immobilisait là sans intention formelle. D'un simple coup de tête, sans le montrer du doigt, il désigna l'emplacement.

— C'est là qu'on le mettra, dit-il.

— Là? demanda tout bas Tafardel avec étonnement. L'urinoir?

— Ben dame! fit le maire. Où pourrait-il être mieux?

— Nulle part, c'est vrai, monsieur Piéchut. Mais, si près de l'église... Ne croyez-vous pas que le curé...

— C'est vous, Tafardel, qui avez peur du curé, maintenant?

— Oh! peur, monsieur Piéchut... Oh-oh!... Nous avons supprimé les gibets et rogné les griffes de ces messieurs du camail! Je faisais une simple remarque, parce qu'il faut se méfier de ces gens-là. Toujours prêts à se mettre en travers du progrès...

Le maire hésita, mais ne livra pas le fond de sa pensée. Il prit son air le plus bonhomme :

— Enfin, Tafardel, voyez-vous un meilleur endroit? Indiquez-le-moi.

— De meilleur, il n'y en a pas, c'est bien certain!

— Alors!... Est-ce que le bien-être général doit passer avant les histoires de clocher? Je vous laisse juge, Tafardel, vous qui êtes un homme juste et instruit.

Avec ces petites flatteries, on obtenait de l'instituteur un dévouement sans bornes. Piéchut le savait, excellant comme pas un à tirer de chaque individu tout ce qu'il pouvait donner.

— Monsieur le maire, dit gravement Tafardel, c'est moi qui défendrai le projet devant le Comité, si vous le voulez bien. Je vous le demande expressément.

Finaud, le maire se fit prier. Il avait le talent campagnard de ne rien accorder facilement et de conclure les plus avantageux marchés avec un air de tristesse profonde. Attendant de Tafardel qu'il se chargeât d'une mission difficile, il voulait donner l'impression de se laisser arracher une faveur. Plus il gagnait, plus il montrait d'affliction, de regret. Sa joie s'exprimait en désespoir. Lorsqu'une affaire s'avérait vraiment excellente, renonçant à l'orgueil de passer pour malin, Piéchut disait modestement : « La chose a bien tourné pour moi, sans que j'aie fait pour... » Il n'en retirait qu'un avantage, sous cette forme morale : « Une affaire honnêtement traitée, sans vouloir trop gagner, c'est rare qu'elle ne vous donne pas des satisfactions. » Ce système lui avait fait une réputation de probité et d'homme de parole, toujours de bon conseil. Les gens dans l'ennui venaient volontiers le consulter, lui confier leurs histoires de famille et d'intérêts. Armé de cette documentation, Piéchut pouvait ensuite manœuvrer son monde à coup sûr. On comprend que disposer de Tafardel était pour lui un jeu d'enfant.

Depuis quelques années, l'instituteur attendait vainement les palmes académiques, qui lui auraient donné à Clochemerle un grand prestige. Cette récompense ne venant toujours pas, il se croyait des ennemis en haut lieu. En réalité, personne ne tenait les yeux fixés sur Tafardel, et c'était la raison simple de l'oubli. Les inspecteurs passaient rarement dans la région, et les ridicules du bonhomme ne le désignaient guère pour une distinction honorifique. Impression injuste, il faut le dire, car Tafardel faisait preuve d'un absolu dévouement professionnel. Il enseignait plutôt mal, étant en tout ennuyeux et doctrinaire, mais il enseignait avec application et conviction, sans ménager sa peine. Malheureusement, il mêlait à ses leçons des tirades civiques trop compactes, qui encombraient le cerveau des enfants, où elles se mélangeaient fâcheusement aux matières du programme.

Le maire aurait pu faire décerner à l'instituteur la décoration qu'il désirait tant. Indépendamment de ses titres professionnels, Tafardel avait des titres politiques à cette faveur, en raison de son dévouement au parti, que Piéchut était à même d'apprécier mieux que personne. Mais ce dernier ne se pressait pas, se disant qu'un Tafardel qui avait la conviction d'être persécuté rendait plus de services. Il voyait juste : l'instituteur était de ces hommes auxquels la vertueuse indignation est nécessaire. Trop tôt comblé, il se fût peut-être engourdi dans la satisfaction, la vanité eût remplacé le courroux qui l'animait et le rendait combatif dans le sens où le maire pouvait le mieux l'utiliser à son profit. Pourtant, depuis peu, Piéchut sentait le moment venu de récompenser Tafardel. Mais, raisonnant toujours en paysan, le maire voulait que son secrétaire lui rendît un dernier et important service, à propos de l'urinoir. A Clochemerle, si on se moquait de l'instituteur, on ne lui refusait pas le crédit dû à l'instruction : son appui pouvait être précieux dans certains cas.

Voyant son confident au degré d'enthousiasme où il voulait l'amener. Piéchut dit enfin :

— Ça vous ferait tant plaisir d'en parler au Comité?

— Ce serait de votre part une marque de confiance, monsieur le maire, si vous vouliez bien m'en charger. Il s'agit de la réputation du parti. Je saurai le leur dire.

— Vous vous sentez vraiment capable d'enlever l'affaire? Ce sera dur. Il faut se méfier de Laroudelle.

— C'est un ignorant, dit Tafardel avec mépris. Il ne me fait pas peur.

— Bon, bon! Enfin, puisque vous y tenez...

Le maire saisit l'instituteur par le revers de sa veste, à l'endroit de la boutonnière :

— Attention, Tafardel, la victoire sera double! Cette fois, vous les aurez...

— Oh! monsieur le maire, répondit l'instituteur. rouge de bonheur, ce n'est pas pour cela, croyez bien...

— Vous les aurez, j'y tiens. J'en donne ma parole, monsieur le professeur.

— Monsieur le maire, j'engage la mienne que l'impossible sera fait.

— Tope, Tafardel! Parole de Piéchut vaut vendanges en cellier.

L'instituteur mit sa main dans celle du maire. Mais il dut la retirer précipitamment pour essuyer son lorgnon qu'obscurcissait l'émotion.

— Et maintenant, dit Barthélemy Piéchut, allons boire le vin nouveau chez Torbayon.

Torbayon — Arthur — c'était l'aubergiste, de plus entrepreneur de transports et mari de l'Adèle. une femme bien agréable à regarder.

*
* *

Donnons quelques nouvelles explications, des
plus nécessaires, qui feront comprendre pourquoi
Tafardel se montrait surpris quand le maire tout à
l'heure lui désignait l'emplacement qu'il avait
choisi. Il faut se reporter au plan. On y voit que
l'église de Clochemerle est encastrée entre deux
impasses, qui sont, en se tenant face à l'entrée, à
droite « l'impasse du Ciel », et à gauche « l'impasse des Moines ». Ce dernier nom remonte certainement au temps de l'abbaye. On peut supposer
que les religieux empruntaient ce chemin pour se
rendre aux offices.

L'impasse du Ciel, sur laquelle donne le presbytère du curé Ponosse, aboutit au cimetière, situé
derrière l'église, sur le versant de la colline, bel
emplacement ensoleillé où les morts sont tranquilles.

Délimitée par l'église d'un côté, et de l'autre
par un long mur percé d'une seule petite porte
ouvrant sur les arrières des Galeries beaujolaises,
un des principaux magasins de Clochemerle, l'impasse des Moines est un cul-de-sac fermé par les
restes d'une très vieille maison, aux trois quarts
démolie, une des dernières constructions datant du
moyen âge. Au rez-de-chaussée de cette petite maison contiguë à l'église se trouvait une annexe de la
sacristie où le curé Ponosse faisait le catéchisme et
rassemblait les enfants de Marie. Le premier étage
comprenait deux pièces minuscules, habitées par
une demoiselle Justine Putet, vieille fille d'une
quarantaine d'années qui passait pour la plus zélée
paroissienne de Clochemerle. Cette proximité du

sanctuaire favorisait ses longues stations devant l'autel, qu'elle ne voulait laisser à nulle autre le soin d'entretenir de fleurs fraîches, et lui assurait un droit de surveillance sur les allées et venues des fidèles qui prenaient par l'impasse des Moines pour se rendre au confessionnal, de même que le curé Ponosse, pour gagner plusieurs fois par jour la sacristie. Ce contrôle du mouvement de l'église occupait beaucoup la pieuse personne, qui censurait impitoyablement les mœurs du bourg.

C'est au début de cette impasse des Moines que Barthélemy voulait faire construire son urinoir, d'où l'étonnement de Tafardel, en raison de la proximité de l'église. Cette proximité, le maire ne l'aurait pas recherchée, s'il eût existé dans le centre une autre place disponible. Mais il n'en existait pas, et pour tout dire, cela ne déplaisait pas à Piéchut que cette place fît défaut. Il n'était pas fâché que son initiative prît un certain caractère de défi. Voici pourquoi.

Depuis quelques mois un jaloux, Jules Laroudelle, qui travaillait dans l'ombre par insinuations hypocrites, menait contre lui une active campagne, au sein du comité, où il l'accusait de dangereuses complaisances à l'égard de la cure. Comme pour donner raison à ces affirmations, le curé Ponosse, inspiré par Mme la baronne de Courtebiche, la vraie dirigeante de la paroisse, avait eu des paroles imprudentes jusqu'à nommer le maire, publiquement, « un bien excellent homme », nullement opposé aux intérêts de l'Eglise malgré son attitude politique, et dont on obtiendrait ce qu'on voudrait. Qu'on pensât ainsi au château, à la cure, et à l'archevêché par leur truchement, c'était parfait. Piéchut ne faisait fi d'aucune puissance, estimant

que toutes lui seraient utiles un jour ou l'autre,
contribueraient plus ou moins à son élévation, qu'il
préparait patiemment. Mais ce satisfecit stupide-
ment délivré par la cure servait d'arme à ses ennemis, et le fielleux Laroudelle notamment l'utilisait
auprès du comité et des conseillers municipaux
d'opposition. Traitant secrètement d'imbécile le
curé Ponosse, qui lui créait des complications élec-
torales, le maire s'était promis de prendre ostensiblement parti contre lui. Piéchut conçut à propos
l'idée de l'urinoir. Il la retourna en tous sens et se
dit que c'était bien une idée parfaite, comme il les
aimait, utilisable à deux fins, sans trop se compromettre. Placé à côté de l'église, l'urinoir déplairait
à la cure, et pour cette raison serait aisément voté
par la municipalité, qui fermerait les yeux sur la
dépense. Il conclut, après avoir ruminé son affaire
pendant six semaines, que l'installation de cet édifice hygiénique, au centre de Clochemerle, serait
un solide jalon sur la voie de ses grands desseins.
Ce fut alors qu'il confia son projet à Tafardel,
autre imbécile qu'il opposait à Ponosse. Lui, de
loin, se réservait de mener le jeu, enfermé à la
mairie, comme la baronne de Courtebiche le
mènerait dans l'autre camp, du haut de son château. La conversation qui vient d'avoir lieu est la
première manifestation d'un machiavélisme campagnard qui n'a rien laissé au hasard et procède déjà
par chemins détournés.

De nombreux Clochemerlins vont bientôt appa-
raître, des sentiments nouveaux se révéler, d'autres
rivalités se faire sentir. Mais, dès à présent, avec
l'impasse des Moines placée sous la surveillance
étroite de Justine Putet qui observe sans répit der

rière le coin du rideau soulevé de sa fenêtre, avec l'urinoir dont la construction sera prochainement entreprise, avec l'activité redoublée de Tafardel impatient de voir enfin sa boutonnière fleurir, avec l'ambition à longue échéance de Barthélemy Piéchut, la maladresse apostolique du curé Ponosse, et l'influence hautaine de Mme la baronne Alphonsine de Courtebiche (tous personnages dont l'action rayonnera peu à peu), nous avons les premiers éléments d'une agitation qui va naître d'une manière étrange, s'amplifier soudain en « scandales de Clochemerle », lesquels auront pour dénouement le drame.

Avant d'en arriver à ces vifs incidents, il n'est pas inutile de préluder par une promenade dans le Clochemerle de 1922, promenade qui fournira l'occasion au lecteur de faire connaissance avec quelques Cochemerlins notoires, qui joueront un rôle évident ou caché dans la suite de cette affaire. Ceux que nous avons à montrer sont tous remarquables par le caractère et les habitudes, plus encore que par la fonction.

III

UNE remarque. Si nous en croyons d'excellents historiens des mœurs, les premiers noms de famille, apparus en France vers le XIᵉ siècle, eurent leur origine dans une particularité physique ou morale de l'individu, et plus souvent furent inspirés de sa profession. Cette théorie serait confirmée par les noms que nous trouvons à Clochemerle. En 1922, le boulanger s'y nommait Farinard, Futaine le tailleur, Frissure le boucher, Lardon le charcutier, Bafère le charron, Billebois le menuisier et Boitavin le tonnelier. Ces noms témoignent également de la force des traditions à Clochemerle, et que les métiers se sont transmis dans les mêmes familles, de père en fils, depuis plusieurs siècles. Une si remarquable persévérance implique une belle dose d'entêtement, une tenace propension à pousser aux dernières extrémités le bien comme le mal.

Seconde remarque. Presque tous les Clochemerlins fortunés sont groupés dans la partie haute du bourg, au-dessus de l'église. On dit à Clochemerle : « Il est du bas bourg » pour désigner les petites gens. « Clochemerlin du bas » ou plus simplement « bas de la pente » y est une manière d'injure.

Effectivement, c'est dans la partie haute du bourg que demeurent Barthélemy Piéchut, le notaire Girodot, le pharmacien Poilphard, le docteur Mouraille, etc.

La chose s'explique, si l'on veut bien y réfléchir. Il s'est passé à Clochemerle ni plus ni moins que dans les grandes cités en voix d'extension. Les plus audacieux, conquérants par l'humeur, ont attaqué les espaces neufs où la place n'était pas mesurée aux fortunes nouvelles, alors que les craintifs, voués à la stagnation, continuaient de s'entasser sur les installations du passé, sans faire effort pour en étendre les limites. Donc, le haut bourg est le quartier des forts, des puissants, entre l'église et le grand tournant.

Troisième remarque. A part les commerçants, les artisans, les fonctionnaires, la maréchaussée conduite par le brigadier Cudoine, et une trentaine de bons à rien qu'on emploie aux basses besognes, tous les habitants du bourg sont vignerons, la plupart propriétaires, ou descendants de propriétaires dépossédés; ces derniers cultivant la vigne pour le compte de la baronne de Courtebiche, du notaire Girodot, de quelques étrangers ou châtelains qui ont aux environs de Clochemerle des propriétés. Cela fait des Clochemerlins une race fière, peu crédule et qui a le goût de l'indépendance.

*
**

Avant de quitter l'église, disons quelques mots du curé Ponosse, qui provoquera dans une certaine mesure les troubles de Clochemerle, sans l'avoir voulu, il est vrai, car ce prêtre tranquille, arrivé à l'âge d'exercer son sacerdoce comme il

prendrait sa retraite, fuit plus que jamais les
combats qui ne laissent dans l'âme qu'amertume,
sans contribuer autant qu'on veut le dire à la
gloire de Dieu.

Lorsque le curé Ponosse s'installa au bourg de
Clochemerle, quelque trente ans plus tôt, il arrivait d'une ingrate paroisse de l'Ardèche. Ce stage,
comme vicaire, ne l'avait guère décrassé. Il sentait
son origine paysanne et avait encore la rougissante
gaucherie du séminariste aux prises avec les hon-
teux malaises de la puberté. Les confessions des
femmes de Clochemerle, pays où les hommes sont
actifs, lui apportèrent des révélations qui lui donnaient de grands embarras. Comme, en ces matières, son expérience personnelle était courte, par
des questions maladroites, il se fit initier aux turpitudes de la chair. Les horribles lumières qu'il
retira de ces entretiens lui rendirent très pesante
une solitude où le visitaient des images infernales
et lubriques. La complexion sanguine d'Augustin
Ponosse ne l'inclinait nullement au mysticisme,
qui est le fait des âmes torturées, lesquelles
habitent en général des corps souffrants. Il possédait au contraire une belle régularité organique,
mangeait de bel appétit, et sa nature avait des exigences que la soutane recouvrait décemment, sans
les empêcher toutefois de se manifester.

Heureusement, arrivant à Clochemerle, dans
tout le feu de la jeunesse, pour y remplacer un
prêtre emporté à quarante-deux ans par une mauvaise grippe compliquée de refroidissement, Augustin Ponosse trouva au presbytère Honorine, type
accompli de la servante de curé. Elle pleurait
beaucoup le défunt, ce qui était la preuve d'un
respectable et pieux attachement. Mais la mine

vigoureuse et bonhomme du nouvel arrivant parut la consoler rapidement. Cette Honorine était une vieille fille pour qui la bonne administration d'un intérieur de prêtre n'avait plus de secrets, une gouvernante expérimentée qui examina sévèrement les hardes de son maître et lui reprocha le mauvais état de son linge :

— Malheureux, dit-elle, vous étiez bien mal soigné!

Elle lui conseilla pour l'été des caleçons courts et les culottes d'alpaga, qui évitent les transpirations excessives sous la soutane, l'obligea d'acheter des flanelles et lui indiqua comment se mettre à l'aise, peu vêtu, quand il restait chez lui.

Le curé Ponosse éprouva la consolante douceur de cette vigilance, dont il remercia le ciel. Mais il se sentait triste, tourmenté par des hallucinations qui ne lui laissaient aucune paix, contre lesquelles il luttait, congestionné, comme saint Antoine dans le désert. Honorine ne fut pas longtemps avant de pressentir la cause de ses tourments. La première elle y fit allusion, un soir, comme le curé Ponosse bourrait mélancoliquement une pipe, son repas terminé.

— Pauvre jeune homme, dit-elle, vous devez bien souffrir à votre âge, toujours seul. C'est pas humain, des choses pareilles... Vous êtes un homme, quand même!

— Hélas, Honorine! soupira le curé Ponosse, devenu cramoisi, et saisi sur l'instant de vigueurs coupables.

— Ça finira par vous monter au cerveau, c'est sûr! On en a vu que ça rendait tout fous de se retenir tant et tant.

— Il faut faire pénitence, Honorine, dans notre
état! répondit faiblement le malheureux.

Mais la dévouée servante le traita comme un
enfant qui n'est pas raisonnable.

— Vous n'allez pas vous abîmer la santé, des
fois! Qu'est-ce qu'il y aura gagné, le bon Dieu,
quand vous aurez pris une mauvaise maladie?

Les yeux baissés, le curé Ponosse exprima par
un geste vague que la question dépassait sa compétence, et que s'il fallait devenir fou par excès de
chasteté, si telle était la volonté de Dieu, il s'y
résignerait. Si ses forces allaient jusque-là... On en
pouvait douter. Alors Honorine se rapprocha, pour
lui dire d'une manière encourageante :

— Avec le pauvre M. le curé, qui était bien
saint homme, on s'arrangeait tous les deux...

Ces mots furent pour le curé Ponosse une apaisante annonciation. Levant un peu les yeux, il
considéra discrètement Honorine, avec des idées
toutes nouvelles. La servante n'était point belle,
tant s'en fallait, mais elle portait cependant, bien
que réduits à la plus simple expression, ce qui les
rendait peu suggestifs, les hospitaliers renflements
féminins. Que ces corporelles oasis fussent mornes,
aux abords peu fleuris, elles n'en étaient pas moins
des oasis salvatrices, placées par la Providence
dans l'ardent désert où le curé Ponosse se voyait
sur le point de perdre la raison. Une lumière se
fit en son esprit. N'était-ce pas honnête humilité
de succomber, puisqu'un prêtre plein d'expérience,
et que tout Clochemerle regrettait, lui avait ouvert
la voie? Il n'avait qu'à aller sans faux orgueil sur
les brisées de ce saint homme. Et d'autant plus
simplement que la rugueuse conformation d'Honorine permettait de n'accorder à la nature que le

strict nécessaire, sans prendre vraiment de joie à ces ébats, ni s'attarder aux complaisantes délices qui font la gravité du péché.

Le curé Ponosse, après avoir machinalement récité les grâces, se laissa conduire par la servante, qui prenait en pitié la timidité de son jeune maître. Tout fut consommé dans une obscurité complète, brièvement, et le curé Ponosse tint sa pensée le plus possible éloignée de son acte, déplorant ce que faisait sa chair et gémissant sur elle. Mais il passa ensuite une nuit si calme, se leva si dispos, qu'il connut par là qu'il serait sans doute bon de recourir parfois à cet expédient, dans l'intérêt même de son ministère. Il décida, pour la périodicité, de s'en tenir aux usages établis par son prédécesseur, dont Honorine saurait bien l'instruire.

Malgré tout, c'était péché, dont il se fallait confesser, et la gêne de l'aveu était grande pour Augustin Ponosse. Par bonheur, en questionnant, il apprit qu'au village de Valsonnas, distant de vingt kilomètres, vivait l'abbé Jouffe, son ancien camarade de séminaire. Le curé Ponosse estima qu'il valait mieux confier ses défaillances à un véritable ami. Dès le lendemain, passant le bas de sa soutane dans sa ceinture, il enfourcha sa bicyclette ecclésiastique, à cadre ouvert, héritage encore du défunt, et par une route accidentée, en peinant beaucoup, il gagna Valsonnas.

Dans les premiers instants les deux abbés furent tout au plaisir de se revoir. Mais enfin le curé de Clochemerle dut bien avouer ce qui l'amenait. Plein de confusion, il dit à son collègue comment il venait d'en user avec sa servante Honorine. Après lui avoir remis ses fautes, le curé Jouffe lui

apprit qu'il en usait pareillement avec sa servante
Josèpha, depuis plusieurs années. Le visiteur se
souvint qu'en effet la porte lui avait été ouverte
par une personne brune qui louchait, mais qui
semblait assez fraîche et agréablement trapue. Il
estima son ami Jouffe mieux partagé que lui de ce
côté-là, car il eût aimé pour son goût qu'Honorine
fût moins étriquée. (Lorsque Satan lui envoyait
des tentations de luxure, c'était toujours sous la
forme de femmes grasses, très blanches, pourvues
de poitrines et de hanches splendidement géné-
reuses.) Mais il chassa cette envieuse pensée, enta-
chée de concupiscence et qui manquait à la charité, pour écouter ce que lui expliquait Jouffe. Il
disait :

— Mon bon Ponosse, puisque nous ne pouvons
entièrement nous détacher de la matière, faveur
qui fut accordée seulement à quelques saints, il
est heureux que nous ayons à domicile les moyens
de lui accorder secrètement l'indispensable, sans
occasionner le scandale ni troubler la paix des
âmes. Réjouissons-nous que nos misères ne portent
pas préjudice au bon renom de l'Eglise.

— Et d'ailleurs, opina Ponosse, n'est-il pas utile
que nous ayons quelque compétence en toutes ces
choses, étant appelés souvent à trancher et à
conseiller?

— Je le crois, mon bon ami, répondit Jouffe, si
j'en juge aux cas de conscience qui m'ont été soumis ici. Il est certain que, sans expérience personnelle, j'aurais bafouillé. Le sixième commandement
fournit la matière de grands litiges. Si nous
n'avions sur ce point quelques connaissances, sinon
approfondies, du moins suffisantes, il nous arrive-
rait d'engager des âmes dans une mauvaise voie

Nous pouvons le dire entre nous : une absolue continence rétrécit le jugement.

— Elle étrangle l'intelligence! dit Ponosse, au souvenir de ses douleurs.

En buvant le vin de Valsonnas, inférieur à celui de Clochemerle (sur ce point, Ponosse était mieux partagé que Jouffe), les deux prêtres apprécièrent qu'une inattendue similitude de cas vînt resserrer des liens d'amitié remontant à l'adolescence. Ils arrêtèrent ensuite des dispositions commodes, celle par exemple de se confesser désormais l'un à l'autre. Afin de s'épargner de nombreux et fatigants déplacements, ils convinrent de régler synchroniquement la fréquence de leurs faiblesses charnelles. Ils s'accordèrent en principe le lundi et le mardi, jours creux, après les grands offices du dimanche, et choisirent le jeudi de chaque semaine comme jour de confession. Ils convinrent encore de partager également la peine : une fois sur deux le curé Jouffe viendrait à Clochemerle pour s'y confesser et recevoir la confession de Ponosse, et la semaine suivante, ce serait le tour du curé Ponosse d'aller trouver à Valsonnas son ami Jouffe, aux fins mutuelles de confession et d'absolution.

Ces arrangements ingénieux donnèrent toute satisfaction durant vingt-trois années. L'usage modéré qu'ils faisaient d'Honorine et de Josèpha, ainsi qu'une promenade bimensuelle de quarante kilomètres, entretenaient les deux curés en excellente santé, et la santé leur procurait une largeur de vues et un esprit de charité qui eurent les meilleurs effets, tant à Clochemerle qu'à Valsonnas. Durant ce laps de temps, il ne se produisit qu'un accident.

Ce fut en 1897, au cours d'un hiver très rigou-

reux. Un jeudi matin, le curé Ponosse s'éveilla
bien décidé à faire le voyage de Valsonnas, pour
y prendre son absolution hebdomadaire. Malheureusement, il était tombé dans la nuit une quantité de neige qui rendait les chemins imprati-
cables. Le curé de Clochemerle tint malgré tout à
se mettre en route, sans écouter les reproches et
les cris de sa servante : il se jugeait en état de
péché mortel, ayant un peu abusé d'Honorine
depuis quelques jours, par suite du désœuvrement
des veillées d'hiver. Malgré son courage et deux
chutes, le curé Ponosse ne put franchir plus de
quatre kilomètres. Il revint à pied, péniblement,
et rejoignit la cure, claquant des dents. Honorine
dut le coucher et le faire transpirer. Le malheureux prit le délire, à cause du péché mortel, état
où il ne pouvait demeurer. De son côté, ne voyant
pas venir Ponosse, le curé Jouffe éprouvait une
mortelle inquiétude : il avait messe solennelle le
surlendemain et se demandait s'il pourrait la célé-
brer. Heureusement, le curé de Valsonnas ne manquait pas d'idées. A la poste il dépêcha Josèpha,
porteuse d'un télégramme à l'adresse de Ponosse,
avec réponse payée : *Comme d'habitude. Ferme
propos. Miserere mei par retour. Jouffe.* Le curé
de Clochemerle répondit aussitôt : *Absolvo te.
Cinq pater cinq ave. Comme d'habitude plus trois.
Grande contrition. Miserere urgent. Ponosse.* L'absolution lui arriva télégraphiquement cinq heures
plus tard, avec un rosaire pour pénitence.

Les deux prêtres furent si enchantés de ce moyen
expéditif qu'ils envisagèrent d'y recourir constamment. Mais le scrupule les arrêta : c'était vraiment
accorder trop de facilité au péché. D'autre part le
dogme de la confession, dans ses moindres détails,

remonte à un temps où l'invention du télégraphe n'était pas même soupçonnable. L'application qu'ils venaient d'en faire soulevait un point de droit canonique, qui eût exigé les lumières d'une assemblée de théologiens. Ils craignirent l'hérésie et décidèrent de n'user du télégraphe qu'en cas d'absolue nécessité, lequel cas se présenta en tout trois fois.

Vingt-trois ans après la première visite de Ponosse à son ami, le curé Jouffe éprouva l'incommodité de perdre Josèpha, âgée de soixante-deux ans. Elle s'était maintenue presque jusqu'au dernier moment en suffisant état de conservation physique, bien que l'embonpoint eût porté son poids à quatre-vingts kilos, chiffre considérable pour une personne dont la taille ne dépassait pas un mètre cinquante-huit. Ce lourd supplément à traîner lui avait donné de l'enflure des jambes, et l'épaisseur de la graisse sur le cœur empêchait cet organe de fonctionner librement. Elle mourut d'une sorte d'angine de poitrine. Le curé Jouffe ne la remplaça pas : former une nouvelle servante à ses habitudes lui parut une tâche au-dessus de ses forces. La cinquantaine, largement dépassée, lui apportait l'apaisement. Il se contenta d'une femme de ménage qui venait mettre un peu d'ordre à la cure et lui préparer son repas de midi. Le soir, une soupe et un morceau de fromage lui suffisaient. N'ayant plus besoin d'absolution pour des fautes difficiles à confesser, il s'abstint de venir à Clochemerle. Cette abstention dérégla la vie du curé Ponosse.

Ce dernier arrivait lui-même à cinquante ans. Depuis longtemps il se fût sans inconvénient passé

d'Honorine. La dévouée servante était grandement
d'âge à prendre sa retraite, et, à l'inverse de Josèpha, n'avait fait que maigrir : elle était sèche
comme un chapelet. Mais le curé Ponosse, toujours
timide, craignait de faire affront à la pauvre fille
en mettant fin à des rapports dont il ne sentait
plus impérieusement la nécessité. La conduite de
Jouffe le décida. Il faut dire que le voyage de Valsonnas représentait un long supplice pour le curé
de Clochemerle qui avait pris beaucoup de ventre
et un peu d'emphysème. Il devait mettre pied à
terre au bas de chaque côte, les descentes lui donnaient le vertige. Tant que son confrère lui rendit
ses visites, il conserva quelque courage. Quand il
se vit condamné à faire seul tous les déplacements,
il se dit que les tristes restes d'Honorine ne
valaient pas ces heures d'efforts surhumains. Il
déclara son incapacité à la servante. Elle prit mal
la chose, se crut outragée, ce que le curé Ponosse
avait craint. Elle siffla :

— Il vous faudrait peut-être des jeunesses maintenant, monsieur Augustin?

Elle l'appelait « monsieur Augustin » dans les
cas graves. Ponosse entreprit de la calmer!

— Des jeunesses, dit-il, il en fallait à Salomon
et à David. Mais c'est plus simple : il ne me faut
plus rien, ma bonne Honorine. Nous sommes d'âge
à vivre tranquilles, à vivre enfin sans péchés.

— Parlez pour vous, répliqua vertement Honorine. Moi, je n'ai jamais fait de péché.

Dans l'esprit de la fidèle servante, c'était vrai.
Elle avait toujours considéré comme sacrement
tout ce qu'il avait plu à ses curés de lui adminis-
trer. Elle poursuivit, avec ce timbre de voix dominateur qui faisait trembler le bon prêtre :

— Est-ce que vous croyez que j'ai fait ça par vice, comme il y a des sales qui font à Clochemerle? Comme feraient des Putet qui vous tournent autour? Vous devriez rougir de penser des choses pareilles, monsieur Augustin, je vous le dis, moi, pauvre fille de rien! J'ai fait ça pour votre santé, parce qu'on sait bien que les hommes ça les rend malades d'être privés là-dessus. Pour votre santé, vous entendez, monsieur Augustin?

— Je sais, ma bonne Honorine, je sais, répondit en bredouillant le curé Ponosse. Cela vous sera compté au ciel.

Ce fut pour le curé de Clochemerle une difficile journée, suivie de semaines où il vécut persécuté et environné de soupçons. Enfin, lorsqu'elle eut acquis la conviction qu'on ne lui retirait pas son privilège pour l'attribuer à une autre, Honorine se calma. En 1922, depuis dix ans, les rapports entre le curé de Clochemerle et sa servante étaient irréprochables.

Chaque âge a ses exigences et ses joies. Depuis dix ans, le curé Ponosse retirait toutes les siennes de la pipe, et surtout du vin, de l'excellent vin de Clochemerle, dont il avait appris a user savamment, science qui était venue le récompenser peu à peu de son dévouement apostolique. Expliquons-nous.

Débarquant trente ans plus tôt à Clochemerle, le jeune prêtre Augustin Ponosse trouva une église encore garnie de femmes, mais abandonnée, sauf rares exceptions, par les hommes. Enflammé de zèle juvénile, très désireux de plaire à l'archevêché, le nouveau curé, croyant mieux faire que l'ancien (éternelle présomption de la jeunesse), entreprit de

recruter et de convertir. Mais il comprit vite qu'il
n'aurait aucun ascendant sur les hommes tant qu'il
ne serait pas classé bon connaisseur en vin, le vin
étant à Clochemerle l'unique affaire. L'intelligence
s'y mesure à la finesse du palais. Quiconque, sur trois
lampées, plusieurs fois promenées autour des gencives, ne sait pas dire : « Brouilly, Fleurie, Morgon
ou Juliénas », est imbécile de modèle courant pour
ces fervents vignerons. Augustin Ponosse manquait
de jugement. Il n'avait bu, en toute sa vie, que
les innommables mixtures du séminaire, ou, en
Ardèche, de honteuses piquettes qui ne prêtaient
à aucun commentaire. La puissance du vin de
Beaujolais, les premiers jours, l'assomma net : ce
n'était pas débonnaire bistrouille à fonts baptis-
maux, ni tisane pour diseurs de messe gastralgiques.

Le sentiment du devoir soutint le curé Ponosse.
Il jura, battu sur la compétence, de se défendre
par la contenance et que ses exploits étonneraient
les Clochemerlins. Animé d'une conviction d'évan-
géliste, il se mit à fréquenter beaucoup l'auberge
Torbayon, à y trinquer sans façons avec l'un et
l'autre, à rendre plaisanterie pour plaisanterie, et
souvent il s'en disait de poivrées, touchant les
mœurs des messieurs-prêtres. Le curé Ponosse ne
se formalisait pas, et les clients de Torbayon rem-
plissaient sans arrêt son verre, s'étant juré de le
voir un jour partir « fin saoul ». Mais l'ange gardien du curé Ponosse veillait à lui conserver une
lueur de lucidité décente au fond de la cervelle
et une tenue compatible avec la dignité ecclésiastique. Ce gardien tutélaire était aidé dans sa tâche
par Honorine qui, lorsqu'elle n'avait pas vu son
maître depuis longtemps, quittait le presbytère
situé juste en face, traversait la rue et venait

camper sur le seuil de l'auberge une silhouette
sévère, comparable au remords.

— Monsieur le curé, disait-elle, on vous réclame
à l'église. Allez, faut venir!

Ponosse achevait son verre et se levait aussitôt.
Le laissant passer devant, Honorine refermait ensuite la porte, après avoir lancé un regard terrible
aux fainéants et aux boit-sans-soif qui débauchaient
son maître, en abusant de sa crédule douceur
d'instincts.

Ce système ne ramena aucune âme à Dieu. Mais
Ponosse acquit une réelle compétence en matière
de vins, et par là gagna l'estime des vignerons de
Clochemerle, qui le disaient pas fier, pas faiseur
de sermons pour deux sous et toujours disposé à
vider pot honnêtement. En une quinzaine d'années,
le nez de Ponosse fleurit magnifiquement, devint
un nez beaujolais, énorme, dont la teinte hésitait
entre le violet des chanoines et la pourpre cardi-
nalice. Ce nez inspirait confiance dans la région.

Nul ne peut devenir compétent en une matière
s'il n'en a le goût, et le goût entraîne le besoin.
Ce fut précisément ce qui arriva pour Ponosse. Sa
consommation quotidienne allait à environ deux
litres de vin, dont il n'aurait pu se passer sans
souffrir. Cette quantité ne lui troublait jamais la
tête, mais elle l'entretenait dans un état de béati-
tude un peu artificielle qui lui devint progressivement nécessaire pour supporter les déboires de
son ministère, aggravés de déboires domestiques,
du fait d'Honorine.

En vieillissant, la servante avait beaucoup
changé. Chose curieuse : à l'époque où le curé
Ponosse se confina dans un célibat rigoureux,
Honorine cessa de lui porter le même attentif

respect, et l'on vit brusquement la dévotion la
quitter. Elle remplaça les prières par le tabac
à priser, qui parut lui procurer des satisfactions supérieures. Un peu plus tard, profitant
des réserves de vieilles bouteilles accumulées dans
la cave du presbytère, richesse inestimable qui pro-
venait des dons de la piété, elle se mit à chopiner,
et à chopiner avec tel manque de discernement
qu'elle piquait parfois du nez dans les bassines.
Elle prit un caractère acariâtre, son service fut
négligé, et sa vue baissait. Elle tenait des propos
très étranges, vaguement menaçants, dans la solitude de sa cuisine, où Ponosse ne se hasardait plus.
Il eut des soutanes tachées, du linge sans boutons,
des rabats mal repassés, il vécut dans la crainte.
Si Honorine lui avait autrefois procuré des satisfactions et rendu des services, elle lui occasionnait
sur ses vieux jours de grands ennuis. On comprend
que le précieux fumet d'un cru rare fût plus que
jamais une consolation indispensable au curé de
Clochemerle.

Il connut d'autres genres de consolations par
Mme la baronne de Courtebiche, lorsqu'elle s'installa définitivement à Clochemerle en 1917. Au
moins deux fois par mois, il dînait au château, à
la table de la baronne, où on le traitait avec des
égards qui le concernaient moins lui, Ponosse, que
le principe dont il était le représentant rustique
(« un peu empoté », disait à son insu la grande
dame). Mais il ne sentait pas la nuance, et des
égards témoignés rudement, par souci princier de
tenir chacun à son rang, lui allaient droit au
cœur. Il avait eu là, au déclin de son âge, alors
qu'il n'attendait plus de nouveaux plaisirs, la révé-

lation de ce que pouvait être une chère vraiment exquise, servie par des laquais stylés, dans un faste de lingerie, de cristallerie et d'argenteries armoriées dont l'usage l'embarrassait et le ravissait en même temps. Vers cinquante-cinq ans, le curé Ponosse fit ainsi connaissance avec les pompes de cet ordre social qu'il avait obscurément servi en enseignant la vertu chrétienne de résignation, si favorable à l'épanouissement des grandes fortunes, et il admirait naïvement combien cet ordre, fonctionnant sous le contrôle de la Providence, était bon, qui permettait d'honorer richement un pauvre curé de campagne appliqué à la vertu dans la mesure de ses faibles forces.

Au château, pour la première fois, il eut la nette intuition des raffinements célestes qui seront plus tard le partage des justes. Incapable de concevoir l'extase éternelle sans lui donner des équivalences matérielles empruntées à la réalité terrestre, le curé Ponosse avait vaguement imaginé que le temps en paradis serait employé à boire sans fin du vin de Clochemerle, et, le péché étant aboli, à prendre des plaisirs licites avec de belles personnes, dont on pourrait à son gré varier la pigmentation et retoucher les volumes. (L'usage unique et fastidieux d'Honorine lui avait inspiré un grand désir de changements, donné le goût de la fantaisie et des expériences curieuses.) Ces imaginations sommeillaient dans un coin de sa pensée auquel il touchait rarement. S'il voulait en jouir, il usait d'un subterfuge. Il se disait : « Supposons que je sois au ciel, et que tout soit permis. » La nue se peuplait aussitôt de formes monstrueusement douces, où se reconnaissaient des morceaux détachés de ses plus belles paroissiennes, morceaux

tenus sous la loupe des privations de toute une
vie et grossis cent fois par l'effet du mirage surhu-
main. Sans penser à mal, il se récréait à ces images,
à l'abri de sa clause conditionnelle. Ces attrayantes
nébuleuses lui procuraient une félicité abstraite, à
laquelle ne correspondait plus aucun désir réceptif
terrestre. C'est pourquoi il pouvait, vers la soixantaine, caresser sans danger ces visions édéniques,
une fois épuisées les ressources de son bréviaire.
Mais il n'abusait pas de ces évocations, qui le laissaient déprimé et stupéfait de constater combien
il peut traîner d'inquiétantes aspirations dans les
lobes d'un cerveau pieux.

Or, depuis que le curé Ponosse fréquentait chez
la baronne, il se formait du ciel une image plus
sublime. Il le concevait décoré et meublé à l'infini
comme l'intérieur du château des Courtebiche, la
plus magnifique demeure qu'il connût. Les plaisirs de l'éternité demeuraient là-dedans les mêmes,
mais ils devaient une qualité incomparable à la
beauté du cadre, à la distinction de l'entourage, à
la domesticité nombreuse, angélique et muette, qui
les facilitait. Quant aux récréatives personnes, elles
n'étaient plus de souche commune, mais marquises,
princesses, d'une grâce subtile, qui savaient faire
succéder les agréments d'une conversation spirituelle aux initiatives voluptueuses qu'elles prenaient séraphiquement sur la personne des bienheureux, sans qu'ils eussent à rougir et à
modérer leur satisfaction. Se laisser totalement
aller, le curé Ponosse avait ignoré sur terre cette
plénitude, toujours empêché par le scrupule et les
charmes maussades de l'objet, qui sentait l'encaus-
tique plus que les parfums du boudoir.

Tel était moralement et physiquement le curé

Ponosse, à la fin de 1922, assagi et tassé par le poids des années. Sa taille, autrefois de un mètre soixante-huit, lors du conseil de révision, retombait à un mètre soixante-deux. Mais son diamètre à la ceinture avait triplé. Sa santé était assez bonne, sauf l'essoufflement, des saignements de nez, des crises de rhumatismes en hiver, et, en toute saison, des taquineries aiguës dans la région du foie. Le brave homme supportait patiemment ces misères, les offrait à Dieu en expiation et vieillissait en paix, à l'abri d'une réputation sans reproche que le scandale n'avait jamais ternie.

Poursuivons maintenant notre promenade comme si, sortant de l'église, nous tournions à droite. La première maison que nous rencontrons, qui fait l'angle de l'impasse des Moines, est celle des Galeries beaujolaises, le plus grand magasin de Clochemerle, le mieux achalandé, le plus fréquenté. On y trouve la nouveauté, des tissus, des chapeaux, de la confection, mercerie et bonneterie, des articles d'épicerie fine, des liqueurs de marque, des jouets, des ustensiles de ménage. On peut s'y procurer sur demande toute marchandise que le commerce du bourg ne fournit pas couramment. Une personne faisait alors la prospérité et l'attrait de ce bel établissement.

Sur le seuil des Galeries beaujolaises, issue du feu, coiffée de flammes dérobées aux astres, on admirait Judith Toumignon aux flamboyantes toisons. Le vulgaire la disait rousse par simplification sotte, et « rouquine » par dépit. Il faut distinguer. Il y a des rousses ternes, des rousses brique, d'un roux fâcheux, opaque, que l'on devine imprégnées d'un suint âcre. D'or rouge au contraire, du ton des mirabelles exposées au soleil était la chevelure de Judith Toumignon. En fait, cette belle femme était blonde, portant du miel aux aisselles, mais elle était à l'apogée de la blondeur, apothéose aveuglante des tons les plus chauds, étant exactement du blond qu'on dit vénitien. Le lourd turban de rutilances qui ornait sa tête, et venait mourir à l'ombre de sa nuque en pâmantes douceurs, attirait tous les regards, et tous les regards, captivés, s'attardaient sur elle avec délices, de la tête aux pieds, trouvant partout les motifs d'une satisfaction inégalable, que les hommes savouraient secrètement, sans réussir toujours à en dissimuler les symptômes à leurs femmes, rendues clairvoyantes par un pressentiment monté de leurs entrailles qui leur désignait l'usurpatrice outrageante.

La nature se plaît parfois à former une merveille, au mépris des contingences, du rang, de l'éducation, de la fortune. Cette création de sa fantaisie souveraine, elle la place où il lui plaît, en fait ici une bergère, ailleurs une fille de cirque, et par ces sortes de défis donne une nouvelle fureur aux gravitations sociales, prépare de nouveaux brassages, de nouvelles greffes, de nouveaux marchandages entre le désir et la cupidité. Judith Toumignon incarnait une de ces merveilles dont la parfaite réussite est rare. Les destins malicieux l'avaient placée au centre du bourg, en situation de commerçante au bon accueil, ce qui n'était qu'insuffisante apparence, car son rôle principal, occulte mais profondément humain, était celui d'incitatrice aux transports amoureux. Encore qu'elle fût pour son compte agissante, et qu'elle y allât de bon cœur, sa participation à la somme des étreintes clochemerliennes doit être tenue pour peu de chose, comparativement à la fonction allé gorique et suggestive qu'elle assumait dans le pays. Cette radieuse, cette flambante était torche, vestale opulente et prêchant d'exemple, chargée par une divinité païenne d'entretenir à Clochemerle la flamme génésique.

A propos de Judith Toumignon, on peut sans crainte parler de chef-d'œuvre. Sous les fascinantes torsades, le visage un peu large quoique bien galbé, aux mâchoires intrépides, aux dents irréprochables de mangeuse à bel appétit, aux lèvres fondantes et constamment humectées par la langue, s'animait de deux yeux noirs qui en rehaussaient encore l'éclat par opposition. On ne peut entrer dans les détails de ce corps trop capiteux. Les courbes en étaient calculées pour un infaillible circuit du regard. Il semblait dû à la collaboration de Phi dias, de Raphaël et de Rubens, tant les masses en étaient modelées avec une absolue maîtrise, qui n'avait laissé nulle part d'insuffisance, mais très habilement forcé au contraire sur la plénitude, de manière à donner au désir des repères plus évi dents. Les seins formaient deux promontoires ado rables, et l'on ne découvrait partout que tertres, tremplins, attirants estuaires, ronds-points de dou ceur, monts et douces clairières, où les pèlerins se fussent attardés en dévotions, où ils se fussent désaltérés aux sources rafraîchissantes. Mais ces ter ritoires foisonnants demeuraient interdits sans laissez-passer rarement délivré. Le regard pouvait les survoler, en surprendre quelque partie ombreuse, en caresser quelque sommet, nul ne devait s'y aventurer physiquement. Quant à la chair, elle avait une blancheur laiteuse et soyeuse dont la vue donnait aux hommes de Clochemerle une voix rauque et l'envie de commettre des actes insensés.

Acharnées à lui trouver des infériorités ou des tares, les femmes se brisaient ongles et dents sur cette cuirasse de beauté sans défaut, qui faisait à Judith Toumignon une âme protégée dont l'indulgence affluait à ses belles lèvres en sourires tranquilles et généreux, qui pénétraient comme des poignards dans la chair peu disputée des jalouses.

Les femmes de Clochemerle, celles du moins qui se trouvaient encore dans la compétition amoureuse, haïssaient secrètement Judith Toumignon. Haine injuste, ingrate, car il n'était pas une de ces femmes dépitées qui ne lui fût redevable, à la faveur d'une obscurité propice aux substitutions, d'hommages détournés de leur idéale destination et s'efforçant de l'atteindre par des moyens de fortune.

Les Galeries beaujolaises étaient ainsi placées, au centre du bourg, que les hommes de Clochemerle passaient devant presque chaque jour, et presque chaque jour, ouvertement ou à la dérobée, cyniquement ou hypocritement, selon leur caractère, leur réputation ou leur fonction, contemplaient l'Olympienne. Pris de fringale pour ces chairs de festin, rentrés chez eux ils apportaient meilleure vaillance à consommer le brouet sans saveur des accomplissements légitimes. Dans la vieille marmite des pot-au-feu de ménage, l'idée de Judith était poivre, épices exotiques. Dans le ciel nocturne de Clochemerle ses épanouissements formaient une brillante constellation de Vénus, une guidante étoile polaire pour les malheureux perdus dans des contrées désertiques, au flanc de mégères inanimables, et pour les jeunes gars mourant de soif dans les solitudes étouffantes de la timidité. De l'angélus du soir à l'angélus du matin, tout Clochemerle reposait, rêvait et besognait sous le signe de Judith, souriante déesse des enlacements satisfaisants et des devoirs bien remplis, dispensatrice de récompensantes illusions aux hommes de bonne volonté qui s'efforçaient courageusement. Par la vertu de cette prêtresse miraculeuse, aucun Clochemerlin ne se trouvait les mains vides. La comblante réchauffait jusqu'aux vieillards endormis. Ne leur celant rien des treilles abondantes de son corps, Ruth généreusement penchée sur ces vieux Booz frileux, édentés et chevrotants, elle tirait encore d'eux de faibles tressaillements, qui les réjouissaient un peu avant le froid de la tombe.

Veut-on se représenter mieux encore la belle commerçante, à l'époque où elle trônait au sommet de sa splendeur et de son influence? Qu'on lise ce que nous a rapporté d'elle le garde-champêtre Cyprien Beausoleil, qui a toujours porté grande attention aux femmes de Clochemerle, par scrupule professionnel, prétend-il :

— Quand les femmes se tiennent calmes, tout va. Mais pour qu'elles se tiennent calmes, il ne faut pas que les hommes soient fainéants.

Des gens affirment que Beausoleil fut en ce sens un travailleur secourable, compatissant et fraternel, toujours disposé à prêter main-forte aux Clochemerlins affaiblis dont la femme devenait arrogante et criarde exagérément. D'ailleurs le

garde-champêtre tenait secrets ces petits services
rendus à des amis. Écoutons-le dire simplement les
choses :

— Cette Judith Toumignon, quand elle riait,
monsieur, elle donnait à voir tout le dedans bien
salivé de sa bouche, avec les dents alignées au
complet, et la bonne langue au milieu, large et
tranquille, qui vous mettait en gourmandise. Ce
sourire tout bâillant et mouillé qu'elle avait, la
Judith, ça vous donnait des choses à penser. Mais
le sourire, c'était pas tout. Elle avait matière en
dessous à tenir la promesse. Cette sacrée créature,
monsieur, on peut dire que tous les hommes de
Clochemerle, elle les a rendus malades!

— Malades, monsieur Beausoleil?

— Malades, monsieur, je dis bien! Malades de
se retenir de lui envoyer la main aux endroits!
Des endroits qu'elle avait de faits pour la main,
cette femme-là, comme je n'ai jamais vu les pareils
à aucune autre. Que de fois, monsieur, je l'ai appe-
lée garce dans le fond de moi, avec une bien
grande douceur de l'injurier par vengeance, à
force de trop y penser, après que je l'avais vue.
Et pour s'empêcher d'y penser, après l'avoir vue,
c'était quasiment impossible. Ça vous faisait trop
d'affront tout ce qu'elle vous déballait sous le nez,
avec un air de ne pas y étaler, en donnant à ses
bonnes fesses leur plein d'aise sous l'étoffe collante,
en vous mettant une pleine corbeille de poitrine
sous le nez, profitant que son andouille de
Toumignon était là, et qu'on pouvait pas lui faire
la plus petite politesse, à la sacrée bougresse.
Exactement comme un affamé vous étiez, quand la
Judith vous passait près, à vous faire renifler ses
provisions de belle viande blanche et douillette,

avec défense d'y toucher, mille milliards de dieux!

» A la fin, j'allais plus chez elle. Ça me faisait trop de la voir, cette femme-là. Ça me faisait des bouffées tournantes, comme la fois, tenez, que j'ai frisé l'insolation. C'était l'année d'avant-guerre qu'il a fait si chaud. Il faut dire que ce commencement d'insolation, c'était rapport au képi qui vous tient trop la tête enfermée sans air. Par les coups de forte chaleur, comme il y en a dans les années de sécheresse, si vous devez ensuite aller au gros soleil, il ne faut pas boire de vin qui passe dix degrés. Et ce jour-là, chez Lamolire, j'en avais bu qui faisait dans les treize-quatorze, deux vieilles bouteilles qu'il avait tirées de sa cave pour m'offrir, à cause d'un service qu'il m'était redevable, comme on a souvent l'occasion de rendre, étant garde-champêtre, ce qui vous donne une puissance, et les moyens de foutre la paix au monde ou de l'enquiquiner tout à votre convenance, selon que vous préférez dans un sens ou dans l'autre et que les têtes vous reviennent ou vous reviennent pas...

Mais il est temps de revenir à Judith Toumignon, impératrice de Clochemerle, à laquelle tous les hommes payaient tribut de désirs, et toutes les femmes de haine sourde qui leur faisait former quotidiennement le souhait que les ulcères et les pelades ravageassent ce corps insolent.

La plus acharnée calomniatrice de Judith Toumignon se nommait Justine Putet, sa voisine immédiate, colonelle des vertueuses femmes de Clochemerle, qui pouvait de sa fenêtre surveiller les arrières des Galeries beaujolaises. De toutes les haines que la commerçante avait à subir, celle de la vieille fille se révélait la plus attentive et la plus efficace, parce qu'elle puisait d'incomparables forces dans la piété, et aussi sans doute dans une virginité sans remède qu'on faisait contribuer à la plus grande gloire de l'Eglise. Retranchée dans la citadelle de son inexpugnable vertu, cette Justine Putet censurait sévèrement les mœurs du bourg, et plus particulièrement celles de Judith Toumignon, dont le prestige et les éclats de voix, les rires chantants, lui étaient offenses déchirantes et quotidiennes. La belle commerçante était heureuse et le laissait paraître. C'est une chose difficile à pardonner.

Le titre de possesseur officiel de la splendide Judith appartenait à François Toumignon, le mari. Mais son possesseur actif et payé de retour avait nom Hippolyte Foncimagne, greffier de la justice de paix, grand brun et beau garçon, à la chevelure abondante et légèrement ondulée, qui portait même en semaine des manchettes, des cravates rares (du moins pour Clochemerle) et prenait pension, étant célibataire, à l'auberge Torbayon. Il est sans doute nécessaire de dire comment Judith Toumignon en était venue à ces amours coupables, qui lui procuraient néanmoins des joies vives et fréquentes, éminemment favorables à son teint et à son humeur. De cette humeur bénéficiait l'aveugle François Toumignon, qui se trouvait ainsi devoir à son déshonneur l'enviable paix dont il jouissait à domicile. Dans le désordre des affaires humaines, ces enchaînements immoraux ne sont, hélas, que trop fréquents.

De naissance obscure, Judith eut de bonne heure à gagner sa vie. Délurée et belle fille, la chose lui était aisée. A seize ans elle quitta Clochemerle

pour Villefranche, où elle logea chez une tante et
fut successivement servante de café ou d'hôtel et
vendeuse de magasin, en plusieurs endroits. Elle
laissa partout une trace profonde, partout son passage entraîna des bouleversements, au point que
la plupart de ses patrons lui offrirent de quitter
leur femme et leur commerce pour partir avec elle,
en emportant simplement leur compte en banque.
Elle refusa fièrement les offres de ces hommes considérables mais déplorablement ventrus, parce
qu'elle aimait l'amour à l'état pur, sous les traits
d'un joli garçon, et dégagé des contingences d'argent, avec lesquelles, physiquement, elle ne pouvait se résoudre à le confondre. Ces répugnances
lui dictèrent sa conduite. Il lui importait avant
tout d'être beaucoup aimée, d'une manière qui ne
fût ni paternelle ni trop sentimentale. Elle avait
d'impérieux besoins, et tels qu'à la fortune elle
préférait le total oubli de ses abandons sincères. A
chaque jour de sa vie elle connut des joies, qui se
terminèrent d'ailleurs par un chagrin déchirant.
A ce moment, elle avait eu plusieurs amants et
plusieurs passades.

En 1913, à vingt-deux ans, admirablement épanouie, elle reparut au pays, où elle tourna toutes
les têtes. Un Clochemerlin surtout en devint amoureux fou, François Toumignon, le « fils des Galeries beaujolaises », héritier certain d'un bon fonds
de commerce, qui était à la veille de se fiancer
avec Adèle Machicourt, une autre belle fille. Il la
quitta pour harceler et supplier Judith, et Judith,
encore sous le coup d'une déception, souriant peut-
être à l'idée d'enlever ce garçon à une rivale, soit
désir enfin de s'installer définitivement, se laissa
épouser. Affront qu'Adèle Machicourt, devenue six

mois plus tard Adèle Torbayon ne devait jamais
lui pardonner. Non que l'évincée regrettât son
premier fiancé, car Arthur Torbayon était sans
peine plus bel homme que François Toumignon.
Mais l'offense se rangeait parmi celles qu'une
femme n'oublie pas et qui occupent les loisirs de
toute une vie rurale. Le voisinage de l'auberge et
des Galeries beaujolaises, placées de chaque côté de
la rue, à la même hauteur, favorisait ce ressentiment. De leur seuil, plusieurs fois par jour, ces
dames s'apercevaient, et chacune surveillait avide-
ment la beauté de l'autre, dans l'espoir d'y trouver
des lézardes. La rancune d'Adèle rendait obligatoire le mépris de Judith. Les deux femmes prenaient en se voyant un air de grand bonheur, très
flatteur pour les maris; elles rivalisaient de félicités
secrètes.

L'année même du mariage, la mère de Toumignon étant morte, Judith se trouva pleinement
maîtresse des Galeries beaujolaises. Douée pour le
négoce, elle développa les affaires du magasin. Elle
pouvait lui donner beaucoup de temps, François
Toumignon ne l'occupant guère. En tout, il s'était
révélé déplorablement chétif. Et ce malheureux,
en plus de sa maladresse, avait une promptitude
d'oiseau, très décevante. Judith prit l'habitude
d'aller une fois par semaine, soit à Villefranche,
soit à Lyon, pour les besoins du commerce, disait-
elle. La guerre acheva de rendre Toumignon
débile, et de plus en fit un ivrogne.

A la fin de 1919, Hippolyte Foncimagne parut à
Clochemerle, prit ses quartiers à l'auberge, et se
mit aussitôt en quête d'un supplément d'indispensables commodités que la surveillance soupçon-

neuse d'Arthur Torbayon lui interdisait de rechercher auprès de son hôtesse, comme il eût été si simple. Il vint aux Galeries beaujolaises pour de menus achats dont la répétition tournait au madrigal. En procédant par unité, il se munit de dix-huit boutons mécaniques, objets dont les célibataires font grand usage, n'ayant personne pour s'occuper de leur entretien. Ce qui conduit les personnes charitables à dire : « C'est une femme qu'il vous faudrait », et les garçons adroits à répondre avec feu : « Une femme comme vous... » Les yeux du beau greffier avaient la langueur orientale. Ils produisirent une vive impression sur Judith, lui rendirent toutes ses impétuosités de jeunesse, enrichies d'une expérience que peut seule donner la maturité.

Bientôt on remarqua que le jeudi, jour où Judith prenait l'autobus pour Villefranche, invariablement Foncimagne partait sur sa motocyclette et passait dehors la journée. On observa également que la belle commerçante se mit à pratiquer beaucoup la bicyclette par hygiène soi-disant, mais ce souci d'hygiène l'entraînait toujours sur la route qui file directement au bois du Fond-Moussu, où se réfugient les amoureux de Clochemerle. Justine Putet révéla que le greffier se glissait à la nuit tombée dans l'impasse des Moines, jusqu'à la petite porte donnant sur la cour des Galeries beaujolaises, tandis que Toumignon s'attardait au cabaret. Enfin les gens affirmèrent avoir rencontré le greffier et la commerçante dans une rue de Lyon où abondent les hôtels. Dès lors la disgrâce de Toumignon ne fit de doute pour personne.

A l'automne de 1922, depuis trois ans que durait effrontément ce manège, on ne lui accordait plus

d'intérêt. L'opinion publique avait longtemps
attendu un scandale, peut-être un drame, puis,
voyant les coupables bien installés dans l'illégalité,
y prendre toutes leurs aises, s'était détournée d'eux.
Pour n'être pas instruit de l'affaire, dans toute la
vallée, il ne se trouvait que Toumignon lui-même.
Il avait fait de Foncimagne son grand ami, l'attirait constamment sous son toit, très fier de lui
montrer Judith. Au point que celle-ci jugea prudent d'intervenir, disant qu'on voyait trop ce garçon chez elle, et que cela finirait par faire jaser les
gens.

— Jaser de qui? Jaser de quoi? demanda Toumignon.

— Ce Foncimagne et moi... Tu vois bien ce
qu'on peut dire. La Putet ne doit pas se priver de
raconter que nous couchons ensemble...

Cette idée parut d'un grand comique à Toumignon. Il avait la prétention de connaître sa femme
mieux que personne, et si une femme était peu
portée à coucher, bon Dieu, c'était bien la sienne!
Coucher, ça l'embêtait, elle l'avait toujours dit, et
ça ne datait pas d'aujourd'hui. Mais il tourna sa
fureur contre les malfaisants bavards.

— Si jamais t'en prends un à dire quelque chose
de pas catholique, t'auras qu'à me l'envoyer. T'entends bien? Je lui ferai voir comment je m'appelle.

Comme le hasard fait bien les choses, juste à ce
moment entra Foncimagne. Toumignon l'accueillit joyeusement :

— Dites, monsieur Hippolyte, je vais vous en
dire une bien bonne. Paraît que vous couchez avec
la Judith, maintenant?

— Que je..., bégaya le greffier qui se sentait devenir rouge.

— François, allons François, ne dis pas de bêtises! s'écria précipitamment Judith, en rougissant
aussi, comme par pudeur, et désireuse de dénouer
le quiproquo.

— Laisse-moi lui dire, bon Dieu! fit Toumignon,
obstiné. On n'a pas si souvent l'occasion de rire
dans ce pays d'imbéciles. C'est les gens, il paraît,
qui racontent que vous fricotez avec la Judith. Ça
ne vous fait pas rire?

— François, tais-toi! répéta l'infidèle.

Mais ce mari était lancé. Il ne garda aucun mé-
nagement.

— Dites, monsieur Hippolyte, elle est belle
femme, à votre avis, la Judith? Eh bien, c'est pas
une femme, c'est un glaçon. Si jamais vous arrivez
à la dégeler, je vous paierai bien du service rendu!
Vous gênez pas. Tenez, je vous laisse avec elle. Il
faut que je monte chez le Piéchut. Profitez-en,
monsieur Hippolyte. Faites voir si vous êtes plus
malin que moi.

Il referma la porte du magasin, après avoir re-
commandé une dernière fois :

— Celui que tu prendrais à dire, tu me l'enver-
ras. T'entends bien, Judith!

Jamais le beau greffier ne fut tant aimé de la
belle commerçante. Et ces confiants arrangements
firent le durable bonheur de trois êtres.

IV

QUELQUES IMPORTANTS CLOCHEMERLINS
(Suite)

TRENTE mètres après les Galeries beaujolaises, on trouve le bureau de poste, placé sous la direction de Mlle Voujon, et dix mètres plus haut le bureau de tabac où siège Mme Fouache. Nous aurons l'occasion de reparler de cette personne.

Près du débit de tabac, la maison du docteur Mouraille se faisait remarquer par sa grande plaque de cuivre et le volet métallique d'un garage au rez-de-chaussée, dispositif encore unique à Clochemerle.

Le docteur Mouraille lui-même se distinguait du commun des hommes. A cinquante-trois ans, il était robuste, rouge, gueulard, libre penseur, et brute disaient tout bas les malades. Il exerçait la médecine avec un fatalisme qui laissait à la nature les initiatives et les soins des dénouements. Il avait définitivement adopté cette méthode après quinze ans d'expériences et de statistiques. Jeune médecin, le docteur Mouraille commit pour la santé des corps la même erreur que commit, jeune prêtre, le curé Ponosse pour la santé des âmes : il voulut faire du zèle. Il attaqua la maladie avec des diagnostics audacieux, imaginatifs, et de violentes contre-offensives thérapeutiques. Ce système lui donna vingt-trois pour cent de pertes, dans les cas graves, proportion qui fut rapidement ramenée à neuf pour cent, lorsqu'il décida de s'en tenir à la médecine de constatation, comme faisaient généralement ses confrères des pays voisins.

Le docteur Mouraille buvait volontiers, avec un goût spécial, rare à Clochemerle, pour les apéritifs, habitude contractée au temps de ses études, qui furent très prolongées et consacrées à parts égales aux brasseries, aux champs de courses, aux tables de poker, aux maisons de plaisir, aux parties de campagne et à la Faculté. Néanmoins, les Clochemerlins respectaient leur médecin, se disant qu'un jour ou l'autre ils seraient appelés à lui tomber sous la main, et qu'il pourrait alors se venger d'un affront par un mauvais coup de bistouri dans un abcès ou une extraction sauvagement conduite. En effet, le docteur faisait le plus gros dans les mâchoires de Clochemerle, c'est-à-dire, qu'il arrachait, se servant pour cela d'un outillage rudimentaire et terrifiant, qu'il maniait avec une poigne irrésistible et qui ne lâchait jamais prise. Il tenait les curetages et plombages pour enjolivures de charlatans, et l'anesthésie pour complication inutile. Il estimait que la douleur est à elle-même son antidote, et que la surprise lui est un excellent adjuvant. Partant de ces observations, il avait mis au point une technique opératoire brève et généralement efficace. Sur les joues déformées par la fluxion, il assenait sans préavis un formidable coup de poing, qui assommait à moitié le patient. Dans la bouche ouverte par les cris de douleur, il plongeait ses tenailles jusqu'au maxillaire et tirait par saccades, jusqu'à rupture complète, au mépris des périostites, des afflux de pus et des hurlements. L'opéré se relevait tellement égaré qu'il donnait sur-le-champ son argent, geste absolument inusité à Clochemerle.

Des procédés si vigoureux forçaient la considération. Nul dans le bourg n'eût osé se dresser contre le docteur Mouraille. Mais il choisissait lui-même ses ennemis, et le curé Ponosse en était un, bien involontairement d'ailleurs, pour s'être une fois mêlé de ce qui ne le regardait pas, à propos du ventre de la Sidonie Sauvy. La chose vaut d'être contée. Mais il faut l'entendre de la bouche de Babette Manapoux, une des meilleures langues de Clochemerle, qui s'est fait une spécialité de quelques-uns de ces récits. Ecoutons-la :

— A la Sidonie Sauvy, voilà que le ventre lui vient tout gros. A son âge, vous pensez, c'était plus le risque qu'elle ait fauté. Il y avait bien des langues pour dire que la Sidonie, au temps qu'elle était jeune, elle avait caché le diable sous ses jupes. Mais c'était des histoires pas contrôlables, ça remontait à trop en arrière. Une femme qui arrive par là dans les plus de soixante, personne se souvient de ce qu'elle a pu faire dans son temps de fille. Pour parler vrai, qu'elle ait fait tout bon ou tout mauvais, c'est tout pareil ce qu'il en reste dans le temps qu'elle peut plus rien faire. C'est-i d'avoir fait ou pas fait qui laisse plus de regrets?

» Voilà donc la Sidonie avec son ventre qui grossissait comme une courge au bon soleil dans la saison. Son ventre, c'était rapport à la chose qu'elle pouvait plus faire ses besoins. Ça lui donnait une fluxion intestinale...

— Vous voulez peut-être dire de l'occlusion intestinale, madame Manapoux?

— Voilà bien comme vous dites, mon bon monsieur, que le docteur a justement dit. Je parlais de fluxion parce que c'est aussi de l'enflure. Mais l'enflure du ventre on lui donne pas le même nom qu'à la joue, paraît bien. Voilà donc ce ventre qui inquiétait bien les enfants de la Sidonie, principalement l'Alfred. Vers le soir, voilà qu'il se décide à lui demander : « Tu te sens pas » bien, la mère? T'es peut-être ben, comme qui » dirait, un peu échauffée? » Pas plus, il lui en dit, et la Sidonie répond ni oui ni non, parce que pour elle c'était pas clair ce qui lui arrivait dans le ventre. Mais voilà que là-dessus la Sidonie prend une mauvaise fièvre à faire du bruit dans son lit la nuit. Ses enfants ont encore attendu jusque vers les neuf heures, pour être bien sûrs qu'elle soit malade sans espoir de guérir seule, rapport à ne pas risquer mal à propos l'argent d'une visite. Alors l'Alfred a dit finalement qu'il ne fallait pas regarder à la dépense et que ça serait plus chrétien de faire venir le docteur.

» Vous connaissez le docteur Mouraille? C'est un homme bien adroit sur les cassures des membres, on ne peut pas dire. C'est lui qui a remis la jambe de l'Henri Brodequin, la fois qu'il était tombé de l'échelle en gaulant des noix, et le bras de l'Antoine Patrigot qu'avait reçu un mauvais coup de la mécanique d'un camion. Mais pour les maladies de l'intérieur, il est moins fort que sur les cassures, le docteur Mouraille. Le voilà donc qu'arrive chez les Sauvy, et qui lève la couverture de la Sidonie. Il a bien vu tout de suite :

» — Est-ce qu'elle fait? il demande.

» — Elle fait rien du tout! » répond l'Alfred.

» Quand le docteur a eu fini de tâter le ventre

de la Sidonie, qui était dur comme une feuillette, et autant gros, guère s'en manque, il dit aux enfants : « Sortons dehors! » Quand ils ont été tous dans la cour, voilà le docteur Mouraille qui dit à l'Alfred :

» — Comme la voilà-là, c'est tout comme qu'elle » serait morte.

» — A cause du ventre? a demandé l'Alfred. » Qu'est-ce qu'elle a dedans?

» — C'est des gaz, répond le docteur Mouraille. » Ou ça lui fait éclater le ventre, ou ça l'étouffe. » D'une manière comme de l'autre, ça veut pas » tarder. »

» Là-dessus, voilà le docteur Mouraille qui s'en va, de l'air d'un qui est bien sûr. Penser que c'est des paroles qu'on paie des vingt francs à un médecin, parce qu'il a une auto pour vous les porter à domicile, c'est de la honte quand même! Surtout quand c'est des paroles mensongères, comme c'était le cas, la fois que voilà-là, la preuve que vous allez voir comment.

» — Alors, ça va pas? » demande la Sidonie à l'Alfred, quand il revient de la cour.

» — Ça va pas du tout! » il lui fait.

» De la manière que l'Alfred avait parlé, elle a ben compris que ça pourrait bientôt finir de mal aller, pour plus aller du tout. Il faut dire que la Sidonie c'était une femme qu'avait pris une bien bonne piété, une fois qu'elle avait plus été en âge d'être troussée. Quand elle s'est vue sur le point de dire bonsoir à la compagnie, elle a demandé à voir le curé, qui était déjà notre curé Ponosse que vous connaissez.

» Quand on attire le curé dans une maison, c'est qu'il y a déjà du mal de fait. Voilà donc le curé

Ponosse qui s'amène doucement avec ses bonnes paroles et qui demande ce qu'il y avait de cassé. On lui dit l'affaire du ventre de la Sidonie, qui voulait plus fonctionner, et comme quoi le docteur Mouraille donnait pas vingt sous de sa peau. Voilà le curé Ponosse qui demande à ce qu'on lève la couverture, pour lui voir le ventre à la Sidonie, ce qui a bien d'abord étonné. Mais l'Alfred a tout de suite pensé que c'était pas de la curiosité, dans l'état qu'elle était, la pauvre vieille. Voilà le curé Ponosse qui lui tâte le ventre à la Sidonie, tout pareillement qu'avait fait le docteur Mouraille. Mais c'était pas la même chanson, avec le curé Ponosse.

» — Je vois, il dit. Je vais la faire aller. Vous » n'avez pas de l'huile de salade? » il demande à l'Alfred.

» L'Alfred apporte la bouteille toute pleine. Le curé Ponosse en verse deux grands verres, qu'il fait boire à la Sidonie. Il lui recommande encore de dire des chapelets par-dessus, tant plus qu'elle pourra, pour que le bon Dieu ait aussi sa part de l'affaire, dans le bien-être qui lui viendrait de son relâchement du ventre. Et puis voilà le curé Ponosse qui part tout tranquille, en disant d'attendre sans se tourner les sangs.

» La Sidonie, ça l'a fait aller du ventre, comme avait dit le curé, et tant et tant, qu'elle pouvait plus se retenir d'aller tout son saoul, et tous les mauvais gaz partaient aussi, avec bien du bruit et de l'odeur, comme vous pouvez penser. Ça sentait dans la rue comme les jours de vidange, c'était une chose bien remarquable, et tout le monde disait dans le bas bourg : « C'est le ventre de la Sidonie » qui se soulage! » Si bien soulagée elle a été, la

Sidonie, que deux jours plus tard elle enfilait son caraco et la voilà partie guillerette dans Clochemerle, à raconter partout que le docteur Mouraille avait voulu l'assassiner, et que le curé Ponosse lui avait fait un miracle dans le ventre avec de l'huile de salade bénite.

» Ce tour du ventre de Sidonie, guérie comme par miracle avec de l'huile et des chapelets, vous pensez que ça a fait du bruit dans Clochemerle et donné un bon coup d'épaule aux affaires du bon Dieu. C'est depuis ce temps-là que les gens se sont mis à être plutôt bien avec le curé Ponosse, même des qui vont pas à l'église, et à l'aller chercher en cas de maladie, avant le docteur Mouraille souvent, qui avait un peu passé pour couillon dans l'histoire. C'est de là qu'il en a toujours voulu au curé Ponosse, et qu'ils ont toujours été mal ensemble depuis, sans qu'il y ait de la faute du curé, qui est bien bon homme dans un sens, et pas fier, et bon connaisseur en Beaujolais, disent les vignerons.

*
* *

Le pharmacien Poilphard était un homme étrange, maigre, incolore et consterné. Il avait une loupe de la dimension d'une reine-claude, à l'emplacement de la tonsure chez les prêtres, et le souci de dissimuler cette protubérance l'astreignait à toujours porter une calotte à gland, qui lui donnait un air d'alchimiste triste. Certes les circonstances de sa vie étaient affligeantes, mais il vivait surtout dans le chagrin par vocation. Le désespoir était chez lui un état congénital : il ne se souvenait pas d'avoir jamais vu rire sa mère, il n'avait pas connu son père, mort très jeune, d'ennui peut-être, ou pour fuir une épouse irréprochable dont la vue lui inspirait l'envie d'être ailleurs, fût-ce en purgatoire. Poilphard tenait de sa mère une faculté de sécréter une grisaille accablante, et la vie, qui ne refuse pas à cette sorte de don l'occasion de s'exercer, lui fournit de bonne heure les motifs de durables gémissements. En deux mots, voici son histoire.

Avant de venir s'installer à Clochemerle, Dieudonné Poilphard demanda la main d'une jolie jeune fille, une orpheline, à qui sa pauvreté et les bons conseils de tuteurs pressés de la caser ne permettaient pas de refuser une offre honorable. Cette jeune fille avait reçu chez les sœurs une éducation religieuse. Au dernier moment, après avoir allumé un cierge à l'église, elle tira sa destinée à pile ou face avec une pièce de monnaie. Face : elle entrait au couvent; pile : elle épousait Poilphard. Elle n'entrevoyait que ces deux issues, après les menaces de ses tuteurs, et ne se sentait pas plus de goût pour l'une que pour l'autre. La pièce tourna pile. Elle pensa que c'était la décision de Dieu qui se manifestait. Elle épousa Poilphard. Celui-ci l'accabla si bien d'ennui qu'elle mourut, elle aussi, le plus rapidement possible, laissant une fille à sa ressemblance, qui était un thème d'éternels regrets pour le veuf, parce qu'elle lui rappelait la mère.

Sa femme morte, Poilphard prit des dispositions pour pleurer tout à loisir. Il mit la fillette en pension et chargea un aide de le remplacer à la pharmacie, dont on assurait le revenu régulier par une entente avec le docteur Mouraille, auquel on versait un pourcentage sur les ordonnances. Libre de son temps, le pharmacien se rendait souvent à Lyon, poussé par des besoins d'ordre sentimental

et sexuel d'un caractère particulier. Il se laissait
entraîner par des personnes de rencontre, auxquelles il demandait une sorte de service très peu
courant, qui consistait pour elles à s'étendre nues
sous un drap étroitement appliqué, dans une rigidité cadavérique, les yeux clos et les mains serrées
sur un petit crucifix dont il était toujours muni.
Lui s'agenouillait au pied du lit et sanglotait. Il
quittait, très pâle, les belles ressuscitées, et c'était
pour gagner les cimetières, où l'attirait un goût
de collectionneur. Il y choisissait les épitaphes
rares, les notait sur un carnet, afin d'en enrichir
un recueil qui lui fournissait la matière de rêveries
particulièrement lugubres pour ses veilles de
Clochemerle.

Tafardel tenait en haute estime Poilphard, dont
l'air morne s'accordait très bien avec son air
solennel. Il venait souvent à la pharmacie, où il
ne se lassait pas de déchiffrer les inscriptions savantes des bocaux. Poilphard était aussi l'objet
d'une tendre sympathie de la part de certaines
demoiselles de Clochemerle qui atteignaient à
l'extrême limite où une vieille fille est encore pla-
çable auprès d'un veuf de peu d'agrément, dont
les sens sont rassis, les manies bien arrêtées, et qui
a surtout besoin d'une compagne pour l'entretien
de son linge, l'application de cataplasmes et les
doléances en commun. Profitant de ce qu'elles
fixaient elles-mêmes les derniers délais de leur
séduction tardive et dévouée, plusieurs de ces
demoiselles les prorogeaient abusivement, dont la
venue n'eût point réjoui le naufragé dans son île
déserte, ni troublé le solitaire dans sa retraite
ascétique. Clientes assidues, porteuses de flacons
d'urines et de petites incommodités intimes, elles

venaient solliciter des consultations bénignes, dans l'espoir que les yeux du nostalgique pharmacien finiraient un jour par se dessiller, dussent-elles pour cela sacrifier à leur mission charitable les trésors d'une pudeur intacte.

Mais Poilphard limitait ses investigations à la partie désignée, sans se faire dévoiler plus de chair qu'il n'était strictement nécessaire. Il décelait avec indifférence les dermatoses, les traces d'albumine, d'arthritisme et de diabète, les conséquences de la constipation, la paresse des ganglions, les affres nerveuses de la stérilité, trouvant dans la constatation de ces misères physiques les motifs d'un désespoir toujours plus étendu, qui l'assombrissait encore. La façon minutieuse dont il se lavait les mains au savon, après avoir touché à ces corps embrasés, était cruellement décourageante. Et ses conclusions s'inspiraient d'un noir pessimisme.

— Incurable! disait-il. (Mais il remettait un flacon à la malade.) Essayez ça. C'est ce qu'on donne habituellement. Une fois sur dix, on obtient des résultats.

Les audacieuses lui demandaient avec un clin d'œil complice :

— Vous me ferez bien un petit rabais, monsieur Poilphard? Parce que c'est moi...

Le pharmacien considérait avec étonnement la grâce grimaçante de la personne, son surprenant chapeau, ses falbalas surannés. Il s'informait :

— Vous êtes peut-être portée sur la liste des indigents de la commune?

De telles erreurs de jugement lui avaient fait à son insu plusieurs ennemies, de l'espèce la plus persévérante et la plus active : des incomprises bafouées. Ces indignées vigilantes insinuaient que

les tripotages de Poilphard n'étaient pas tous
d'ordre pharmaceutique. 'Il cachait son jeu, ce
veuf pleurard, mais on avait bien remarqué quelles
femmes il attirait de préférence dans son arrière-
boutique : des bonnes jouffues du derrière, de
grosses mémères sans pudeur, des sans-pantalon,
toujours prêtes à faire des pleines lunes aux
hommes, plus volontiers qu'un signe de croix. On
les connaissait, celles-là, et Poilphard aussi on le
connaissait. Cet homme si triste, il lui fallait les
molles abondances des dondons pour le dérider un
peu, voilà tout. Pourtant ces racontars ne trouvaient pas grande créance à Clochemerle, où le
pharmacien inspirait une crainte respectueuse. Si
Mouraille maniait le bistouri et Ponosse l'extrême-
onction, Poilphard maniait l'arsenic et le cyanure.
Ses airs lugubres lui donnaient une mine d'empoi-
sonneur avec lequel on estimait prudent de se
tenir en bons termes.

A côté de la pharmacie aux vitrines poussié-
reuses, où des eczémateux (produit de l'art publi-
citaire) se grattaient furieusement, un magasin
bien différent attirait les regards par son scintille-
ment de nickels, ses panonceaux, ses photographies et ses télégrammes sportifs collés aux vitres.
Un engin splendide, convoité de toute la jeunesse
virile de Clochemerle, occupait la place d'honneur
de la montre : une bicyclette de la grande marque
Supéras, type Tour de France, en tous points semblable, assuraient les catalogues, aux machines des
plus fameux coureurs.

Ce magasin était celui du marchand de vélos

Fadet, prénommé l'Eugène, personnage remarquable par sa façon de se mettre en selle en voltige et son souple déhanchement de cycliste, qui passait pour le fin du fin de l'élégance vélocipédique. L'Eugène exerçait une forte influence sur les jeunes gars de Clochemerle, qui s'honoraient de son amitié. Pour plusieurs raisons. D'abord sa façon très personnelle de chiffonner artistement une casquette, de se « bâcher », disait-il, ainsi que sa coupe de cheveux dans la nuque, imitée et jamais égalée, que le coiffeur de Clochemerle ne pouvait réussir à ce point que sur la tête de Fadet, spécialement conformée pour ce chic de marlou. De plus, autrefois coureur cycliste et mécanicien d'aviation, Fadet se permettait, dans ses récits légendaires et toujours perfectionnés par la répétition, de traiter les grandes vedettes du ciment et de l'air avec une fraternelle liberté de langage. Mais surtout, il y avait son grand exploit, « la fois que j'ai fait second dans la roue d'Ellegard, le champion du monde d'alors, je te parle de 1911, au Vél' d'Hiv. ». Suivaient une description du vélodrome où déliraient les galeries enthousiasmées, et la parole d'Ellegard, très surpris : « J'ai dû m'employer à fond. » Les jeunes de Clochemerle ne se lassaient pas d'entendre cette histoire qui leur donnait une idée de la gloire. Ils la redemandaient toujours :

— Dis, l'Eugène, le jour que t'as fait second dans la roue d'Ellegard... Les mecs de Paname, dis donc!

— Plein la vue, je leur en ai mis! disait Fadet, avec le dédain simple des forts.

Il donnait une fois de plus tous les passionnants détails et terminait toujours à peu près de cette façon :

— Lequel c'est de vous, les petits gars, qui paye un verre?

Il y avait toujours un garçon de dix-sept ans, assoiffé de la considération de l'Eugène, qui trouvait au fond de sa poche la somme nécessaire. Alors Fadet criait, avant de fermer la porte du magasin :

— La Tine, je suis en course.

Il se hâtait ensuite de prendre le large. Pas assez vite souvent pour éviter que ne le rattrapât la voix d'une femme acrimonieuse, la sienne, la Léontine Fadet, qui reprochait :

— Tu vas encore boire un coup avec les gars? Et ton travail?

Un ancien habitué des vélodromes et des terrains d'aviation, qui enseignait à toute une jeunesse la manière de « dompter les gonzesses » (« à genoux à tes pieds en chialant, faut qu'elles se traînent, les femmes, pour pouvoir dire que t'es un homme! »), un personnage de cette qualité ne pouvait laisser compromettre publiquement son prestige.

— Alors quoi, la Tine, répondait le gentleman à culotte cycliste, avec son meilleur accent du faubourg, t'es toujours à ramener sur le gros du peloton! Freine un peu, tu vas déraper dans le virage! Gardes-en pour la pointe finale, la Tine!

Ces ripostes imagées connaissaient un franc succès auprès d'un public de jeunes hommes qu'on étonnait facilement. Mais on doit dire que Fadet, enfermé plus tard avec la Léontine, avait le verbe moins haut, car Mme Fadet, femme d'ordre et de méthode, rappelait sans badinages à son mari les exigences précises de l'échéancier et du tiroir caisse. Elle assumait la direction financière de la firme Fadet, et c'était en somme un grand bien

pour ce fonds de commerce que tout le brio de
l'Eugène n'aurait pas sauvé, quand paraissaient
aux fins de mois les vieux messieurs à sacoche, qui
venaient encaisser les traites. Heureusement, la
jeunesse de Clochemerle ignorait ces petits détails
d'administration intérieure. Crédule, elle était à
mille lieues de supposer que l'ancien confident de
Navarre et de Guynemer, l'ancien rival d'Ellegard,
se faisait traiter dans le privé de « pauvre imbécile », et chose incroyable, qu'il l'acceptait. Fadet
prenait d'ailleurs toutes précautions pour cacher
ses différents avec sa femme.

— Penses-tu, disait-il, elle crâne un peu devant
le monde, la Tine! Elle fait sa mariolle. Mais je
connais les bons trucs pour la faire filer droit, en
douce...

Une certaine façon canaille de fermer son œil
gauche le dispensait de révéler les mystérieux procédés qu'il employait sans témoins. Moyennant
quoi il pouvait régner de haut sur le groupe des
jeunes Clochemerlins sportifs qui envahissaient
chaque soir son magasin. Mais les regards glacés
de Mme Fadet finissaient par chasser les plus intrépides. Entraînant Fadet ils allaient tous se réfugier
près de la grande place, au café de l'Alouette (chez
la Josette, une femme de mauvaise réputation) où
ils menaient un terrible tapage qui faisait dire aux
Clochemerlins du quartier : « C'est encore la bande
à Fadet! » Nous verrons cette troupe à l'œuvre.

*
**

Dans le coude du grand tournant, d'où l'on
découvre la perspective des vallées jusqu'à la Saône,
se trouve la plus belle maison bourgeoise de Clo

chemerle, dont les murs se terminent à mi-hauteur par des grilles élégantes. Cette maison a un portail de fer forgé, des allées recouvertes de gravier clair, des massifs de fleurs, des arbres d'essences variées, et un jardin anglais où l'on voit une charmille, un bassin, des rocailles, de confortables fauteuils, un croquet, une boule suspendue qui reflète le bourg à l'envers, enfi un riche perron surplombé d'une marquise à jardinières. Dans cet endroit, l'agrément passe avant le rapport, ce qui indique un gros excédent de rapport, lequel autorise ce luxueux gaspillage d'un terrain qui pourrait porter des plants de vigne.

Là vivait le notaire Girodot, en compagnie de sa femme et de sa fille, Hortense, jeune personne de dix-neuf ans. Un fils entamait sa seconde année de rhétorique chez les jésuites de Villefranche, après deux accablants échecs au baccalauréat, honte que l'on cachait aux Clochemerlins. Résolument cancre, il s'annonçait encore dissipateur et terriblement fantaisiste, penchants déplorables chez un garçon dont on comptait faire un notaire. Révélons que le jeune Raoul Girodot, alors que personne ne s'en doutait encore, avait pris la double résolution de n'être jamais notaire et de vivre tranquillement sur la fortune amassée par plusieurs générations de Girodot prévoyants, fortune qui allait atteindre des proportions immorales si un membre de cette lignée, instrument des alternances humaines, ne paraissait à point pour procéder à la redistribution de richesses qui faisaient ailleurs défaut, conformément à l'esprit de justice qui préside obscurément à l'équilibre du monde. Raoul Girodot ne sentait pas la nécessité du travail : sans doute le grand abus fait de cette

faculté par ses ascendants avait-il empêché qu'il en
arrivât jusqu'à lui la moindre parcelle. Dès l'âge
de quinze ans, consacrant à de profondes et intui-
tives méditations sur la vie les loisirs que lui procurait sa fainéantise, il se fixa deux objectifs : à
son sens les seuls vraiment dignes d'un fils de
famille : avoir une voiture de course et une maîtresse blonde, très grasse (ce goût de l'opulence
charnelle était réaction contre la proverbiale maigreur des femmes Girodot. Car ce fils indocile
rêvait de secouer toutes les tutelles et de rompre
avec les traditions de sa race). On se trompait donc
sur les capacités de caractère de cet indolent collégien, qui disposait d'une force usante pour quiconque lui résistait. Il n'eut jamais son baccalauréat auquel il ne tenait pas, mais il eut toujours
de l'argent en poche en quantité suffisante, et il
eut plus tard la voiture et la maîtresse blonde qui,
l'une portant l'autre, lui servirent à faire rapidement deux cent cinquante mille francs de dettes,
avec le secours du poker, il est vrai. Quant à la
jeune Hortense elle tourna mal également; et bien
par sa faute, car les bons conseils ne lui avaient
pas manqué. Mais elle suivit les impulsions de sa
nature dangereusement romanesque, au point de
lire beaucoup et surtout des poètes, ce qui la
conduisit à s'éprendre d'un garçon sans fortune,
passion qui est le suprême châtiment des filles qui
n'ont pas écouté leurs parents. D'ailleurs, c'est ici
de l'anticipation qui nous écarte de notre récit.

Famille curieuse, ces Girodot, très riches, et notaires de père en fils depuis quatre générations.
L'arrière-grand-père avait été un homme de belle
mine, de bon sens et de franc-parler. Mais les descendants, à force d'épouser des fortunes plutôt que

des femmes, abâtardirent leur race. Un mot de
Cyprien Beausoleil explique bien cette évolution :
« Les Girodot, c'est une engeance qui fait l'amour
dans la fente des tirelires. » L'argent peut tout
procurer, sauf un sang généreux. Avec ce système,
les Girodot devinrent progressivement jaunes et
racornis comme les vieux parchemins de leurs
archives. De cette déchéance physique, Hyacinthe
Girodot offrait un exemple frappant, avec son teint
malsain, ses jambes grêles et ses faibles épaules.

Si l'on devait se fier à Tony Byard, Girodot
n'aurait été qu'un « vilain grigou cafard, par-
dessus tout grippe-sous et vieux trotte-bidet, avec
des sales vices de dégoûtant », un homme qui ne
donnait jamais un conseil désintéressé et qui em-
brouillait au mieux de ses intérêts les affaires des
familles. Il est certain que Tony Byard, grand
mutilé de guerre, réformé à cent pour cent, était
bien placé pour connaître à fond Girodot, ayant
été dix ans clerc à son étude, avant 1914. Mais les
déclarations de Tony Byard sont sujettes à cau-
tion, parce qu'un différend séparait les deux
hommes depuis quelques années. Le mutilé pensait avoir la matière de griefs contre son ancien
patron, et cet état d'esprit implique sans doute
quelques exagérations dans ses jugements. Par scrupule d'historien, nous montrerons l'origine de ces
prétendus griefs.

Lorsque Tony Byard, estropié, reparut à Clochemerle en 1918, il alla rendre visite à Girodot.
Le notaire l'accueillit avec de grandes effusions,
lui parla de son magnifique courage, le nomma
« héros », l'assura de la reconnaissance du pays
tout entier et de la gloire qui demeurerait atta-

chée à ses blessures. Il lui offrit même de le
reprendre dans son étude, en fixant un nouveau
salaire calculé, bien entendu, en fonction de la
diminution de rendement qu'entraîneraient les
incapacités de Byard. Mais celui-ci répondit qu'il
avait une pension. Enfin, après une demi-heure de
conversation cordiale, Girodot finit par dire à son
ancien clerc : « En somme, vous ne vous en êtes
pas mal tiré... », et le reconduisant sur ces mots
consolants, lui glissa dix francs dans sa poignée de
main. Cette parole, les dix francs et l'offre d'emploi
au rabais, voilà les griefs de Tony Biard.

Tony Byard était-il fondé à se formaliser?
S'adressant à lui, Girodot pensait comme toujours
à l'argent, alors que Tony Byard l'écoutant, pensait à toute autre chose. Au point de vue où se
plaçait Girodot, on ne pouvait pas dire qu'il eût
tort : gagner au moment de la déclaration de
guerre cent quarante-cinq francs par mois, avec la
seule perspective d'arriver à deux cent vingt-cinq
francs vers cinquante ans, et revenir quatre ans
plus tard au pays avec dix-huit mille francs de
rente, c'est, comme on dit, une affaire, financière-
ment parlant. La constatation de Girodot était
d'ordre financier, mais Tony Byard, lui, ne pensait égoïstement qu'à ceci : parti avec quatre
membres, il n'en ramenait que deux, à trente-trois
ans, après l'amputation de son avant-bras gauche
et de sa jambe droite, à mi-cuisse. Il s'estimait
diminué, chose indéniable, mais refusait de considérer par contre que dix-huit mille francs par an
pour l'avant-bras et la jambe d'un petit clerc de
campagne, c'était un bon prix, excessif même.
Aveuglé, il ne tenait pas compte de ce qu'il allait
coûter au pays, et de cela précisément Girodot,

plus lucide parce qu'il était intact et n'avait jamais
cessé d'appliquer son intelligence aux données éco-
nomiques, tenait raisonnablement compte. Cette
idée vint au notaire : « Si on se met à réformer
à cent pour cent des hommes qui n'ont perdu que
deux membres, c'est la porte ouverte à toutes les
absurdités. » Il voyait là une atteinte, qui l'offen-
sait, à la logique mathématique la plus formelle.
Il se dit : « Voilà un garçon qui peut vivre largement vingt ans encore.. A supposer qu'ils soient
cent mille comme lui, qu'est-ce que cela va
coûter? » Le résultat du calcul l'épouvanta :

$$18.000 \times 20 = 360.000 \times 100.000 = 36.000.000.000$$

Trente-six milliards! Mais alors, mais alors?
« L'Allemand paiera » c'est vite dit! Et les pensions de veuves par-dessus, et les régions dévastées...
Où allait-on prendre cet argent? Où? Il calcula
qu'il avait dû souscrire cinq cent soixante-quinze
mille francs aux différents emprunts. Il était grandement prudent de réaliser pour acheter des valeurs étrangères, émises par un pays qui n'eût pas
des milliers de jambes et de bras coupés à rem-
bourser. Il nota sur son agenda *Emprunt,* souligné
trois fois. Une autre forme de raisonnement le sollicitait : « Supposons — la supposition n'est pas
fondée — mais enfin supposons que j'aie, moi
Girodot, perdu un bras et une jambe à la guerre,
on me donnerait *seulement* dix-huit mille francs. »
Il y avait dans ce système des pensions quelque
chose de vicieux à la base qui le frappait soudain :
alors on remboursait au même prix tous les
membres, un bras de notaire au tarif d'un bras de
clerc ou de manœuvre? Inconcevable! A quelles
absurdités conduit la politique de flatterie!

— Ces gens-là nous mènent à la ruine! s'écria tragiquement Girodot dans le silence de son cabinet.

Il pensait aux hommes politiques responsables de ces dispositions. Puis un doute affreux lui traversa l'esprit, sorte de glas qui annonçait la faillite de l'époque contemporaine, l'abolition des sentiments sublimes qui ont longtemps étayé la civilisation : *La guerre, qui devait être l'école du sacrifice, serait donc en définitive un encouragement à la fainéantise?*

On a donné ces détails pour bien montrer quelle ampleur de vues guidait le notaire Girodot, dont les spéculations d'esprit, si elles effleuraient parfois son cas personnel, s'élevaient toujours jusqu'au plan national et débordaient dans l'avenir en utiles prévisions.

En regard, que pensait Tony Byard? Il faut convenir qu'il argumentait bien moins fortement. Ce malheureux, parce qu'il avait perdu un bras et une jambe à la guerre, raisonnait comme si cet accident de portée limitée eût dû requérir tout spécialement l'attention de ses contemporains, comme si tous les gens qui n'avaient rien perdu lui eussent des obligations. Il se croyait bien réellement tous les droits, ce pauvre Tony Byard! Il mettait dans sa poche dix-huit mille francs et n'en était reconnaissant à personne. Et quand un homme respectable, honoré, qui aurait pu dans sa situation de fortune se dispenser d'être pitoyable, lui offrait dix francs et le félicitait de sa chance de toucher à trente-trois ans dix-huit mille francs de rente, Tony Byard se fâchait. Etait-il bien en droit de le faire? Précisons d'autre part qu'il avait bénéficié d'un traitement de faveur. Car, lorsque

Jean-Louis Galapin revint, manchot, à Clochemerle, un an avant Tony Byard, Girodot se contenta de lui dire dans la rue : « C'est bien triste, mon pauvre garçon! Tenez, je vais faire quelque chose pour vous... » Et il ne lui glissa que cinq francs, sans lui offrir de place.

Ainsi que le faisait justement observer le notaire, chacun ne voit que ses misères. Il avait lui-même souffert de la guerre, en raison du moratoire qui suspendit forcément une partie des transactions. Il avait souscrit cinq cent soixante-quinze mille francs d'emprunt, et c'était un acte de grand courage, car cela comportait des risques. Enfin, dans un mouvement d'exaltation patriotique, consécutif à la lecture d'un intrépide article de M. Marcel Hutin, il avait versé au Trésor — contre remboursement, cela va de soi — le tiers des louis qu'il possédait, soit six mille francs de louis. « Il faut que chacun à sa place fasse tout son devoir. Haut les cœurs, mes amis! », avait constamment répété Girodot, durant les années terribles, en donnant lui-même l'exemple des sacrifices nécessaires, avec une grande fermeté d'âme. En 1914, et jusqu'au milieu de 1915, il remettait vingt francs aux combattants qui revenaient à Clochemerle après avoir passé par l'hôpital. Dans la suite, il dut réduire, parce que la guerre se prolongeait au-delà de toute prévision, et le nombre augmentait démesurément tant des blessés que des veuves. Malgré tout, il n'avait jamais cessé de faire quelque chose.

En 1921, Girodot, qui était homme d'ordre et inscrivait tout, eut la curiosité de chiffrer ses dépenses exceptionnelles de guerre. On entend par là les dons aux personnes et aux quêtes. Il éplucha ses vieux carnets et arriva, entre le mois d'août 1914 et la fin de 1918, au total de neuf cent vingt-trois francs quinze, qu'il n'eût point déboursés sans la guerre (sans qu'il eût pour cela diminué ses aumônes normales et ses offrandes à la cure). Il est juste de dire que cette générosité trouvait sa compensation dans la plus-value qui s'étendait à tous ses biens. Parallèlement, il chiffra sa fortune. En évaluant au cours du jour ses vignes de Clochemerle, sa maison, et l'étude, sa propriété des Dombes, ses domaines du Charollais, ses bois et son portefeuille de valeurs, il estima que cette fortune se montait à quatre millions six cent cinquante mille francs (contre une évaluation d'environ deux millions deux cent mille francs en 1914) malgré une perte de soixante mille francs sur les fonds russes. Comme il avait ce jour-là l'esprit orienté vers les statistiques, il prit dans un tiroir de son bureau un petit carnet portant la mention *Charités secrètes*. Le total s'en montait pour les années de guerre à trente-trois mille francs. Disons que ces charités du notaire Girodot coïncidaient avec les dates de ses voyages à Lyon, et qu'elles avaient été distribuées, dans le quartier des Archers principalement, à des personnes très dignes d'intérêt par la promptitude qu'elles apportaient à se dévêtir et le laisser-aller tout à fait familial avec lequel elles en usaient à l'égard des hommes respectables.

Réfléchissant sur ces chiffres, Girodot se dit, à propos des neuf cent vingt-trois francs quinze : « J'avais le sentiment d'avoir donné davantage », et à propos des trente-trois mille francs : « Je ne croyais pas être allé si loin... » Dans ce dernier cas, il établit que les préliminaires, avec les repas, le champagne, les promenades en voiture et parfois les cadeaux, lui avaient coûté plus cher que les tête-à-tête. Mais il savait ces préparatifs indispensables pour se mettre en bonnes dispositions. « Après tout, conclut-il, je ne prends pas tant de distractions, toujours enfermé ici! » Il murmura encore en souriant : « Les charmantes coquines... » Puis, comparant les trois nombres — quatre millions six cent cinquante mille francs, trente-trois mille francs, neuf cent vingt-trois francs quinze — il se fit cette remarque : « J'aurais pu faire un peu plus... Il est certain que j'avais encore de la marge. »

On voit par ce que nous venons de dire que le notaire Girodot était sans reproche. Il éclate à l'évidence que les insinuations de Tony Byard étaient calomnieuses et dictées par le ressentiment. Heureusement, à Clochemerle, on ne jugeait pas Girodot sur les rapports de Tony Byard. Il venait en tête des gens bien pensants. Le terme est malaisément définissable et comporte des nuances locales. D'une manière générale, on peut dire qu'il présuppose la fortune (il ne viendrait à l'idée de personne de l'appliquer à un homme pauvre, tant l'esprit se refuse naturellement à l'association de ces deux termes : pensée et pauvreté), mais une fortune qui correspond à un usage modéré, bienveillant et mesurément secourable, lequel accorde harmonieusement les convictions et les actions de son possesseur. Ce qui était le cas du notaire Girodot, on l'a vu.

Girodot passait à Clochemerle pour le premier représentant de la bourgeoisie, car l'avaient précédé dans la dignité bourgeoise plusieurs générations de Girodot riches. Hormis le notaire, la bourgeoisie n'était guère représentée dans le bourg, les Clochemerlins étant tous propriétaires-vignerons, soit de simples cultivateurs enrichis. Cela conférait à Girodot un rang spécial, intermédiaire entre le clan aristocratique des Courtebiche et le reste de la population. A l'exemple du château, il invitait à sa table le curé Ponosse, et son ambition eût été d'y avoir la baronne elle-même. Mais la noble personne s'y refusait. Bien qu'elle eût fait transférer, de ses notaires de Paris et de Lyon, une partie de ses intérêts chez Girodot, elle se refusait à traiter ce dernier autrement qu'en simple intendant de ses biens. Elle l'invitait parfois chez elle — comme le roi recevait à la cour — mais n'allait pas chez lui, pas plus qu'elle n'allait à la cure. La baronne professait, sur la façon de tenir son rang, des principes formels, d'une efficacité démontrée : il est bien certain que les différences s'affaiblissent, lorsque les castes se mettent à trop se fréquenter, et les supériorités disparaissent. La suprématie de la baronne reposait sur la rareté qu'elle savait donner à ses témoignages de sympathie. Vis-à-vis du notaire, dont la fortune augmentait sans cesse, alors que la sienne déclinait, elle demeurait intraitable.

— Ma parole, disait-elle, si j'allais encore manger ses ragoûts, je serais bientôt protégée par ce tabellion de province.

Ces refus de la baronne étaient un des plus grands chagrins de Girodot. On s'en fera une idée quand nous aurons dit que ce dernier allait jusqu'à ne pas prendre tout son bénéfice sur les opérations qu'il traitait pour le compte de sa cliente, dans l'espoir que ces rabais fléchiraient son mépris. C'est en quoi leurs races différaient. La fière baronne ne pouvait souffrir un homme qui passait son temps en marchandage.

Par contre, le notaire Girodot jouissait auprès des Clochemerlins d'une considération spéciale. Il leur inspirait un respect craintif, au même titre que Ponosse, dispensateur de privilèges célestes, et Mouraille, protecteur des vies. Mais la question de vie et de mort se pose rarement, et la question d'éternité se pose une seule fois dans l'existence, tout à la fin, quand la partie terrestre est définitivement jouée. Alors que la question d'argent se pose sans répit, du matin au soir, de l'enfance à la vieillesse. L'idée de profit battait dans la cervelle des Clochemerlins au rythme du sang dans leurs artères, si bien que le ministère de Girodot l'emportait sur celui de Ponosse et de Mouraille, et cette priorité donnait le prestige au notaire. C'était lui sans doute qui faisait dans les âmes de Clochemerle les sondages les plus profonds, car s'il se trouvait au bourg des individus pour n'être jamais malades, et d'autres qui ne s'inquiétaient pas de l'éternité, il ne s'en rencontrait aucun qui n'eût pas de soucis d'argent et besoin de conseils pour placer ses quatre sous.

Girodot allait à la messe, faisait ses Pâques et ne lisait que de bonnes feuilles. Il répétait fréquemment : « Dans notre profession, il faut inspirer confiance. » (D'ailleurs cette parole, placée là par hasard, n'a probablement pas de relation directe avec les croyances qu'il affichait.) Pour la santé, Hyacinthe Girodot était sujet aux caries, aux furoncles et tumeurs, aux maux en général qui amènent des suppurations. En outre, depuis l'âge de quarante-trois ans, il prenait des attaques de rhumatisme d'origine microbienne. Le microbe

avait révélé sa présence dans l'organisme de Girodot quatre jours après une de ses « charités secrètes ». On le refoula sans réussir à le détruire
entièrement, parce qu'il trouvait dans les tissus
arthritiques du notaire un terrain très propice aux
embuscades. Ces attaques répétées et fort gênantes,
qui exigeaient un diagnostic compatible avec la
tranquillité morale de Mme Girodot et la bonne
réputation du notaire, mettaient ce dernier à l'entière merci du docteur Mouraille, dont il reconnaissait la discrétion en lui réservant les meilleures
hypothèques de son étude.

V

INAUGURATION TRIOMPHALE

COMME un captivant troubadour, qui faisait autre
fois se pencher aux fenêtres les curieuses, et devenait aussitôt la coqueluche des dames, le printemps
fit un matin son apparition, quinze bons jours
avant le lever de rideau prévu par les metteurs en
scène des saisons. Le tendre page impertinent, en
leur offrant des bouquets de violettes, fardait au
rose de pêcher les joues des femmes et leur faisait
de douces agaceries qui les laissaient confuses, avec
des soupirs inachevés, mais toutes bouleversées
d'aise et d'attente, gardant aux lèvres un goût de
fleurs, de fruits et d'amour

Cela débuta par une saute de température. Dans
la nuit du 5 avril 1923, un petit coup de vent du
nord, qui arrivait tout chargé de parfums bour-
guignons, fit grande lessive céleste, dispersa on ne
sait où les noirâtres flocons qui, la veille, roulant
d'ouest en est, rendaient chagrins les gens de Clochemerle, au pied des monts d'Azergues, à peine
distincts dans les embruns de sales nuages cracho-
tants. En une nuit, les cantonniers de l'azur avaient
tout balayé, déployé les oriflammes et suspendu

les girandoles. Et le soleil, dans ce satin bleu
tendu à l'infini, rutilait à pleines joues, s'en donnait à cœur joie, rendait attendrissantes les premières fleurettes, tout gaillards les garçons et toutes
mollisantes les filles, moins grognons et prêcheurs
les vieux, plus compréhensifs les parents, un peu
moins bêtes les pandores, plus tolérants les honnêtes gens et les pieuses femmes, plus prodigue la
charité des bien-pensants économes; bref, dilatait
toutes les poitrines. Il fallait, bon gré mal gré,
cligner de l'œil à ce coquin, qui fracassait de joie
les bocaux émeraude et géranium de Poilphard.
Mme Fouache débitait plus de tabac, l'auberge
Torbayon faisait salle comble chaque soir, le curé
Ponosse faisait meilleure recette à la quête, le
pharmacien pleurait d'abondance. le docteur Mouraille guérissait à coup sûr, le notaire Girodot préparait des contrats de mariage, Tafardel préparait
un monde meilleur et son haleine fleurait le
réséda. Piéchut se frottait les mains en cachette, et,
entre les seins décolletés de la belle Judith, on eût
dit que l'aurore, accablée de langueur, s'était
endormie.

Un ripolin frais avait remis à neuf les choses, les
cœurs avaient touché un lot d'illusions qui leur
rendait plus légère la peine de vivre. Du sommet
du bourg, on découvrait des bois rêches, encore
fauves, à peine démaillotés des charpies de l'hiver,
des terres brunes, grasses, piquées de tiges humides,
des champs tendrets, parés d'un duvet de blés en
herbes, qui donnaient aux Clochemerlins l'envie
d'être des poulains lâchés, au derrière cabriolant,
toujours plus haut que le nez, ou de ces morveux
petits veaux qui semblent avoir chipé quatre
piquets de clôture pour s'en faire des pattes. Clo-

chemerle était pris dans un remous de frissons
tièdes, dans le concert de résurrection des invisibles myriades animales, tout était baptême, premiers pas, premiers vols, premiers cris. Le monde,
une fois de plus, sortait de nourrice. Et le soleil,
décidément indiscret, tapait sur l'épaule des gens
comme un vieux copain retrouvé.

— Bon Dieu! disaient les Clochemerlins, quel
cadeau, une journée pareille!

Il leur en venait des démangeaisons de désirs
vieux comme le monde, et qui sont la loi du
monde, au-dessus des lois et des morales rétrécis-
santes. C'était besoin ancestral de traquer de belles
filles neuves, aux flancs immenses comme l'éternité,
avec des poitrines et des cuisses de paradis perdu,
et sur ces vierges palpitantes, sur ces plaintives
biches d'amour, de se jeter comme des demi-dieux
triomphants. Et chez les femmes renaissait le désir
biblique, toujours présent, d'être des tentatrices,
nues sur des prairies, avec la caresse des vents dans
leurs toisons impatientes, le bondissement autour
d'elles de grands fauves dociles venant lécher le
pollen de leur corps en fleurs, tandis qu'elles
attendent l'apparition du conquérant auquel
d'avance elles ont consenti la défaite qui est leur
victoire hypocrite. Des instincts venus des premiers
âges se mêlaient dans les têtes de Clochemerle à des
pensées que leur avait données vaguement la civilisation, et cela faisait une somme d'idées trop
compliquées qui les embarrassaient. C'était un
fameux printemps qui leur tombait sans crier gare
sur la cervelle, sur les omoplates, sur la moelle. Ils
en étaient tout remués, tout étourdis.

Et ce temps-là devait durer.

Il arrivait juste à point pour la fête de l'inauguration, fixée au surlendemain, 7 avril, un samedi,
ce qui permettrait de se reposer le dimanche.

Cette manifestation allait affirmer la victoire de
Barthélemy Piéchut et de Tafardel. Encore dissimulé sous une bâche, l'urinoir était édifié, à l'entrée de l'impasse des Moines, contre le mur des
Galeries beaujolaises. Inspirée par le maire, toujours désireux d'attirer à Clochemerle quelques
personnalités de la politique, la municipalité avait
décidé d'organiser à cette occasion une fête béné-
vole, toute de laisser-aller campagnard, qui consa-
crerait les progrès de l'urbanisme rural. On avait
annoncé la réunion sous le nom de « Fête du vin
de Clochemerle », mais l'urinoir en était le véritable motif. On pouvait compter sur la présence
du sous-préfet, du député Aristide Focard, de plusieurs conseillers départementaux, de plusieurs
maires de pays voisins, de quelques officiers minis-
tériels, de trois présidents de syndicats vinicoles,
de quelques érudits régionalistes, et sur la présence
du poète Bernard Samothrace (de son vrai nom
Joseph Gamel), qui viendrait des environs avec
une ode rustique et républicaine composée tout
exprès. Enfin le plus célèbre des enfants de Clochemerle, Alexandre Bourdillat, ancien ministre, avait
promis d'être là.

Tout ce qui, à Clochemerle, professait des idées
avancées se réjouissait de cette manifestation, alors
que les conservateurs s'apprêtaient au contraire à
bouder. Mme la baronne de Courtebiche, indirec-
tement sollicitée de paraître, fit savoir avec son
impertinence coutumière qu'elle ne se « commet-
trait pas avec des malotrus ». Le mot était de ceux
qui se pardonnent difficilement. Heureusement

l'attitude de son gendre, Oscar de Saint-Choul, le rachetait un peu. N'ayant ni profession, ni capacité en aucun ordre d'activité, ce gentilhomme préparait éventuellement une candidature politique de nuance encore imprécise, car la prudence lui conseillait de ne blesser inutilement aucun parti, tant que ses convictions ne seraient pas proclamées, ce qu'il ne ferait qu'au dernier moment, afin d'écarter tout risque d'erreur et de précipitation dans sa profession de foi. Il répondit très civilement aux émissaires démocratiques — légèrement décontenancés par son assurance à porter le monocle et ses excès d'égards qui honoraient en méprisant — que la baronne était une personne d'un autre âge, qui allait avec les préjugés de son temps, alors qu'il se faisait pour sa part une conception plus large du devoir civique, et que d'ailleurs aucune initiative légitime (« Je ne dis pas *légitimiste*, messieurs, notez bien! », remarque accompagnée d'un sourire fin) ne saurait le laisser indifférent.

— J'ai beaucoup d'estime, dit-il, pour votre Barthélemy Piéchut. Il cache une vaste intelligence sous des façons volontairement simples et vraiment savoureuses. Je serai des vôtres. Mais comprenez, mes chers amis, que je ne peux, dans ma situation héréditaire, me mettre en vedette parmi vous. Noblesse contraint, hélas! Je ferai une simple apparition, destinée surtout à vous prouver qu'il existe dans les rangs monarchistes — mon bisaïeul maternel fut le compagnon d'exil de Louis XVIII, et cela me crée bien quelques devoirs, convenez-en, messieurs! — qu'il existe dans nos rangs, dis-je, des hommes que la passion n'aveugle pas et qui sont tout disposés à voir d'un bon œil vos efforts.

Pour Barthélemy Piéchut la réussite s'annonçait donc complète et couronnée de ce défi discret qu'il avait souhaité qu'elle eût. La réponse offensante de la baronne lui garantissait qu'il avait bien manœuvré.

*\
* *

Le matin de la mémorable journée fut splendide, et la température était éminemment favorable à l'éclat d'un joyeux comice. Une automobile fermée, conduite par Arthur Torbayon lui-même, alla prendre à Villefranche, où il avait couché, Alexandre Bourdillat. Cette voiture revint vers les neuf heures, juste comme en arrivait une autre, de laquelle descendit Aristide Focart, le député. Les deux hommes se trouvèrent nez à nez sans plaisir. Aristide Focart disait à qui voulait l'entendre que l'ancien ministre était « une vieille ganache tarée, dont la présence dans nos rangs fournit des armes à nos ennemis », et Bourdillat nommait Focart « un de ces petits arrivistes sans scrupules qui sont la plaie du parti et nous déconsidèrent ». Combattant sous la même bannière, ces messieurs n'ignoraient pas la bonne opinion qu'ils avaient l'un de l'autre. Mais la politique enseigne aux hommes de se dominer. Ils s'ouvrirent tout grands les bras et se donnèrent une accolade loyale, avec ce pathétique d'estrade et ces caverneux tremolos d'arrièregorge qui sont communs aux tribuns du genre sentimental et aux hommes de théâtre qui font pleurer les sous-préfectures.

Charmée de voir quelle fraternité unissait ses dirigeants, la foule des Clochemerlins, saisie de respect, admirait l'auguste embrassade. Lorsqu'elle eut pris fin, Barthélemy Piéchut s'avança et des

interpellations amicales, dosées à la déférence
convenable, fusèrent de tous côtés : « Bravo Bourdillat! — Nous sommes fiers, monsieur le ministre
— Bonjour, Barthélemy — Bonjour, mon vieil,
mon cher ami! — Très bien, votre idée! »

— Quel temps magnifique! disait Bourdillat. Et
quel plaisir j'éprouve à me revoir ici, dans mon
vieux Clochemerle! Je pense souvent à vous avec
émotion, mes chers amis, mes chers *pays!* ajouta-t-il,
à l'adresse des premiers rangs de spectateurs.

— Cela fait bien longtemps, monsieur le ministre, que vous avez quitté Clochemerle? demanda
le maire.

— Longtemps? Fichtre!... Cela doit faire plus de
quarante ans... Oui, plus de quarante ans. Vous
aviez encore la morve au nez, mon bon Barthélemy.

— Hé, monsieur le ministre! j'hésitais déjà entre
la morve et la moustache.

— Mais vous n'aviez pas encore choisi! répliqua
Bourdillat, en éclatant d'un rire fort et sincère,
tellement il se sentait ce matin-là de vigueur
intellectuelle et physique.

Les assistants firent un sort flatteur à ces belles
répliques, bien dans la tradition française, qui a
toujours placé aux affaires des hommes d'esprit.
On en riait encore respectueusement, quand un
inconnu de grande taille se glissa jusqu'à l'ancien
ministre. Il portait une étrange redingote jupon-
nante qui semblait lui être venue par héritage,
tant sa coupe de toute évidence remontait à l'autre
siècle. Les pointes d'un col droit, qui lui serraient
impitoyablement la trachée-artère, l'obligeaient à
lever la tête. Cette tête était d'ailleurs saisissante,
coiffée d'un feutre aux ailes larges, doucement ba-

lançantes, et ornée dans la nuque d'une longue chevelure, telle qu'on en voit sur les gravures à saint Jean Baptiste, à Vercingétorix, à Renan, et sur les chemins à des vieillards errants, auxquels les municipalités interdisent le stationnement. Cet Absalon en vêtements de deuil, aux traits empreints de distraction supérieure des hommes de pensée, tenait dans sa main gantée de noir un précieux rouleau de papier. Une lavallière épanouie sous son menton et le ruban de la Légion d'honneur complétaient cet ensemble sévère. L'inconnu s'inclina, en même temps qu'il se découvrait d'un geste large, ce qui révéla qu'on ne devait pas, pour la totalité de son système capillaire, se fier aux surabondantes apparences de sa nuque.

— Monsieur le ministre, dit Barthélemy Piéchut, voulez-vous me permettre de vous présenter M. Bernard Samothrace, le célèbre poète?

— Volontiers, mon cher Barthélemy, avec plaisir, avec grand plaisir. D'ailleurs, Samothrace, le nom me dit quelque chose J'ai dû connaître des Samothrace. Mais où, quand?... Il faut m'excuser, monsieur, dit-il au poète avec une obligeance simple, mais je vois tellement de gens... Je ne peux me rappeler toutes les physionomies et toutes les circonstances.

Placé tout près, Tafardel soufflait avec un empressement désespéré :

— Victoire, voyons! La victoire de Samothrace! Histoire grecque, voyons! Ile, île, île, de l'Archipel...

Mais Bourdillat ne l'entendait pas. Il serrait la main du nouveau venu, qui attendait un témoignage d'estime plus personnelle. L'homme politique le comprit :

— Ainsi, reprit-il, vous êtes poète, mon cher
monsieur? C'est très bien ça, poète... Quand on
réussit dans cette branche-là, ça peut aller loin.
Victor Hugo a fini dans la peau d'un millionnaire... J'ai eu un ami autrefois, qui écrivait des
petites choses. Il est mort à Lariboisière, le pauvre.
Je ne dis pas ça pour vous décourager... Et vous
faites des vers de combien de pieds?

— De toutes les dimensions, monsieur le
ministre.

— Oh! vous êtes très adroit! Et dans quel genre,
faites-vous? Triste, gai, badin? De la chansonnette,
peut-être? Il paraît que c'est d'un joli rapport.

— Je fais tous les genres, monsieur le ministre.

— De mieux en mieux! En somme, vous êtes un
vrai poète, comme les Académiciens. Très bien,
très bien! Je vous dirai que moi, les vers...

Pour la seconde fois depuis son arrivée à Clochemerle, l'ancien ministre eut un de ces traits d'à
propos qui font tant pour la popularité d'un
homme politique. Il prit ce sourire modeste qui
accompagnait chez lui la déclaration « Je suis fils
de mes œuvres. »

— En fait de vers, dit-il, je ne connais bien que
les vers de terre. Vous comprenez, cher monsieur
Samothrace, j'étais à l'Agriculture!

Cette délicate allusion de Bourdillat à ses anciennes fonctions ne fut malheureusement pas
entendue de tous. Mais ceux qui la recueillirent
lui firent un légitime succès, et le mot, par eux
répété à d'autres, devait créer dans le bourg un
grand courant de sympathie : il apportait la
preuve aux Clochemerlins que les honneurs
n'avaient pas grisé leur illustre compatriote, lequel

savait trouver les accents de bonhomie qui plaisent aux foules.

Un seul homme ne partagea pas cet enthousiasme : le poète lui-même qui souffrait, comme beaucoup d'individus de son espèce, d'une tendance maladive à se croire persécuté. Il porta cette parole au compte des affronts dont son génie avait eu à souffrir. Perdu maintenant dans la foule commune, il pensait avec amertume à la manière dont on l'eût traité à Versailles, deux siècles plus tôt. Il pensait à Rabelais, à Racine, à Corneille, Molière, La Fontaine, à Voltaire et Jean-Jacques Rousseau, protégés des rois et amis des princesses. Il serait parti, s'il n'avait tenu à la main son poème, une œuvre maîtresse de cent vingt vers, fruit de ses veilles de cinq semaines et d'une fièvre lyrique, entretenue au marc de Beaujolais, qui le laissait encore très fatigué. Cette œuvre, il allait la lire devant deux mille personnes, parmi lesquelles il se rencontrerait peut-être deux ou trois vrais lettrés. C'est une occasion qui s'offre rarement à un poète, dans une société où les élites sont méconnues.

Cependant le cortège s'acheminait vers la place de Clochemerle, où une estrade était dressée. Autour de l'estrade se massèrent les Clochemerlins, mis en belle humeur par d'excellentes charcuteries, arrosées de copieuses rasades, dont ils avaient déjeuné. Profitant du temps incroyablement doux, les hommes ne portaient pas de pardessus, et les femmes montraient, pour la première fois de l'année, de larges surfaces de leur peau mate, plus blanche d'avoir été tenue bien couverte pendant tout l'hiver. La vue de ces jolis morceaux de poitrines, de ces bonnes épaules grasses, des aisselles où brillaient des gouttes de rosée, et des croupes

solides, bien dessinées par les robes légères, réjouissait tous les cœurs. Les gens se trouvaient en bonne
disposition d'applaudir à n'importe quoi, pour le
simple plaisir de faire du bruit et de se sentir
revivre. Des choristes célestes préludaient avec des
arabesques ailées et des trilles farceurs, un peu
aigres, n'étant pas encore très exercés, aux solos
majestueux de l'éloquence officielle. Chef du pro-
tocole, le soleil régissait tout à la bonne franquette.

La série des discours débuta par quelques mots
de bienvenue et de remerciements que prononça
Barthélemy Piéchut, avec une mesure et une mo-
destie qui dominaient les querelles des partis. Il
n'en dit pas plus qu'il n'était nécessaire, attribua
le mérite des embellissements de Clochemerle à la
municipalité entière, grand corps indivisible qui
tenait sa vie du suffrage librement exprimé de ses
concitoyens. Puis il se hâta de donner la parole à
Bernard Samothrace qui devait réciter sa poésie
d'accueil à Bourdillat. Le poète déplia son rouleau
et commença de lire, d'une voix qui articulait fortement et mettait en valeur toutes les intentions
du texte :

O vous, grand Bourdillat, de très humble naissance,
Avec vos facultés jointes au dur labeur,
Au loin vous avez su conquérir la puissance,
Et su porter ce nom, Clochemerle, à l'honneur.
Vous dont la tâche est faite et enrichit de gloire
Ce pays où vous êtes enfin de retour,
Vous dont le nom déjà est inscrit dans l'Histoire,
Recevez le salut que, d'un cœur sans détour.

A Bourdillat François, Emmanuel, Alexandre,
Le plus cher de ses fils et le plus éclatant,
Celui qu'à Clochemerle on n'a cessé d'attendre,
Ici vous crie ce bourg, ému, fier, triomphant...

Massif dans son fauteuil, Bourdillat écoutait ces éloges en secouant parfois sa grosse tête grise, qu'il tenait inclinée en avant. Il se pencha vers Piéchut :

— Dites-moi, Barthélemy, comment appelez-vous ce genre de vers?

Tafardel était assis derrière, qui ne quittait pas le maire. Il répondit sans être sollicité :

— Des alexandrins, monsieur le ministre.

— Des alexandrins? fit Bourdillat. Ah! c'est gentil, ça! Il a du savoir-vivre, ce garçon. Il est bien, très bien! Il lit comme un acteur de la Comédie-Française.

L'ancien ministre pensait qu'on avait choisi les alexandrins par délicate attention, parce qu'il se nommait Alexandre.

Le poème terminé, tandis que les Clochemerlins applaudissaient et criaient : « Vive Bourdillat! », Bernard Samothrace, ayant roulé et renoué son papier, l'offrit à l'ancien ministre qui serra le poète sur son cœur. Des index vinrent écraser au coin des paupières quelques larmes d'un excellent effet.

Alors Aristide Focart se leva. Récemment élu, il appartenait à l'extrême gauche du parti. Il avait la fougue de la jeunesse qui a tout à gagner, et de l'ambition qui n'est pas satisfaite. Pour accéder plus vite, il voulait chasser les vieux élus qui désiraient ne plus voir rien changer, n'ayant souci que de durer. Dans un certain clan, on commençait à parler d'Aristide Focart comme d'un homme de

demain. Il le savait, de même qu'il connaissait la
nécessité de placer dans chacun de ses discours des
phrases agressives destinées à satisfaire la clientèle
fanatique sur laquelle il s'appuyait. A Clochemerle, sur ce terrain de conciliation, il ne put se
retenir de prononcer des paroles qui visaient Bourdillat :

— Les générations se succèdent comme les
vagues qui viennent battre la falaise, et par leur
répétition incessante, peu à peu l'entament. Ne
cessons pas de battre la falaise des vieilles erreurs,
des égoïsmes, des privilèges scandaleux, des abus
et des inégalités renaissantes. Des hommes de grand
mérite ont pu être autrefois les bons serviteurs de
la République. Ils recueillent aujourd'hui les lau-
riers, et c'est justice. Nul plus que moi ne s'en
réjouit. Mais à Rome, le consul couronné, au sein
même du triomphe, se démettait du commandement au profit de jeunes généraux plus actifs, et
cela était bon, cela était noble, cela faisait la grandeur de la patrie. La démocratie ne doit pas être
stagnante, jamais. Les anciens régimes ont péri par
inertie et lâche complaisance pour les corrupteurs.
Républicains, nous ne tomberons pas dans cette
erreur. Nous serons forts. Nous irons à la rencontre de l'avenir d'un cœur ferme, avec des méthodes de générosité, de justice et d'audace, inspi-
rées d'un idéal qui se propose d'amener l'humanité
à un degré de dignité et de fraternité toujours plus
parfaites. C'est pourquoi, Alexandre Bourdillat,
mon cher Bourdillat, à vous que je vois le front
ceint d'une gloire pure, sous les arcs de triomphe
dressés dans ce beau pays de Clochemerle qui est
le vôtre — on le rappelait tout à l'heure en termes
distingués — à vous qui nous avez montré

l'exemple, et qui êtes à l'apogée d'une carrière bien remplie, je dis : « N'ayez pas d'inquiétude. » Cette République que vous avez aimée et que » vous avez utilement servie, nous saurons lui » conserver sa jeunesse, son éclat, sa beauté! »

Cette magnifique tirade souleva l'enthousiasme. Alexandre Bourdillat donna lui-même le signal des applaudissements, en disant à voix haute, les mains tendues dans un grand élan.

— Oh, bravo! Très bien, Focart!

Puis changeant de figure, renversé dans son fauteuil, il confia au maire de Clochemerle, son voisin de gauche :

— C'est une fripouille, une sale fripouille, ce Focart! Il cherche à me déboulonner par tous les moyens, pour se pousser. Et c'est moi qui l'ai fait, c'est moi qui l'ai porté sur ma liste, il y a trois ans, cette petite crapule! Il ira loin, celui-là, avec ses dents longues. Et la République, vous pensez s'il s'en fout un peu!

Barthélemy Piéchut ne douta pas que ces paroles, bien mieux que les embrassades et les couronnes que se tressaient ces messieurs, ne fussent l'expression de la sincérité complète. Il eut par là l'assurance que le manque d'information lui avait fait commettre une maladresse en invitant simultanément Bourdillat et Focart, bien que le second passât quelquefois pour le disciple du premier. Mais il ne perdit pas l'occasion de s'instruire et de brouiller un peu le jeu à son profit.

— Est-ce qu'il a de l'influence au parti, ce Focart? demanda-t-il.

— Quelle influence voulez-vous qu'il ait? Il fait du bruit, il entraîne les mécontents. Mais ça ne va pas loin.

— En somme, on ne peut pas se fier à ses promesses?

Bourdillat tourna vers Piéchut un visage soucieux et méfiant :

— Il vous a fait des promesses? A quel sujet?

— Pour des petites choses... Ça s'est fait par hasard. Alors, vous dites qu'il ne faut pas trop compter dessus?

— Pas du tout, voyons, pas du tout! Quand
vous avez besoin de quelque chose, Barthélemy,
adressez-vous directement à moi.

— C'est bien ce que je me disais. Mais j'avais
toujours peur de vous déranger...

— Allons, Barthélemy, allons! Deux vieux amis
comme nous! Bon Dieu! j'ai connu ton père, le
vieux Piéchut. Tu te souviens de ton père?... Tu
me parleras de tes affaires. Nous arrangerons ça,
tous les deux.

Ainsi assuré de l'appui de Bourdillat, Piéchut ne
pensa plus qu'à s'assurer pareillement l'appui de
Focart, en lui glissant quelques mots des promesses
de Bourdillat, en lui demandant si ce dernier était
vraiment homme de parole et puissant au parti.
Les choses ne s'arrangeaient pas mal. Il se rappela
ce mot du vieux Piéchut son père, dont on venait
de parler : « Si t'as besoin d'une carriole et qu'on
t'offre une brouette, fais pas le difficile. Prends toujours la brouette. Quand la carriole viendra, t'auras les deux. » Carriole ou brouette, Bourdillat
ou Focart, on ne pouvait pas savoir... « La sagesse
des anciens a du bon », pensa Piéchut. Il arrivait
à l'âge où, sa propre sagesse étant niée par ses
cadets, il adoptait les sagesses qu'il avait niées autrefois. Il se rendait compte que la sagesse n'est

pas chose qui varie d'une génération à l'autre, mais d'un âge à l'autre, dans les générations successives.

Arriva le tour de Bourdillat lui-même, qui devait parler en dernier lieu. Il tira son lorgnon et quelques feuilles de papier qu'il se mit à lire avec application. Dire qu'il n'était pas orateur serait insuffisant. Il trébuchait lourdement dans son texte. Pourtant les Clochemerlins persistaient à être ravis, à cause du soleil, et parce qu'il était rare de voir tant de messies, à ce point affirmatifs, rassemblés sur la grande place du bourg. Bourdillat annonçait comme les autres un avenir de paix et de prospérité, en termes vagues mais grandioses, qui ne différaient pas sensiblement de ceux qu'avaient employés ses prédécesseurs à la tribune. Tout le monde se montrait convenablement recueilli, sauf peut-être le sous-préfet, qui laissait percer que son attention était de commande. Cet homme jeune, distingué, à la mine pensive mise en valeur par l'uniforme noir et argent, ressemblait à un diplomate fourvoyé dans une kermesse de contrée barbare. Lorsqu'il cessait de les surveiller, ses traits prenaient une expression qui correspondait très exactement à cette remarque : « Quel métier on me fait faire! » Il avait entendu par centaines des discours de ce tonneau, prononcés par tous les prometteurs de lune de régime. Il s'ennuyait profondément.

Soudain la fin d'une phrase prit un éclat extraordinaire, qui ne tenait pas au sens, mais à la façon dont elle fut prononcée :

— ... *Tous ceux qui-z-ont été des vrais Républicains!*

Avec un sens vif de l'opportunité, Bourdillat fit suivre cette chute de période d'un silence qui per mit à la malencontreuse liaison de produire son plein effet sur les initiés.

« Oh! beau! Bourdillat est en grande forme », se dit à lui-même le sous-préfet, en portant rapidement la main devant sa bouche, comme un homme qui sent monter de son estomac une petite incongruité qu'il est décent d'étouffer Son ennui cessa aussitôt.

— *Errare humanum est!* dit doctement Tafardel. Lapsus, lapsus, simple lapsus! et qui n'altère pas la beauté des idées.

— C'est étonnant, glissa le notaire Girodot à l'oreille de son voisin, qu'*ils* ne l'aient pas fourré à l'Instruction publique!

Non loin se trouvait Oscar de Saint-Choul dont les guêtres, le pantalon, les gants et le chapeau composaient une harmonie de beiges rares. La stupeur fit jaillir son monocle de son arcade sourcilière. En le replaçant, ce gentilhomme étonné s'écria :

— Par les mânes de mon bisaïeul mort en exil, voilà de l'étrange rhétorique!

En même temps un bruit bizarre retentit dans l'air sonore de cette belle matinée. Le pharmacien Poilphard venait d'éprouver une velléité d'éclat de rire, qui avait tourné en énorme sanglot.

Quant au député Focart, qui étouffait de fureur à la gauche de Barthélemy Piéchut, où il était venu se rasseoir, il ne cacha pas au maire de Clochemerle sa façon de penser :

— Quelle ganache, hein, croyez-vous, mon cher Piéchut! Non, mais quelle ganache, ce Bourdillat, quel diplodocus de la ganacherie! Et dire qu'on a pu faire de ça un ministre! Vous connaissez l'histoire?... Vraiment, vous ne la connaissez pas? Mais elle court le Parlement, mon cher ami. Je ne violerai pas un secret en vous la racontant.

Il retraça la carrière d'Alexandre Bourdillat, grand homme de Clochemerle, ancien ministre de l'Agriculture.

Tout jeune, Bourdillat vint à Paris comme garçon de café. Il épousa plus tard la fille d'un cafetier, et s'établit lui-même cafetier à Aubervilliers. Durant vingt ans son établissement fut un centre très actif de propagande électorale, le siège de plusieurs groupements politiques. A l'âge de quarante-cinq ans, Bourdillat se présenta un jour chez un membre influent du parti. « Nom de Dieu, cria-t-il, depuis le temps que je fais des députés en payant à boire, est-ce que ça ne va pas être mon tour? Je veux être député, nom de Dieu! » On trouva puissamment logique ces raisons, et d'autant mieux que le cafetier possédait de quoi largement couvrir les frais de son élection. En 1904, à quarante-sept ans, il était élu pour la première fois. La méthode qui lui avait si bien réussi pour devenir député, il l'employa pour devenir ministre. Pendant des années, il ne cessa de répéter : « Alors, nom de Dieu, on m'oublie moi? Je ne suis pourtant pas plus idiot que les autres! Et j'ai fait davantage pour le parti avec mes apéritifs que n'importe lequel de ces gros messieurs avec leurs discours! » Enfin une occasion se présenta, en 1917. Clemenceau formait son ministère. Il reçut dans son entresol de la rue Franklin le président de parti : « Quels hommes avez-vous à me proposer? » dit-il. Entre autres, le nom de Bourdillat fut mis en avant. « C'est une vieille bête, votre Bourdillat? » demanda Clemenceau. « Mon Dieu, monsieur le président, lui répondit-on, sans être très remarquable, en tant

qu'homme politique il se classe dans une honnête
moyenne... — C'est bien ce que je voulais dire! »
riposta l'homme d'Etat, avec un geste tranchant
de la main qui supprimait les sous-catégories inutiles. Il rêva un instant. Et brusquement : « Allez,
dit-il, je le prends, votre Bourdillat. Plus j'aurai
d'imbéciles autour de moi, plus il y aura de
chances qu'on me f... la paix! »

— Vous ne trouvez pas que l'histoire est jolie?
insista Focard. C'est encore Clemenceau qui nommait la bêtise « l'empire d'Alexandre » et les imbéciles « les fidèles sujets d'Alexandre, empereur des
Zincs ». Avez-vous entendu parler du discours de
Toulouse, le chef-d'œuvre de Bourdillat...

Aristide Focart n'interrompait ses confidences
que pour applaudir et donner des marques d'approbation chaleureuse. Cependant Bourdillat allait
son train avec persévérance, ajoutant les unes aux
autres des formules éprouvées par quarante années
de réunions politiques. Enfin il toucha aux dernières lignes de ses feuillets, et le délire clochemerlin fut à son comble. Les officiels se levèrent et se
dirigèrent par la grande rue vers le centre du
bourg, suivis de la foule. On allait procéder à la
bonhomme inauguration du petit édifice que les
Clochemerlins appelaient déjà « l'ardoise de
Piéchut ».

Les pompiers de Clochemerle avaient été requis
pour retirer la bâche. Le monument apparut dans
sa sobriété utile et engageante. On parla de le bap-
tiser au vin de Clochemerle, en brisant le goulot
d'une bouteille sur la tôle. Mais il fallait pour ce
sacrifice un prêtre de choix. Ce fut une prêtresse.
A ce moment, le sous-préfet alla chercher dans

la foule celle qu'il n'avait pas tardé à distinguer et
ne perdait pas de vue, Judith Toumignon. Elle
vint se mêler aux personnalités officielles, en roulant ses hanches de déesse avec une grâce simple
et nonchalante qui soulevait un murmure d'hommages admiratifs. Ce fut elle donc qui baptisa, en
riant, l'urinoir, et le vieux Bourdillat, pour la remercier, l'embrassa sur les deux joues. Focart et
plusieurs autres voulurent suivre cet exemple. Mais
elle se dégagea en disant :

— Ce n'est pas moi qu'on inaugure, messieurs!

— Hélas! déplorèrent à l'unanimité ces hommes
galants.

Soudain une voix cria :

— *Hé, Bourdillat, fès va que t'est tourdze*
n'heume de Clotzmerle! Pisse le parmi, Bour-
dillat (1)!

Et la foule entière aussitôt reprit :

— *Oua, pisse! Pisse, Bourdillat!*

La demande prenait à court d'inspiration l'ancien ministre, qui était en sérieuses difficultés avec
sa prostate depuis plusieurs années. Mais il se
prêta au simulacre. Lorsqu'il fut de l'autre côté
de la tôle, une acclamation immense emplit le ciel
de Clochemerle, et les femmes poussèrent des rires
stridents, comme si on les eût chatouillées, à l'idée
probablement de ce que Bourdillat tenait symbo-
liquement à la main, à quoi ces bonnes dodues
pensaient plus souvent qu'il n'est convenable
d'avouer.

Il se trouvait là beaucoup de Clochemerlins qui
avaient justement grand besoin, après une atten-

(1) Fais voir que tu es toujours un homme de Cloche
merle, Bourdillat! Pisse le premier.

tion si longtemps soutenue. Le défilé commença dans l'impasse des Moines, à la suite du garde champêtre Beausoleil, homme de beaucoup d'initiative, qui communiqua ses impressions :

— Cette eau qui coule, dit-il, ça donne envie.

— Elle est bien glissante, l'ardoise du Piéchut, confirma Tonin Machavoine.

Ces réjouissances rustiques conduisirent jusqu'au moment d'aller à table. A l'auberge Torbayon, on servit un banquet de quatre-vingts couverts. Avec ses accumulations politiques et gargantuesques de truites, de gigots, de volailles, de gibier, de vieilles bouteilles, de marc du pays, de toasts et de nouveaux discours, il dura cinq heures d'affilée. Puis on remit en voiture Bourdillat, Focart, le sous-préfet, et quelques personnages de marque, dont le temps était mesuré, parce qu'ils avaient déjà en poche d'autres discours, d'autres promesses, et les itinéraires tracés un mois à l'avance des inaugurations et banquets où l'on réclamait la présence de ces dévoués serviteurs du pays.

Cette journée fut en tous points remarquable pour les Clochemerlins. Mais elle fut unique pour l'un d'eux, Ernest Tafardel, à qui Bourdillat avait décerné les palmes, avec la permission du ministre. Cet emblème de son éclatant mérite rendit à l'instituteur une nouvelle jeunesse, au point qu'on le vit folâtrer comme un collégien et boire d'une manière inaccoutumée, jusqu'à la pose des volets du dernier établissement. Alors, après avoir accablé ses concitoyens d'un flux de paroles qui témoignaient d'une admirable élévation de pensée, malheureusement gâtée, depuis neuf heures du soir, par des allusions obscènes. Tafardel, rendu à la solitude, urina majestueusement en plein milieu de la grande rue, en lançant d'une voix forte, cette étrange profession de foi :

— L'inspecteur d'Académie, je l'...! Parfaitement, je l'...! Je n'aurai pas peur de le dire à ce jean-foutre. Je lui dirai : « Monsieur l'inspecteur, » je suis votre humble serviteur, et votre humble » serviteur vous..., à pied, à cheval et en voiture! » Vous me comprenez bien, monsieur? Hors d'ici, » monsieur le cuistre, monsieur l'ignare! Hors » d'ici, saltimbanque, piteux jocrisse! Et chapeau » bas, monsieur, devant l'illustre Tafardel! »

Ayant ainsi parlé, face aux étoiles d'un ciel débonnaire, l'instituteur entonna un refrain grivois et entreprit, en vérifiant le parallélisme de la grande rue, de regagner les hauteurs de la mairie. Expédition qui lui prit beaucoup de temps et lui coûta un verre de son lorgnon, bris consécutif à une série de chutes malheureuses. Il réussit pourtant à retrouver l'école et s'endormit tout habillé sur son lit, parfaitement ivre.

A cette heure tardive ne brillait plus dans Clochemerle qu'une seule lumière. C'était celle du pharmacien Poilphard qui pleurait d'abondance, avec délices. Le spectacle de la joie des autres lui était toujours un merveilleux stimulant lacrymal

VI

LES HALLUCINATIONS DE JUSTINE PUTET

Dans cette affaire de l'urinoir, Barthélemy Piéchut avait engagé sa réputation. Il le savait et n'était pas sans inquiétude. Que les Clochemerlins prissent fantaisie de dédaigner le petit édifice et son initiative manquait son but électoral. Mais les dieux locaux furent favorables à ses combinaisons, principalement Bacchus, réfugié depuis quelques siècles en Beaujolais, Mâconnais et Bourgogne.

Le printemps, cette année-là, fut remarquablement doux, remarquablement précoce et fleuri. Les bonnes transpirations de la poitrine et du dos commencèrent bientôt à mouiller les chemises, et l'on entreprit, dès le mois de mai, de boire à la cadence d'été, laquelle est, à Clochemerle, fameuse cadence, dont ne peuvent se faire la moindre idée les faibles et pâlots buveurs de la ville. Ces grands élans du gosier eurent pour conséquence, dans les organismes mâles, un travail rénal très soutenu, suivi de joyeuses dilatations des vessies, qui demandaient à s'épancher fréquemment. Sa favorable proximité de l'auberge Torbayon valut à l'urinoir une grande faveur. Sans doute le besoin des buveurs eût trouvé à se satisfaire dans la cour de l'auberge, mais le lieu était sombre, malodorant et mal entretenu, sans gaieté. On y était comme en pénitence, on s'y conduisait à l'aveuglette, et jamais sans dommage pour sa chaussure. On avait aussi vite fait de traverser la rue. Cette seconde méthode offrait plusieurs avantages : celui de se dégourdir les jambes, le plaisir de la nouveauté, et c'était aussi l'occasion de jeter en passant un coup d'œil sur Judith Toumignon, bien satisfaisante toujours à regarder, et dont la plastique irréprochable meublait l'imagination.

Enfin l'urinoir étant à deux places, on s'y rendait généralement par paire, ce qui procurait l'agrément de tenir un bout de conversation tout en faisant la chose, ce qui rendait plus agréable tant la conversation que la chose, du fait qu'on éprouvait à la fois deux satisfactions. Des hommes qui buvaient avec compétence et vaillance extrêmes, et qui urinaient de même, ne pouvaient que se féliciter, l'un à côté de l'autre, d'éprouver ces deux grands biens inséparables : boire bien à sa soif et uriner ensuite jusqu'à la dernière goutte, en prenant son temps, dans un lieu frais, bien aéré, lavé jour et nuit à grande eau. Ce sont là plaisirs simples, dont ne savent plus jouir les citadins, entraînés dans une bousculade sans merci, et qui conservaient à Clochemerle toute leur valeur. Et telle valeur, si bien appréciée, que, Piéchut venant à passer — ce qu'il faisait souvent, pour s'assurer que son édifice ne chômait pas — les occupants, s'ils étaient des hommes de sa génération, ne manquaient jamais de lui témoigner leur contentement.

— A ta santé, Barthélemy! criaient-ils.

— Alors, vous êtes-ti bien à votre affaire là-
dedans? demandait le maire en s'approchant.

— Bon Dieu, oui, Barthélemy! *Dze me sins
pecher quemint à vongt ans* (1)!

— *Al lisse te n'ardoise quemint la piau de coisse
de na dzoune! Cin te sigrole dins la bregue, il peu
fourt que ta* (2)!

Paroles de bonhomie qui allaient avec le plaisir
des hommes mûrs, parce que ceux-là savaient que
les commentaires sont la partie la plus durable du
plaisir, et qu'il vient un âge où les mots, dans
certains cas, suppléent totalement au plaisir et aux
exploits.

L'urinoir avait rencontré faveur égale auprès de
la jeunesse, pour des raisons bien différentes. Il
marquait, au centre de Clochemerle, le point où
fusionnaient le haut et le bas bourg, au voisinage
de l'église, de l'auberge et des Galeries beaujolaises, lieux prédestinés, qui retenaient toujours
l'attention. C'était un point de rendez-vous tout
indiqué. Une chose également y attirait beaucoup
les gars : l'allée des Moines servait obligatoirement
de passage aux enfants de Marie qui se rendaient
à la sacristie, et durant le mois de mai, elles s'y
rendaient chaque soir, pour le salut. Ces rougis-
santes enfants de Marie, fraîches et bien formées
déjà de la poitrine, étaient attrayantes à voir de
près. La Rose Bivaque, la Lulu Montillet, la
Marie-Louise Richôme et la Toinette Maffigue
comptaient parmi les plus interpellées, les plus
bousculées à l'occasion par les jeunes Clochemer-

(1) Je me sens pisser comme à vingt ans.
(2) Elle est lisse, ton ardoise, comme la peau des cuisses
d'une tendrette! Ça te fait aller de la braguette, c'est plus
fort que toi!

lins, qui d'ailleurs ne rougissaient pas moins qu'elles et se montraient grossiers par envie d'être tendres. En bande, ils faisaient les braves, de même que les enfants de Marie, au grand jour, faisaient exagérément les prudes, bien que sachant parfaitement au fond ce qu'elles voulaient : ne pas moisir dans la confrérie au cordon bleu et que les garçons ressentissent à leur sujet le même émoi confus qu'ils leur inspiraient — chose dont elles ne doutaient guère, les mijaurées. Bien groupées pour affronter les godelureaux, elles défilaient se tenant par le bras, nonchalantes, tortillantes, et sournoisement rieuses à se sentir fusillées de regards chauds qui leur brûlaient les hanches. Elles apportaient dans l'église à demi obscure le souvenir d'un visage ou d'un timbre de voix dont la douceur se confondait avec celle des cantiques. Ces rudes confrontations, ces déclarations maladroites préparaient les nouvelles souches de Clochemerle.

Deux places c'était peu, lorsque trois ou quatre vessies se trouvaient avoir fait leur plein au même instant, ce qui arrivait fréquemment dans une agglomération qui comptait deux mille huit cents vessies, dont la moitié à peu près de vessies mâles, les seules autorisées à s'épancher sur la voie publique. Dans ces cas de presse, on revenait aux vieux usages expéditifs, toujours bons. On se soulageait contre le mur, à côté de l'édifice, tout tranquillement, sans y voir malice ni incommodité, ni motif à se retenir le moins du monde. Et même certains, d'un naturel indépendant, se tenaient plus volontiers dehors que dedans.

Quant aux gars de Clochemerle, ils n'eussent point été des jouvenceaux de seize à dix-huit ans, pourvus de la stupidité qui caractérise cet âge

inquiet, s'ils n'eussent trouvé là l'occasion de
quelques excentricités. Entre eux, ils disputaient
des records d'altitude et de portée. Appliquant à
la nature des procédés de physique élémentaire, ils
en réduisaient le débit, en augmentaient la pression et obtenaient ainsi des effets de jets d'eau
très réjouissants qui les obligeaient à prendre du
recul. Ces sots amusements sont en somme de tous
les pays, à tous les temps, et les hommes rassis
qui les blâmaient faisaient preuve de courte
mémoire. Mais les bonnes femmes de Clochemerle,
qui observaient de loin, voyaient d'un œil indulgent ces amusements d'une jeunesse point suffisamment affermie dans ses travaux virils. Les fortes
commères du lavoir disaient avec des rires sonores :

— Avec c'te manière de s'en servir, ils craignent
pas de faire du mal aux filles, ces innocents!

Ainsi allaient bonnement les choses à Clochemerle, sans inutile hypocrisie, avec plutôt un certain penchant gaulois pour la gaudriole, au printemps de 1923. L'urinoir de Piéchut était la
grande attraction locale. Du matin au soir, il y
avait défilé de Clochemerlins à l'impasse des
Moines, chacun s'y conduisant avec les ressources
de son tempérament et de son âge : les jeunes
impatiemment, sans soins ni prendre garde; les
hommes faits avec sage mesure dans le maintien
et le débit; les vieillards avec soupirante lenteur
et grands efforts tremblants qui ne produisaient
que chétives ondées, arrivant par averses espacées.
Mais tous, jouvenceaux, hommes et vieux, avaient
pareil geste préparatoire, précis et qui allait droit
au début, dès l'entrée de l'impasse et même geste
consécutif, qui s'achevait dans la rue, cet autre
profond et prolongé, accompagné de flexions sur

les jarrets, par lequel on procédait à une bonne redistribution intime, qui avait pour axe de judicieux équilibre et de meilleure commodité la fourche du pantalon, lequel se portait à Clochemerle plutôt flottant du fond, n'étant généralement retenu que par une ceinture assez lâche, de manière à faciliter les mouvements de ces vignerons toujours penchés vers la terre. D'ailleurs, ces gestes n'en faisaient qu'un, capital.

Ce geste demeuré le même depuis quarante mille ans — ou cinq cent mille — qui apparente étroitement Adam et l'Anthropopithèque à l'homme du xx⁰ siècle, ce geste invariable, international, planétaire, ce geste essentiel et comminatoire, ce geste en quelque sorte puissamment synthétique, les Clochemerlins le faisaient sans ostentation déplacée comme sans dissimulation ridicule, en toute sécurité et simplicité, prenant franchement leurs aises dans l'impasse des Moines, car ils partaient de ce principe qu'il aurait fallu avoir l'esprit bizarrement conformé pour placer là du mal. Or ce geste justement avait quelque chose de provocant lorsqu'il s'accomplissait sous les yeux d'une personne qui l'imaginait tourné vers elle par défi, et qui, cachée derrière son rideau, où la tenait fixée une étrange attirance, ne pouvait se détourner de sa répétition. De sa croisée, Justine Putet observait les allées et venues de l'impasse. La vieille fille voyait cet incessant manège d'hommes qui vaquaient à leurs besoins avec belle tranquillité, se croyant bien seuls. Forts de cette solitude, ils ne prenaient peut-être pas toutes les précautions qu'eût exigées une scrupuleuse décence.

***
****

Justine Putet entre en scène : parlons d'elle.
Qu'on se représente une noiraude bilieuse, desséchée et vipérine, ayant mauvais teint, mauvais œil,
mauvaise langue, mauvais circuit intestinal, et
tout cela recouvert d'agressive piété et de douceur
sifflante. Un parangon de consternante vertu, car
la vertu incarnée sous pareils traits est détestable
à voir, et cette vertu d'ailleurs paraissait s'inspirer
d'un esprit de vengeance et de misanthropie, plus
que d'une naturelle aménité. Exaltée brandisseuse
de chapelets, fervente diseuse de litanies, mais aussi
semeuse effrénée de calomnies et de paniques clandestines. En un mot, le scorpion de Clochemerle,
mais un scorpion camouflé en bête à bon Dieu. La
question de son âge ne se posait pas, ne s'était
jamais posée. On peut lui donner un peu plus de
quarante ans, mais personne ne s'en souciait. Tout
prestige physique lui avait été retiré dès l'enfance.
Pas plus qu'elle n'avait d'âge, Justine Putet n'avait
d'histoire. Morts ses parents, de qui elle tenait
onze cents francs de rente, à vingt-sept ans elle
avait entamé sa carrière de vieille fille solitaire, au
fond de l'impasse des Moines, à l'ombre de l'église.
De là, elle veillait jour et nuit sur le bourg, dont
elle dénonçait les infamies et les concupiscences,
au nom d'une vertu que les hommes de Clochemerle avaient soigneusement laissée de côté.

Durant deux mois, Justine Putet observa les
allées et venues aux alentours de l'édifice, et sa
fureur chaque jour augmentait. Tout ce qui était
viril ne lui inspirait que haine et ressentiment.
Elle voyait les garçons agacer gauchement les filles.

les filles provoquer hypocritement les garçons, et l'entente peu à peu se faire entre les petites saintes-nitouches et les bons rustauds, spectacle qui lui donnait à penser que ces jeux acheminaient la jeunesse vers d'effroyables abominations. Plus que jamais, elle voyait les mœurs en grand péril, par la faute de l'urinoir. Enfin l'impasse des Moines, avec les chaleurs, commençait à sentir fortement.

Après avoir longuement médité et prié, la vieille fille décida d'entreprendre une croisade et de porter son premier effort sur la citadelle la plus éhontée du péché. Bien garnie dans ses dessous de scapulaires et de médailles saintes, ayant mêlé le miel de l'onction à son venin, elle se rendit un matin chez la possédée du diable, l'infâme, la chienne, Judith Toumignon, sa voisine, à qui, depuis six ans, elle n'avait pas desserré les dents.

L'entrevue tourna mal, par la faute de Justine Putet dont la flamme apostolique gâta rapidement les propos. Il suffira de rapporter la fin de cette conversation animée. Après avoir écouté les doléances de la vieille fille, Judith Toumignon répondit :

— Ma foi non, mademoiselle, je ne vois pas la nécessité de faire démolir l'urinoir. Il ne m'incommode pas.

— Et cette odeur, madame, vous ne la sentez pas?

— Pas du tout, mademoiselle.

— Alors, permettez-moi de vous dire que vous n'avez pas le nez fin, madame Toumignon!

— Ni l'oreille, mademoiselle. De cette façon, je

ne suis pas gênée par ce que l'on peut raconter
sur moi...

Justine Putet baissa les yeux.

— Et ce qui se passe dans l'allée, ça ne vous
gêne pas non plus, madame?

— A ma connaissance, mademoiselle, il ne s'y
passe rien d'inconvenant. Les hommes vont y faire
ce que vous savez. Il faut bien que cela se fasse
là où ailleurs. Où est le mal?

— Le mal, madame? Le mal, c'est qu'il y a des
dégoûtants qui me donnent à voir des horreurs!

Judith sourit.

— Vraiment, de si grandes horreurs? Vous exa-
gérez, mademoiselle!

L'état d'esprit de Justine Putet la prédisposait
à se croire toujours outragée. Elle répliqua
vertement :

— Oh! je sais, madame, il y en a que ces choses
n'effraient pas! Plus elles en voient, plus elles ont
de plaisir!

Bien affermie dans sa chair magnifique et satisfaite, éclatamment victorieuse de cette jalouse, la
belle commerçante dit doucement :

— Il paraît, mademoiselle, que vous les regardez
aussi ces horreurs, à l'occasion...

— Mais je n'y touche pas, moi, madame, comme
certaines, pas loin d'ici, que je pourrais nommer!

— D'y toucher, mademoiselle, ce n'est pas moi
qui vous en empêcherai. Je ne vous demande pas
comment vous passez vos nuits.

— Proprement, madame, je les passe! Je ne vous
permets pas de dire...

— Mais je ne dis rien, mademoiselle. Et vous
êtes bien libre. Chacun est libre.

— Je suis une honnête fille, moi, madame!

— Qui vous dit le contraire?

— Je ne suis pas de ces effrontées, de ces toujours-prêtes à tout venant... Quand on est prête pour deux, on est prête pour dix aussi bien! Je vous le dis en face, moi, madame!

— Pour se tenir prête, ma chère mademoiselle, il faut s'attendre à ce qu'on vous demande quelque chose. Vous parlez d'un sujet que vous connaissez mal.

— Je m'en passe facilement. Et même, je suis très satisfaite de pouvoir m'en passer, madame, quand je vois où les autres descendent par vice!

— Je veux bien croire, mademoiselle, que vous vous en passez volontiers. Mais cela ne vous donne ni bonne mine ni bonne humeur.

— Je n'ai pas besoin de bonne humeur, madame, pour parler à des créatures qui sont la honte... Oh! mais, j'en sais long, madame! Je vois clair, madame! Je pourrais en raconter... Je sais qui entre et qui sort, et à quelle heure Et je pourrais encore dire celles qui font porter des cornes à leur mari. Moi, madame, je pourrais le dire!

— Ne prenez pas cette peine, mademoiselle. Cela ne m'intéresse pas.

— Et si cela me plaisait, à moi, de parler?

— Alors, attendez, mademoiselle. Je connais quelqu'un que la chose pourrait peut-être intéresser...

Tournée vers l'arrière-boutique, Judith appela :
— François!

Toumignon parut aussitôt dans l'encadrement de la porte :
— De quoi t'as besoin? demanda-t-il.

D'un simple mouvement de tête, sa femme lui désigna Justine Putet :

— C'est mademoiselle qui veut te parler. C'est elle qui dit que je te fais cocu — avec ton Foncimagne, je pense, qu'on voit toujours par là. Enfin, t'es cocu, mon pauvre François. Voilà le clair de l'affaire.

Toumignon était de ces hommes qui pâlissent facilement, et qui ont une pâleur fébrile, à mauvais reflets verts, affreuse à voir. Il marcha vers la vieille fille.

— D'abord, dit-il, qu'est-ce qu'elle fout là, cette grenouille?

Dressée, Justine Putet voulut protester. Toumignon ne la laissa pas parler :

— Ça vient se mêler de ce qui se passe dans les maisons, cette punaise! Mêlez-vous donc de ce qui se passe sous vos jupes. Ça ne doit pas déjà sentir si bon! Et filez d'ici plus vite que ça, mauvaise charogne!

La vieille fille était pâle à sa manière, d'une pâleur jaune.

— Oh! mais, protesta-t-elle, vous m'injuriez maintenant! Ça ne se passera pas comme ça! Ne me touchez pas surtout, ivrogne! Mgr l'archevêque saura...

— Dehors tout de suite, criait Toumignon, ou je t'écrase comme un cafard, saleté de Putet! Dehors vivement! Je te ferai voir si je suis cocu, vieille jaunisse, abcès du derrière!

Il la poursuivit d'injures jusqu'à l'entrée de l'impasse des Moines. Puis il rentra, fier et surexcité :

— T'as vu un peu, dit-il à sa femme, si je l'ai sortie, la Putet?

Judith Toumignon avait cette indulgence qui se

rencontre souvent chez les femmes voluptueuses.
Elle remarqua :

— La pauvre fille, elle est privée. Ça la travaille,
il faut croire...

Elle ajouta :

— C'est un peu ta faute, François, ces histoires. Toujours attirer ici ton Foncimagne, ça fait
dire sur moi. De la manière que les gens sont
méchants.

Toumignon disposait d'un reste de colère dont
ces paroles lui fournirent l'emploi :

— L'Hippolyte viendra quand je voudrai, bon
Dieu! C'est quand même pas les gens qui vont faire
la loi chez moi!

Judith soupira. Elle eut un geste impuissant.
Enfin :

— Je sais bien, François, que tu ne fais jamais
qu'à ta tête! dit cette femme habile.

*
* *

Pieuse, exemplaire, Justine Putet s'identifiait à
ce qu'il y a de plus sacré dans l'Eglise. L'abominable affront qu'elle venait de subir, où elle voyait
à travers sa personne un odieux attentat contre la
bonne cause, l'emplit d'une haine froide qui était
pour elle, sans aucun doute, émanation même du
courroux céleste. Ce fut ainsi, armée d'un glaive
de feu, qu'elle alla directement porter ses plaintes
amères chez le curé Ponosse. Elle lui représenta
que l'urinoir était objet de scandale et de corruption, guérite immonde où l'enfer postait des sentinelles qui détournaient de ses devoirs la jeunesse
féminine de Clochemerle. Elle lui dit que c'était
manœuvre impie d'une municipalité vouée aux châ-

timents éternels d'avoir placé là cet édifice. Elle
l'adjura de prêcher l'union entre les bons catholiques pour obtenir qu'on fît démolir ce repaire
d'abjection.

Mais le curé de Clochemerle avait en sainte horreur ces missions de violence qui ne pouvaient que
semer la division dans son troupeau. Ce prêtre
bienveillant, revenu des imprudences d'autrefois,
s'en tenait à la vieille tradition française de l'Eglise
gallicane : il se gardait des confusions entre le
spirituel et le temporel. De toute évidence, l'urinoir ressortissait au temporel, et à ce titre dépendait légalement de la municipalité. Que cet utile
édicule pût avoir sur les âmes les détestables effets
dont parlait son intransigeante paroissienne, il ne
le croyait pas. C'est ce qu'il voulut expliquer à la
vieille fille :

— Il y a des nécessités de nature, ma chère
mademoiselle, qui nous ont été imposées par la
Providence. Elle ne peut trouver mauvaise une
construction qui sert à leur satisfaction.

— C'est une méthode qui pourrait mener loin,
monsieur le curé! lui fut-il aigrement répondu.
L'inconduite de certaines personnes pourrait également s'expliquer par des nécessités de nature.
Lorsque la Toumignon...

Le curé Ponosse contint la vieille fille sur la
limite des discrétions charitables.

— Chut, ma chère demoiselle, chut! Personne
ne doit être nommé. Les fautes ne doivent venir à
ma connaissance que par le confessionnal, et
chacun ne doit parler que des siennes.

— J'ai bien le droit, monsieur le curé, de parler
de ce qui est public. Ainsi ces hommes qui, dans

l'impasse, négligent de cacher... qui montrent,
monsieur le curé... qui montrent tout...

Le curé Ponosse, écartant ces visions profanes,
leur restitua l'exacte proportion que leur assigne
la loi des phénomènes naturels.

— Ma chère demoiselle, quelques immodesties
que vous avez pu surprendre par hasard tiennent
certainement au débraillé sans malice de nos populations rurales. Je crois que ces petits faits — re-
grettables, c'est entendu, mais rares — ne sont
pas de nature à contaminer nos enfants de Marie,
qui tiennent leurs regards baissés, pudiquement
baissés, ma chère demoiselle.

Cette candeur fit sursauter la vieille fille.

— Les enfants de Marie, monsieur le curé, ont
l'œil prompt à tout saisir, je vous assure! Je les
vois faire, de ma fenêtre. Elles ont le feu où je
n'ose pas penser. J'en connais qui feraient bon
marché de leur innocence. C'est-à-dire qu'elles la
donneraient pour rien, pour moins que rien, et
qu'elles diraient merci! acheva Justine Putet avec
un rire sarcastique.

L'indulgence du curé de Clochemerle ne pouvait
admettre cette présence continuelle du mal. Le
bon prêtre pensait, après expérience personnelle,
que les égarements humains sont de courte durée,
et que la vie, en suivant son cours, désagrège les
passions, les fait, elles aussi, tomber en poussière.
La vertu, selon lui, était affaire de patience,
d'usure. Il tenta de calmer la dévote :

— Je ne crois pas que nos pieuses jeunes filles
fassent de certaines choses une connaissance prématurée, même... hum!... visuelle, ma chère demoiselle. A le supposer — ce que je ne veux pas
faire — le mal ne serait ni sans remède, puisqu'il

pourrait toujours se transformer en bien par la
publication des bans de mariage, ni sans utilité
— mon Dieu, on peut le dire! — puisqu'il ache-
minerait progressivement nos jeunes filles à des
révélations qu'il faudra bien... Nos chères enfants
de Marie, mademoiselle, sont appelées à devenir
de bonnes mères de famille. Si par malheur, l'une
d'elles venait à anticiper un peu, le sacrement de
mariage y mettrait rapidement bon ordre.

— C'est du propre! s'écria Justine Putet, incapable de contenir son indignation. Alors, monsieur
le curé, vous encouragez les tripotages?

— Tripotages? fit le curé de Clochemerle, dans
un grand mouvement d'effroi, tripotages? Mais,
par la mule du Saint Père, mademoiselle, je n'encourage rien du tout! Je veux dire que tout se
fait ici-bas par la main de l'homme, avec la permission de Dieu, et que les femmes sont destinées
à la maternité. « Tu enfanteras dans la douleur. »
Dans la douleur, mademoiselle Putet, il n'est pas
question de tripotages là-dedans! C'est une mission à laquelle nos jeunes filles doivent se préparer
de bonne heure, voilà ce que j'ai voulu dire.

— De telle sorte que celles qui n'enfantent pas
ne sont bonnes à rien, n'est-ce pas, monsieur le
curé?

L'abbé Ponosse s'aperçut de sa maladresse.
L'épouvante lui dicta ces paroles calmantes :

— Ma chère demoiselle, quelle vivacité! Tout
au contraire, il faut à l'Eglise des âmes d'élite.
Vous êtes de celles-là, par la faveur d'une prédestination remarquable, que Dieu n'accorde qu'à des
élus de son choix, je peux l'affirmer sans porter
atteinte au dogme de la grâce. Mais ces âmes rares
sont en petit nombre. Nous ne pouvons engager

toute une jeunesse dans cette voie... hum... cette voie virginale, ma chère demoiselle, qui exige des qualités par trop exceptionnelles...

— Alors, pour l'urinoir, demanda Justine Putet, votre avis...

— Serait de le laisser où il est — provisoirement, ma chère demoiselle, provisoirement. Un conflit entre la cure et la municipalité ne pourrait que troubler la paix des âmes, en ce moment. Patientez. Et s'il arrive qu'il vous tombe encore sous la vue quelque objet déshonnête, détournez vos regards, chère mademoiselle, reportez-les sur l'immensité des spectacles que la Providence a placée sous nos yeux. Ces petits inconvénients augmenteront la somme de vos mérites, déjà si grands. De mon côté, mademoiselle Putet, je vais prier afin que les choses s'arrangent, je vais beaucoup prier.

— C'est bien, dit froidement Justine Putet, je laisserai donc les saletés s'étaler au grand jour. Je m'en lave les mains. Mais vous vous repentirez de ne m'avoir pas écoutée, monsieur le curé. Retenez ce que je vous dis.

L'incident des Galeries beaujolaises fut bientôt connu et propagé dans tout Clochemerle par les soins diligents de Babette Manapoux et de Mme Fouache, principalement, éloquentes personnes qui se donnaient pour mission d'entretenir la chronique scandaleuse du bourg et d'en confier les secrets épisodes à des oreilles où ils pouvaient utilement fermenter.

La première de ces informatrices, Babette Manapoux, était la plus active commère du quartier

bas. Elle développait ses vigoureux commentaires
au lavoir, devant une assemblée de comparses bien
aguerries par le maniement quotidien du battoir
et du linge sale, terribles viragos qui tenaient en
respect jusqu'aux hommes et qu'on savait de première force dans les conflits de langue. Une réputation tombée aux mains de ces intrépides était
vite taillée en pièces et distribuée par lambeaux
dans les maisons, en même temps que les balles de
lessive.

Mme Fouache, receveuse-buraliste, entretenait
avec le même zèle la chronique du quartier haut,
quoique ses méthodes fussent bien différentes.
Alors que les annalistes populaires, les poings aux
hanches, lançaient des affirmations rudes et chargées d'épithètes, Mme Fouache, personne de grand
savoir-vivre, toujours soucieuse d'arbitrer impartia-
lement (en considération de son commerce de
tabac, qui devait rester un terrain neutre), procédait par insinuations doucereuses, questions
détournées, indulgentes réticences, plaintives exclamations d'effroi, de terreur, de pitié, et grande
profusion d'encouragements irrésistibles, tels que
« ma bonne — ma pauvre chère dame — mon
excellente demoiselle — d'un autre que vous,
voyez, je ne le croirais pas », etc., qui incitaient
doucement les plus réservés à se confier à cette
compatissante. Il n'existait pas, dans tout Clochemerle, meilleure manœuvrière pour vous tirer les
vers du nez.

Donc, par les soins de Babette Manapoux et de
Mme Fouache, toujours les premières instruites des
moindres événements, on ne sait par quel mystérieux privilège, il se répandit dans Clochemerle
qu'une altercation violente venait d'avoir lieu aux

Galeries beaujolaises entre le ménage Toumignon et Justine Putet. Ces bruits, aussitôt grossis et déformés par la transmission, allèrent jusqu'à représenter ces dames en grand combat, s'arrachant les cheveux et se menaçant le visage de leurs ongles, tandis que Toumignon secouait l'ennemie de sa femme « comme un prunier », fut-il dit. Il se trouva même des gens pour affirmer qu'ils avaient entendu des cris, et d'autres certifièrent qu'ils avaient vu le pied de Toumignon partir vigoureusement en direction du sec derrière de la Putet.

De même il se répéta que la vieille fille, abritée par son rideau, observait attentivement les faits et gestes des Clochemerlins, ne perdant rien des libertés que certains prenaient contre le mur de l'impasse.

On se trouvait alors au début de juillet. Les orages, cette année-là, avaient épargné ce coin de Beaujolais, on en avait fini avec les sulfatages, le temps était idéalement beau. Il ne restait plus qu'à laisser tranquillement mûrir le raisin, en racontant des histoires et en buvant frais. L'équipée de Justine Putet occupa le bourg, et les imaginations, brodant sur ce thème héroï-comique, l'enrichirent de savoureux détails.

On vint un jour à parler de la vieille fille au café de l'Alouette. Son nom provoqua une dangereuse émulation parmi les disciples de Fadet.

— Si elle est curieuse, la Putet, dirent-ils, c'est facile de la contenter.

Ils se rendirent en bande à l'impasse des Moines, au soir tombant. L'expédition avait été organisée avec une rigueur militaire. Dans l'impasse, des mauvais drôles s'alignèrent, appelèrent Justine afin qu'elle ne perdît rien du spectacle, puis, au commandement de « présentez armes! » exécutèrent les dernières indécences. Ils eurent la satisfaction de voir remuer l'ombre de la vieille fille derrière son rideau.

Dès lors ces sortes de saturnales devinrent une réjouissance quotidienne. On est obligé de déplorer l'attitude irréfléchie des Clochemerlins qui voyaient avec plaisir ces amusements de mauvais goût et en riaient sous cape. Par ailleurs, il faut, comme toujours dans notre histoire, attribuer cette inconscience au manque de distractions dont souffrent les habitants des petits pays. Les Clochemerlins étaient également portés à l'indulgence parce qu'il s'agissait de jeunes gars, et l'idée de fraîcheur et de charmante jeunesse demeurait liée à l'objet de leurs exploits : les femmes n'y pensaient pas sans douceur. Enfin les bonnes gens du bourg ne pouvaient pas se douter que ces jeux détestables auraient des effets pernicieux sur l'esprit de la vieille fille.

On aurait préféré passer sous silence ces blâmables polissonneries. Mais elles ne furent pas sans influer beaucoup sur les événements qui survinrent à Clochemerle. Et d'ailleurs, l'histoire est pareillement pleine d'exhibitions, d'exploits d'alcôves, de désordres sexuels, qui ont aussi déterminé de grands événements, d'immenses catastrophes. C'est Lauzun, caché sous un lit, espionnant des soupirs royaux, afin de surprendre dans les intervalles du plaisir des secrets d'Etat. C'est Catherine de Russie, soucieuse de l'hérédité des Romanof, qui charge son amant de veiller à la circoncision de son impérial époux, en attendant qu'un nouveau consortium de ses amants se charge d'occire ledit époux. C'est Louis XVI, monarque hésitant, qui cherche midi à quatorze heures lorsqu'il s'agit de s'occuper activement de Marie-Antoinette. C'est Bonaparte, jeune général efflanqué et tragiquement pâle, qui avance sa carrière par les infidélités de Joséphine : si la créole n'avait eu la cuisse politique, le génie de son mari n'aurait peut-être pas percé. Quant aux princes qui ont mis le monde à feu et à sang pour les beaux yeux d'une péronnelle, fût-elle princesse, ils sont légion : à l'origine de la guerre de Troie, il y a une coucherie. Tout cela, au fond, n'est ni plus sérieux ni moins scabreux que les exploits de nos jeunes gens.

A Clochemerle, on doit y insister, la marche des événements fut la suivante. Au fond de l'impasse des Moines, Justine Putet, observant hypocritement ce qui ne la concerne pas, surprend, innocemment mis à l'air, des objets dont la vue offense ses regards. En signalant sa présence, elle ferait probablement tout rentrer dans l'ordre. Mais elle veut, de ces accidents débonnaires, tirer la matière d'un scandale. Sa manœuvre, qui dégénère en bouffonnerie villageoise, se retourne contre elle. Les objets délictueux se multiplient offensivement, et ils ont cette fois la hardiesse vigoureuse de l'adolescence. Nul n'ignore plus que la vieille fille assiste à ces spectacles peu en rapport avec sa condition, et tout le pays s'amuse à ses dépens. Elle est profondément humiliée.

L'humiliation ne serait rien. Il y a plus grave : sa vie retirée désormais lui est insupportable. Il existe des vertus d'élection, des vertus de repentir, de découragement ou de désespoir, celles-là librement consenties. Mais la vertu de Justine Putet n'a connu aucune alternative, son aridité physique

ne lui a pas laissé le choix. Elle a fait une vieille
fille par prédestination cruelle. et personne ne
pourrait dire si elle n'en a pas souffert. Tout est
refusé aux êtres qui manquent de grâce, jusqu'à
la pitié. Où les gens de Clochemerle ne voient
que farces sans conséquences, il y a peut-être persécution. Il y a certainement persécution, et inhumaine. Justine Putet a pu supporter longtemps
sa solitude, en s'efforçant d'oublier ce qui crée les
liens entre hommes et femmes. Si on lui rend impossible l'oubli, cette solitude devient étouffante,
ses nuits sont hantées, fiévreuses, elle a des cauche-
mars infâmes. Des processions de Clochemerlins,
sataniquement virils, défilent dans ses rêves, se
penchent obscènement sur sa couche, où elle
s'éveille seule et baignée de sueur. Son imagination,
calmée par l'application et les années de prières, se
déchaîne avec une fougue toute nouvelle, défor-
mante, qui la met au supplice. Ainsi torturée, Justine Putet décide de frapper un grand coup,
d'aller trouver le maire, Barthélemy Piéchut lui-
même.

VII

DEPUIS deux semaines, le maire de Clochemerle attendait cette visite. Et parce qu'il l'attendait, il avait eu le temps de se bien préparer à être grandement surpris.

— Tiens, dit-il, mademoiselle Putet! C'est au moins pour une bonne œuvre que vous venez? Je vais vous envoyer ma femme.

— C'est à vous, monsieur le maire, que je désire parler, répondit fermement la vieille fille.

— A moi, c'est bien sûr?... Alors, entrez.

Il la guida jusqu'à son bureau, où il la fit asseoir.

— Vous savez ce qui se passe, monsieur le maire? demanda Justine Putet.

— A propos de quoi donc?

— Dans l'impasse des Moines?

— Ma foi, non, mademoiselle Putet! Il se passe des affaires extraordinaires? Première nouvelle.

Avant de s'asseoir lui-même, il proposa :

— Vous prendrez bien quelque chose? Un petit verre? On n'a pas si souvent l'occasion de vous offrir... Du doux, voyons! Ma femme fait un cassis, vous m'en direz des nouvelles.

Il revint avec la bouteille et les verres qu'il emplit.

— A votre bonne santé, mademoiselle Putet! Qu'est-ce que vous en dites de ce cassis-là?

— C'est fin, monsieur le maire, c'est très fin.

— N'est-ce pas? C'est tout vieux marc On ne fait pas meilleur. Alors, vous disiez, pour l'impasse des Moines?

— Vous n'êtes au courant de rien, monsieur le maire?

Barthélemy Piéchut leva les bras.

— Ma pauvre demoiselle, je n'abonde pas à m'occuper de tout! C'est la mairie, les paperasses. C'est l'un ou l'autre qui vient pour un conseil. C'est les gens qui ne sont pas d'accord. Et les vignes, et le temps, et les réunions, et les voyages... je n'abonde pas, je vous dis! J'en sais moins long que le dernier de Clochemerle qui n'a que ses affaires à s'occuper... Dites-moi tout, ça sera plus simple.

Pudique, se trémoussant sur sa chaise et fixant le carrelage à ses pieds, la vieille fille répondit :

— C'est difficile à expliquer...

— Enfin, c'est à quel propos?

— A propos de l'urinoir, monsieur le maire.

— L'urinoir?... Et alors? questionna Piéchut, qui s'amusait.

Justine Putet rassembla son courage.

— Il y a des hommes, monsieur le maire, qui font à côté.

— Oui? dit Piéchut. Bien sûr, ça serait mieux autrement. Mais je vais vous dire une chose. Du temps qu'il n'y avait pas d'urinoir, les hommes faisaient tous dehors. Maintenant, la plupart font dedans. Il y a du progrès.

Pourtant Justine Putet ne relevait pas les yeux et semblait assise sur des lames tranchantes. Elle se décida :

— Ce n'est pas le plus fort. C'est qu'il y a des hommes qui donnent à voir...

— A voir, vous dites, mademoiselle Putet?

— A voir, oui, monsieur le maire, répondit avec soulagement la vieille fille, pensant être comprise.

Mais Piéchut prenait plaisir à la retourner sur le gril de sa pudeur. Il se gratta la tête, sous son chapeau.

— Je ne vous comprends pas bien, mademoiselle Putet... Qu'est-ce qu'ils vous donnent à voir?

Justine Putet dut vider la coupe amère de la honte.

— Toute leur boutique! dit-elle, bas, avec un affreux dégoût.

Le maire partit d'un rire fort, de ce bon gros rire sans malice que déclenche la révélation d'une chose vraiment saugrenue.

— Vous m'en apprenez de drôles! dit-il par manière d'excuse.

Il reprit son sérieux, et ce fut pour demander, imperturbable :

— Et ensuite?

— Ensuite? murmura la vieille fille. Mais, c'est tout!

— Ah! c'est tout! Bien!... Et alors, mademoiselle Putet? dit froidement Piéchut.

— Comment, et alors? Je viens porter plainte, monsieur le maire. C'est scandaleux. Il se commet à Clochemerle des attentats à la pudeur.

— Permettez, mademoiselle! Entendons-nous bien, voulez-vous? dit sérieusement le maire. Vous

ne prétendez pas que tous les hommes de Clochemerle se conduisent d'une façon inconvenante? Il
ne s'agit que de gestes involontaires, accidentels?

— On le fait exprès, au contraire.

— Vous êtes bien certaine? Et qui ça? Des
vieux, des jeunes?

— Des jeunes, monsieur le maire. C'est la bande
à Fadet, les mauvais garnements de l'Alouette. Je
les connais. Ils méritent la prison.

— Comme vous y allez, mademoiselle! Pour arrêter les gens, il faut un délit dont on ait des
preuves. Je ne refuse pas de sévir, notez. Mais four-
nissez-moi les preuves. Avez-vous des témoins?

— Il y en a bien, des témoins. Mais les gens
sont trop contents...

Piéchut plaça ici une petite vengeance, escomp-
tant bien que ses paroles seraient répétées :

— Que voulez-vous, mademoiselle... Le curé
Ponosse est le premier à dire que je suis un « bien
excellent homme » dont on obtient tout ce que
l'on veut. Affirmez-lui de ma part que je suis au
regret...

— Alors, conclut Justine Putet agressive, les
saletés vont continuer?

— Ecoutez, mademoiselle, conseilla Piéchut
pour en finir, en sortant, passez donc à la gendarmerie. Vous parlerez de votre affaire à Cudoine.
Il verra s'il peut faire exercer une surveillance.

— Ce qu'il faudrait, dit soudain la vieille fille
avec violence, c'est enlever cet urinoir. C'est un
scandale de l'avoir placé à cet endroit.

Piéchut cligna les yeux et prit son air dur. A
cet air correspondait chez lui une grande douceur
de la voix, une douceur inflexible.

— Déplacer l'urinoir? Ce n'est pas impossible.

Je vais même vous donner la marche à suivre.
Faites signer une pétition. Si vous avez la majorité
à Clochemerle, soyez certaine que la municipalité
s'inclinera. Vous ne désirez pas reprendre un peu
de cassis, mademoiselle Putet?

Malgré les promesses de Cudoine, rien ne fut
changé. De temps à autre, on vit paraître un gendarme à l'impasse des Moines, mais la maréchaussée comptait un personnel trop restreint pour que
la faction durât longtemps. En sorte que le gendarme, après avoir usé de l'urinoir, dont le clapotis
frais l'attirait, partait ailleurs se promener. Les
consignes de Cudoine n'avaient pas été très sévères,
sur le conseil de Mme Cudoine, qui détestait Justine Putet, dont les airs d'outrancière vertu la bles-
saient. Cette dame ne pouvait tolérer qu'une
simple particulière rivalisât de vertu et de zèle
civique avec la femme du brigadier de gendarmerie, sorte de commandant militaire du bourg de
Clochemerle. Tout alla comme précédemment, et
la bande à Fadet continua tout à son aise de per-
sécuter la vieille fille, avec l'approbation officieuse
de la grande partie des Clochemerlins.

Cependant l'heure du triomphe devait sonner
pour Justine Putet. Le 2 août 1923, un bruit fit
traînée de poudre dans Clochemerle : une enfant
de Marie se trouvait enceinte, la jeune Rose Bivaque, qui aurait dix-huit ans seulement en dé-
cembre prochain. C'était une courte-cuisses de

bonne mine, qui avait précocement prospéré du corsage et cachait sous ses jupes de quoi rivaliser avantageusement avec bien des femmes formées, des femmes de vingt-cinq ans. Une fille fraîche, cette Rose Bivaque, avec un air tranquille, des yeux grands ouverts où se lisait l'innocence, et un agréable sourire un peu niais — bien fait pour inspirer confiance — sur ses lèvres tentantes. Rien d'une montre-tout, cette petite Rose Bivaque, bien réservée au contraire, pas parlante, pas effrontée, toute docilité et soumission, et gentiment polie avec les grand-mères radoteuses, les écoutant sagement, ainsi que les vieilles demoiselles à maximes pincées, et régulière à confesse, bien convenable à l'église, chantant d'une voix claire près de l'harmonium, et mignonne en robe blanche pour la Fête-Dieu (« une vraie première communiante »), et appliquée chez elle à la couture, à la cuisine, au repassage, et tout, et tout, une vraie perle enfin cette petite, et jolie par-dessus, dont sa famille à juste titre était fière, la dernière qu'à Clochemerle on aurait jugée capable d'inconduite, et c'était celle-là précisément, cette petite Bivaque citée en exemple qui avait *fauté!*

— Après ce coup-là... murmuraient, atterrées, les mères qui avaient des filles allant sur leurs quinze ans.

Au bureau de tabac, où accouraient diligemment les priseuses, en cas d'événement important, Mme Fouache, avec une tristesse hautement morale, comparait les mœurs de deux époques, et ce parallèle était tout à l'avantage des temps anciens.

— Autrefois, disait-elle, on n'imaginait pas des choses pareilles. Pourtant j'ai été élevée à la ville, où les occasions sont bien plus nombreuses et plus brillantes, forcément. Et à vingt-deux ans, j'avais un éclat! Je faisais retourner toute la rue, je peux le dire aujourd'hui... Mais jamais, mesdames, au grand jamais, je ne me serais laissé toucher du bout du petit doigt, ni accoster, vous pensez bien! Comme disait mon pauvre Adrien, qui avait du goût et du jugement, haut placé comme il était, pensez! « Quand je t'ai connue, Eugénie, tu n'étais » pas regardable en face. Comme le soleil, t'étais » Eugénie! » Beau parleur et séduisant comme il était, mon Adrien, tout tremblant je le voyais devant moi, jeune fille. Comme il me disait plus tard : « On sentait bien qu'il n'aurait pas fallu te » dire un mot plus haut que l'autre, rapport à » l'honnêteté. Vertueuse comme pas une, tu fai- » sais, Eugénie! » Il faut vous dire, mesdames, que j'avais été élevée comme on élevait dans le beau monde d'alors...

— Et puis, madame Fouache, vous aviez rencon- tré un homme de l'ancien temps!

— Je veux bien, madame Michat, que mon Adrien était fort sur les bonnes manières, n'étant pas le premier venu, c'est certain. Mais quand même, on a beau dire, c'est bien les femmes qui font les hommes, allez!

— Comme c'est bien vrai, madame Fouache!

— Tout ce que je peux dire, c'est qu'on ne m'a jamais manqué de respect, à moi!

— Ni à moi, madame Lagousse, vous pouvez croire!

— Celles qui se laissent manquer, c'est qu'elles l'ont bien cherché!

— Pour sûr!

— Vous dites bien là une grande vérité, ma- dame Poipanel!

— C'est simplement des rien-du-tout!

— Des pleines-de-vices!

— Ou des curieuses! Et Dieu sait pourtant que vraiment...

— Oui, vraiment!

— On raconte bien des choses là-dessus. Mais quand on voit de près...

— On est bien désappointée!

— C'est moins que rien!

— Je ne sais pas comment vous êtes, mesdames. Mais moi, ça ne m'a jamais rien dit!

— A moi, guère plus, madame Michat. Si c'était pas la question de faire plaisir...

— Et le devoir chrétien, de l'autre côté...

— Et l'affaire de retenir les maris. Qu'ils n'aillent pas courater ailleurs.

— Voilà, bien sûr!

— Prendre à ça de l'agrément!

— Il faut avoir un drôle de corps!

— Une vraie corvée!

— Ce n'est pas votre avis, madame Fouache?

— Il est certain, mesdames, que je m'en suis bien passée quand ça m'a manqué. Et je vous dirais que mon Adrien n'était pas du tout porté.

— C'est une chance. Il y a des femmes, pensez, qui ont péri de l'abus!

— Quand même, madame Lagousse, péri?

— Ah! madame Poipanel, je pourrais citer qui encore! Mais il y a des hommes qui ne sont pas contentables, rendez-vous compte! Vous avez connu cette femme Trogneulon, du bas bourg, qui a fini à l'hôpital, il y a sept-huit ans? C'est de ça qu'elle est morte, madame Poipanel, on vous le dira. C'était des nuits entières, pensez, avec un homme

comme fou! Ça l'a toute détraquée. Et ça lui avait
donné des terreurs, à la fin, à toujours pleurer.

— Quand ça vient là, c'est de la vraie maladie!

— C'est affreux!

— C'est pire que les bêtes!

— Les femmes sont bien exposées, allez! On ne
sait jamais sur qui on va tomber!

— A propos, madame Fouache, sait-on qui a fait
fauter la Rose Bivaque?

— Mesdames, je vais vous le dire. Mais ne le
répétez pas. C'est un jeune militaire qui ne fume
que des cigarettes en paquet : le Claudius Brodequin.

— Il est au régiment, voyons, madame Fouache.

— Mais il était là en avril, mesdames, pour
l'inauguration. Un militaire qui achète toujours
des gauloises, vous pensez bien que je le remarque.
C'est bien pour dire qu'il faut peu de temps pour
faire fauter les filles d'aujourd'hui... Une petite
prise, mesdames? C'est moi qui offre.

Celles que nous venons d'entendre n'étaient que
des commères plus bavardes qu'agissantes, bonnes
surtout pour les gémissants effrois et les plaintes
collectives. Mais les pieuses femmes de leur côté
ne demeuraient pas inactives, groupées et entraî-
nées par Justine Putet, plus noire, plus jaune, plus
bilieuse et anguleuse que jamais. Elle allait de
maison en maison, de cuisine en cuisine, porter la
bonne parole.

— Quelle horreur, mon Dieu, quelle horreur!
Une enfant de Marie, madame! Quelle honte pour
Clochemerle! Avec toutes ces saletés dans l'impasse,
ça devait finir comme ça, je l'avais bien prédit! Et

Dieu sait où en sont les autres enfants de Marie..
Toute une jeunesse corrompue...

Elle fit tant que grossit rapidement le cortège
des délaissées, des aigries, des rancies, de toutes
celles dont le ventre ne s'était pas réjoui, n'avait
pas fructifié. Toutes criaient au scandale affreux,
et si fort que le curé Ponosse, accusé de prêter
publiquement la main aux concupiscences, dut
bon gré mal gré accorder son patronage à ces vitu-
pérantes. La croisade fut prêchée contre l'urinoir,
cause de tout le mal qui, en attirant les garçons
sur le passage des filles, avait incité ces dernières à
commercer honteusement avec le diable.

Cette question de l'urinoir prit telle ampleur
qu'elle divisa Clochemerle. Des clans acharnés se
formèrent. Le parti de la cure, que nous nomme-
rons des Urinophobes, était conduit par le notaire
Girodot et Justine Putet, avec la protection hautaine de la baronne de Courtebiche. Dans le parti
opposé, celui des Urinophiles, brillaient Tafardel,
Beausoleil, le docteur Mouraille, Babette Manapoux, etc., protégés par Barthélemy Piéchut qui
laissait agir, se réservant les décisions importantes.
Chez les Philes se faisaient encore remarquer le
ménage Toumignon et le ménage Torbayon, dont
les intérêts commerciaux dictaient les convictions
en cette affaire : en sortant de l'urinoir, les Clochemerlins entraient volontiers à l'auberge et aux
Galeries beaujolaises, placées sur leur chemin. Ils
y laissaient de l'argent. En se rangeant au parti
des Phobes, un homme comme Anselme Lamolire
prenait position contre Barthélemy Piéchut. Pour
le reste de la population, son attitude était surtout
déterminée par le rôle des femmes dans les inté-
rieurs. Là où les femmes gouvernaient — chose

aussi fréquente à Clochemerle que partout ail
leurs — on se rangeait en général au parti de la
cure. Enfin venaient les flottants, les neutres et les
indifférents. Parmi ceux-là, Mlle Voujon de la
poste, qui n'avait d'intérêts ni d'un côté ni de
l'autre. Mme Fouache, elle, écoutait tout attentivement, compatissait alternativement à droite et à
gauche, avec des « Eh, oui, bien sûr! » encourageants, mais ne se déclarait officiellement en faveur
de personne. Le tabac, produit du monopole, devait se tenir au-dessus des partis. Si les Philes
étaient grands consommateurs de scaferlati, les
fumeurs de cigares se recrutaient principalement
chez les Phobes. Mme la baronne de Courtebiche
faisait prendre des cigares chers, par boîtes entières,
pour ses invités. Le notaire Girodot en achetait
également.

Le type de l'indifférent complet s'incarnait en
Poilphard. D'autres choses l'occupaient. Le pharmacien souffrait d'un tenace rhume des foins. Sa
face ruisselait d'une humidité navrante qui sus-
pendait à son nez des stalactites chagrines. Ce
ruissellement lui donna une recrudescence semi
érotique. Il avait trouvé à Lyon une fille très dé-
charnée, prostituée sans clientèle et tout à fait
minable, qui faisait merveille pour la rigidité
cadavérique, avec ses os pointus qui saillaient aux
articulations du bassin, son ventre creusé par les
famines, ses côtes très apparentes de crucifiée, et
ses seins froissés de plis, pareils à des ballonnets
dont le gaz a fui. Ce rare talent d'évocation mor-
tuaire, Poilphard le plaça dans un cadre qui le
mettait bien en valeur. Il loua dans une rue étroite
du quartier des Jacobins un entresol sombre, un
peu infect même, et il venait une ou deux fois par

semaine procéder à Lyon à des mises au tombeau.
Le corps de la personne avait une si satisfaisante
immobilité, une telle pâleur de cire, que Poilphard
pouvait s'offrir le plaisir extrême de le contempler
nu, entre deux flambeaux funèbres. Et les relents
de voirie venus de la cage d'escalier lui procuraient l'illusion de l'état de décomposition. C'était
le plus beau sujet qu'il eût jamais trouvé pour
provoquer ses transports d'un genre spécial. Il fut
si enchanté de cette imitation cadavérique qu'il fit
à la personne une mensualité, d'ailleurs parcimonieuse, dans la crainte que le bien-être lui retirât
cet aspect osseux et ce teint exsangue qui l'exal-
taient. Crainte qui n'était pas justifiée. La grande
voracité de sa pensionnée avait vingt-cinq ans de
misère à combler. Les aliments jetés dans ce gouffre
d'un passé de disette n'augmentaient pas le poids
de la malheureuse. Cette capacité de s'empiffrer
sans engraisser la rendait précieuse et chère à Poilphard, qui lui consacrait beaucoup de temps et de
larmes. Jamais son veuvage ne lui avait procuré
tant de voluptés. Tout à sa passion, il se désinté-
ressait des événements qui divisaient Clochemerle.

Tandis que les ressentiments se groupaient,
attendant l'heure de se déchaîner, la petite Rose
Bivaque portait sans honte son jeune ventre, lequel
commençait à pointer avec une impertinence qui
défiait les principes, parce qu'en lui germait un
petit Clochemerlin anonyme, faute pour les gens
de savoir s'il serait baptisé Bivaque ou Brodequin,
ou du nom d'un troisième larron immiscé dans
cette trouble affaire, à la faveur des nuits de printemps. Car les mauvaises langues, on s'en doute,
s'en payaient et augmentaient démesurément les

torts de la pauvrette. Tant de noirceur indignait
Tafardel, généreux malgré ses ridicules et partisan
de toutes les sincérités, au point qu'il dit un jour
dans la rue à la jeune pécheresse, avec sa grandi-
loquence coutumière :

— Le bâtard n'est pas princier, mignonne, il
faut croire! Que ne lui avez-vous choisi un géni-
teur bagué d'armoiries comme un cigare! Votre
ventre eût été adorable et son fruit glorieux.

Ces propos réconfortants échappèrent à l'enten-
dement de Rose Bivaque, au cœur simple, aux entrailles fécondes, à l'organisme sain et qui se comportait sans malaises. Elle souffrait peu d'avoir
perdu son cordon d'enfant de Marie. Et cette jeune
inconsciente, à cette phase de sa grossesse, avait
un éclat touchant, enviable, qui faisait qu'on ne
pouvait la regarder sans lui sourire, sans l'encourager dans sa maternité commençante. Cet éclat était
bien ce que lui pardonnaient le moins les femmes
irréprochables. Mais Rose Bivaque ne comprenait
pas la haine. Elle attendait son Claudius Brodequin qui allait arriver d'un jour à l'autre.

VIII

ARRIVÉE DE CLAUDIUS BRODEQUIN

VERS les quatre heures après midi, dans la grosse chaleur du mois d'août, le train s'arrête en gare de Clochemerle. Il en descend un seul voyageur, un militaire en uniforme de chasseur, qui porte sur sa manche le galon de soldat de première classe.

— Voilà que t'arrives, Claudius? lui demande l'employé qui reçoit les billets.

— Voilà, oui, que j'arrive, Jean-Marie! répond le militaire.

— Juste pour la fête, t'arrives, sacré gars!

— Juste, Jean-Marie.

— Une sacrée bonne fête que ça va faire à Clochemerle de ce temps-là!

— Une sacrée bonne fête, j'ai bien pensé.

Entre la gare de Clochemerle et le bourg, il y a cinq kilomètres de montée, en suivant les lacets de la route. Une petite heure de marche, pour un militaire qui va d'un bon pas, un pas de chasseur, le meilleur pas de militaire qui soit au monde, et le plus vif. Claudius Brodequin prend la route, qui crisse amicalement sous ses souliers solides, bien ferrés, où son pied est à l'aise.

Il y a toujours plaisir à revoir son pays, quand du bon vous y attend surtout. Le Claudius Brodequin est content, et fier de son uniforme, de son uniforme sombre orné d'un galon de soldat de première classe, appelé à passer caporal avant la fin de son service, et caporal de chasseurs, ce qui se fait de mieux comme caporal. Bon soldat, bon chasseur, bien noté à la compagnie, débrouillard, tel est le Claudius Brodequin, avec son béret, sa tunique de chasseur faraud, et ses mollets de chasseur, qui sont les plus beaux mollets de l'armée, les plus beaux mollets de toutes les armées du monde, les plus copieux, les mieux galbés, les mieux renflés au bon endroit. Des mollets de drap, mais quand même... Il n'est pas donné à tout le monde d'avoir des molletières bien roulées, et deux fois plus de drap aux mollets que les hommes de la biffe ordinaire, qui roulent à plat leurs molletières sans les croiser, ce qui leur fait des chevilles lourdes, des jambes droites, sans mollets autant dire. Toute l'assurance de Claudius Brodequin est dans ses mollets. Pour bien marcher, pour bien grimper, il faut avoir de bons mollets, de gros mollets. la chose est connue, comme il est connu que la valeur d'un militaire d'infanterié est dans sa capacité de bien marcher, de marcher longtemps, d'un pas soutenu. Ainsi peut marcher le Claudius Brodequin, chasseur de première classe, marcheur inlassable, au pas de chasseur, le plus alerte qui soit, le plus claquant pour une parade.

Au régiment, il est le chasseur Brodequin, matricule 1103, bon chasseur on l'a dit, mais dépaysé malgré tout, ayant perdu ses points d'appui. Ici, au contact de ce pays, où il ne fait que d'arriver, il se sent redevenir le Claudius, le vrai gars de

Clochemerle, sauf qu'il est plus dessalé qu'avant
son départ, étant devenu un peu brise-visière et
brise-cœurs, par l'effet de son stage à la caserne.
Tout réjoui à la vue des coteaux où il voit la
vigne en bon état, il se félicite d'atteindre bientôt
le bourg. Il se promet beaucoup de plaisir, de la
fête d'abord, qui a goût de brioche chaude, de vin
frais, de sueurs féminines et de cigares à bague. Et
il attend bien du plaisir de la Rose Bivaque, qui a
un corsage bien garni de bonne poitrine tiède, où
il fait bon fourrager, tandis qu'elle se défend pour
la forme, sans trop dire, parce qu'elle a peu à dire
et que la pression des mains chaudes la rend stupide. Et stupide au point que, la poitrine une fois
conquise, le reste va naturellement. C'est une bien
bonne fille, pleine de bonnes douceurs, et qu'il a
vraiment du plaisir à serrer de près. Claudius Brodequin y pense. C'est pour cela surtout qu'il a
demandé une permission.

Au régiment, c'est rare que le Claudius Brodequin n'aille pas, une fois par semaine, voir les personnes du gros numéro. Ça pose de toucher aux
femmes galantes, un bon chasseur se doit d'être
toujours d'attaque. De ce côté-là, le Claudius Brodequin ne se montre pas fainéant, il est bien franc
du collier on peut le dire. C'est un chasseur qui a
l'esprit de corps et qui fait tout pour le prestige
de son uniforme. Auprès de ces dames, les chasseurs dominent de loin, par la promptitude et la
vigueur de leurs exploits. De ces exploits, le Claudius Brodequin est habituellement assez fier. Mais
là, repris par l'ambiance du pays natal, s'il pense
aux personnes de la garnison, il se dit : « C'est
toutes des putes, quand même! » Remarque dont il
éprouve l'évidence à la vue des doux coteaux de

Beaujolais. Là, sur la route familière, tant de fois dévalée à vélo avec les autres gars, il pense aux femmes de Clochemerle, qui ne sont pas des traînées, des rien-du-tout, des lève-la-cuisse et des fout-la-vérole. Oui c'est tout autre chose, les femmes de Clochemerle : des femmes qui ont du sérieux, de la bonne tenue, et qui sont pour l'utile autant que pour l'agréable, pour la soupe autant que pour la chose (l'un n'empêche pas l'autre), des femmes enfin qu'on ne risque pas d'attraper des sales maladies avec. Ce qui fait encore la différence, c'est que toutes ces bonnes femmes-là ne sont pas pour les étrangers : uniquement pour les Clochemerlins sont les femmes de Clochemerle. Il arrive des fois, bien sûr, qu'elles soient pour plusieurs Clochemerlins à guère d'intervalle, et qu'elles repiquent au truc, mais c'est toujours des trucs de Clochemerlins : ça ne sort pour ainsi dire pas de la famille, ce n'est que bons vignerons tout ce qui peut les besogner.

Claudius Brodequin pense à la Rose Bivaque, cette bonne fille de Clochemerle, qui fera plus tard une bonne femme de Clochemerle, tranquille et tout, qui saura faire les enfants, la soupe aux choux, le bon fricot et tenir propre une maison, pendant que lui, le Claudius, sera dans les bouts de vigne de son vieux, le père Brodequin, qui est encore un solide dans ce moment, mais qui finira par faire un vieux de la vieille, comme on en voit, tout rugueux et tordus comme des plants de gamay. Tout ça, la Rose, les bouts de vigne, une petite maison, c'est du fameux pour l'avenir. Il n'a pas à s'en faire, le Claudius Brodequin, il n'a qu'à passer caporal, caporal de chasseur, oui-da! Ensuite, il reviendra au pays avec honneur, pour y

faire pousser le bon vin de Clochemerle, qui est
d'un bon prix de vente dans les bonnes années.

En venant de la gare, après avoir fait trois kilomètres, on trouve un tournant d'où l'on aperçoit,
au-dessus de soi, Clochemerle. Il semble que l'on
touche déjà les maisons, mais il faut tenir compte
des larges courbes de la route. Voyant son pays,
Claudius Brodequin se dit qu'il va bientôt s'engager dans la grande rue, avec sa belle tenue et ses
beaux mollets de chasseur, et son air malin d'un
qui est sorti de son trou et qui a vécu dans les
villes. Il sait qu'il ne pourra pas rencontrer Rose
Bivaque avant la tombée de nuit, à cause des
parents de la petite et des gens qui se mettent à
jaser, dès qu'ils voient ensemble une fille et un
garçon. Pour la Rose, inutile donc de se presser.
Et les vieux Brodequins, ses parents à lui, habitent
une de ces maisons isolées qui se trouvent tout de
l'autre côté de Clochemerle, à deux cents mètres
de la mairie. Dans ces conditions, il serait dommage de traverser le bourg sans s'y arrêter. Claudius Brodequin a marché vite, et le drap d'uniforme est épais. Bien qu'il ait ouvert sa tunique,
retiré sa cravate, il transpire. Ce sacré soleil lui
donne soif. En passant, il entrera chez Torbayon,
l'aubergiste, histoire de prendre un verre. Chez
Torbayon, il verra l'Adèle. Soudain, il pense à
l'Adèle.

Ça lui rappelle son temps d'avant le régiment.
Dans sa vie de jeune gars, Adèle Torbayon a joué
un rôle secret, le rôle que peut assigner un garçon
de dix-huit ans à une femme qui a passé la trentaine, et dont les avantages naturels, abondants,
sont des points de repère qui ne laissent pas la
rêverie s'égarer dans des voies stériles. Pour des

motifs d'exaltation tout intime, il arrive encore à Claudius Brodequin (bien qu'il y ait maintenant la Rose) de penser à l'Adèle. Car on ne se défait pas facilement des habitudes du jeune âge, et c'est, parmi toutes celles qu'il peut évoquer, avec l'image d'Adèle Torbayon qu'il se sent le plus à l'aise pour certaines audaces érotiques, auxquelles, à vrai dire, il ne s'est jamais porté dans la réalité : une image est merveilleusement docile, bien plus qu'un corps, on en dispose de toutes les manières, en prenant son temps. Dans l'idée du chasseur, la Rose c'est pour du sûr et du durable, tandis que la mûre opulence d'Adèle Torbayon lui sert pour la fantaisie et les travaux d'imagination. En somme, Adèle Torbayon est la complaisante favorite de ce petit harem imaginaire que Claudius Brodequin s'est composé, au hasard des rencontres, depuis que la puberté lui a ouvert les yeux sous certains aspects du monde physique. Donc, en venant sur Clochemerle d'un bon pas, Claudius Brodequin se reprend à penser avec plaisir à l'Adèle Torbayon. Plaisir bien compréhensible.

Parmi les femmes de Clochemerle qui produisent sur les hommes un effet certain, en bon deuxième rang, immédiatement après Judith Toumignon (qui détient la palme, c'est incontestable) se classe Adèle Torbayon, de l'avis unanime. Moins belle que la Judith, oui, de chair moins aveuglante, mais d'approche plus facile (rapport qu'elle tient un café), l'Adèle est une brune râblée, bien plaisante dans son genre. Sa poitrine grasse est un peu ballante, mais ce lent mouvement contribue à vous donner du vague à l'âme. Quand l'Adèle se penche pour poser les verres sur les tables, son corsage s'entrouve agréablement, et cette posture de bonne

hôtesse donne à sa croupe musclée un rebond du
meilleur effet, sous la satinette tendue — ce qui
incite à commander une nouvelle bouteille. Une
chose encore qui fait le grand charme de l'Adèle,
c'est qu'elle permet qu'on lui touche un peu la fesse.
Elle permet, sans permettre, disons bien. C'est-à-
dire qu'elle n'y prête pas attention, qu'elle est
distraite, juste ce qu'il faut pour faire honnêtement aller le commerce. On doit comprendre : une
femme comme voilà l'Adèle, aubergiste, bien
placée dans le pays et bien tentante pour la main,
elle voudrait faire la mijaurée, mettre sa fesse sous
globe, elle perdrait de la clientèle, c'est certain.
Elle n'agit pas ainsi par vice, mais rapport surtout
à la concurrence déloyale du café de l'Alouette,
dans le haut bourg, près de la mairie. Voilà
l'affaire : pendant la guerre, on a vu arriver dans
le pays, un couple de réfugiés. Ils ont donc obtenu
d'ouvrir ce café, près de la grande place — ce qui
a fait dire sur Barthélemy Piéchut et la femme,
une blondasse du Nord, qui avait mauvais genre.
Ça n'a pas manqué : sitôt le café ouvert, voilà cette
créature qui commence son vilain manège qui n'a
jamais cessé depuis. Cette grande sale-du-cul, cette
sans-mœurs se fait brasser à pleine peau par les
gars, que c'en est une dégoûtation. Rapport à cette
bouge-du-train, l'Adèle a été amenée à moins s'inquiéter de ce qui se passe du côté pile de sa personne. (On a beau servir du bon — du pur chèvre
en fromage, du pur porc en saucisson, et le meilleur vin de Clochemerle — une qui se laisse toucher finirait à la longue par vous faire du tort. Les
hommes vont au café pour les plaisirs de tous
genres, et pour celui de mettre la main, ils se pri-
veraient plutôt sur la gueule. Tous cochons, les

hommes, c'est dans leur nature. On doit compter avec, pour réussir dans le commerce). Mais la vertu est toujours récompensée : pour la splendeur de croupe, il n'y a pas de comparaison possible entre l'auberge Torbayon et le café de l'Alouette. Une seule fesse de l'Adèle, ça fait largement les deux de la Marie-salope du haut bourg, et les fins connaisseurs restent fidèles aux appas de l'Adèle, bien que le pelotage n'aille jamais jusqu'à lui manquer de respect. Quand elle sent s'occuper sur elle un dégoûtant, qui veut pousser trop loin, en prendre plus que son compte, elle se fâche rouge, l'Adèle :

— C'est-i que vous prenez la maison du Torbayon pour un bobinard? Vous voulez-ti que j'appelle mon homme?

A ces mots, on voit paraître l'Arthur Torbayon, un grand homme fort, qui jette un regard soupçonneux :

— Tu m'as-ti appelé, l'Adèle? dit-il.

Pour dissiper la gêne, l'Adèle répond, avec une présence d'esprit dont on lui sait gré :

— C'est le Mâchavoine, que voilà-là, qui aurait voulu que tu trinques.

Le délinquant offre une tournée, sans se faire prier, trop heureux d'être quitte. Comme tout le monde en profite, tout le monde approuve l'Adèle et rend hommage à sa bonne tenue.

Ainsi, bien que les gens soient facilement portés à calomnier, il n'y a vraiment rien de mauvais à dire sur l'Adèle Torbayon. Elle donne à soupeser, c'est vrai, mais on peut croire que c'est surtout pour faire plaisir, parce que les Clochemerlins aiment à évaluer le bon saillant de son bas de reins, à sentir le bon poids lourd de ces deux masses amicales et élastiques, équitablement distri-

buées de part et d'autre de la raie médiane, dont
la symétrie enchanteresse ne doit rien aux subter-
fuges. Tout le monde peut s'en rendre compte, à
condition de consommer régulièrement à l'auberge
et de rester dans la limite des convenances. Cette
bonne entente, cette décence donnent à la salle d'auberge une atmosphère familiale. Les habitués ont
de l'estime — qui ne va pas sans une pointe
d'envie — pour Arthur Torbayon, légitime possesseur d'une femme qui en a une bien belle paire,
avec toute la fermeté souhaitable. Dans un sens,
c'est flatteur pour Torbayon que tout Clochemerle
puisse s'en porter garant. Bien entendu, les femmes
de Clochemerle ne sont pas tenues au courant des
qualités postérieures de l'Adèle. Ces qualités, Claudius Brodequin a été à même de les apprécier : il
était fidèle client, fervent adepte. encore que trop
discret, un peu craintif, étant jeune (dans la suite,
il s'est souvent reproché sa timidité). Sur cette
croupe de bon aloi, blanc-bec, il apprenait à faire
le coup de feu, et l'Adèle, maternellement, le laissait s'exercer, se faire la main. Elle serait plutôt
plus indulgente aux jeunes gars qu'aux durs-à-
cuire. Les jeunes, c'est frais et sans danger. Ça
fait du bruit, ça se vante, mais ça perd conte
nance et ça rougit facilement. En outre, la jeu
nesse ne regarde pas à la dépense, elle boit sans
discernement : une chopine dont le vin est un peu
piqué, elle la descend en riant, comme du bon.

Ces souvenirs d'Adèle Torbayon reviennent très
vifs à Claudius Brodequin, à mesure qu'il avance.
Il faut convenir que la capiteuse aubergiste se
place en tête des agréments du bourg.

Pour un militaire qui marche d'un bon pas et
qui pense agréablement. deux kilomètres sont vite

franchis. Claudius Brodequin arrive aux premières maisons de Clochemerle. Les maisons sont tranquilles, on voit peu de monde, et cependant de tous côtés fusent les saluts :

— Salut donc, gars Claudius!

— T'arrives bien, Claudius Brodequin. Les filles t'attendent pour danser.

C'est le bon accueil de Clochemerle. Claudius Brodequin répond sans s'arrêter : il les verra tous, plus tard, en détail. Pour l'instant, il ne fait que défiler. Rien n'a changé dans le pays.

Et voilà Claudius Brodequin devant l'auberge Torbayon. Il y a trois marches à monter, trois marches boiteuses, signe que les affaires vont bien : les buveurs ont usé la pierre. Comme le soleil tape sur la façade, on a tiré les volets. Aveuglé, Claudius se tient sur le seuil de la salle vide, obscure et fraîche, où bourdonnent des essaims de mouches invisibles. Il crie :

— Hé! là-dedans!

Puis il reste immobile dans l'espace de la porte, silhouetté sur la lumière du dehors, attendant d'y voir clair. Il entend un pas, une forme se détache de l'ombre, vient à lui. C'est l'Adèle elle-même, bien appétissante toujours. Elle l'examine, le reconnaît. Elle parle la première :

— Te v'là toi donc, Claudius.

— Oui, me voilà bien!

— Alors, te v'là comme ça, Claudius!

— Comme ça, me v'là!

— Comme ça, c'est toi en personne, pour bien dire.

— Pour bien dire, c'est moi, comme vous voilà vous, l'Adèle.

— Alors, te v'là!

— Me v'là.

— T'es-ti content, au moins?

— J'ai rien pour me faire que je serais pas content, bien sûr.

— Bien sûr!

— Bien sûr.

— Alors, t'es comme qui dirait content?

— Comme qui dirait!

— C'est une bonne chose d'être content, bien sûr!

— Bien sûr.

— Alors, comme ça, t'aurait plutôt soif, que tu viens?

— J'aurais plutôt soif, oui, l'Adèle.

— Ça serait donc pour boire?

— Oui, ça serait pour boire, l'Adèle, si ça vous fait rien.

— Alors, je vas te servir. C'est toujours du pareil que tu bois?

— Toujours, l'Adèle.

Pendant qu'elle va chercher une bouteille, le garçon s'installe à une table de renfoncement, où il aimait à se tenir autrefois. Là, jeune gars, il a rêvé, laissant errer sa pensée sur un océan de délices rares, dont les jumeaux balancements du corps de l'Adèle étaient les vagues suggestives. Il reprend son ancienne place, retire son béret, s'essuie la figure et le cou jusqu'au milieu du thorax, puis s'accoude, les bras croisés, plein d'aise, au cœur de son pays retrouvé. L'Adèle revient et lui verse. Tandis qu'il boit, elle le regarde, et sa poitrine attirante paraît soulevée d'émoi — mais c'est seulement l'effet des marches de la cave. Cette fois, c'est Claudius Brodequin, s'étant essuyé la bouche au revers de sa manche, qui parle le premier :

— Dites voir, l'Adèle, pourquoi que vous me demandez si je suis content?

— Pour rien. C'est manière...

— C'est-i qu'y en a qui auraient dit des choses?

— Tu dois bien savoir qu'y en a toujours qui disent. Comme ça, des fois.

— Quelles donc choses, l'Adèle?

— Rapport à la Rose.

— La Rose?

— La petite Bivaque, bien sûr. Ça serait-i pour t'étonner?

— Faut savoir, avant de pouvoir dire.

— Rapport à son ventre, qui commence à se faire voyant, comme d'une qui aurait fauté.

En voilà bien d'une histoire! Le ventre de la Rose qui a fait des siennes en son absence — et tout Clochemerle instruit de l'affaire. Sûr que les vieux Bivaque ne doivent pas être contents... Il y a de quoi frapper un gars, même s'il est chasseur de première classe. En tout cas, la chose demande réflexion. Claudius Brodequin se verse à boire, boit, s'essuie lentement. Ensuite, il dit :

— Alors. l'Adèle?

— Alors, voilà. T'as rien fait pour, bien sûr?

— Pour quoi donc, l'Adèle?

— Pour le ventre de la Rose, tiens donc.

— Y en a qui ont dit?

— Y en a qui ont dit sans dire, comme tu peux bien penser. Faut que ça dise, les gens.

— Lesquels donc?

— Des qui causent sans savoir, comme toujours. T'es mieux à même de dire si t'as fait ou pas fait, rapport à la Rose. T'es mieux à même que les

autres, qui étaient pas là quand ça se faisait, bien
sûr. C'est-i qué tu ne serais pas au courant?

— Non, j'étais pas au courant, l'Adèle.

— Alors, ça vaut mieux de t'avoir dit. Rapport
aux parents. Et aux gens qui racontent dans le
bourg. Des fois que ça serait des menteries, comme
y en a qui disent toujours, par mauvaiseté de
langue...

— Des fois que ça serait des menteries, l'Adèle?

— Tu serais prévenu et pas emprunté pour leur
fermer le bec, à ceux qui racontent sans savoir et
qui tournent autour sans avoir l'air. Des fois que
ça serait des menteries, je dis bien.

— Oui, des fois.

— Comme des fois que ça serait toi...

— Des fois, l'Adèle?

— Je dis par manière de supposer. Parce que je
ne peux pas deviner le fin fond de la chose, bien
sûr.

— Bien sûr, l'Adèle, vous ne pouvez pas deviner!

— Tu saurais ce qui te reste à faire.

— Oui, l'Adèle.

— Un qui aurait fait fauter la Rose, jusqu'à
lui faire un petit, comme ça serait toi par exemple
— que je dis par manière de supposer — il vaudrait peut-être mieux qu'il l'épouse. Tu dis pas
non, Claudius?

— Un qui aurait fait, je dis pas non, l'Adèle.

— Dans un sens, elle est bien convenable et
gentille, la Rose Bivaque. Ça serait pas de ce coup
qui lui arrive... Mais y a pas de honte quand
même. C'est pas ton avis, Claudius?

— Y a pas de honte, bien sûr.

— Celui qui la marierait en prenant le petit
— à condition d'avoir fait pour, naturellement —

ça ne serait pas une mauvaise affaire pour lui, j'ai
idée.

— Pas mauvaise, non, l'Adèle.

— T'es un bon gars, Claudius.

— Vous êtes une bien bonne femme, l'Adèle.

— Rapport à la Rose, je dis ça.

— Rapport à la Rose, je vous réponds.

— Enfin, te v'là!

— Me v'là, oui!

— C'est mieux pour la Rose, bien sûr.

— Des fois...

— Je dis ça rapport qu'elle va faire un petit,
et que c'est du malheur quand même pour une
fille de faire un petit, qu'on ne peut pas expliquer
de la manière qu'il est venu. Mais pisque t'es là...

Tout en parlant, Claudius Brodequin a posé ses
quarante-cinq sous à côté de la bouteille. Il prend
son béret, sa musette, se lève.

— Eh bien! au revoir, l'Adèle, dit-il.

— Eh bien! au revoir, Claudius. On te **reverra**,
pisque te voilà par là?

— Ça peut pas manquer, l'Adèle.

« Ah ben, bon Dieu! Ben, bon Dieu de bon
Dieu! » pense Claudius Brodequin dans la grande
rue de Clochemerle, si absorbé qu'il ne voit pas
les gens. « Ah ben, bon Dieu! Voilà la Rose
enceinte. Ben, bon Dieu de bon Dieu! » C'est le
fond de son raisonnement. Il en oublie sa dignité
de militaire faraud, son orgueil de chasseur de première classe, il va comme un garçon qui aurait des
mollets de soldat ordinaire, mal fichus, et non pas
les plus beaux mollets de toutes les armées du

monde, des mollets qu'il a pris soin de rouler à
neuf dans le wagon, deux stations avant Clochemerle. « Ben, bon Dieu de bon Dieu! » Il oublie
même de s'arrêter au débit de tabac pour prendre
des cigarettes et saluer Mme Fouache, qui ne
manque jamais de flatter ses jeunes pratiques en
leur disant que celui qui ne fume pas n'est pas
un homme. Une fille enceinte sur les bras, c'est
du nouveau, et qui peut faire du vilain, rapport
que les vieux Bivaque et les vieux Brodequin ne
sont guère d'accord, rapport à une vieille histoire
de délimitation de terrain. Si troublé est Claudius
Brodequin qu'il oublie de rendre les saluts. Il faut
que Fadet, le marchand de vélos qu'il allait passer
sans voir, lui frappe sur l'épaule :

— T'es un sacré tireur, gars Claudius, paraît
bien!

— Ben, bon Dieu, c'est donc toi, l'Eugène? fait
Claudius Brodequin. Ah ben, bon Dieu!

Il ne trouve rien d'autre à dire, et poursuit son
chemin jusqu'à la grande place. Il s'y attarde, à
tourner sous les marronniers, la tête pleine de ses
« ben, bon Dieu » qui font un bruit de tonnerre
et lui dérobent l'avenir. Enfin une idée se fait
jour : « Le mieux, c'est d'en parler à la mère. »
Il reprend la route, pour se rendre à sa maison.

— Te v'là, toi donc, mon gars?
— Me v'là, la mère.
— T'es tout luisant de bonne santé, mon Clau-
dius! T'as forci, on dirait?
— J'ai peut-être bien un peu forci, oui, par
rapport à la gymnastique.

Dans la cuisine, l'Adrienne Brodequin est occupée à préparer la soupe. Elle coupe les poireaux

et pèle les pommes de terre. Après avoir embrassé son fils, elle reprend sa besogne, sans cesser de parler :

— Comme ça, t'arrives d'à présent?

— D'à présent, de la gare, j'arrive.

— T'arrives juste! Je dis juste, à propos qu'on voulait t'écrire. On a bien fait de pas s'y décider, puisque voilà que t'arrives. C'est à propos qu'on y avait pensé, que je dis : t'arrives juste.

— A propos de quoi, vous vouliez m'écrire?

— Des choses, des histoires qui traînent dans le bourg... T'as causé à personne, en venant?

— J'ai ben causé, mais sans dire de l'important.

L'instant est venu de le dire. Claudius Brodequin le comprend, et comprend qu'il serait préférable de parler une bonne fois avant que la famille ne soit rassemblée, ce qui ne tardera pas. Mais il ne sait comment débuter, il réfléchit au moyen de s'y prendre. La grande horloge fait son dur tic-tac, en balançant un soleil doré, qui passe et repasse derrière la vitre du coffre. Le temps s'écoule, poussé par les engrenages qui grincent. Des guêpes irritantes tournoient au-dessus d'un rayon où est posé un panier de prunes. Puisque la mère a l'air de savoir, elle devrait commencer... L'Adrienne et son fils sont toujours dos à dos (c'est plus commode pour prononcer des paroles qui ont de la gravité), elle, toujours occupée à trier ses légumes, et lui, occupé seulement de penser à la Rose, faisant effort pour trouver la manière d'en parler. Et soudain, la mère demande, sans se retourner, d'une voix lente où il n'y a pas trace de fâcherie :

— C'est-i toi, Claudius?

— Moi que j'ai fait quoi?

— Qu'as engrossé la Rose?

— C'est pas du sûr.

— Enfin, est-ce que te l'as biquée?

— Je l'ai ben un peu biquée, ce printemps...

— Ce qui fait que ça se pourrait ben que ça serait toi?

— C'est du possible.

Là-dessus, on redonne la parole à l'horloge, qui continue de fabriquer des secondes, pas plus vite une fois que l'autre, dans les bons comme les mauvais jours. D'un coup de torchon, la mère chasse les guêpes qui prennent trop d'audace.

— C'en est plein, de ces sales bestioles, cette année!

Puis, elle pose une question :

— C'est-i que tu veux la marier, la Rose?

Claudius Brodequin préfère les questions qu'il pose à celles qui lui sont posées. C'est un trait qu'il tient de son père, l'Honoré Brodequin, un homme qui prépare ses mots comme des bouchées de nourriture. Il répond :

— Dites voir ce que vous en pensez?

L'opinion d'Adrienne Brodequin était prête d'avance. Sa promptitude le prouve :

— J'y trouverais rien à redire, si c'était ton idée. Elle pourrait venir ici, ta Rose, elle me donnerait la main. Il y a de l'ouvrage pour deux, et je ne suis plus agile comme dans le temps.

— Et le père, qu'est-ce qu'il en dit?

— Il verrait d'assez bon œil que t'épouses, si le vieux Bivaque veut donner en dot à la Rose sa vigne de Bonne-Pente.

— Et du côté des Bivaque, vous n'avez rien entendu dire?

— Le curé Ponosse est ben venu tourner, ces

jours. Sûr et certain qu'il était d'accord avec les Bivaque. Il a dit comme ça au père qu'il fallait se mettre d'accord avec le bon Dieu, la Rose et toi. Mais l'Honoré s'en laisse pas conter. Il a dit au curé Ponosse : « Une fois d'accord devant le no-» taire, on s'arrangera toujours avec le bon Dieu. » Les Bivaque voudront pas se fâcher avec le » bon Dieu pour un bout de vigne. » Dans l'af-faire du mariage, t'as qu'à tout laisser mener par le père. C'est un homme qui a toujours eu bonne tête.

— Je ferai comme on voudra, la mère.

La marche à suivre étant ainsi arrêtée, l'Adrienne Brodequin se retourne enfin et regarde son fils :

— Dans un sens, dit-elle, t'as pas été maladroit! Le père n'est pas mécontent. Maintenant que la Rose est pincée, faudra bien que le vieux Bivaque lâche sa vigne. Elle est gentille, ta Rose, et ces Bivaque ont du bien au soleil. Non, t'as pas été maladroit, Claudius!

C'est vrai que le père n'est pas fâché. En ren-trant, il dit à Claudius sévèrement :

— Alors, t'en fais des raides, paraît ben, sacré trousse-filles!

Mais toutes les rides de son cuir tanné se plissent de contentement. Pensant à la belle vigne de Bonne-Pente, qui va bientôt cesser d'appartenir aux Bivaque pour passer aux Brodequin, il ne peut s'empêcher de convenir qu'on obtient avec un instant de plaisir ce qu'une vie de travail ne peut donner. Après cela, allez donc croire aux his-toires des curés. Bien sûr, les curés parlent du ciel pour tout remettre en ordre. Ouais! Y a-t-il seulement des vignes, au ciel. En attendant, pre-nons donc celles du vieux Bivaque, si l'occasion se présente. Et d'ailleurs, qui a fauté dans l'affaire, est-ce la Rose ou le Claudius? La question ne se pose pas. Le rôle des garçons est de faire fauter les filles : à elles de se garder. Pourtant l'Honoré, en homme avisé, qui ne néglige aucune précaution, croit préférable de mettre le ciel de son côté et le curé dans son jeu. L'espérance d'arrondir prochainement le patrimoine des Brodequin le rend prodigue.

— Bon Dieu, dit-il, j'y fous une somme au Ponosse, le jour du mariage, foi d'Honoré! J'y fous deux cents francs d'un coup pour son église.

— Deux cents francs! fait plaintivement l'Adrienne, saisie, et comme frappée à mort (c'est elle qui range l'épargne dans l'armoire à linge, d'où elle ne doit sortir que pour gagner des cachettes plus sûres).

— Enfin, bien cinquante! dit Honoré, revenu à plus de sagesse.

Tout décidément s'arrange sans raffût. A huit heures du soir, un beau militaire à beaux mollets descend du haut bourg, au pas vif des chasseurs à la parade. C'est Claudius Brodequin, vainqueur, plus faraud que jamais. On peut le regarder, l'envier, l'admirer : c'est Claudius Brodequin qui a biqué la petite Rose Bivaque, si gentillette. En première, il l'a biquée! Car cette entreprise bien conduite, non seulement lui a procuré du plaisir et lui en promet, mais elle lui vaudra de plus une enviable parcelle de vigne à Bonne-Pente, où sont les meilleures vignes de Clochemerle. Ça s'arrange bougrement, son histoire! Pendant que la Rose fera tranquillement son petit, lui terminera son temps de service et passera caporal, caporal de chasseurs, bonnes gens! De telle sorte qu'au retour du régiment, il trouvera le petit tout fait, la bonne vigne annexée au patrimoine des Brodequin, et sa Rose de nouveau prête pour l'agrément. Pour un coup de maître, c'est un coup de maître, sacré Claudius! Il en rit tout seul, en marchand gaiement pour aller retrouver la Rose qui doit l'attendre. Il en rit, et il se dit :

« Ah, ben bon Dieu! Ben, bon Dieu de bon Dieu! »

IX

LA fête de Clochemerle a lieu chaque année pour
la Saint-Roch, patron du pays. Comme la Saint-
Roch tombe le 16 août, lendemain de l'Assomp-
tion, dans la saison où il n'y a plus qu'à laisser
tranquillement mûrir le raisin, elle est généralement marquée de plusieurs jours de liesse. Les Clochemerlins étant très résistants aux plaisirs de
table et de boisson, il arrive que la fête dure toute
la semaine, si le temps s'y prête.

On pourra se demander pourquoi saint Roch est
le patron de Clochemerle, de préférence à tant
d'autres saints, tous gens de mérite et très divers.
Il est certain que saint Roch ne semblait pas particulièrement désigné pour qu'on le sacrât patron
des vignerons. Comme le choix ne s'est pas fait
sans motif, il a fallu remonter à la source. Le résultat de nos recherches nous permet de fournir
les raisons authentiques qui ont autrefois déterminé
ce choix.

Avant le XVIᵉ siècle, les territoires dépendant de
Clochemerle n'étaient pas terrains de vignes, mais
terrains de culture et d'élevage, compris entre les
parties boisées. Dans les pâturages, on élevait du

bétail, et surtout des chèvres. Les porcs abondaient également. Pays de charcuteries et de fromages. La plupart des cultivateurs étaient des vilains, serfs et métayers, travaillant pour le compte de l'abbaye, qui comptait environ trois cents moines soumis à la règle de saint Benoît. Le prieur dépendait de l'archevêque-comte de Lyon. Les mœurs étaient celles de l'époque, ni meilleures ni pires.

Arriva la fameuse peste de 1431, dont les progrès foudroyants terrifiaient villes et campagnes. De partout alentour accouraient des malheureux qui venaient chercher refuge au bourg de Clochemerle, alors peuplé de treize cents habitants. On les accueillait, mais tout le monde était en grande crainte que l'un de ces réfugiés apportât le germe de l'affreuse maladie. C'est alors que le prieur rassembla toute la population. Les Clochemerlins firent vœu de se consacrer à saint Roch, le saint qui protège des épidémies, si le bourg de Clochemerle était épargné. L'engagement fut rédigé avec beaucoup de précision, en latin de messe, et consigné par écrit, le jour même, sur un fort parchemin scellé de cachets, document qui est venu plus tard en possession de la famille de Courtebiche, depuis longtemps puissante dans le pays.

Le lendemain de cette journée, marquée par une procession solennelle, la peste fit son apparition à Clochemerle. En quelques mois, il y eut neuf cent quatre-vingt-six victimes (plus de mille, d'après certains chroniqueurs), au nombre desquelles se trouvait le prieur, ce qui ramena la population à six cent trente habitants, réfugiés compris. Puis le fléau disparut. Alors le nouveau prieur rassembla les six cent trente rescapés, pour débattre s'il y avait bien eu miracle de la part de

saint Roch. Lui, prieur nouvellement promu, penchait pour le miracle, ainsi que plusieurs moines
auxquels les décès avaient donné de l'importance
dans la communauté. Tous les rescapés tombèrent
bientôt d'accord qu'il y avait effectivement eu
miracle, et grand miracle, puisqu'ils étaient encore
six cent trente pour en décider, et six cent trente
seulement pour se partager les terres qui avaient
fait vivre plus de treize cents personnes. Il fut aisément admis que les morts avaient péri en expiation de leurs péchés, dont le ciel était seul juge,
dans sa clémence éclairée. Tous les rescapés se
rangèrent d'enthousiasme à cet avis. Moins un.

Celui-là était un pauvre imbécile de raisonneur,
du nom de Renaud la Fourche, un de ces malen-
contreux qui empêchent toujours les sociétés
d'aller dans le droit chemin. Renaud la Fourche
se leva donc en plein concile, au risque de troubler la paix des âmes et d'altérer la conviction unanime des Clochemerlins. Sans tenir compte des
adjurations pieuses du prieur, il parla de la sorte,
en vrai primaire :

— Nous ne pouvons pas dire qu'il y ait eu
miracle, tant que les mille morts dont nous nous
partageons les dépouilles ne ressusciteront pas
pour nous donner leur avis.

Propos de fieffé coquin. Mais ce Renaud montrait la facilité de parole d'un serf fainéant, qui
oubliait volontiers de se rendre aux sillons et préférait passer le temps en discussions tendancieuses,
au fond d'une chaumière obscure, en compagnie
de quelques bons à rien de son espèce. Il développa le thème de sa protestation avec beaucoup
de force, dans une langue confuse qui était un
mélange de latin bâtard, de roman et de dialectes

celtiques. Les Clochemerlins de ce temps étaient gens simples, absolument illettrés. Ils faisaient de grands efforts pour comprendre ce que disaient Renaud et le prieur. Comme c'était l'été, ils suaient prodigieusement, et leurs veines du front se gonflaient.

Il vint un instant où Renaud la Fourche, échauffé par sa dialectique impie, se mit à crier au point de couvrir la voix du prieur. Entendant ce bruit péremptoire, les Clochemerlins commencèrent à se dire que Renaud avait raison et que saint Roch n'avait peut-être rien fait. Le prieur sentit le revirement. Par bonheur, il était homme de sang-froid, instruit, avec une bonne dose de subtilité ecclésiastique. Il demanda une suspension de séance, sous prétexte d'aller consulter les manuscrits sacrés, qui renfermaient les bonnes recettes de gouvernement. Lorsque le débat reprit, il déclara que les textes sacrés prescrivaient, en cas de discorde semblable, de doubler les redevances que les cultivateurs avaient à fournir aux abbayes. Tous les Clochemerlins comprirent que Renaud la Fourche avait tort et que saint Roch avait vraiment fait le miracle. L'imposteur fut déclaré aussitôt hérétique. Séance tenante, on alla dresser un bon bûcher en place de Clochemerle, où l'on fit brûler Renaud à la nuit tombante, ce qui termina à la satisfaction de tous, en un temps où les distractions manquaient totalement, cette journée consacrée à la gloire de saint Roch. Depuis, les Clochemerlins lui ont été indéfectiblement fidèles.

Ces faits de l'an 1431 sont relatés tels, avec une naïveté charmante, dans un second document de l'époque. Nous en devons la traduction à un brillant universitaire dont les nombreux diplômes

nous garantissaient la vaste intelligence et l'infail
libilité. Il n'est donc pas possible de mettre en
doute les événements qui conduisirent les Clochemerlins du XVᵉ siècle à se donner saint Roch pour
patron.

*
* *

Tout le monde sait ce qu'il faut entendre par
« un beau mois d'août ». Or le mois d'août 1923
fut à Clochemerle un extraordinaire mois d'août,
quelque chose comme une expérience paradisiaque
tentée sur la terre. Des courants aériens favorables,
bien canalisés par les vallées, firent le ciel de Clochemerle inaltérable (à dater du 26 juillet) durant
cinquante-deux jours consécutifs, heureusement
coupés de pluies nocturnes, si propicement distribuées après minuit que personne ne s'en trouvait
gêné. C'était comme un chef-d'œuvre d'urbanisme
appliqué à l'arrosage, qui préparait pour les premiers Clochemerlins levés des routes propres
comme des allées de parc et une campagne embau-
mante comme des massifs. On renonce à décrire
cette splendeur bleue, déployée sur la splendeur
verte des coteaux couverts de vignes. L'aube surprise par la pleine lumière rassemblait sa chevelure
de brumes blondes et se hâtait de fuir, laissant à
l'horizon une rose traînée de pudeur offensée. Le
jour derrière elle paraissait avec un visage si frais
qu'on pouvait se croire aux premiers instants de
la création. Dans le matin, les oiseaux s'égosil-
laient avec des arpèges de virtuoses nés, de quoi
désespérer tous les violonistes. Les fleurs, perdant
toute retenue de parfums, entrouvraient leurs
corolles comme des princesses nonchalantes
dégrafent leurs manteaux. La nature avait une

haleine de fiancée au premier baiser. Déjà debout, Beausoleil le garde-champêtre n'abondait pas d'admirer :

— Bon Dieu, disait-il tout seul, qui c'est quand même qui peut bien avoir fait tout ça! Sur que le gars, il n'était pas manchot ni faible du crâne!

C'était sa prière du matin, son hommage rustique au Créateur. Il découvrait la magnificence du monde et, perdant de vue ce qu'il faisait toujours en premier lieu, s'inondait tout le long de la jambe (heureusement, ça serait vite séché).

Les Clochemerlins étaient positivement saouls de tant de sourires, de caresses, de tressaillements, d'harmonies, d'accords, saouls de cette beauté incompréhensible, écrasante, saouls de bien-être et de tant de douceur au monde. Les soirs chaviraient dans l'infini avec des dégradés et des soupirs qui mettaient l'âme à l'envers aux plus malins. Et les midis étaient de vrais coups de trique sur la nuque. Il fallait s'étendre dans la fraîcheur des volets clos sur les salles carrelées, qui sentaient les fruits, le fromage de chèvre, et piquer un somme de digestion, après avoir préparé un rince-bouche pour le réveil, dans un seau tiré du puits tout exprès.

Un temps enfin qui rendait inconcevables la maladie, les catastrophes, les tremblements de terre, la fin du monde, la mauvaise vendange, un temps à dormir sur les deux oreilles, à reprendre du goût pour sa femme, à cesser de calotter les mioches, à oublier de compter ses sous, à laisser tout aller facilement sur cette nappe d'immense optimisme.

Ce fut un peu ce qui perdit Clochemerle. Pendant que la nature faisait seule le travail, gonflant d'alcool les raisins, les gens, n'ayant guère à

s'occuper, se débauchaient de la langue, se
mêlaient des affaires du voisin, des amours des
autres, et buvaient quand même un peu trop, à
cause de cette satanée bonne chaleur qui vous
vidait l'eau du corps, vous tirant cinquante fois
par jour la sueur qu'une petite brise, glissée en
vent coulis, venait sécher aux aisselles, aux omoplates, au creux des seins, aux premiers versants
de la croupe et sous les jupes pas gênantes, qui
laissaient bien à l'aise les entre-cuisses, assez
disposés à folâtrer.

Enfin, le plus sacré fameux bon temps du bon
Dieu qu'on puisse imaginer! Un temps à croire
que le ciel pourrait bien ne pas être une fumis-
terie. Un temps comme on souhaiterait d'en trouver un pareil après le grand coup de fanfare de
Josaphat.

Hélas! les gens d'ici-bas sont bizarrement faits,
façonnés tout de guingois, on peut le dire, avec des
foutues caboches à se les cogner de désespoir
contre les murs. Lorsqu'ils ont tout pour être heureux — du soleil, du bon vin, des bonnes femmes.
à revendre, et des longueurs de journée pour jouir
de tout ça — il faut qu'ils gâtent leur affaire avec
des imbécillités d'hommes, c'est plus fort qu'eux!
Exactement ce que firent nos idiots de Clochemerlins, au lieu de se tenir bien tranquilles à l'ombre,
à finir de vider les feuillettes pour faire de la
place à ce qui mûrissait d'excellent, à ce vrai
miracle de Cana qui se faisait pour eux, Dieu
puissant! sans qu'ils eussent à remuer le petit doigt,
ces engourdis de fainéantise, un miracle à leur
mettre de l'argent plein les poches!

Partout sous le ciel, ce n'était que paix, paix
torride, grisante torpeur de paix, comblants

mirages de bonheur, promesses de prospérité, joie latente. Il n'y avait qu'à se laisser vivre dans cette paix imméritée, dans ce séisme de paix. C'était trop simple pour des hommes, il faut croire, ça leur démangeait d'inventer une sottise éclatante.

Au cœur de cette paix clapotait l'urinoir, dont leur génie malfaisant allait faire un motif de guerre civile. Les deux clans étaient à couteaux tirés, et le doux curé Ponosse, lui-même engagé de force dans ce conflit, avait promis de passer à l'action et de prononcer en chaire, le jour de la Saint-Roch, des paroles de blâme à l'adresse des partisans de l'urinoir.

Mais laissons cela. Le moment viendra d'en parler. Suivons pas à pas la marche des événements.

**
**

Question qui se pose à l'historien. Doit-il rapporter en propres termes les discussions qui sont venues à sa connaissance, termes dont la violence provocante a déterminé les faits dont on s'occupe ici? Ou doit-on adoucir ces termes inspirés par la colère? Mais on craindrait, dans ce second cas, que les actions qui vont suivre paraissent inexplicables. Les mots entraînent les actes; si on veut montrer les actes, il faut rapporter les mots. Le lecteur tiendra compte de ce que nous sommes en plein Beaujolais, au pays du bon vin, glissant au gosier mais traître pour la tête, qui enflamme subitement l'éloquence, qui dicte les interjections et les défis. Et le Beaujolais se trouve placé au voisinage de la Bresse, de la Bourgogne, du Charollais, du Lyonnais, toutes contrées fertiles, grasses, joyeuses, dont l'abondance naturelle a passé dans la langue. Et d'ailleurs la langue vient de la terre, de quoi tout vient. Le vocabulaire des Clochemerlins, imagé et fort, a goût de terroir, voilà ce qu'il faut dire.

Avec un pareil temps d'été, ce que fut la fête de Clochemerle on peut aisément l'imaginer : ripaille dès le matin du 15 août, avec une profusion de poulets vidés la veille, de lapins mis à la marinade depuis quarante-huit heures, de lièvres pris frauduleusement au collet, de tartes pétries à l'avance et cuites au four du boulanger, d'écrevisses de la vallée, d'escargots, de gigots, de jambonneaux, de saucissons chauds, de gratins, de tant de bonnes choses enfin que les femmes dans les maisons se relayaient au fourneau. Entre voisins, on ne parlait que de mangeaille.

Le soir du 15, les estomacs étaient déjà ballonnés, ayant pris plus que leur content habituel. On avait cependant réservé pour le lendemain les meilleurs plats, car les Clochemerlins ne sont pas gens à reculer devant deux journées consécutives de festin. La nuit venue, on illumina, il y eut retraite aux flambeaux. Et le bal s'organisa sur la place, où se trouvaient préparées l'estrade des musiciens et la « fontaine du vin ».

Cette fontaine du vin est un usage de Clochemerle. Des feuillettes dressées en plein vent par les soins de la municipalité sont mises en perce, et tout le monde a le droit de boire à discrétion, tant que dure la fête. Des volontaires se chargent d'arroser fréquemment les feuillettes, entourées de paille, afin que le vin reste frais. A côté de la fontaine, on place de grandes ardoises sur lesquelles un jury spécial inscrit le nom des hommes qui veulent concourir pour le titre de « Premier Biberon » décerné annuellement à celui qui a bu

plus que tout le monde. Ce jury marque scrupu-
leusement les points, car le titre est envié. Le plus
fameux Premier Biberon qu'on ait connu à Clochemerle fut un nommé Pistachet qui but une
fois, en quatre jours, trois cent vingt et un verres
de vin. L'exploit remonte à l'année 1887, et ce
record est considéré par les techniciens comme
imbattable. D'ailleurs, au moment où Pistachet
l'établit, il était au sommet de sa capacité, à l'âge
de trente ans, et, bien qu'il eût conservé le titre
plus de dix ans encore, il ne fit ensuite que décli-
ner. Il mourut vers quarante-quatre ans d'une cirrhose arrivée à un tel degré que son foie, ne
formant plus qu'un abcès, lui éclata dans le corps.
Mais son nom est impérissable.

En 1923, le titre de Premier Biberon appartenait, depuis trois ans, au facteur Blazot. Bien
entraîné, il allait à soixante verres par jour,
l'époque venue de défendre sa réputation. Dans la
vie courante, sa consommation quotidienne n'excé-
dait pas trente verres. Il était lui-même en bonne
voie pour la cirrhose et commençait à faiblir.
François Toumignon rêvait de lui ravir son titre.

Donc, une partie de la nuit, on but et l'on
dansa. On but comme on sait boire à Clochemerle, c'est-à-dire beaucoup. On dansa comme on
danse dans toutes les campagnes françaises, c'est-à-
dire gaillardement, en étreignant fortement, sans
excessif souci de la mesure et sans grâces inutiles,
de bonnes matrones et des filles robustes, qui n'ont
pas des corsages de la ville avec rien dedans, ni
cette bizarre maigreur contre nature, qui doit
rendre bien affligeantes les nuits des citadins qui
ont des femmes à la mode.

D'ailleurs les meilleurs plaisirs de cette nuit dan-
sante se prenaient hors de la zone lumineuse des
lampions. On pouvait voir beaucoup d'ombres qui
s'en allaient par deux, bien en deçà du bourg,
et se glissaient dans les vignes. La noire profondeur des haies en était également peuplée. On ne
saurait dire si tant d'ombres accouplées, infini-
ment discrètes, étaient maris et femmes, mais tout
le monde avait l'obligeance de le croire, bien
qu'une chose pût en faire douter : on ne surprenait entre ces ombres ni discussions, ni aucun
échange de ces mots aigres-doux que des êtres
vivant ensemble depuis longtemps ne cessent généralement de s'envoyer à la figure. On peut supposer que cette exceptionnelle retenue était l'effet
de la température clémente et du bon vin. Car il
serait immoral d'attribuer ce bon accord à de
scandaleuses libertés prises avec les mœurs. Tout
au plus pouvait-il se commettre quelques confusions, parce que certains Clochemerlins, assez
empressés auprès de la femme du voisin, ne pensaient plus à s'occuper de la leur, qui ne pouvait
pas demeurer au milieu de la fête les bras bal-
lants, comme une qui-ne-vaut-plus-la-peine. Heureusement, les Clochemerlins séparés de leur
femme s'occupaient de celle des autres, ce qui fait
que tout allait par deux, d'une manière peut-être
un peu fantaisiste, mais qui ne laissait rien à désirer quant à la symétrie. Tout cela entre Clochemerlins ne tirait pas à conséquence. Et l'état
sanitaire du bourg était excellent, exception faite
pour les rechutes de Girodot. Mais le notaire ne
se mêlait pas à la foule et ne faisait pas sur place
de « charités secrètes ».

Au demeurant, ces petits écarts avaient des

motifs qui les faisaient excusables. A vivre très près l'un de l'autre, les époux finissent par trop se connaître, et plus ils se connaissent, moins il reste à découvrir, moins le besoin d'idéal trouve à se satisfaire. Ce besoin d'idéal, il faut le placer ailleurs. Les hommes le reportent sur la femme du voisin, ils lui trouvent un quelque chose qui manque à la leur. L'imagination travaillant là-dessus, ils en ont la tête pleine, de la femme du voisin, et ça les met dans des états impossibles, à s'en rendre malades, des fois, la cervelle toute tournée. Naturellement, on la leur donnerait, la femme du voisin, en remplacement de la leur, bientôt ça deviendrait tout pareil qu'avec l'ancienne, et ils recommenceraient de lorgner dans les environs. Et les femmes, de même, se montent la tête sur l'homme de la voisine, parce que cet homme les regarde mieux, par envie et curiosité, que leur homme à elles, qui ne les regarde plus du tout, forcément. Elles ne peuvent pas comprendre que leur homme a cessé de les regarder parce qu'il les connaît dans tous les coins et recoins, et que l'autre qui les trouble avec ses jolies manières, dès qu'il aura fourré son nez partout, il se désintéressera aussi bien de la question. Ces inconséquences sont dans la nature humaine, malheureusement, et ça complique les affaires, et les gens ne sont jamais contents.

Ainsi la fête, chaque année, offrait l'occasion de donner corps aux illusions qui avaient occupé les têtes pendant des mois. Sortis de leurs maisons, tout mélangés les uns aux autres, les gens en profitaient, sachant que les libertés seraient de courte durée. Ces petites débauches avaient du bon, on peut y voir une soupape par laquelle s'échappait

l'excédent de rancœurs qui eût empoisonné
quelques esprits. Précisons d'ailleurs que les mécontents ne formaient pas la majorité. A Clochemerle, la plupart des hommes s'accommodaient de
leur femme, et la plupart des femmes de leur
homme. Cela n'allait pas jusqu'à l'adoration, mais,
dans la majorité des ménages, hommes et femmes
se trouvaient à peu près supportables. C'était déjà
beau.

Cette nuit du 15 au 16 août se passa donc en
réjouissances, comme les années précédentes,
jusque vers les trois heures du matin, moment où
les gens, les uns après les autres, lâchèrent pied.
Il ne demeura sur la place que les irréductibles,
tous « biberons » valeureux, qui avaient déjà
poussé très loin les libations, ce qui donnait à
leurs éclats de voix une résonance étrange, dans le
jour naissant. Cette cacophonie était si choquante
que les oiseaux indignés transportèrent leurs gra-
cieux orphéons dans les villages voisins, laissant
Clochemerle à sa rumeur d'ivrognerie.

*
* *

Le 16 août, à dix heures, sonna la grand-messe.
Toutes les femmes de Clochemerle s'y rendirent
en grand tralala, tant par piété routinière que
pour faire l'étalage d'atours particulièrement
seyants dont l'arrangement avait été médité en
secret, de façon à frapper fortement l'opinion, le
jour où ils paraîtraient sur les corps enviables de
ces dames. Ce n'étaient que robes roses, bleu
tendre, vert clair, citron, tango, courtes et collantes
au croupion, comme elles se portaient alors, ce qui
laissait voir les jambes solides de ces vaillantes
ménagères. Si l'une d'elles se penchait, les fesses

hautes, pour attacher sa chaussure ou boutonner la culotte de son gamin, on lui surprenait au-dessus du bas un éclair de belle cuisse blanche et large (de quoi vraiment se récréer en famille), spectacle qui présentait beaucoup d'attrait pour les Clochemerlins massés dans la grande rue, où ils ne perdaient rien de ce défilé qui offrait un état comparatif exact des plaisirs conjugaux dévolus à chacun.

A l'auberge Torbayon, où l'on se trouvait placé aux premières loges, régnait une grande affluence d'hommes, la tête un peu montée par l'excès des boissons variées, qui menaient grand chahut de gaudrioles terriblement pimentées et de vantardises. Parmi eux brillait spécialement François Toumignon. Ayant bu depuis la veille quarante-trois verres de vin, il ne se trouvait qu'à sept portées de gosier de Blazot, qui en avait bu facilement cinquante. Il disait son assurance de décrocher cette fois le titre de Premier Biberon. Certitude qui lui venait sans doute de l'ivresse.

Vers dix heures et demie, la conversation dévia sur l'urinoir, et les esprits aussitôt s'enflammèrent.

— Paraît, glissa Torbayon, que Ponosse doit dire contre, dans son sermon.

— Y dira rien du tout, j'en suis bien tranquille! affirma Benoît Ploquin, homme d'un -naturel sceptique.

— Il a dit qu'il dirait, et ça s'est redit, voilà tout ce que je peux dire, insista Torbayon. Rapport à la Putet qui pousse à la roue, ça m'étonnerait qu'à moitié qu'il dise...

— Et la Courtebiche, donc, qui ne doit pas être loin derrière!

— Et le Girodot, jamais en retard pour les cafarderies!

— Ce qui fait que ça se pourrait quand même bien, finalement, qu'il dise...

— Moi, j'ai idée que ça se pourrait bien, oui!

— Ça fait déjà longtemps que le coup se mijote en dessous.

— Ça fera tant qu'ils finiront par le faire démolir, c't' urinoir, à force de tous s'y mettre contre. Vous verrez ce que je vous dis.

A ces mots, des idées furieuses tourbillonnèrent dans le crâne obscurci de François Toumignon. Tout ce qui touchait l'urinoir l'atteignait au vif, depuis ses démêlés avec Justine Putet. Il se leva et prononça devant cette assemblée de Clochemerlins pondérés des paroles qui l'engageaient gravement.

— La Putet, la Courtebiche, le Girodot, le Ponosse, je les enquiquine tous! Il est contre mon mur d'abord, l'urinoir! Je permets pas qu'on le démolisse. J'y interdis qu'on le démolisse. Parfaitement, j'y interdis!

Paroles pleines d'exagération et tenues pour telles par les hommes qui avaient leur lucidité d'esprit. Les sages ricanèrent :

— C'est pas toi qui l'empêcheras, mon pauvre François!

— C'est pas moi, te dis, Arthur? Pourquoi te dis, sans savoir? Si, je les empêcherai!

— T'as pas ton plein bon sens d'homme, François, pour causer pareillement. Faut voir à bien te rendre compte. Si le curé Ponosse dit des choses en pleine chaire d'église, au beau milieu d'une grand-messe, un jour de fête comme voilà pour aujourd'hui, ça va retourner les femmes, et tu peux rien faire.

Ceci, dit calmement, finit d'irriter Toumignon. Il cria :

— Je peux rien faire, te crois? T'es bien sûr que je peux rien faire?... Je suis pas manche et cogne-mou comme y en a, moi! Je peux toujours lui fermer le bec, au Ponosse!

Un mouvement de compassion souleva les épaules des hommes sérieux. Une voix conseilla :

— T'as besoin d'aller cuver, François! T'es présentement fin saoul!

— Qui c'est le cornard qu'ose dire que suis saoul? Y veut pas se faire connaître? Y fait bien! J'y fermerais le bec autant qu'au Ponosse!

— Te dis que te fermeras le bec au Ponosse?... Où ça, te l'y fermeras?

— En pleine église, je l'y ferme, bon Dieu!

Ici le mari de Judith obtint quelques instants de considération. Il se fit un grand silence. C'était fort, ce qu'il disait là, Toumignon! C'était fort, et cela faisait naître un espoir déraisonnable mais irrésistible : s'il allait se passer quelque chose d'énorme?... Oui, quand même... Pour une fois... Certainement, personne ne croyait à ces vantardises, mais elles fournissaient un aliment à ce désir, toujours sommeillant au cœur des hommes, qu'il leur fait souhaiter des bouleversements scandaleux, à condition que les autres soient seuls à en pâtir. Enfin les choses en étaient là, incertaines, subordonnées sans doute aux paroles qui allaient suivre. Toumignon se tenait debout, gonflé d'orgueil par l'effet produit, par ce silence médusé qui était son œuvre, grisé de régner sur l'assistance, prêt à tout pour conserver ce prestige éphémère, mais prêt aussi à se rasseoir, à se tenir tranquille, à se contenter de ce facile triomphe, si on voulait le lui concéder. Il y eut une de ces minutes d'indécision où les destins s'apprêtent.

La grande espérance était déjà près de mourir,
on y renonçait. Par malheur se trouvait dans cette
réunion un perfide, Jules Laroudelle, un de ces
personnages au teint vert, aux traits tourmentés,
ravinés, au rictus sinueux, qui excellent, en rava-
geant leur vanité, à pousser les hommes à bout,
avec un air de parler doucereusement raison et de
vouloir les retenir. Son mauvais filet de voix coula
soudain comme du vinaigre sur l'amour-propre à
vif de Toumignon :

— Te vas, te vas, François... Te dis, te dis à
tort et à travers, mais te ne feras rien. Te fais le
malin, voilà tout! Vaudrait mieux fermer le tien,
de bec?

— Je ferai rien?

— Te donnes à rire! T'es fort pour la gueule,
de loin. Mais quand c'est de parler franc dans la
figure des gens qu'il s'agit, te sais te taire comme
les autres! Le Ponosse peut bien dire tant que ça
lui plaît dans son église, ça craint pas que tu le
déranges!

— Te crois-ti qu'y me fait peur, le Ponosse?

— Y te ferait boire l'eau du bénitier, pauvre
François! Et quand ça viendra pour toi le moment
d'aller dans la grande boîte en planches, te l'en-
verras chercher, le Ponosse, avec ses orémus. Te
ferais mieux d'aller te coucher, de la manière que
te déraisonnes. Sans compter que la Judith, si elle
te voit sortir d'ici dans cet état, ça va faire du
vilain pour toi, François!

C'était bien calculé. Sur un vaniteux, de telles
apaisantes paroles ont un effet déplorable. François
Toumignon saisit une bouteille au goulot et l'as-
sena sur la table, avec une force qui fit sauter les
verres.

— Nom de Dieu, dit-il, te paries-ti que j'y vas droit, à l'église?

— Tu me fais pitié, François! répondit, faussement désabusé, le provocateur. Va donc te coucher, on te dit!

Ce qui était nouveau défi à l'honneur chatouilleux d'un ivrogne. Toumignon frappa une seconde fois de sa bouteille. Il se fâcha :

— Te paries-ti que j'y vas dire en face, au Ponosse?

— Quoi, te vas lui dire?

— Que je l'enquiquine!

Un silence méprisant fut la seule réponse de Jules Laroudelle. Accompagné toutefois d'un sourire triste, et d'un clin d'œil — rendu visible à dessein — par quoi ce dangereux manœuvrier prenait à témoins les honnêtes gens des délirants excès d'un insensé. Cette mimique outrageante déchaîna au maximum François Toumignon.

— Nom de Dieu de nom de Dieu de bon Dieu! hurla-t-il, c'est-i que vous me prenez pour un qu'a rien dans sa culotte? J'irai pas, il ose dire, ce punais! On va voir si j'irai pas! On va voir si j'ai peur d'y parler, au Ponosse! Tas de monfalous, figures de fesses molles! Vous dites que j'irai pas? De ce pas j'y vais, à l'église! De ce pas, je vas lui dire ma façon de penser, au ratichon! Vous venez-ti, vous autres?

Ils y allèrent tous : Arthur Torbayon, Jules Laroudelle, Benoît Ploquin, Philibert Daubard, Delphin Lagache, Honoré Brodequin, Tonin Mâchavoine, Reboulade, Poipanel, et d'autres, largement une bonne vingtaine.

X

LE SCANDALE ÉCLATE

Après avoir retiré sa chasuble, revêtu seulement de
son surplis sur sa soutane, le curé Ponosse venait
de monter en chaire d'un pas lourd, avec beaucoup de peine. Il dit en premier lieu :

— Mes frères, nous allons prier.

Il plaçait en tête les prières pour les morts et les
bienfaiteurs de la paroisse, ce qui lui permettait de
reprendre son souffle. On pria particulièrement
pour tous les Clochemerlins décédés depuis la fameuse épidémie de 1431. Les prières achevées, le
curé Ponosse lut les annonces de la semaine et les
promesses de mariage. Enfin il lut l'évangile du
dimanche, qui allait servir de thème à son homélie,
et il s'agissait ce jour-là d'une homélie spéciale,
destinée à frapper fortement les esprits, sur laquelle
il n'était pas sans inquiétude. Il lut donc :

— *En ce temps-là, comme Jésus approchait de
Jérusalem, en voyant la ville, il pleura sur elle,
disant : Ah! si du moins en ce jour qui t'est encore
donné, tu savais ce qui peut t'apporter la paix.
Mais maintenant tout cela est caché à tes yeux.
Car il viendra des jours malheureux pour toi, et*

tes ennemis t'environneront de tranchées, ils t'en-
fermeront, te presseront de tous côtés et te renver-
seront à terre, toi et tes enfants qui sont dans tes
murs, et ils ne laisseront pas pierre sur pierre,
parce que tu n'as pas connu le temps auquel Dieu
t'a visitée... »

S'étant ensuite recueilli, le curé Ponosse esquissa
un grand signe de croix, avec une majesté lente où
il pensait mettre une grande solennité inhabituelle
et menaçante, car il s'était chargé d'une mission
bien ennuyeuse. Ennui dont il était si fort pénétré
que l'étrange majesté de son signe de croix, qu'il
croyait imposante, lui donnait l'air d'être un peu
malade ou légèrement fautif. Il débuta péniblement
de la sorte :

— Vous venez d'entendre, mes bien chers frères,
ce que disait Jésus en apercevant Jérusalem : *Ah!*
si du moins en ce jour qui t'est encore donné, tu
sav s ce qui peut t'apporter la paix! Mes bien
chers frères, rentrons en nous-mêmes, réfléchissons.
Est-ce que Jésus, parcourant aujourd'hui notre
généreux pays de Beaujolais, et découvrant du
sommet d'une montagne notre magnifique bourg
de Clochemerle, est-ce que Jésus n'aurait pas l'occasion de prononcer les paroles que lui arrachait
autrefois la vue de Jérusalem divisée? La paix,
mes bien chers frères, l'avons-nous, c'est-à-dire la
charité, cet amour du prochain que le Fils de
Dieu a poussé jusqu'à mourir pour nous sur la
croix? Certes Dieu, dans son indulgence infinie,
ne nous demande pas des sacrifices qui seraient
au-dessus de nos misérables forces. Il nous a réservé
la faveur de naître en un temps où le martyre
n'est plus nécessaire pour affirmer sa foi. Raison

de plus, mes chers frères, puisque le mérite nous
est ainsi facilité...

Inutile de rapporter en entier le développement
du curé Ponosse. Ce développement ne fut pas
brillant. Et même, durant vingt bonnes minutes,
l'excellent homme pataugea un peu. C'est qu'il
sortait de ses habitudes. Trente ans plus tôt, avec
l'aide de son ami le curé Jouffe, il avait composé
une cinquantaine de sermons qui devaient suffire
à toutes les circonstances d'un apostolat qui se
déroule dans le calme. Depuis, le curé de Clochemerle s'en était tenu à ce pieux répertoire, qui
donnait largement satisfaction aux besoins spiri-
tuels des Clochemerlins, qu'une dialectique trop
changeante eût sans doute déconcertés. Et brusquement, en 1923, le curé Ponosse devait recourir
à l'improvisation afin de glisser dans son prêche
quelques allusions au fatal urinoir. Ces allusions,
tombées du haut de la chaire, le jour précisément
de la fête du pays, regrouperaient autour de
l'Eglise les forces chrétiennes et jetteraient, par
effet de surprise, le désarroi dans l'autre camp, qui
comptait des tièdes, des non-pratiquants, des van-
tards, mais bien peu de véritables athées, en
somme.

Par deux fois, l'abbé Ponosse avait tiré discrètement sa montre, et son éloquence s'embarrassait
de plus en plus dans un labyrinthe de phrases
dont elle ne retrouvait pas l'issue. Elle devait revenir en arrière, avec des hum!, des heu..., des accumulations de « bien chers frères » qui gagnaient
du temps. Il fallait en finir. Le curé de Clochemerle adjura le ciel : « Seigneur, donnez-moi le
courage, inspirez-moi! » Résolument, il s'élança :

— Et Jésus dit, en chassant ceux qui encombraient le temple : *Ma maison est une maison de prière, et vous en avez fait une caverne de voleurs.* Eh bien, mes chers frères, nous prendrons modèle sur la fermeté de Jésus. Nous aussi, chrétiens de Clochemerle, nous saurons s'il le faut chasser ceux qui ont installé l'impureté au voisinage de notre chère église! Sur la pierre. sur l'ardoise infâme, sacrilège, nous porterons le pic de la délivrance. Mes frères, mes chers frères, nous démolirons!

Un saisissant silence suivit cette déclaration, si peu dans la manière du curé de Clochemerle. Alors, dans ce silence retentit une voix avinée, qui partait du fond de l'église :

— Ben, venez-y donc démolir! Vous verrez si on vous fera courir! *A n'a pas defindu de pecher, vetron bon Diéu!* (1).

François Toumignon venait de tenir son pari.

Ces paroles incroyables, et qui provoquèrent la stupeur, finissaient à peine de résonner que déjà le suisse Nicolas s'approchait à grands pas. On lui vit soudain une vivacité incompatible avec la pompe rituelle de sa démarche de suisse, à l'ordinaire ponctuée rythmiquement du choc discret mais ferme de sa hallebarde sur les dalles, bruit rassurant qui garantissait aux fidèles de Clochemerle qu'ils pouvaient prier en paix sous la protection d'une force vigilante, bellement moustachue, assise sur les bases indéracinables de deux mollets dont la musculature et le galbe n'eussent point déparé la grande nef d'une cathédrale d'archevêché.

(1) Il n'a pas défendu de pisser, votre bon Dieu!

Arrivé devant François Toumignon, Nicolas lui
dit quelques paroles sévères, non exemptes pourtant d'une certaine bonhomie, encore que l'offense
faite au saint lieu fût grande, et telle que de mémoire de suisse clochemerlin on n'avait ouï parler
de rien de semblable. En raison de cette énormité
même, les éléments d'appréciation manquaient à
Nicolas. Ce qui l'avait déterminé à briguer autrefois le poste honorifique de suisse à Clochemerle,
ce n'était pas tant le goût d'un pouvoir imité de
celui que détient la maréchaussée, qu'une parfaite
réussite corporelle, dont il était redevable au mystérieux travail de la nature dans ses membres
inférieurs. Il avait la cuisse belle, assez allongée,
charnue, dure et de pure courbe convexe sur le
dessus, donc excellemment idoine à être moulée
dans une culotte pourpre qui attirait tous les
regards sur cet impeccable morceau. Quant aux
mollets de Nicolas, bien supérieurs à ceux d'un
Claudius Brodequin, ils ne devaient rien à l'arti-
fice. Ce qui tendait son bas blanc, c'était tout
muscles, splendides jumeaux unis comme têtes de
bœufs sous le joug, fournissant à chaque enjambée
un majestueux effort qui en déplaçait et dilatait
les volumes. Du pli de l'aine à l'extrémité des
orteils, Nicolas aurait pu soutenir la comparaison
avec l'Hercule Farnèse. De si beaux dons le pré-
disposaient aux effets de jambe bien plus qu'aux
interventions policières. C'est pourquoi, surpris
par la sacrilège nouveauté du délit, il ne trouva
que ces mots à dire au coupable :

— Tu vas fermer ça, et filer de là tout de suite,
François!

Paroles modérées, on doit en convenir, paroles
sages, indulgentes, auxquelles François Toumi-

gnon se serait assurément rendu, s'il ne se fût trouvé au lendemain d'une nuit de fête et avoir bu en imprudente quantité du meilleur vin de Clochemerle. Circonstance aggravante : près du bénitier se tenaient ses témoins, Torbayon, Larou- delle, Poipanel et les autres, très attentifs, à gogue- narder silencieusement. En principe partisans de Toumignon, ils ne croyaient pas que leur homme, mauvais chien coiffé, portant mal le faux col par manque d'habitude, avec sa cravate mise de tra- vers, sa barbe de la veille, ses cheveux en désordre, et notoirement trompé par sa femme, ce qui amu- sait le pays, pût opposer une résistance sérieuse au massif Nicolas, dans tout son prestige de suisse en grand uniforme, portant baudrier, bicorne à plumes, l'épée au côté et tenant en main sa hal- lebarde à franges, cloutée le long de la hampe. Toumignon devina ce scepticisme qui donnait par avance l'avantage au suisse. Cela fit qu'il ne bron- cha pas, mais continua de ricaner obstinément, en direction du curé Ponosse, muet dans sa chaire. Si bien que Nicolas reprit, élevant un peu la voix :

— Fais pas l'idiot, François! Et fous le camp d'ici vivement!

Il y avait de la menace dans le ton, et ces pa- roles furent suivies de sourires encore hésitants qui indiquaient chez les spectateurs l'intention arrêtée de se ranger au parti du fort. Ces sourires accrurent l'exaspération que le sentiment de sa débilité inspirait à Toumignon, devant la masse tranquille et rutilante de Nicolas. Il répondit :

— C'est toujours pas toi qui me sortiras, déguisé!

On peut supposer que Toumignon pensait par

ces mots couvrir sa retraite et la faire promptement suivre d'une sortie honorable. De telles paroles sont de celles qui permettent à un homme fier de sauver l'honneur. Mais il se produisit à ce moment un incident qui acheva de troubler les esprits. Du groupe des pieuses femmes et des enfants de Marie, massées près de l'harmonium, s'échappa un plateau préparé pour la quête, qui répandit à grand bruit sur le sol une mitraille de pièces de quarante sous, pièces bel et bien fournies par le curé Ponosse lui-même, qui employait cette ruse innocente afin d'inciter aux largesses ses ouailles, portées à trop abuser du billon pour les offrandes. A l'idée de tant de bonnes pièces de quarante sous égarées dans tous les coins de l'église, à portée des mauvaises commères dont l'avarice dominait de loin la piété, les saintes filles, perdant la tête, s'accroupirent à leur recherche, dans un grand fracas de chaises bousculées, se lançant l'une à l'autre les chiffres d'un recensement toujours déficitaire. Dominant ce tumulte d'argent, une voix aiguë jeta ce cri, qui décida de la suite :

— Arrière, Satan!

C'était la voix de Justine Putet — la première comme toujours à mener le bon combat — qui suppléait à l'insuffisance du curé Ponosse. Ce dernier était un orateur faible, qui ne trouvait rien à dire, nous l'avons vu, dès que les circonstances l'écartaient de sermons modérés où l'invention n'intervenait plus. Atterré par le scandale, il suppliait le ciel de lui fournir l'idée qui permettrait de rétablir l'ordre et d'assurer la victoire du juste. Par malheur, aucun ange de lumière ne survolait à cette heure la région de Clochemerle. Le curé

Ponosse fut à court d'expédient, s'étant trop habi
tué à compter sur les complaisances divines pour
dénouer les complications humaines.

Mais le cri de Justine Putet dicta au suisse son
devoir. Marchant sur Toumignon, il l'apostropha
durement avec une vigueur dont tout le monde
perçut les éclats :

— Je te redis de vivement prendre la porte. Ou
je te vas botter les fesses, François!

Et voilà l'instant où les passions déchaînent
leurs tourbillons dans les têtes obscurcies, au point
que chacun oublie son rôle, la majesté du lieu, et
ne mesure plus la portée de sa voix. Voilà l'ins
tant où les mots arrivent pressés sur la langue, sans
choix, et sont jetés diaboliquement hors de la
bouche, dès que suggérés par les forces terribles
du désordre intérieur. Il faut bien voir la chose.
Nicolas et Toumignon, animés contrairement du
zèle religieux et du zèle républicain, vont telle
ment hausser le ton que toute l'église pourra
suivre les détails de leur querelle, et par le contenu
de l'église, tout Clochemerle les connaîtra. C'est
devant Clochemerle tout entier que le combat se
livre. Les vanités sont trop engagées, les principes
trop compromis pour que les adversaires puissent
reculer. Des injures vont être prononcées de part et
d'autre, des coups portés. Mêmes injures, mêmes
coups, mêmes moyens seront mis au service de la
bonne comme de la mauvaise cause, qui d'ailleurs
ne se pourront plus discerner, tant la mêlée sera
confuse, tant les invectives seront également regret-
tables. A la menace outrageante de Nicolas, Toumignon, assurant sa position derrière un rempart
de chaises, riposte :

— Viens-y donc me botter, feignant!

— Te vas l'être sans tarder, vilain rabougri! confirme Nicolas, agitant panaches et dorures.

Tout ce qui touche à son physique ingrat transporte Toumignon de fureur. Il crie à Nicolas :

— Sacré couyemol!

On a beau être suisse en grand uniforme, placé au-dessus des insinuations, il y a des mots qui vous atteignent au vif dans votre dignité d'homme. Nicolas perd tout contrôle :

— C'est-i pas toi, le couyemol, méchant cocu?

A ce coup droit, Toumignon pâlit, fait deux pas en avant, se plante, agressif, sous le nez du suisse :

— Répète-le voir seulement, lèche-curés!

— Cocu, je le redis! Et de la main de qui aussi je pourrais dire, propre à rien de nuit!

— N'est pas cocu qui veut, gros flaire-fesses! C'est pas avec sa couenne jaune que ta femme doit bien attirer les pratiques. T'y as bien assez tourné autour de la Judith!

— J'y ai tourné autour, moi, t'oses dire?

— Oui, mon cochon, t'y as tourné. Seulement, elle t'a fait courir, la Judith. Avec un balai qu'elle t'a fait courir, mannequin d'église!

On conçoit que nulle puissance humaine ne peut plus arrêter ces deux hommes, dont l'honneur est atteint publiquement, maintenant que les femmes sont mêlées à l'affaire. Justement, Mme Nicolas se trouve dans la nef centrale. C'est une femme effacée, que nulle ne tient pour rivale, mais les mollets de Nicolas lui ont fait secrètement beaucoup d'ennemies. Les regards la cherchent : c'est vrai qu'elle est jaune! Par-dessus tout, la dispute évoque Judith Toumignon, splendide, avec sa plénitude de chairs succulentes, laiteuses, ses

galbes nourris, ses magnifiques avancées de proue
et de poupe. L'image de la belle Judith envahit
le saint lieu, y règne, affreuse incarnation de la
Lubricité, vision infernale, tordue dans les hon-
teux plaisirs des amours coupables. Le chœur des
pieuses femmes en frémit d'épouvante et de
dégoût. De ce groupe de délaissées monte une
plainte sourde et traînante, semblable à des lamentations de semaine sainte. Une indignée défaille
sur l'harmonium qui rend un bruit de tonnerre
lointain, annonciateur peut-être de représailles
célestes. Le curé Ponosse transpire énormément. Le
désordre est à son comble. Les cris retentissent
toujours, cette fois furieux, qui éclatent comme
des bombes, sous la basse voûte romane, ricochent
et giflent les images des saints consternés.

— Couyemol!
— Cocu!

Et c'est l'horreur totale, blasphématoire, sata-
nique. Qui a fait le premier geste, porté le premier coup, on ne sait. Mais Nicolas a levé sa
hallebarde comme une trique. De toute sa force,
il l'assène sur le crâne de Toumignon. La hallebarde était arme d'apparat plus que de combat,
dont la hampe s'était peu à peu vermoulue par
l'effet de trop longs séjours dans un placard de la
sacristie. Cette hampe se brise, et le meilleur morceau, celui qui porte la pique, roule à terre. Sur
l'autre morceau que Nicolas tient encore à deux
mains, Toumignon se précipite, s'en saisit lui-
même à deux mains, et séparé du suisse par ce
tronçon lui lance des coups de pied perfides qui
visent le bas-ventre. Atteint dans ses attributs de
fonctionnaire ecclésiastique, ses cuisses et sa culotte
pourpre, Nicolas déploie une vigueur brisante

destructive, qui projette à reculons Toumignon,
lequel fait de grands ravages dans une rangée de
prie-Dieu. Sentant la victoire proche, le suisse
s'élance. Alors une chaise tenue par le dossier est
brandie en arrière, pour y prendre un élan terrible, qui s'achèvera en force fracassante sur une
tête, sur la tête de Nicolas sans doute. Mais la
chaise ne retombe pas. Elle a heurté violemment
quelque chose, la belle statue en plâtre peint de
saint Roch, patron de Clochemerle, don de
Mme la baronne Alphonsine de Courtebiche.
Frappé au flanc, saint Roch vacille, hésite au bord
de son socle, et choit enfin dans le bénitier placé
juste en dessous, de façon si malheureuse qu'il s'y
guillotine sur le rebord tranchant de la pierre. Sa
tête auréolée va rejoindre sur les dalles la hallebarde de Nicolas, et s'y brise le nez, ce qui retire
au saint toute apparence d'un personnage qui
jouit de l'éternité bienheureuse et protège de la
peste. Une confusion inexprimable succède à la
catastrophe. Les esprits sont tellement frappés
que Poipanel, un impie pourtant, qui ne met
jamais les pieds à l'église, dit au curé de Clochemerle avec compassion :

— Monsieur Ponosse, c'est saint Roch qu'a pris
la gaufre!

— S'est-il fait du mal? demande la voix aigre de
Justine Putet.

— Pour sûr qu'il est foutu, après un coup
pareil! répond Poipanel, avec le sérieux d'un
homme qui éprouve toujours des regrets à voir
abîmer inutilement un objet coûteux.

Un long gémissement d'horreur part du groupe
consterné des pieuses femmes. Elles se signent
peureusement devant les prémices d'Apocalypse

qui se déroulent dans le bas de l'église, où
grondent maintenant sans arrêt les abominables
maléfices du Maudit, incarné en la personne bla-
farde et malsaine de Toumignon, qu'on savait
ivrogne, cocu, débauché, et qui vient de plus de
se révéler farouche iconoclaste, capable de tout
piétiner, de défier ciel et terre. Les croyantes, sai-
sies d'une crainte sacrée, attendent le suprême
fracas des astres s'entrechoquant et croulant en
pluie de cendres sur Clochemerle, nouvelle Go-
morrhe, désignée à l'attention des puissances ven-
geresses par l'usage éhonté que Judith la Rousse
fait de ses appas, vraie litière à pourceaux, où
Toumignon et bien d'autres ont commercé avec
les démons ignobles qui grouillent comme nœuds
de vipères dans les entrailles de l'impure. Instants
de terreur indicible, qui rend bêlantes les pieuses
femmes, lesquelles pressent fébrilement sur leurs
poitrines sans prestige des scapulaires racornis par
les sueurs, et transforme les enfants de Marie en
vierges défaillantes qui se croient assaillies par des
hordes infernales, monstrueusement pourvues,
dont elles sentent sur la frissonnante chair de
leurs corps intacts les sillages obscènes et brûlants.
Un grand souffle de fin du monde, à relents de
mort et d'érotisme, balaie l'église de Clochemerle.
C'est alors que Justine Putet, au cœur ferme et
tout animé de la haine que lui ont fait concevoir
les dédains mâles, donne la mesure d'une force
longtemps amassée dans un corps strictement
inviolable, mais qui désire néanmoins des bûchers
de passion où consumer les ferveurs secrètes que
son aridité de conformation ne l'a pas empêchée
de nourrir. Sa maigreur à ton de vieux coing, sa
maigreur effroyablement pileuse et desséchée

— telle que la peau s'y plisse aux endroits où, sur
d'autres, l'abondance la tend, luisante et douce —
cette maigreur, elle la hisse debout sur un prie-
Dieu, et de là, défiant du regard l'incapable Ponosse, cette combative enflammée lui désigne
fièrement la voie du martyre, en entonnant un
extatique *miserere* d'exorcisme.

Hélas! elle n'est pas suivie! Les autres femmes,
des molles et des geignardes, des bonnes au
ménage et aux allaitements, plus ou moins lym-
phatiques et bécasses, faites d'avance à tous les
consentements, par tradition congénitale de fe-
melles soumises, attendent bouche bée, la moelle
liquéfiée, le ventre dolent et les jambes faibles sous
elles, que la nue croule en feu ou que les anges
d'extermination accourent comme des escouades
de gardes-champêtres.

Cependant, au fond de l'église, la lutte a repris
avec une ardeur nouvelle. On ne sait s'il s'agit
pour le suisse de venger saint Roch, martyrisé en
effigie, ou les offenses faites à Mme Nicolas et au
curé Ponosse. Il est probable que ces missions se
confondent dans cette tête peu subtile, qui porte
mieux les plumes de parade que les idées. Toujours est-il que Nicolas, sorte de bœuf aveuglé,
fonce sur Toumignon, replié contre un pilier,
avec un visage sournois et verdâtre de voyou
traqué, qui s'apprête à planter profondément sa
lame. Les pattes larges et velues de Nicolas
s'abattent sur le petit homme, l'étreignent avec
une force de gorille. Mais le corps malingre de
Toumignon renferme une puissance de rage peu
commune, ingénieusement malfaisante, qui décuple
l'efficacité de ses armes, les ongles, les dents, les
coudes, les genoux. Désespérant de pouvoir enta-

mer une masse cuirassée de dorures et de boutons, Toumignon s'acharne traîtreusement des pieds, en direction des endroits vulnérables de Nicolas. Puis, profitant d'une inadvertance de l'autre, d'un vif arrachement il lui décolle le lobe de l'oreille gauche. Le sang fait son apparition. Alors les témoins pensent qu'il est temps d'intervenir.

— Vous n'allez pas vous battre, des fois! disent ces bons hypocrites, réjouis dans le fond de leur cœur par cette aventure d'un prix inestimable pour les veillées d'hiver et les conversations de cabaret.

Ils enlacent de bras conciliants les épaules des lutteurs, mais ils sont eux-mêmes entraînés dans un tourbillon de membres contractes, de corps déments, et plusieurs de ces pacificateurs sans conviction, déséquilibrés par des poussées giratoires, vont s'affaler sur des piles de chaises qu'ils mettent en retentissante déroute. Sur cet amoncellement hérissé de quelques clous sournois et de nombreux piquets, Jules Laroudelle s'empale avec un cri de douleur, et Benoît Ploquin déchire son pantalon des dimanches avec un nom-de-Dieu de désespoir.

Si fort est à ce moment le bruit qu'il vient tirer de l'état semi-léthargique où le plonge sa surdité le marguillier Coiffenave, qui se tient toujours dans une petite chapelle latérale obscure, où, grâce à son teint poussiéreux, il demeure inaperçu, à épier les gens pour son secret plaisir. L'ouïe miraculeusement ressuscitée par une rumeur très anormale dans ces lieux de silence et d'oraisons, notre impotent n'en croit pas ses oreilles, auxquelles depuis longtemps il ne demande plus de le faire participer à la stérile agitation des hommes. Le

voilà donc qui se glisse au bord de la grande nef,
d'où il jette un regard stupéfait sur ces dos de
fidèles détournés du tabernacle et qui font tous
face à la porte. C'est là qu'il se dirige en trotti-
nant sur de flasques pantoufles. Coiffenave
débouche en pleine mêlée, et si mal à propos que
le large brodequin à boucle de Nicolas lui écrase
plusieurs orteils. La vive douleur donne au marguillier le sentiment d'un danger insolite, pressant, qui menace gravement les intérêts de la reli
gion dont il retire de petits subsides. Il sent qu'il
faut faire quelque chose, improviser. Dans le cerveau de cet isolé, une pensée domine tout : sa
cloche, son orgueil et son amie, la seule dont il
entende distinctement la voix. Sans autrement
réfléchir, il saute jusqu'à la grande corde, s'y sus-
pend avec une énergie farouche qui imprime à la
vieille cloche d'abbaye, à la « cloche à merles »
du moyen âge un tel balant, qu'il est entraîné à
des hauteurs impressionnantes. A le voir ainsi
bondir en plein azur, sur l'écran de la porte
ouverte, on a l'illusion qu'un bienheureux
désœuvré et farceur, pour se distraire au ciel, tient
suspendu au bout d'un élastique un gnome gri-
maçant, remarquable par l'ampleur rapiécée du
fond de culotte drapé sur un derrière pointu. Coiffenave déclenche un formidable tocsin qui fait
craquer les charpentes du plancher.

*
* *

A Clochemerle, le tocsin n'a pas sonné depuis
1914. On devine l'effet que produisent ces sons
alarmants, par un beau matin de fête si ensoleillé
que les fenêtres sont partout grandes ouvertes. En

un instant tout ce qui, dans le bourg, ne se trouve pas à la messe, se porte dans la grande rue. Les plus obstinés soiffeurs quittent leur chopine sans l'achever. Tafardel lui-même s'arrache des paperasses où il se délectait, requiert en hâte son panama et descend précipitamment des hauteurs de la mairie, en essuyant les verres de son lorgnon et répétant à satiété : *rerum cognoscere causas*. Car il s'est fourni, au hasard de ses lectures, d'un choix de maximes latines, consignées sur un carnet, qui l'élèvent au-dessus des primaires communs.

En un instant, une foule considérable est massée devant l'église. C'est pour voir jaillir de la porte, s'étreignant en pugilat désespéré, et traînant à leurs trousses la grappe des pacificateurs, nos combattants, Nicolas le suisse et François Toumignon, essoufflés, saignants, tous deux mal en point. On les sépare enfin, tandis qu'ils échangent les dernières injures, de nouveaux défis, la promesse de se retrouver bientôt pour s'étriper cette fois sans merci, et se félicitent chacun d'avoir magistralement rossé l'autre.

Ensuite paraissent, les yeux baissés, les pieuses femmes, pathétiques et muettes, rendues précieuses comme des vases sacrés par les secrets scandaleux qu'elles portent. Elles se répandront discrètement dans les groupes, où elles déposeront la semence féconde des racontars qui vont donner au prodigieux événement des proportions légendaires et préparer des séries de brouilles et de calomnies inextricables. Les délaissées tiennent là une belle occasion de prendre une importance qui les vengera des avanies viriles, une belle occasion d'abattre, à travers Toumignon, la trônante Judith, dont les triomphes de concupiscence leur

ont fait endurer un immoral et long martyre.
Cette occasion, les pieuses femmes ne la laisseront
pas échapper, dût la guerre civile en découler.
Elle en découlera d'ailleurs, et ces personnes charitables, dont le corps fait aux bonnes mœurs un
rempart auquel nul Clochemerlin ne songe à livrer
l'assaut, n'auront pour cela rien négligé. Mais dans
ces premiers instants où les versions diffèrent
encore, elles se gardent d'affirmer, préfèrent de
beaucoup se contenter de prédire que l'offense
faite à saint Roch va sûrement ramener la peste à
Clochemerle. Ou tout au moins le phylloxéra,
peste des vignobles.

Le dernier, comme un capitaine quittant son
navire en détresse, la barrette en berne et le rabat
en désordre, sort l'abbé Ponosse, étroitement flan-
qué de Justine Putet, qui tient dans ses bras le
chef mutilé de saint Roch, telle ces femmes intrépides qui allaient autrefois ramasser en place de
grève la tête de leur amant décapité. Devant la
dépouille du saint, gonflée par l'eau du bénitier
comme un cadavre de noyé, elle vient de crier
vengeance. Transfigurée, nouvelle Jeanne Ha-
chette, déjà prête pour la tâche sublime d'une
Charlotte Corday, pour la première fois de sa vie
la vieille fille sent courir dans ses flancs étiques,
jamais flattés, et dans son corsage clos sur des solitudes amères, de profonds frissons avant-coureurs
du spasme complet. Aussi, attachée aux pas de
l'abbé Ponosse, s'efforce-t-elle de lui donner du
caractère, de l'orienter vers une politique de violence qui renouerait avec la tradition des grandes
époques de l'Eglise, les époques de conquête.

Mais le curé Ponosse est doué de cette obstina-
tion des natures faibles, qui sont capables de

grands efforts pour défendre leur tranquillité. Il oppose à Justine Putet une apathie savonneuse sur laquelle tout glisse et roule au néant des velléités. En marchant, il l'écoute d'un air pénétré, qui semble acquiescer, mais il profite d'un silence pour lui dire :

— Ma chère mademoiselle, Dieu vous saura gré de votre courageuse conduite. Néanmoins il faut s'en remettre à Lui du soin de régler des difficultés pour lesquelles notre jugement humain est insuffisant.

Perspectives dérisoires pour la ferveur agissante de la vieille fille. Elle va protester. Mais le curé Ponosse ajoute :

— Je ne peux rien décider avant d'avoir vu Mme la baronne, présidente de nos congrégations et bienfaitrice de notre belle paroisse de Clochemerle.

Paroles les mieux faites pour ulcérer Justine Putet. Elle trouvera toujours sur son chemin cette Courtebiche arrogante, qui a rôti le balai en son jeune temps et pose maintenant à la vertu pour obtenir une considération que le vice ne peut plus lui procurer! Il est temps de prendre l'avantage sur cette baronne dont le passé est très chargé. Justine Putet connaît certaines choses que le curé de Clochemerle doit ignorer. Elle n'a plus à ménager la châtelaine, elle révélera tout.

Ils arrivent au presbytère, où la vieille fille veut pénétrer. Mais le curé Ponosse l'écarte.

— Monsieur le curé, insiste-t-elle, je désirerais vous parler confidentiellement.

— Remettons à plus tard. ma bonne demoiselle.

— Et si je vous demandais de m'entendre en confession, monsieur le curé?

— Ma chère demoiselle, ce n'est pas l'heure. Et j'ai déjà reçu votre confession, il y a deux jours. Il faut, afin de conserver aux sacrements leur gravité, ne pas en abuser pour de légers scrupules.

Après ce qu'elle a fait, l'amour une fois de plus est refusé à Justine Putet. Elle avale cette ciguë avec une grimace affreuse. Puis elle a un grinçant ricanement :

— Il vaudrait mieux que je sois une de ces dévergondées qui ont des saletés à dire? Elles sont plus intéressantes à écouter, celles-là!

— Gardons-nous de juger, répond le curé Ponosse avec une onction froide. Les places à la droite de Dieu sont en petit nombre, et réservées aux âmes charitables. Je vous donne une absolution provisoire. Allez en paix, ma chère demoiselle. Quant à moi, j'ai grand besoin de changer de flanelle...

Et le curé de Clochemerle repousse la porte.

XI

Dans la grande rue de Clochemerle, sur le coup de midi, lentement la foule se dispersait, par petits groupes qui montraient des visages fausse-ment consternés, et où l'on émettait sans trop élever la voix des considérations encore prudentes, plaintives, mais secrètement gonflées d'une énorme joie : la fameuse bonne affaire de l'église faisait de cette fête de Saint-Roch 1923 la plus mémo-rable fête du pays dont on eût souvenir. Bien approvisionnés en renseignements et détails affreux sur la bataille, les gens éprouvaient une grande hâte d'être enfermés chez eux pour s'y livrer aux commentaires sans retenue, dictés par la passion personnelle.

A Clochemerle, il faut le répéter, on souffre un peu de l'ennui. A l'ordinaire, on ne s'en rend pas compte. C'est lorsqu'il arrive une histoire pareille, inespérée, qu'on peut faire la différence entre une existence monotone et une vie où il se passe vrai-ment quelque chose. Le scandale de l'église était une affaire spécifiquement clochemerlienne, ne concernant que des initiés, une affaire de famille en quelque sorte. Dans ce genre d'affaires, l'atten-

tion peut se concentrer si intensément qu'il ne
sera rien perdu de la précieuse moelle de l'événement. C'est ce que tout Clochemerle ressentit, au
point d'en avoir le cœur étreint d'espérance et
d'orgueil.

Notons que le temps se prêtait admirablement à
l'éclosion du scandale. Même scandale survenu en
pleine période de vendanges eût été voué à l'in-
succès : d'abord faire notre vin, auraient dit les
Clochemerlins, en laissant se débrouiller Toumignon, Nicolas, la Putet, le curé et le reste. Mais
le scandale arrivait providentiellement en pleine
oisiveté, dans une période creuse, et juste au moment d'aller à table, un jour que l'on avait mis les
petits plats dans les grands et monté de la cave les
vieilles bouteilles. C'était magnifique, vrai présent
du ciel, une histoire pareille! Et pas simple brou-
tille de discussion sans lendemain, pas mince attra-
pade de maison à maison, de clan à clan, comme
il s'en produit souvent et qui avortent dans l'œuf.
Mais une belle histoire bien consistante, riche en
dessous, qui engageait les opinions de tout le pays.
Enfin une sacrée histoire du tonnerre de Dieu, de
tout le diable et son train, qui ne pouvait pas se
terminer comme ça, tout le monde le sentait.

Les Clochemerlins se mirent à table de bon
appétit, bien tranquilles sur leurs distractions de
plusieurs mois, et légitimement fiers de pouvoir
offrir à leurs invités, venus des villages voisins, la
primeur d'une histoire qui allait faire le tour du
département. Il est heureux, pensaient-ils, que des
étrangers se soient trouvés là. Jaloux comme sont
les gens, jamais ils n'auraient voulu croire, aux
environs, que Nicolas et Toumignon s'étaient réellement battus à l'église et que saint Roch avait

pris un mauvais coup dans la bagarre. Un saint précipité dans un bénitier, par les efforts conjugués d'un suisse et d'un hérétique, cela ne se voit pas tous les jours. Par bonheur, les étrangers pourraient servir de témoins.

Une fois les Clochemerlins attablés chez eux, la lourde torpeur des midis brûlants s'abattit sur Clochemerle, où ne circulait pas un souffle d'air. Le bourg entier sentait le pain chaud, la pâte cuite et les bons ragoûts. Le ciel était d'un bleu insoutenable au regard, le soleil une massue pour les crânes congestionnés par les excès de nourriture et de boisson. Personne ne se hasardait plus hors des maisons fraîches. Les mouches qui bourdonnaient sur les tas de fumier avaient pris possession du pays, qui, sans elles, eût semblé inanimé.

Profitons de l'accalmie d'une digestion laborieuse pour dresser un premier plan de la détestable matinée, qui aura plus tard des conséquences dramatiques.

Si nous procédons par ordre d'importance, il convient de parler en premier lieu de la triste aventure de saint Roch. Saint Roch n'a été frappé qu'en effigie de plâtre, par mégarde, et la destinée de son image s'est terminée dans l'eau bénite, ce qui est une fin consolante pour une image de saint. Mais la splendide statue était un don, offert en 1917 par Mme la baronne de Courtebiche, lors de son installation durable dans le pays. La baronne avait commandé cette statue à Lyon, chez des spécialistes de la statuaire religieuse, les propres fournisseurs de l'archevêché. Elle l'avait payée deux mille cent cinquante francs, somme grandiose pour une œuvre de piété. Pareille dépense autorisait la châtelaine à se croire définitivement quitte et définitivement assurée de la considération, tout le monde le comprenait.

Depuis 1917, le coût de la vie a tellement augmenté qu'une statue de cette dimension doit aller en 1923 dans les trois mille, chiffre qui laisse les Clochemerlins rêveurs. Autre chose : payer des saints un prix fou pour les voir massacrer par des ivrognes (des gens prétendent que Nicolas également avait bu), ce n'est guère encourageant. Question qui se pose donc : le bourg de Clochemerle sera-t-il privé de son saint Roch? Ce serait la première fois depuis cinq siècles. Eventualité qui ne peut être envisagée.

— Et si on remettait le vieux?

Il doit exister encore quelque part dans un grenier, l'ancien saint Roch. Mais il était miteux, cet ancien, au point d'avoir perdu tout crédit d'influence dans l'esprit des fidèles, et ce long séjour dans la poussière et l'humidité n'est pas fait pour lui avoir redonné de belles couleurs. Alors, un saint au rabais? Mauvaise solution. La piété, quoi qu'on dise, s'habitue au luxe, les prières sont souvent en proportion directe de la dimension de l'idole. Dans ce coin de la province française, où l'on porte grand respect à l'argent, on ne peut accorder même considération à un petit saint de pacotille, dans les cinq-six cents francs, qu'à un majestueux saint de trois mille. Bref, la question est pendante.

Parlons des personnes. Le prestige du curé de Clochemerle est atteint, cela ne fait pas de doute. Anselme Lamolire, un vieux de la vieille, qui ne parle pas à la légère, et se range plutôt du côté des curés, parce que les curés se rangent au parti de l'ordre, qui est la propriété, et qu'il est le plus gros propriétaire de Clochemerle après Barthélemy Piéchut, son rival direct, Anselme Lamolire a dit sans ménagements :

— Sûr et certain que Ponosse a fait figure d'andouille!

Cela ne retire au curé de Clochemerle aucune efficacité dans le domaine professionnel : absolution, extrême-onction, etc. Mais cela lui nuira dans le domaine économique : il verra diminuer son revenu. Dix ans plus tôt, il eût racheté sa maladresse en paraissant plus souvent à l'auberge Torbayon, pour trinquer sans façons. Or son foie et son estomac se refusent désormais à cette sorte d'apostolat. S'il n'y avait que des moribonds qui, au moment du passage, ne désirent s'assurer toutes les franchises douanières, le cas du curé serait grave. Heureusement, il y a toujours des mourants qui n'en mènent pas large, au moment de quitter les camarades. La situation d'un homme qui délivre les passeports pour l'au-delà ne peut être vraiment compromise, tant que les hommes auront peur de l'inconnu. Le doux curé Ponosse continuera d'exercer une dictature qui repose sur la terreur. Humble et patient, il laisse blasphémer les hommes fiers, tant qu'ils sont dans la force de l'âge, mais il les attend au tournant, lorsque la grande Faucheuse se montre, avec son ricanement qui vous fige le sang, ses orbites creuses, en faisant cliqueter son squelette au pied du lit. Il sert un Maître qui a dit : « Mon royaume n'est pas de ce monde. » Son influence à lui, Ponosse, commence avec la maladie, et cela le conduit toujours aux endroits où opère le docteur Mouraille, ce qui exaspère ce dernier. Une fois, il a grogné :

— Vous voilà, fossoyeur. Ça sent le cadavre, il paraît!

— Mon Dieu, docteur, a répondu modestement le curé Ponosse, qui ne manque pas d'à-propos en dehors de la chaire, je viens achever ce que vous avez si bien commencé. Je vous en laisse tout le mérite.

Alors, le docteur Mouraille, furieux :

— Vous passerez par mes mains, compère!

— J'y suis résigné, docteur. Mais vous passerez sans protester par les miennes, c'est non moins certain, a répliqué Ponosse, avec bonhomie et sécurité.

Le docteur Mouraille a voulu se débattre :

— Nom de Dieu, curé, vous ne m'aurez pas vivant!

Mais Ponosse, placide :

— La vie n'est rien, docteur. La force de l'Eglise, c'est le cimetière, et de confondre dans son sein les mécréants avec les justes. Vingt ans après votre mort, personne ne saura plus si vous n'avez pas été de votre vivant un bon catholique. L'Eglise vous aura *in vitam æternam,* docteur!

Arrivons aux combattants. Outre le lobe saignant de son oreille gauche, le suisse a eu les génitoires endommagés. Devant l'église, on s'est aperçu qu'il boitait, et le docteur Mouraille confirmera la chose. Ce qui prouve que Toumignon a frappé là où il ne plaçait que mollesse en Nicolas. Cette contradiction entre ses propos et ses coups fait éclater sa perfidie. Par ailleurs, des Cloche-merlins impartiaux soutiennent Toumignon, disant qu'il a équitablement visé à l'endroit où Nicolas l'avait atteint lui-même, en l'appelant cocu. Les coups de Toumignon étaient réguliers. Mais ce que les Clochemerlins sont unanimes à déplorer, par esprit d'économie, c'est la destruction du bel uniforme de Nicolas : la hallebarde brisée, le bicorne piétiné, l'épée tordue comme sabre d'enfant, et la redingote de cérémonie déchirée dans le dos, de la ceinture jusqu'au col. Il faudra tailler au suisse une tenue neuve.

Sur la personne de Toumignon, les traces de la bataille ne sont pas moins évidentes. Le poing de Nicolas lui a fait un œil droit monstrueux, proéminent comme un œil de crapaud, sauf qu'il est fermé et violet. Trois dents manquent à son maxillaire inférieur. Mais il s'agissait de trois chicots qui avaient, près de la gencive, un dépôt verdâtre comme on en voit aux pilotis qui ont longtemps séjourné dans une eau croupie. De ce côté-là, le dommage n'est pas grand. C'est même bénéfice : Nicolas a fait sauter de leur alvéole des rebuts dentaires sur lesquels le dentiste aurait eu, tôt ou tard, à porter l'acier. Qu'on ajoute à cela une rotule fêlée et que le cou de Toumignon porte les traces d'un commencement de strangulation. Son complet neuf également a beaucoup souffert. Il devra finir de l'user en semaine, après qu'on l'aura réparé. Mais il existe aux Galeries beaujolaises un rayon de confection où Toumignon se fournit à bon compte, au prix de gros. La perte lui sera moins sensible.

A Clochemerle, les avis sont partagés. Des gens donnent tous les torts à Toumignon, et d'autres à Nicolas. Pourtant, d'une manière générale, on admire que le premier se soit si bien tiré d'un combat disproportionné, avec ses soixante-trois kilos oppo

sés aux quatre-vingts et plus de Nicolas. On
s'étonne d'une si grande force dans ce petit corps.
C'est que les gens, comme toujours, jugent super-
ficiellement, sans tenir compte du facteur moral.
Dans le combat, Nicolas n'avait à défendre que sa
vanité, la beauté de Mme Nicolas n'ayant jamais
fait matière sérieuse à discussion. Elle est de ces
femmes dont on parle au passé, dont on dit :
« Elle a eu de la fraîcheur », et dont la fraîcheur,
du temps qu'elle existait ne se remarquait pas.
Cette fraîcheur disparue, Mme Nicolas prit rang
définitivement dans la catégorie modeste des laide-
rons, bonnes femmes dont la tranquillité de mœurs
n'est pas mise en doute et qui emploient le meilleur de leur temps, étant inattaquables, à surveiller
les vertus attaquées, à en dénoncer les chutes, parfois prématurément.

Toumignon au contraire avait dans le combat de
puissants motifs d'émulation, qui devaient décu-
pler sa valeur, l'enviable possession d'une femme
comme Judith lui étant l'objet de constant souci et
le désignant aux affronts inspirés par la jalousie.
Il se battait pour l'honneur de la plus belle créature de Clochemerle, à ce titre la plus soupçonnée.
De là le réel courage qu'il a montré en cette affaire,
courage d'ailleurs préparé par de nombreuses libations nocturnes et matinales. Habituellement craintif, parce que de physique peu généreux, François
Toumignon se classe parmi ces rageurs qui peuvent
faire des héros, quand ils ont un verre dans le nez.

Une chose encore mérite d'être signalée. Malgré
d'actives recherches, il a disparu six des pièces de
deux francs déposées dans le plateau de la quête et
destinées à servir de stimulant aux fidèles de Clo-

chemerle. Cela fait une perte sèche de douze francs qui affecte l'épargne du curé Ponosse, perte sensible, car ses revenus sont médiocres : les Clochemerlins, surtout les bons catholiques, sont plutôt serrés sur la question d'argent (on ne connaît pour être généreux que des dissipateurs qui fréquentent assidûment chez l'Adèle et ne viennent pas à l'église). Cependant, de ce seul point de vue, la disparition des pièces ne serait pas très grave. Ce qu'il y a de triste et d'inquiétant, c'est qu'elle a fait germer la suspicion dans le clan édifiant, appa remment très uni, des pieuses femmes. Certaines s'accusent en dessous de détournement. Disons immédiatement qu'une initiative privée va dans quelques jours donner nouvelle prise à la calomnie. Est-ce qu'une Clémentine Chavaigne, qui rivalise de piété avec Justine Putet (ce qui les fait ennemies mielleuses) ne s'avisera pas de suggérer au curé Ponosse l'idée d'ouvrir une souscription dont le montant servirait à l'achat d'un nouveau saint Roch, et de s'inscrire en tête de liste pour la somme de huit francs? Battue pour une fois sur le terrain des inventions pieuses, Justine Putet va ricaner amèrement, de manière à défier sa rivale. Les rapports entre ces excellentes demoiselles deviendront rapidement si tendus que Clémentine dira :

— Moi, mademoiselle, je ne monte pas en pleine église sur les prie-Dieu pour me faire remarquer. Je me contente de donner mon argent, en me privant, mademoiselle.

Justine Putet, qui possède des réflexes redoutables, aura cette riposte venimeuse :

— Cet argent, mademoiselle, ne vous a peut-être demandé que la peine de vous baisser pour le prendre?

— Que voulez-vous dire, mademoiselle la jalouse?

— Qu'il faut avoir la conscience bien nette
quand on a la prétention de donner des leçons,
mademoiselle la voleuse.

On verra ces demoiselles, à quelques instants
d'intervalle, courir au presbytère pour y épancher
leurs rancœurs dans le giron de l'abbé Ponosse. Ce
qui donnera bien du tintouin au curé de Clochemerle, déjà tiraillé entre l'Eglise et la République,
les conservateurs et les partis de gauche (également
conservateurs d'ailleurs, tous les Clochemerlins
étant plus ou moins propriétaires, et ceux qui ne
sont pas propriétaires se désintéressent totalement
des institutions). La tête cassée, le curé Ponosse ne
pourra réconcilier ces sœurs ennemies qu'en recourant à la menace de les priver d'absolution. Elles
se rapprocheront avec des paroles arrêtées d'avance,
qui démentiront leurs propos outrageants, mais la
flamme de leur regard les affirmera plus que
jamais. La journée du scandale aura fait éclore
magnifiquement les bourgeons de haine qui étaient
en elles. Justine Putet dira plus tard que Clémentine Chavaigne sent le rat crevé. En quoi elle ne
mentira pas : ses papilles seront vraiment affectées
par cette puanteur à la seule vue d'une rivale détestée, dont la souscription aura connu le succès.
Charitablement informée de la réputation qu'on
lui fait, Clémentine Chavaigne révélera sous le
sceau du secret qu'elle a surpris dans la sacristie
un entretien des plus équivoques entre le marguillier Coiffenave et Justine Putet. A l'entendre, celle-
ci profiterait de l'extrême surdité de Coiffenave,
pour lui dire, en le regardant avec feu, des obscé-
nités qui font dresser les cheveux sur la tête, don-

nant ainsi libre cours à ses instincts sadiques, depuis longtemps démasqués par Clémentine Chavaigne. Cette perspicace, après avoir jeté vers le ciel un regard d'épouvante, glisse dans l'oreille de sa confidente :

— La Putet aurait des vues sur M. le curé, ça ne m'étonnerait pas...

— Ma chère demoiselle que m'apprenez-vous là ? répond l'autre, secouée de frissons bien doux.

— Avez-vous vu comme elle le recherche, ce regard quand elle lui parle ? C'est une dominatrice inspirée par l'enfer, cette Putet, une hypocrite qui cache sous la piété ses vilaines manières. Elle me fait peur.

— Heureusement que M. le curé est un saint homme...

— Un bien saint homme, on peut le dire, ma chère demoiselle. Mais justement, il ne voit pas malice aux simagrées de la Putet. Savez-vous combien de temps elle est restée enfermée au confessionnal, l'autre jour ? Trente-huit minutes, mademoiselle ! Est-ce qu'une honnête fille a des péchés pour occuper trente-huit minutes ? Alors, qu'est-ce qu'elle peut lui raconter, à M. le curé ? Je vais vous le dire, ma chère demoiselle : elle le monte contre nous. Tenez, j'aime encore mieux des créatures comme cette Toumignon de rien du tout ! C'est une possédée du diable, une chienne qui fait courir tout le pays avec la sale odeur de ses jupes, vous me direz. Mais au moins on sait à quoi s'en tenir avec des femmes pareilles. Elles n'ont pas deux visages...

On voit par là où en sont les choses dans les premiers instants qui suivent le scandale. L'opinion est encore surprise. Il y a de part et d'autre

des partisans de la première heure, ceux qui se
rangent les yeux fermés au parti de la cure ou de
la mairie. Mais la masse flottante de la population
se détermine pour des raisons particulières à
chaque individu. Or il faut beaucoup de paroles et
de réflexion avant d'adopter une attitude, et les
préférences ont des motifs qui ne sont pas tous évi-
dents, ni tous avouables. Les jalousies veillent.
Elles diviseront sourdement même le clan des
pieuses femmes.

De Nicolas ou de Toumignon, qui est vainqueur? On ne peut encore se prononcer. On n'en
jugera bien que dans la suite, à la dimension des
pansements, à la durée d'invalidité de chacun.

Question capitale, suprêmement émouvante : qui
doit payer la casse? Toumignon sans aucun doute,
dit le parti de l'Eglise, lequel soutient que le coup
mortel a bien été porté à saint Roch par le mari
de Judith, lequel s'en défend comme un beau
diable. Et quand cela serait, d'ailleurs? Dans la
controverse, Tafardel a jeté de grandes lumières.
Il s'est fait expliquer minutieusement tout l'incident, et fait répéter les injures :

— Cocu, vous dites? Nicolas a traité Toumignon
de cocu?

— Et plusieurs fois encore! ont affirmé Laroudelle, Torbayon et les autres.

On a vu Tafardel retirer en signe d'allégresse
son fameux panama, adresser un grand salut à
l'église vide, et jeter ce défi aux derniers suppôts
de l'obscurantisme :

— Messieurs de Loyola, nous allons rire, je vous
en préviens!

De l'avis de Tafardel, l'érudit de Clochemerle, le
terme de cocu, ainsi appliqué publiquement, cons-

titue le cas de diffamation susceptible de porter
préjudice grave aux offensés, tant en ce qui
concerne leur réputation que leurs rapports conjugaux. En conséquence, Toumignon et sa femme
sont en droit de réclamer à Nicolas des dommages
et intérêts. Si donc la cure fait mine de le pour-
suivre pour bris de saint, Toumignon n'aura qu'à
engager le procès.

— Vous trouverez à qui parler, monsieur Ponosse! a dit Tafardel en manière d'adieu.

Là-dessus il a regagné les hauteurs de la mairie
pour se mettre immédiatement au travail. Cet incident de l'église doit lui fournir la matière de deux
colonnes sensationnelles dans le *Réveil vinicole* de
Belleville-sur-Saône. A la lecture de cette excellente feuille, les populations apprendront avec
indignation comment un couple d'honnêtes commerçants clochemerlins se voit acculé au divorce,
peut-être même au crime passionnel, par les
propres sbires de l'Eglise. La chose, vraiment, est
nouvelle!

L'a-t-on remarqué? Alors que tout Clochemerle
s'agite, un seul personnage demeure invisible, in-
trouvable : Barthélemy Piéchut le maire. Cet
homme calculateur, ce politique profond — qui
est à l'origine de la catastrophe, avec son urinoir
— sait toute la vertu du silence, de l'absence. Il
laisse les impulsifs, les naïfs, aller de l'avant et se
compromettre. Il laisse dire les bavards, attendant
d'apercevoir sur l'océan des paroles vaines de pro-
fitables épaves de vérité. Lui se tait, observe, médite, pèse le pour et le contre, avant de manœuvrer

les Clochemerlins, comme des pions sur l'échiquier de son ambition.

Barthélemy Piéchut voit loin, il a son but ignoré de tous, sauf de Noémie Piéchut, sa femme. Mais c'est une tombe, cette femme-là, doublée d'un coffre-fort, la plus avaricieuse femme de Clochemerle, la plus fausse en propos, ce qui en fait la plus utile femme que le sort puisse destiner au maire d'une commune où les gens sont turbulents et difficiles à conduire. Une femme de bon conseil, cette Noémie, une fourmi entasseuse, jamais fatiguée d'amasser, poussant même trop loin les choses, au point qu'il faut parfois la retenir, parce qu'elle commet des erreurs de calcul, par excès de calculs. Toujours prête à brouiller deux familles pour le profit d'un écu, à sauter du lit à la piquette du jour pour espionner une servante. Une femme trop acharnée après la peine des autres, qui estime n'avoir vraiment son dû qu'à la dernière goutte de leur sueur, en un mot trop obsédée par le profit immédiat, voilà son seul défaut. Avec pareil défaut, elle ferait la fortune de malheureux comme on en voit, ruinés par des gaspilleuses. N'étant pas obligé d'avoir toujours l'œil à tout, Barthélemy Piéchut peut s'absenter pour traiter des affaires conséquentes, en se fiant à la gestion de Noémie. Gestion si ferme que les gens viennent souvent se plaindre à lui de la dureté de sa femme. Ils trouvent toujours le maire, ne craignant pas de perdre, disposé à rabattre un peu. Ces concessions lui font une réputation d'homme accommodant, abordable, pas « chien » pour les petits, réputation excellente qui vient de sa façon de dire, en haussant les épaules : « C'est la femme! Les femmes, vous savez ben... » On dit couramment de Pié chut : « Si c'était pas de sa femme... » Elle lui est très utile pour bien mener ses affaires, en ménageant l'opinion.

Autre avantage de la Noémie : elle n'a aucune jalousie. C'est une femme qui se désintéresse absolument de la question du lit, si importante souvent dans les ménages. Au lit, elle ne s'y est jamais amusée. Dans les premiers temps de son mariage, naturellement, elle a voulu savoir. Curiosité d'abord, vanité ensuite, puis avarice, comme toujours dans son cas : ayant épousé, riche, Barthélemy Piéchut, qui n'avait pour biens que son physique de grand beau garçon et sa renommée d'homme capable, elle ne voulait pas être roulée. Mais elle dut convenir que Barthélemy était régulier en affaires. Il l'avait prise pour ses sous, chose probable, mais il en donnait pour l'argent, surtout dans les débuts. En quoi il avait du mérite, car Noémie, ne prenant pas d'agrément à la chose, n'en procurait pas non plus. Pourtant, elle se crut, pendant quelques années, obligée de toucher exactement ce revenu de sa dot. Jusqu'au jour où, ses deux enfants étant nés, le Gustave et la Francine Piéchut, elle engagea Barthélemy à la laisser bien tranquille désormais. Elle lui déclara qu'elle avait assez à faire de tenir sa maison — avec les enfants, les domestiques, la cuisine, la lessive et les comptes — sans perdre son temps de sommeil en bêtises qu'elle connaissait par cœur. Elle fit comprendre à Barthélemy que s'il trouvait sur son chemin des créatures à qui « ça fait plaisir », elle le laissait libre. « Ça sera autant d'ouvrage que j'aurai en moins. » Elle se reprit à fréquenter assidûment l'église, et son avarice augmenta encore : sa jouissance était là.

Cette levée d'hypothèques fit assez bien l'affaire de Barthélemy. Sa femme avait toujours été haridelle anguleuse, peu engageante, qu'il eût laissée de côté dans la ruelle sans un sentiment vif du devoir. Depuis la naissance des enfants, l'aridité de Noémie était décourageante. Un laborieux comme Barthélemy finissait par bouder à se mettre au travail conjugal, il devait s'y prendre à plusieurs fois. Il apprécia une complète oisiveté de nuit qui lui laissait des réserves d'énergie. Les femmes lui avaient toujours porté de l'intérêt. A mesure qu'il commença de vieillir, les honneurs lui rendirent les avantages que l'âge lui retirait. Conseiller municipal, puis maire, Piéchut n'avait jamais manqué d'occasions. Si d'aventure, pris de court, il assaillait Noémie elle lui disait : « Ça te passera donc jamais tes manières! » avec tant de froideur qu'il lui eût fallu toute la fougue aveugle d'un jeune homme pour persister. Depuis longtemps, d'ailleurs, à l'époque où nous sommes, il se défiait des impromptus, apportant même aux choses de l'amour cet esprit de prévoyance qui faisait en tout sa force. Depuis longtemps, Barthélemy Piéchut considérait sa femme comme un intendant, qui serait sur certains points son associé. Mais Noémie exigeait toujours qu'ils fissent lit commun. Parce que c'était privilège d'épouse, qui la distinguait des femmes de rencontre dont pouvait user son homme. Parce qu'elle trouvait commode ce voisinage, pour s'entretenir de projets, l'hiver, quand les nuits sont longues. Enfin la cohabitation remplaçait avantageusement un poêle dans la chambre. Economie appréciable.

Le grand projet de Barthélemy Piéchut, il est temps de le révéler : c'est de se porter sénateur dans trois ans, à la place de M. Prosper Louèche, sénateur en exercice, connu dans les milieux informés pour être remarquablement gâteux. Cet affaiblissement de ses facultés intellectuelles ne serait pas un empêchement sérieux au renouvellement de son mandat, s'il n'avait pour contrepartie un redoublement d'activité fort scandaleuse. Le vieillard s'intéresse aux fillettes d'une façon très bienveillante, qui ne peut cependant se dire philanthropique. On doit périodiquement l'enfermer dans une maison de santé, afin de le soustraire à des courroux indignés et à des demandes d'argent compensatrices, pour de jeunes mineures, de l'ignorance que leur ont fait perdre des exhibitions clandestines, d'ailleurs purement spectaculaires. Ces agissements, jusqu'ici étouffés, menacent de faire un tort considérable au parti. Sans doute M. Prosper Louèche pourrait bégayer que son confrère, l'honorable M. de Vilepouille, n'occupe pas autrement que lui ses loisirs parlementaires. Mais M. de Vilepouille est un homme de droite, élevé autrefois chez les jésuites où il a conservé de puissantes attaches. Ce grand catholique se place notoirement au premier rang des hommes bien pensants de son temps, étiquette qui lui laisse une marge considérable de petits délits à consommer, avant qu'on songe à le soupçonner de n'être pas irréprochable. Tandis que Prosper Louèche, son adversaire politique et fidèle compagnon pour certaines frasques qui sont la consolation des vieux jours, s'est malheureusement mis en évidence dans sa jeunesse par des idées avancées, un tour d'esprit réformateur. Bien qu'il ait dans la suite donné des gages rassurants de son évolution, d'abord en briguant les honneurs bourgeois, puis en témoignant

d'un patriotisme enflammé à Bordeaux, en 1914,
puis en réclamant à la tribune du Sénat que la
guerre fût menée jusqu'au bout avec vigueur, Prosper Louèche a conservé de nombreux ennemis.
Comme on n'a pu mettre en cause sa probité, du
moins pas suffisamment, on a juré de le pincer sur
la question des mœurs. Par M. de Vilepouille,
grand seigneur assuré de l'impunité, qui en parle
sans intention de nuire à son vieux camarade, la
droite connaît ses exploits : « C'est singulier, dit
M. le sénateur de Vilepouille, de son aristocratique
voix de tête, avec Louèche nous n'avons pas les
mêmes idées, mais nous avons les mêmes goûts :
les fruits un peu verts, mon cher ami. A nos âges,
c'est regaillardissant! Mais je dois confesser que
Louèche a dans ce domaine des initiatives bien
curieuses... De charmantes gamineries, mon cher!
Notre confrère a toujours été novateur, cela se
retrouve partout! » Bref, il urge de débarquer
M. Prosper Louèche, si l'on veut éviter une mauvaise histoire. Barthélemy Piéchut le sait. Il manœuvre. Il a déjà des appuis, compte gagner celui
de Bourdillat et de Focart, qui doivent l'un et
l'autre revenir à Clochemerle, cette fois séparé-
ment.

Devenu sénateur, Piéchut mariera sa fille, la
Francine, qui a maintenant seize ans. Elle fait déjà
une belle fille, instruite, avec des manières pour
aller partout dans les salons (on les a payées assez
cher, ces manières-là, et aux religieuses encore!).
Pour sa fille, il pense aux Gonfalon de Bec, de
Blacé, une vieille famille noble dont les finances
sont en plus mauvais état encore que la façade de
leur château, qui a tout de même grande allure
sur son tertre, au fond d'un splendide parc à la

française dont les arbres ont plus de deux cents ans... Des gens fiers, ces Gonfalon de Bec, mais qui ont besoin de se redorer. Leur fils Gaétan, âgé de vingt ans, sera juste à point pour la Francine, dans trois ou quatre ans. On le dit un peu crétin, ce Gaétan, pas bon à grand-chose. Raison de plus, Francine l'aura bien en main, car elle promet de faire une femme à poigne comme sa mère, et vigilante pour les sous, avec l'instruction en plus que sa mère n'avait pas à ce point. Mariée à ce Gaétan, ayant titre et fortune, Francine sera sur le pied des Courtebiche et des Saint-Choul, au-dessus de Girodot, et lui, Piéchut, verra sa situation politique renforcée par l'appoint des nobles de la région.

Le chapeau sur la nuque, les coudes sur la table, le maire de Clochemerle pense à tout cela, en mangeant lentement. Il faut que l'urinoir et la bataille à l'église concourent à la réussite de ses projets. Autour de lui, les siens, surmontant leur curiosité, respectent son silence. Pourtant, à la fin du repas, Noémie demande :

— Qu'est-ce que ça va donner, cette histoire de l'église?

— Laisse faire! répond Piéchut en se levant pour aller s'enfermer dans la pièce où il aime à fumer sa pipe en réfléchissant.

Noémie dit à ses enfants :

— Il a déjà tout dans la tête.

XII

A LA porte du curé Ponosse débarqua la baronne
Alphonsine de Courtebiche, jaillie d'une grinçante
limousine, haute sur roues comme un phaéton, qui
datait de 1911 et ressemblait à quelque carrosse
ducal tiré d'une remise et revigoré par l'adjonction
d'un moteur cacochyme. En d'autres mains que
celles de son vieux chauffeur, cet engin, qui était
franche et détestable guimbarde, eût donné à rire.
Mais ce poussif et démodé teuf-teuf, outre qu'il
avait aux portières des armoiries, lorsqu'il trans-
portait un chargement de Courtebiche prouvait au
contraire que la possession des plus récentes mécaniques est le fait des marchands de cochons enrichis, et que rien ne saurait être ridicule de la part
d'une caste qui peut produire un arbre généalo-
gique tenu à jour sans défaillance depuis l'an 960
et illustré en plusieurs endroits par des bâtards,
nés d'une flatteuse fantaisie du monarque pour certaines femmes de l'auguste lignée. La vétusté de
cette automobile allait encore de pair avec le grand
château à mâchicoulis qui prenait d'enfilade tout
le pays.

Donc la baronne descendit vivement de voiture,
flanquée de sa fille, Estelle de Saint-Choul, de son

gendre, Oscar de Saint-Choul, et toqua sèchement
à la porte du presbytère, offusquée d'avoir à venir
sonner chez ce « petit curaillon de village ». Ainsi
nommait-elle Ponosse. Non qu'elle lui déniât tout
pouvoir spirituel. Depuis que la baronne vivait
retirée du monde, elle confiait l'entretien ordinaire
de son âme au curé de Clochemerle, ne voulant
plus faire, chaque fois qu'elle désirait un coup
d'éponge sur ses fautes, le voyage de Lyon pour
aller trouver le R. P. de Latargelle, subtil jésuite
qui avait été longtemps son directeur de conscience,
à l'époque où il y avait des tempêtes passionnelles
dans sa vie. « Ce pauvre Ponosse, disait-elle, est
bien bon pour le traint-train d'une douairière. Ça
le flatte, ce crasseux, de confesser une baronne. »
Complétons par cette confidence faite à la marquise d'Aubenas-Theizé, sa voisine de campagne :
« Du temps que j'avais des péchés parfumés, vous
devez bien comprendre, ma bonne amie, que je ne
les aurais pas confiés à ce laboureur. Mais je n'ai
que des peccadilles de vieille femme, pour lesquelles il n'est besoin que du plumeau. Nous sen-
tons maintenant la naphtaline de la vertu forcée,
ma chère belle! »

On voit par là comment la baronne de Courtebiche en usait avec le curé Ponosse. Elle le mettait
en somme au rang de sa domesticité : il lui soignait l'âme, comme sa manucure lui soignait les
mains et sa masseuse le corps. A son avis, les défaillances du corps et de l'esprit d'une grande dame,
qui avait derrière elle dix siècles de blason, étaient
encore objets de grand respect pour les coquins du
populaire, curés ou non, à qui on faisait honneur
en les leur dévoilant sans gêne. D'ailleurs, quand
elle requérait les services du curé, elle le faisait

prendre à domicile par son chauffeur. (« Je ne veux pas attraper des puces de croquants dans votre confessionnal. ») Il venait la confesser dans un petit oratoire du château, réservé à cet office. Elle choisissait les jours où elle ne recevait pas d'invités, ce qui permettait de garder Ponosse à dîner, dans un appareil simple qui ne l'intimidât pas.

Jamais la baronne ne s'était présentée à la cure sans y être attendue. Sa démarche lui donnait de l'humeur. A peine le marteau eut-il retombé, animant l'écho d'un immense corridor froid, qui sonnait le creux comme une futaille, que, tournée vers son gendre, elle lui dit :

— Oscar, mon ami, vous serez ferme avec Ponosse!

— Certes, baronne, répondit le gringalet de Saint-Choul, qui était le plus débile des hommes et qu'épouvantait l'excédent de fermeté de sa belle-mère.

— J'espère que Ponosse n'est pas à trinquer avec tous ces vignerons! Il faudra qu'on le cherche dare-dare. Il est inconcevable, après ce qui s'est passé, qu'il ne soit pas venu demander conseil au château.

Ce disant, elle tambourinait contre la porte, la heurtait de ses bagues, et la pointe de sa bottine battait une mesure irritée.

— Je lui ferai laver la tête par l'archevêché! ajouta-t-elle.

*
* *

Au-delà de cinquante ans, la baronne conservait de beaux restes, auxquels le sentiment qu'elle se faisait de sa mission sur terre conférait un altier prestige. Rayant délibérément la Révolution de l'histoire, elle traitait la population des vallées dominées par son château comme si ces gens eussent été en servage sur un fief restitué à sa famille, ce qui était rétablissement légitime d'un ordre bon, éprouvé, qui remettait les êtres à leur place, sans discussion possible.

Belle et forte femme, dont la taille allait à un mètre soixante-dix, la baronne avait été, entre vingt et quarante-sept ans, une créature magnifiquement pulpeuse, d'un grain de peau très attrayant, avec des yeux qui étaient des aimants pour les yeux, une bouche qui annonçait d'impétueux vertiges, et des vivacités de hanche d'un effet irrésistible. On admirait dans ces ondulations quelque chose d'autoritaire, de piaffant, qui chez toute autre eût senti la harangère, et qui chez elle, par grâce de naissance, restait du bon genre, laisser-aller de grande dame, rehaussé de provocante impertinence. Bien assis sur des cuisses enlaçantes de lutteuse, son royal bassin, qu'on devinait d'une magistrale fermeté de tissus, avait fait le meilleur de son agrément, en un temps où les canons de beauté féminine s'en tenaient à l'opulence classique. Quant au buste, à l'époque du corset, il s'ornait d'une fascinante poitrine, tenue haut et serrée dans un corsage ouvert, corbeille emplie de fruits jumeaux d'une rare perfection. Mais ce corps tentant était celui d'une personne *née,* et par cela placé hors d'atteinte des privautés vulgaires. Nuance immédiatement ressentie par tous les hommes. Elle laissait les plus audacieux presque tremblants devant cette impérieuse, qui lisait effrontément dans le regard des soupirants de quelle ressource ils pourraient être à son exigeant plaisir. Telle avait été la baronne, inlassable amazone durant vint-sept années de sa vie, consacrées à peu près entièrement à l'amour.

Fixons les grands traits de cette destinée hautaine. A vingt ans, Alphonsine d'Eychaudailles d'Azin, d'une très vieille famille de la région de Grenoble (laquelle prétendait descendre par alliance de cette Marguerite de Sassenage qui fut la maîtresse de Louis XI et lui donna une fille), malheureusement en grand dol financier, épousa le baron Guy de Courtebiche, son aîné de dix-huit ans, passablement flétri, mais très riche encore. bien qu'il n'eût fait que des sottises depuis sa majorité. Guy de Courtebiche (Bibiche pour ses intimes) menait à Paris une dispendieuse vie d'oisif, entretenant à grands frais une certaine Laura Tolleda, demi-mondaine célèbre, qui l'avait cent fois bafoué (mais il avait ce goût) et le conduisait à la ruine avec un cravachant mépris. Lorsqu'il vit la belle Alphonsine, Courtebiche la jugea plus imposante encore que sa Laura, ayant sur celle-ci l'avantage d'être partout présentable. L'air dominateur de la jeune fille exerça sur lui un irrésistible attrait, parce qu'il était enclin sans le savoir à une sorte de masochisme moral qui l'avait toujours asservi à des femmes qui l'humiliaient. Alphonsine fut vivement pressée par les siens de ne pas laisser échapper ce brillant parti. Conseil superflu : sa nature avide lui dictait de saisir la première occasion d'indépendance. D'ailleurs, à la veille de s'effondrer physiquement, Guy de Courtebiche, paré d'éclat parisien, bénéficiait encore d'un grand prestige, aux yeux d'une jeune provinciale.

Le baron avait des intérêts dans le Lyonnais. Le jeune ménage eut un appartement à Paris, un autre à Lyon, et le château de Clochemerle. A Paris comme à Lyon, la belle Alphonsine fit sensation. Il y eut à son sujet un duel retentissant, ce qui acheva de lui donner la grande vogue.

Guy de Courtebiche, chauve, flageolant et prématurément jauni par des affections organiques qui devaient le mettre jeune à la tombe, avait vite cessé d'être un mari efficient. Ses enfants nés, Alphonsine conserva cet impotent pour le titre et le revenu — pour le soigner aussi, parce que, forte, elle aimait à protéger — et se mit en quête de satisfactions où la vanité et le rang n'entraient pas en ligne de comptes. Elle n'eut que l'embarras du choix, embarras si grand qu'elle se décidait difficilement à se fixer, prétendait-on. Ses frasques furent nombreuses, commises à visage découvert, avec une impertinence de manières qui mettait en déroute la calomnie, laquelle ne trouvait plus d'aliment là où manquait l'hypocrisie.

Une fois veuve, se voyant riche, la baronne préféra l'indépendance à une soumission pour quoi elle ne se sentait pas faite. Elle mena la vie à grandes guides, vie de plus en plus coûteuse à mesure qu'elle vieillissait. Ce train ébrécha gravement sa fortune, par ailleurs gérée avec une désinvolture impériale et un mépris des mesquineries bourgeoises qui compromettent toujours les patrimoines. Vers le milieu de la guerre, elle se trouva aux prises avec de sérieuses difficultés financières et des complications sentimentales pénibles, qui annonçaient la décadence. Elle alla se mettre aux mains de son notaire, comme aux mains d'un chirurgien. Mais ce n'était pas le plus grave. A quarante-neuf ans, Alphonsine eut avec elle-même un implacable tête-à-tête, devant sa glace. Elle en

retira des directives auxquelles immédiatement elle
entreprit de se conformer, avec cet esprit de décision qu'elle apportait à toutes choses. La première,
la plus importante était de laisser paraître ses
cheveux gris du jour au lendemain. « Le corps a
eu sa large part, se dit-elle, je n'ai rien à regretter.
Il faut maintenant vieillir décemment et ne pas
servir de jouet à des garnements sans scrupules. »

Elle abandonna son appartement de Paris, réduisit au minimum son personnel, congédia maternellement quelques adolescents, attirés par sa réputation, qui venaient chercher auprès d'elle un de
ces brevets de virilité qu'elle avait si longtemps et
si généreusement délivrés à la jeunesse. Résidant
une bonne partie de l'année à Clochemerle, passant
le gros de l'hiver à Lyon, elle décida de se rapprocher de Dieu. Elle le fit d'ailleurs sans bassesse,
considérant Dieu comme un être de son monde,
qui ne l'avait pas fait naître d'Eychaudailles
d'Azin, belle et de tempérament fougueux, pour
qu'elle ne se conduisît pas en grande dame, avec
tous ses avantages de nature et de naissance.
Conviction si bien ancrée en elle que jamais, lors
même de ses succès, elle n'avait renoncé absolument aux rites. C'était le temps où elle se confiait à
un exégète ingénieux comme le R. P. de Latargelle,
qui connaissait certains besoins dominateurs que
Dieu a placés dans la créature. Ce jésuite qui avait
un sourire fin, un peu sceptique, s'inspirait d'une
doctrine d'utilité, mise au service de l'Eglise :
« Mieux vaut, pensait-il, une pécheresse dans la
religion que hors de la religion. Et raison de plus
si la pécheresse est puissante. On est fort à Rome
par des exemples d'attachement donnés en haut
lieu. »

Cherchant une voie de garage, la baronne n'eut pas le travers de verser dans la bigoterie. Elle s'occupa d'œuvres par besoin d'action. A Clochemerle, comme présidente des enfants de Marie, elle veillait à la bonne marche de la paroisse, conseillait l'abbé Ponosse. A Lyon, elle dirigeait des ouvroirs, des comités de bienfaisance, on la voyait souvent à l'archevêché. Se souvenant d'avoir été la belle Alphonsine, une des femmes les plus fêtées de sa génération, elle conservait un accent d'autorité sans réplique, et de son passé d'aventures tenait une belle verdeur de propos, qui n'était pas pour effaroucher des prélats — lesquels n'ont pas accédé aux premiers postes de l'Eglise sans avoir vu de près bien des turpitudes — mais qui donnait parfois au naïf Ponosse un effarement rustique. Toujours vigoureuse, portant allégrement un léger excédent d'embonpoint consécutif au relâchement des disciplines de la coquetterie, la baronne se plaignait cependant depuis quelques années d'un affaiblissement de l'ouïe. Cette petite infirmité redoublait son aristocratique hauteur de ton, et le timbre de sa voix, depuis le retour d'âge, avait pris quelque chose de viril. Cela faisait mieux ressortir la brusquerie de son caractère.

Des deux enfants d'Alphonsine, l'aîné, Tristan de Courtebiche, après avoir passé la guerre dans les états-majors, séjournait en Europe Centrale comme attaché d'ambassade. Garçon de belle prestance, il faisait l'orgueil de sa mère.

— Avec la figure que je lui ai donnée, disait-elle, il se tirera toujours d'affaire. Les héritières n'ont qu'à bien se tenir.

Par contre, au moment où la baronne prit sa retraite, elle ne voyait se dessiner aucune demande en mariage pour sa fille Estelle, âgée de vingt-six ans. Elle en concevait un clairvoyant dépit.

— Je me demande, confiait-elle à la marquise d'Aubenas-Teizé, qui voudra bien se charger de cette grande mollasse!

Elle prenait d'ailleurs ses responsabilités de cet échec. Sous cette forme :

— J'ai trop aimé les hommes, ma bonne amie, cela se voit à la tournure de cette pauvre Estelle. Je ne pouvais réussir que les garçons.

Il est vrai qu'Estelle offrait la caricature d'Alphonsine en son beau temps. Elle tenait de sa mère une forte stature. Mais les chairs, autour du squelette robuste, étaient un peu tremblantes et réparties sans à-propos. Il y avait dans ce grand corps trop de lymphe et pas assez d'esprit. Malgré ses élans de cavalière impétueuse, la baronne n'avait pas manqué de féminité. Estelle au contraire était franchement hommasse. La belle lèvre inférieure des femmes d'Eychaudailles d'Azin, si prometteuse de sensualité, chez elle tournait franchement à la lippe. L'air maussade de la demoiselle ne pimentait pas la fadeur de son anémie graisseuse. Pourtant la vue de ces masses donna aux frêles ardeurs du malingre Oscar de Saint-Choul une violence inaccoutumée. Les instincts de ce gentilhomme chétif cherchèrent dans la fille de la baronne leur complément : les kilos et les centimètres de taille qui lui manquaient pour faire un homme digne de ce nom. La grande pénurie de candidats le fit agréer, bien que Saint-Choul, presque Albinos, roulât derrière un monocle, dont le port n'allait pas sans sourcillantes grimaces, un œil rose et fébrile de gallinacé inquiet. L'union manquait d'éclat, mais elle offrait des avantages et sauvait la face. Oscar de Saint-Choul possédait aux environs de Clochemerle un manoir de dimensions honorables, décrépit à souhait, et des terres qui lui permettaient de vivre en rentier, à condition d'aller prudemment. La baronne ne se faisait pas d'illusions sur son gendre :

— C'est un incapable, disait-elle. On pourrait en faire un député de *leur* République!

Elle s'en occupait activement.

Enfin on entendit un bruit circonspect de savates. Honorine entrebâilla la porte, comme un pont-levis prêt à remonter. Elle n'aimait pas qu'on vînt à domicile lui disputer son curé et passait pour mal recevoir les visiteurs. Avec Alphonsine de Courtebiche, c'était une autre affaire. L'arrivée de l'archevêque n'aurait pas produit plus d'effet.

— C'est donc madame la baronne? dit-elle. C'est pas Dieu possible!

— Ponosse est-il là? demanda la baronne, du ton dont elle eût dit : mes gens.

— Il est ben là, madame la baronne! Entrez donc seulement, je vas l'aller querir. Il est à prendre le frais sous les arbres du jardin.

Elle introduisit la baronne, Estelle et son mari, dans un petit salon obscur et moisi, qui ne voyait jamais le jour. L'intérieur du curé sentait la pipe, le vin, le ménage de vieux garçon et le fricot refroidi.

— Tudieu, dit la baronne quand la servante fut partie, cette vertu ecclésiastique a une mauvaise odeur. Qu'en dites-vous, Oscar?

— Il est bien certain, baronne, que ce parfum

des vertus de notre bon Ponosse est un peu, comment dirai-je, démocratique. Oui, démocratique et populaire. Mais notre curé s'adresse surtout aux humbles, et cela les étonnerait sans doute d'avoir un pasteur qui sentirait la rose. Foin des élites dans ce siècle, baronne! Nous voguons sur l'océan démonté de la décadence! D'ailleurs je crois que notre Ponosse a une belle âme, en dépit du, comment dirai-je, du fumet de l'enveloppe, baronne! Il faut, si j'ose pareillement m'exprimer, sentir avec les croquants, pour n'être point incommodé par l'odeur. Ainsi que me le disait, au temps de notre folle jeunesse, mon ami le vicomte de Castelsauvage...

— Oscar, coupa la baronne, vous m'avez déjà répété cent fois ce que vous a dit au temps de votre folle jeunesse ce vicomte de Castelsauvage, qui m'a toujours fait l'effet d'avoir été un grand imbécile!

— Bien, baronne!

— Et Ponosse en est un autre.

— Parfaitement, baronne!

— Et vous, Oscar...

— Baronne?

— Vous êtes mon gendre, mon ami. J'en ai pris mon parti. Estelle n'a jamais fait que des niaiseries!

Estelle de Saint-Choul tenta faiblement d'intervenir :

— Mais, ma mère...

— Eh bien quoi, ma fille? Je vous trouve l'air bien empotée! Une Courtebiche en puissance de mari devrait être plus fringante.

A ce moment, le visage enluminé par le travail d'une digestion lourde, le curé entra, partagé entre l'empressement et l'inquiétude.

— Madame la baronne, dit-il, je suis très honoré...

Mais l'humeur de la baronne n'était pas aux civilités fades.

— Pas d'eau bénite, Ponosse! répondit-elle. Asseyez-vous et répondez-moi. Suis-je, oui ou non, la présidente des enfants de Marie?

— Assurément, madame la baronne.

— Suis-je la première bienfaitrice de la paroisse?

— Cela ne fait aucun doute.

— Suis-je, Ponosse, la baronne Alphonsine de Courtebiche, née d'Eychaudailles d'Azin?

— Vous l'êtes, madame la baronne! répondit Ponosse avec effroi.

— Etes-vous disposé, mon bon ami, à reconnaître les droits de la naissance, ou pactisez-vous avec les sans-culotte? Seriez-vous, Ponosse, un de ces prêtres de cabaret qui prétendent donner à la religion des tendances... Expliquez-lui, Oscar, je n'entends rien à votre charabia politique.

— Sans doute, baronne, entendez-vous parler de ce nouveau christianisme démagogique et antilégitimiste qui flatte les masses? C'est à quoi la baronne fait allusion, mon cher Ponosse. Elle veut flétrir cette ingérence dans la religion des doctrines sociales extrémistes, qui lui impriment une poussée, comment dirai-je, anarchisante et déplorable, jacobine et véritablement blasphématoire, laquelle, au mépris de nos vieilles traditions françaises, dont nous sommes ici les représentants, comment dirai-je, héréditaires et consacrés, les représentants oints, mon cher Ponosse — c'est bien cela, baronne? — nous conduit tout droit...

— En voilà assez, Oscar! Je pense que vous avez compris, Ponosse?

Les troubles de cette malheureuse journée accablaient le curé de Clochemerle. Il était fait pour aller dans des voies simples, où il n'y eût pas d'embuscade du Malin. Il répondit avec un bredouillement craintif, et le geste plusieurs fois répété du *Dominus vobiscum* :

— Mon Dieu, madame la baronne... Ma vie est pure, je n'ai pas d'arrogance impie. Je suis un humble prêtre de bonne volonté. Je ne vois pas pourquoi vous m'attribuez de si grands torts.

— Comment, Ponosse, vous ne comprenez pas? Quel est ce tocsin qui a tout à l'heure alarmé la vallée? Quel est ce scandale dans votre église? Et je dois apprendre ces choses par des étrangers? Votre premier devoir, monsieur le curé, était de venir en référer à la châtelaine de Clochemerle. Le château et la cure, la noblesse et l'Eglise doivent marcher la main dans la main, ne le savez-vous pas? Votre apathie, monsieur Ponosse, fait le jeu de ces culs-terreux. Alors, si je ne m'étais pas dérangée, je ne saurais rien? Pourquoi n'êtes-vous pas venu?

— Madame la baronne, je n'ai qu'une mauvaise bicyclette. A mon âge, je ne peux plus monter les pentes. Ça me coupe les jambes — et j'ai le souffle court.

— Vous n'aviez qu'à emprunter une de ces pétoires à pétrole qui grimpent partout et à sauter dessus. Vous êtes un tiède défenseur de votre foi, mon pauvre Ponosse, je suis fâchée d'avoir à vous le dire. Et maintenant, que comptez-vous faire?

— J'y réfléchissais précisément, madame la baronne. Je demandais au Seigneur de m'éclairer. Il y a des scandales si nombreux.

L'abbé Ponosse eut un soupir profond et se jeta en plein péril :

— Madame la baronne, vous ne savez pas tout. Vous connaissez la jeune Rose Bivaque, de nos enfants de Marie, qui a dix-huit ans bien juste?

— N'est-ce pas une petite dinde rougissante, assez dodue, ma foi! qui chante moins faux que les autres bécasses de la confrérie?

L'abbé Ponosse exprima par une mimique consternée qu'il ne pouvait, sans manquer à la charité chrétienne, souscrire à tel signalement. Cependant il ne nia pas.

— Eh bien, reprit la baronne, qu'a-t-elle fait, cette enfant? On lui aurait donné le bon Dieu sans confession.

Le curé de Clochemerle perdit l'esprit.

— On lui a donné tout autre chose, madame la baronne! Il faut nous attendre à une conception qui ne sera pas... heu... immaculée, hélas!

— Que signifie ce pathos? Voudriez-vous dire qu'elle est enceinte? Alors, dites-le, mon ami. Dites : on lui a fait un enfant. On m'en a bien fait, à moi, et je n'en suis pas morte. — Estelle, ma fille, tenez-vous droite! — On en avait fait à votre respectable mère. La chose n'est pas dégoûtante.

— Ce n'est pas tant la chose, madame la baronne, que l'absence de sacrement qui m'afflige.

— Foutrebleu, je n'y pensais pas!... Eh bien, mon cher Ponosse, elles font du joli, vos enfants de Marie! Je ne sais pas ce que vous leur enseignez dans vos réunions...

— Oh! Madame la baronne! fit le curé de Clochemerle, au comble de l'affliction et de la crainte.

Il avait beaucoup redouté d'apprendre cette nou-

velle à la présidente. Il craignait ses reproches, ou
chose pire, qu'elle donnât sa démission. Mais la
baronne demanda :

— Et connaît-on le fameux dégourdi qui a été
si maladroit?

— Vous voulez dire, madame la baronne, le...
heu...

— Oui, Ponosse, oui. Ne prenez pas cet air pudi-
bond. Connaît-on le nom du dadais qui a cueilli
notre Rose?

— C'est le Claudius Brodequin, madame la
baronne.

— Que fait-il, ce garçon?

— Il est au régiment. Il est venu en permission
au mois d'avril.

— Il l'épousera, sa Rose. Ou bien il ira en pri-
son, au bagne. Je ferai parler à son colonel.
Croit-il, ce militaire, qu'on peut traiter nos enfants
de Marie comme les femmes d'un pays conquis?
A propos, Ponosse, vous m'enverrez cette petite
Rose Bivaque, cette petite touche-à-tout. Il faut
s'occuper d'elle, qu'elle n'aille pas faire de sottise.
Envoyez-la-moi, dès demain, au château.

Il était écrit qu'en ce jour anniversaire de la
fête de saint Roch — tant de fois célébrée dans la
pompe tranquille compatible avec l'humeur
bonhomme des Clochemerlins et la bienveillance
naturelle d'une contrée propice aux belles vendanges —, il était écrit qu'en ce jour, entre tous
néfaste, la Providence se retirerait de son serviteur, l'abbé Ponosse, et lui enverrait de ces
épreuves soudaines pour lesquelles le prêtre éprou-

vait une si grande détestation qu'il s'efforçait toujours d'en fuir les occasions, en retirant à son catholicisme rural tout esprit d'agression, tout dessein de triomphe vaniteux et blessant. L'abbé Ponosse n'était pas de ces zélés intempestifs qui vont partout semant la provocation et les germes fratricides du sectarisme : de tels exploits font plus de mal que de bien. Il comptait sur la vertu d'un cœur conciliant et pitoyable, plus que sur les ravages du glaive et du bûcher. Et qui sait la somme de condamnable orgueil qui inspire certains héroïsmes ambitieux, qui anime l'implacable foi des sombres apôtres dresseurs d'autodafés?

Tremblant devant la baronne, le curé Ponosse lançait vers le ciel des invocations confuses, que lui citait une ferveur pleine d'épouvante. On peut les traduire ainsi : « Seigneur, épargnez-moi, détournez de moi ces malheurs que vous réservez à vos disciples préférés. Seigneur, oubliez-moi. S'il vous plaît de m'asseoir un jour à votre droite, je consens que ce soit à la toute dernière place, et je m'y tiendrai en toute humilité. Seigneur, je ne suis que le pauvre curé Ponosse, qui ne comprend pas la vengeance. J'annonce comme je peux votre règne de justice aux bons vignerons de Clochemerle, en soutenant mes faibles forces par l'usage quotidien et réparateur des crus de Beaujolais. *Bonum vinum lœtificat...* Seigneur, vous l'avez permis, qui fîtes présent à Noé des premiers plants! Seigneur, je suis rhumatisant, mes digestions sont difficiles, et vous connaissez toutes les incommodités physiques qu'il vous a plu de m'envoyer. Je n'ai plus l'ardeur combative d'un jeune vicaire. Seigneur, calmez Mme la baronne de Courtebiche! »

Mais l'abbé Ponosse n'était pas au bout de ses peines. Cette journée devait être en tous points exceptionnelle. Pour la seconde fois, à l'heure paisible de la sieste, on frappa violemment à la porte du presbytère. On entendit le pas traînard d'Honorine qui allait ouvrir, le corridor s'emplir d'un bruit de voix portées à leur plus haut diapason, chose très insolite dans cette demeure où les chuchotements pleins de componction étaient la règle. Sur le seuil du salon, on vit se dresser la silhouette véhémente de Tafardel, chargé de sentences acrimonieuses et tenant à la main les feuillets où il venait de jeter les premiers bouillonnements de son indignation républicaine.

L'instituteur avait conservé sur la tête son fameux panama, en homme bien décidé à ne pas baisser pavillon devant le fanatisme et l'ignorance. Pourtant, à la vue de la baronne, il se retira. Et même, surpris de cette présence, s'il se fût écouté, il aurait fui — si cette fuite n'avait engagé que lui-même. Mais la reculade de Tafardel eût impliqué la défaite d'un grand parti, qu'il représentait vertueusement. Ce n'étaient plus de simples personnalités qui allaient s'affronter, mais les principes eux-mêmes, dans leur totalité. Tafardel ne faisait qu'un avec la Révolution et sa charte émancipatrice. L'homme des barricades et de la liberté au grand jour venait combattre sur son terrain l'homme de l'Inquisition, de la résignation cafarde et de la persécution hypocrite. Ne tenant aucun compte des gens qui se trouvaient là, sans même les saluer, l'instituteur fonça en direction de l'abbé Ponosse, avec des discours enflammés :

— *Si vis pacem para bellum*, monsieur Ponosse! Je n'emploierai pas les odieux procédés de votre

secte de Loyola, je ne vous prendrai pas en traître.
Je viens à vous en ennemi estimable, tenant d'un
côté la poudre et de l'autre le rameau d'olivier.
Il est temps encore de renoncer à la fourberie,
temps d'arrêter vos sbires et de préférer la paix!
Mais si vous voulez la guerre, vous l'aurez. Mes
armes sont forgées. Choisissez entre la paix et la
guerre, entre la liberté de conscience et les représailles. Choisissez, monsieur Ponosse. Et prenez
garde à ce que vous allez décider!

Pris entre des courroux si violents, l'abbé Ponosse
ne savait à quel saint se vouer. Il tenta de calmer
Tafardel :

— Monsieur l'instituteur, je ne vous ai jamais
gêné dans votre enseignement. Je me demande ce
que vous pourriez me reprocher. Je n'ai attaqué
personne...

Mais déjà l'index levé de Tafardel ponctuait fortement une maxime profondément humaine, et par
lui complétée :

— *Trahit sua quemque voluptas... et pissare
legitimum!* Sans doute, monsieur, pour mieux
asseoir votre domination, préféreriez-vous voir se
multiplier, comme aux siècles d'oppression, les
flaques immondes formées du trop-plein des vessies? Ce temps est passé, monsieur Ponosse. La
lumière s'étend, le progrès marche irrésistiblement,
le peuple pissera désormais dans des édifices appro-
priés, je tiens à vous l'affirmer. L'urine humectera
l'ardoise et coulera dans des canalisations,
monsieur!

Cette étrange allocution était plus que la
patience de la baronne ne pouvait supporter.
Depuis le début, elle tenait Tafardel sous les feux
plongeants de son terrible face-à-main. Et soudain,

avec une impertinence suprême, de cette voix qui avait dompté des cœurs et conduit des chasses à courre :

— Quel est, dit-elle, cet abominable foutriquet?

La présence révélée d'un scorpion dans ses braies largement flottantes, n'eût pas fait sursauter davantage l'instituteur. Frémissant d'une rage qui imprimait à son binocle des oscillations de mauvais augure, et bien qu'il connût de vue la baronne — comme tout le monde à Clochemerle — il s'écria :

— Qui ose injurier ici un membre du corps enseignant?

Apostrophe ridiculement faible, incapable de troubler une lutteuse comme la baronne. Comprenant à qui elle avait affaire, elle répondit avec un calme offensant :

— Le dernier de mes laquais, monsieur le maître d'école, en sait plus long que vous sur la civilité. Aucun de mes domestiques n'oserait s'exprimer avec cette grossièreté devant la baronne de Courtebiche.

A ces mots, la grande tradition jacobine inspira Tafardel. Il riposta :

— Vous êtes la ci-devant Courtebiche? Citoyenne, je repousse du pied vos insinuations. Il fut un temps où la guillotine en aurait fait prompte justice.

— Et moi, je tiens vos palabres pour insanités de coquebin! Il fut un temps où les personnes de mon rang faisaient pendre haut et court les maroufles de votre espèce, non sans les avoir préalablement fait fesser en place publique. Bon système d'éducation pour les manants!

La réunion prenait très mauvaise tournure.

Pressé entre des courants qui ne respectaient pas la neutralité chrétienne de sa demeure, le pauvre abbé Ponosse ne savait à qui entendre et sentait ruisseler sur son corps, engoncé dans sa soutane neuve, une sueur d'angoisse. Il avait de bonnes raisons de ménager la noblesse, en la personne de la baronne, la plus généreuse donatrice de la paroisse. Et d'aussi bonnes raisons de ménager la République, en la personne de Tafardel, secrétaire d'une municipalité qui possédait légalement le presbytère et en fixait le loyer. Il semblait donc que tout, à cet instant, fût perdu et que l'on dût atteindre aux dernières limites de la violence, lorsqu'un personnage jusqu'ici très effacé révéla une maîtrise aussi éclatante qu'opportune, en conduisant la discussion avec une fermeté dont on ne le croyait pas capable.

Depuis l'arrivée de Tafardel, Oscar de Saint-Choul tressaillait d'allégresse. Ce gentilhomme méconnu cultivait un réel talent de former inlassablement des périodes solennelles, si bien farcies d'incidentes, que le malheureux soumis à cette dialectique sentait sa pensée s'égarer dans les méandres du raisonnement saint-choulien, où elle finissait par demeurer captive. Malheureusement, toujours rabroué par une belle-mère qui traitait l'humanité à la cravache, et condamné au silence par une épouse maussade dont l'abondance corporelle l'enchaînait, Oscar de Saint-Choul avait rarement l'occasion de prouver sa valeur. Il en souffrait.

Dès les premières paroles de Tafardel, il comprit que le hasard plaçait sur son chemin un rude jouteur, un bavard à sa taille, avec lequel il aurait plaisir à pousser loin la controverse. Aussi attendait-il, avec une abondance de salive qui précédait

chez lui l'afflux verbal, que se présentât la
moindre fissure dans les ripostes pour se jeter à
la tête de ce tenace discuteur et l'accaparer à son
profit. Un silence se produisit enfin, après la dernière réplique de la baronne. Aussitôt Saint-Choul
fit deux pas en avant :

— Permettez, j'aurai quelques mots à vous dire.
Je suis Oscar de Saint-Choul, monsieur. Monsieur?

— Ernest Tafardel. Mais je ne reconnais aucun
saint, citoyen Choul.

— Il en sera comme vous voudrez, mon cher
de Tafardel.

On le croira difficilement : cette particule, glissée par un homme qui la portait, en ayant hérité,
fut un baume pour l'amour-propre de l'instituteur.
Elle le disposa favorablement en faveur de Saint-
Choul, ce qui permit à ce dernier de prendre un
brillant départ :

— Je me permets d'intervenir, mon cher de Tafardel, parce qu'il m'apparaît, au point où nous
ont conduits deux doctrines également respectables,
qui ont chacune leurs régions sublimes et leurs,
comment dirai-je, leurs zones de faillibilité
humaine, il m'apparaît, dis-je, que le besoin d'un
médiateur impartial se fait sentir. Je salue en
vous, fonctionnaire au grand cœur, un bel échan-
tillon de cette noble pléiade d'éducateurs. qui
assument la tâche délicate de former les nouvelles
générations. Je salue en vous une incarnation du
pur esprit primaire, dans ce qu'il a de fondamental, et de, comment dirai-je, de granitique, oui, de
granitique, car sur ce roc indestructible reposent
les assises de la nation, de notre cher pays, rénové
par de grands courants populaires, que je me garderai certes d'approuver sans réserves, mais dont

je me garderai aussi bien de nier l'apport, parce qu'ils ont fourni depuis un siècle de magnifiques illustrations au grand livre du génie français. C'est pourquoi je n'hésite pas, instituteurs républicains et de libre pensée, à vous proclamer un corps héréditaire. Rien de ce qui est héréditaire ne nous est indifférent. A ce titre, mon cher, vous êtes des nôtres, aristocrate par la pensée. Donnez-moi la main. Scellons un pacte au-dessus des partis, avec le seul désir de contribuer à notre mutuel perfectionnement.

Sur le point de céder à cet homme aimable, Tafardel inquiet voulut affirmer de nouveau ses convictions :

— Je suis disciple de Jean-Jacques Rousseau, de Mirabeau et de Robespierre. Je tiens à le rappeler, citoyen!

Oscar de Saint-Choul, qui s'était avancé, reçut à bout portant une forte bouffée de Tafardel. Il sentit que l'éloquence de Tafardel était redoutable et qu'il ne fallait pas l'affronter en lieu clos.

— Toutes les opinions sincères se justifient, dit-il. Mais allons prendre l'air. Nous serons plus à notre aise dehors. Baronne, je vous rejoindrai tout à l'heure.

— J'avais une communication à faire à M. Ponosse, objecta l'instituteur.

— Mon cher, fit Saint-Choul en l'entraînant, je vois bien de quoi il s'agit. Vous me ferez la communication. Je serai votre interprète.

Quelques instants plus tard, la baronne les retrouva devant l'église en conversation animée, visiblement enchantés l'un de l'autre. Oscar de Saint-Choul maniait vigoureusement la parole et ponctuait le déroulement de ses périodes en balan-

çant au bout du fil son monocle, avec une assurance que sa belle-mère ne lui connaissait pas. Ce
ton de pédanterie l'irrita : elle n'admettait pas
que ce garçon fût un moins parfait imbécile
qu'elle n'avait décidé, une fois pour toutes. Lorsqu'elle avait classé les gens, intellectuellement et
socialement, il n'y avait plus à y revenir.

— Oscar, mon ami, dit-elle dédaigneusement,
quittez cet individu et venez. Nous repartons.

Elle n'eut pas un regard pour le malheureux
Tafardel, cependant prêt à la saluer. Car l'instituteur s'était laissé séduire par les manières nobles
de Saint-Choul, accompagnant des flatteries comme
celles-ci : « Que diantre, mon cher, vous et moi,
nous représentons l'élément cultivé — l'élite, je dis
bien — dans ce pays d'illettrés. Soyons amis! Et
faites-moi le plaisir de pousser un jour jusqu'au
manoir. Vous y serez traité sans façons, comme un
intime, et nous échangerons quelques idées. Entre
esprits distingués, il y a toujours profit à se fréquenter. Je le dis pour vous comme pour moi. »
L'arrogance humiliante de la baronne rendit aux
dispositions de l'instituteur leur vigueur première,
renforcée par le dépit qui lui vint à l'idée qu'il
avait failli être dupe de ces gens-là. Est-ce qu'il ne
songeait pas déjà, tandis que Saint-Choul parlait,
à modifier son article du *Réveil vinicole*, à en
adoucir les termes?... Adoucir! Il allait renforcer,
oui, et glisser dans sa prose une allusion mordante
à l'adresse de la Courtebiche, cette ci-devant
indécrottable!

— Ils verront, ricana-t-il, quand la presse s'en
mêle!

Ainsi cette rencontre, qui aurait pu conduire à
l'apaisement, eut au contraire pour effet de pro-

voquer une virulence dont les conséquences seraient retentissantes.

Quant à la baronne, elle avait déclaré au curé Ponosse son intention de prendre en main les affaires de la paroisse, et notamment, au moindre incident, d'aller trouver l'archevêque. Le curé de Clochemerle était atterré.

XIII

INTERMÈDES

— C'est donc vous, ma bonne? Mais dites-moi donc, ma pauvre madame Nicolas, est-ce vrai tout ce qu'on m'a raconté? Il vous arrive une chose bien affreuse...

— Affreuse, vous pouvez le dire, madame Fouache!

— Votre pauvre M. Nicolas, on m'a dit... Il a pris un mauvais coup... dans un endroit bien délicat...

— Pensez, madame Fouache! Je suis bien inquiète...

Penchée sur le comptoir, et la main devant la bouche, Mme Nicolas donna des renseignements complets :

— Il les a toutes bleues, dit-elle à mi-voix. Toutes bleues de la violence du coup! C'est vous dire si le misérable a frappé...

— Toutes bleues! Juste ciel, qu'est-ce que vous m'apprenez là, madame Nicolas! Il y a du mauvais monde, quand même! Toutes bleues, mon Dieu...

— Et c'est l'enflure...

— L'enflure, dites-vous?

Les deux poings fermés de Mme Nicolas vinrent

s'appliquer l'un contre l'autre, figurant des dimensions jumelles très affligeantes.

— Comme ça...

A son tour, Mme Fouache pressa ses poings fermés pour évaluer cette difformité qui passait les bornes de l'imagination.

— Comme ça! gémit la respectable receveuse-buraliste, avec une infinie tristesse. C'est horrible, ce que vous me dites là, madame Nicolas!... Le docteur les a vues? Qu'en pense-t-il?... Il ne restera pas estropié, au moins, votre cher M. Nicolas? Quelle perte ce serait pour la paroisse si un bel homme comme lui ne pouvait plus retourner à l'église en uniforme! C'est bien de sa prestance qu'est venue la jalousie, il faut vous dire : le dimanche, on ne se lassait pas de l'admirer... Une fois — je vous parle d'il y a longtemps — mon Adrien aussi avait eu de l'enflure à cet endroit, à la suite d'un effort. Mais c'était bien moins conséquent : comme des œufs de poule de la grosse espèce... Tandis que vous... Comme ça, vous dites? Ce n'est pas croyable, ma pauvre chère dame! Et le voilà bien abattu de ce coup-là, votre M. Nicolas? Tout impotent, on dit?

— Il faut qu'il reste sans bouger. Pensez, les hommes. Tout se tient là, chez eux. Ça leur correspond dans tout le corps, comme dit le docteur.

— Bien sûr, n'est-ce pas! C'est curieux, forts comme ils sont, qu'ils puissent être si fragiles, d'un endroit! Et c'est exposé, quand on y pense!... Comment le soignez-vous?

— C'est le grand repos, tout du long, et des compresses, des sortes de drogues qu'on étend dessus — et les tenir dans le coton, sans secousses. Ça me met en souci et ça me remue toute.

— C'est bien compréhensible. Allez, je vous plains bien!

— J'avais déjà ma large part d'ennuis, avec mes varices et ma hernie. Et Nicolas, avec son air de santé, est bien sujet aux dérangements du ventre et aux tours du rein.

— Chacun a bien ses misères, allez! Mais vous n'allez pas rester debout? Venez donc vous asseoir, ma bonne. Vous prendrez bien une tasse de café avec moi, pour vous remonter un peu. J'en ai justement du tout frais fait. Vous êtes dans l'ennui avec cette enflure, je comprends bien Et toutes bleues, vous dites? Il ne faut pas vous laisser aller, pauvre chère dame! Passez donc de ce côté, madame Nicolas. En laissant la porte ouverte, je verrai entrer le monde. Je suis toujours dérangée, mais ça n'empêchera pas de causer...

Femme sans malice, Mme Nicolas, venue prendre du tabac destiné à son mari, avait été victime des effusions compatissantes de Mme Fouache, effusions qui passaient à Clochemerle pour la manifestation des derniers raffinements mondains. On tenait la receveuse-buraliste pour une personne de grande éducation et de bonne famille, tombée subitement dans le malheur, à la mort d'un époux exemplaire et promis aux plus hautes fonctions administratives. Mme Fouache jouait à la perfection d'un certain pathétique qui allait droit au cœur des bonnes femmes et sa renommée de distinction inspirait confiance. Nulle plus qu'elle dans le bourg n'était qualifiée pour tout entendre et conseiller avec modération : « C'est que j'en ai vu, des choses, disait-elle. Et dans le beau monde, ma bonne! Les bals de la préfecture de Lyon, avec tout le dessus du panier, j'y allais, ma chère dame aussi naturellement que vous entrez dans mon bureau de tabac. Tout a bien changé, allez! Dire que j'ai été à tu-et-toi avec la préfète de mon temps, comme je vous parle, et que me voilà dans mes années de vieillesse à plier des cornets, je vous demande! Je suis bien descendue de haut, je peux me vanter et c'est triste à penser... Enfin, c'est la vie! Dans l'infortune, il faut être au-dessus, comme on dit. » Ces paroles résument à peu près la légende imaginée et répandue par Mme Fouache. Légende qui comportait des exagérations. De son vivant, Adrien Fouache avait bien été fonctionnaire, attaché à la préfecture de Lyon, mais seulement au titre de concierge. Dans cette fonction, qu'il assuma pendant vingt ans, il se fit surtout remarquer par une résistance inlassable au jeu de manille, sa capacité de boire chaque jour une douzaine d'absinthes et une adresse estimable au billard, talents qui faisaient de cet homme à casquette le compagnon indispensable des gratte-papier qui descendaient au café. Comme, de son côté, Mme Fouache se chargeait volontiers des commissions amoureuses de ces messieurs des bureaux, recevait pour eux des lettres à l'insu de leurs femmes, le ménage Fouache jouissait de l'estime générale, ayant su faire de tous ses obligés. Lorsque Fouache sombra dans le delirium tremens, pour mourir peu après, on estima que cette triste fin était la conséquence de ses loyaux services. On donna un bureau de tabac à sa veuve, qu'on savait maîtresse de secrets qui eussent déchaîné le drame dans vingt ménages.

Mme Fouache prit possession de la banquette de Clochemerle avec la dignité d'une grande dame qui vient d'éprouver de cruels revers. Peu à peu,

elle magnifia démesurément son passé. Certaines
tournures assez faibles de son langage auraient pu
dénoncer ses excès d'imagination. Mais les Clochemerlins, quant aux tournures classiques, manquaient de compétence, et leur langage possédait
ses subtilités propres. La fière origine de
Mme Fouache ne fut pas mise en doute, car l'orgueil local y trouvait son compte. Placée au-dessus
du vulgaire, Mme Fouache recevait en dépôt les
secrets les plus délicats. Elle en assurait la répartition à bon escient.

Cette fois encore, par les soins de la très estimable receveuse-buraliste, toutes les femmes de
Clochemerle apprirent bientôt la douloureuse disgrâce qui atteignait Nicolas dans ses œuvres vives.
Son malheur créa un grand courant de compassion.
Dix jours plus tard, quand le suisse reparut dans la
grande rue, marchant à pas comptés, appuyé sur
une canne, les attendries se disaient dans son dos,
d'une fenêtre à l'autre, en tendant vers le ciel leurs
poings unis :

— Comme ça...

— Pensez donc!

— On n'ose pas y penser...

— Vous avez raison, on n'ose pas!

— Ce doit être affreux à voir, disait plus fort
que les autres la Caroline Laliche du bas bourg,
avec des soupirs d'horreur. Mais personne n'était
dupe de ces simagrées, car cette Caroline Laliche
passait pour la plus grande curieuse de Clochemerle qu'on avait surprise cinquante fois l'œil
collé à des trous de serrure.

Les ganglions meurtris de Nicolas connurent
une grande célébrité, leurs dimensions nouvelles occupèrent beaucoup les esprits féminins.

Mme Fouache entretenait l'attention à petits coups, par des gloses habilement dosées. Jusqu'au jour où, voyant l'attention se relâcher, elle lança une autre grande nouvelle :

— Et la peau qui pèle autour, maintenant.

Ainsi l'opinion se passionnait.

***

Rose Bivaque se rend chez la baronne, à pied par la route en lacet, longue de quatre kilomètres entre Clochemerle et le fier château des Courtebiche placé en lisière des premières forêts qui lui servent d'écran. De là, il domine entièrement la vallée, et durant des siècles les regards des Clochemerlins humbles se sont élevés machinalement vers ce château, qu'ils considéraient comme un relais obligatoire entre leur condition et le ciel. Il survit quelque chose de cet état d'esprit dans la pensée de Rose Bivaque. Cette petite est pleine de soumission, au point qu'elle n'a su, entre tant de soumissions qui lui étaient de partout proposées, lesquelles choisir de préférence et lesquelles écarter. De cette louable docilité est venue sa honte. Car, ainsi soumise à tous et à tout, elle s'est soumise très simplement à Claudius Brodequin, sans bien faire la différence entre cette soumission-là, et d'autres, dont aucune ne lui coûte vraiment. Cette petite Rose Bivaque est toute pareille à ses aïeules, les femmes du moyen âge qui ont passé, infimes, aussitôt oubliables, à travers la consommation des siècles, dans cette même vallée de Clochemerle, où elles ont fait leurs travaux obscurs, leurs enfantements et leurs allaitements, et souffert comme des bêtes à l'étable, sans discernement ni rébellion, et qui ont quitté la terre, où leur présence n'était pas remarquable, sans avoir compris grand-chose à l'invraisemblable aventure pullulante qui les avait fait naître et vivre. Très exactement pareille à ces femmes des vieux âges est la petite Rose Bivaque, comme elles peu pensante et jamais raisonnante, docile aux hommes, aux influences de la lune, aux routines, aux commandements de la nature et aux nécessités établies, par habitude d'obéissance passive. Aussi n'a-t-elle ni remords ni vraiment d'inquiétude. A peine de l'étonnement, parce qu'il lui arrive des choses surprenantes, mais cet étonnement cède au sentiment de la fatalité insurmontable, venu intact jusqu'à elle, qui est un des sentiments les plus forts de l'humanité. Elle pense en marchant : « Ben alors... » et « Ben voilà! », formules qui sont les pôles de son travail intellectuel, parfois coupées de « C'est ben drôle... » et de « J'y peux rien faire, quand même. » Encore n'est-il pas sûr qu'elle pense réellement. Ces mots correspondent plutôt aux tâtonnements d'une pensée si embryonnaire qu'elle ne conçoit pas l'ampleur que la pensée pourrait prendre. Rose Bivaque est baignée, traversée d'effluves agréables, qui lui viennent du ciel aveuglant, de l'air vif, du soleil, de la beauté des choses, mais ces sensations que son corps ressent n'alimentent pas de raisonnements son cerveau. Elle voit un lézard, frisson vert à ses pieds. Elle dit : « C'est un petit lézard! » Elle arrive à un croisement, hésite, se décide : « C'est ben par là, la bonne route! » Elle transpire et murmure : « Il fait chaud, alors! » Elle a exprimé par ces remarques la totalité du lézard, de la chaleur et des hésitations.

Des gens la disent coupable et sotte, la petite

Rose Bivaque, fille-mère, à peine âgée de dix-huit ans. Mais la voyant aller seule sur la route, saine et fraîche, avec son vague sourire d'animalité et d'adolescence mêlées, je la trouve touchante et presque jolie, et gentiment courageuse, cette petite Bivaque qui accepte sans regimber son destin, parce qu'elle sait bien, elle sait fortement — elle qui ne sait rien — qu'on ne peut tricher avec un destin humain, et qu'un destin féminin s'accomplit pleinement, qu'on le veuille ou non, lorsque la fille devient femme et collabore de toute sa sève à la grande gésine du monde.

Elle est rustiquement belle, gracieuse à sa manière, cette fille de campagne un peu lourde, si bien bâtie pour les besognes qui l'attendent, avec ses bras forts, ses jambes solides, son bassin large, sa poitrine gonflée. Il serait difficile, à qui la verrait comme je la vois, de ne pas être touché par tant de vaillance naïve, de ne pas lui sourire, de ne pas l'encourager. Elle va d'un pas ferme et tranquille, son visage un peu vulgaire reçoit un éclat auguste du travail qui se fait en elle, et c'est la jeunesse même qui marche, avec son assurance insensée, sa force commençante, son inconscience juvénile et nécessaire, faute de quoi tout finirait d'un monde confié aux vieillards. Elle marche, et c'est l'éternelle illusion qui passe, et l'illusion est la vérité des hommes, leur pauvre vérité. Oui, courage, petite Rose Bivaque, petite porteuse de peines, d'avenir et de vie, courage, car la route est longue, et c'est tellement un inutile trajet!

Elle va sans remords ni inquiétude, mais elle est troublée, Rose Bivaque, à l'idée de se trouver en présence de la baronne. Et voici que justement elle entre au château, en franchit les marches impo-

santes, voici qu'on la conduit au seuil d'une
grande pièce plus belle et plus riche que l'intérieur
d'une église. Elle n'ose se risquer sur le parquet
brillant et périlleux. Une voix autoritaire lui fait
tourner la tête. La baronne s'adresse à elle :

— C'est vous, Rose Bivaque? Approchez, ma
fille. C'est ce Claudius Brodequin, m'a-t-on dit, qui
vous a mise dans cet état?

Gauche et rougissante, la jeune pécheresse en
convient :

— C'est bien lui, madame la baronne.

— Mes compliments, mademoiselle! Ça vous
démangeait, il faut croire! Et qu'est-ce qu'il a pu
vous raconter, ce garçon, pour vous séduire? Voulez-vous m'expliquer?

L'explication passe les forces de Rose Bivaque,
et ses moyens d'expression. Elle répond :

— Y me raconte rien, madame la baronne...

— Il ne vous raconte rien? De mieux en mieux.
Et alors?

Poussée dans ses derniers retranchements, la petite rougit plus fort. Puis elle explique de la
manière la plus simple et la plus sincère comment
elle a succombé :

— Y me raconte pas... Y me fait...

Cette réponse, en lui rappelant le temps où elle-
même ne se payait pas de mots, désarçonne la
baronne. Mais elle poursuit, encore sévèrement :

— Il vous fait, voyez-vous ça! Il vous fait parce
que vous le laissez faire, petite bécassine!

— Je peux pas l'empêcher, madame la baronne,
dit avec candeur l'ancienne enfant de Marie.

— Alors, saprelotte, s'écrie la châtelaine, le premier godelureau venu peut tout obtenir de vous?
Regardez-moi, mademoiselle. Répondez.

A ce reproche, Rose Bivaque oppose l'accent de la conviction. Le sentiment de dire la vérité l'enhardit :

— Oh! non, madame la baronne! Y en a bien des autres gars qu'auraient voulu me tourner autour. Jamais je les aurais écoutés... Mais le Claudius, ça me fait drôle...

La baronne reconnaît le langage de la passion. Elle ferme les yeux sur des souvenirs où abondent de telles défaillances insurmontables. Quand elle les rouvre, elle montre un visage clément. D'un coup d'œil connaisseur elle évalue Rose Bivaque, courtaude et fraîche.

— Bonne petite pouliche! dit-elle en lui flattant la joue. Et dites-moi, mon enfant, est-ce qu'il vous parle de mariage, cet irrésistible?

— Le Claudius serait ben d'accord pour se mettre ensemble, mais c'est l'Honoré et le Mathurin qui veulent pas s'entendre, rapport au clos de Bonne-Pente.

Rose Bivaque vient de prendre soudain un ton assuré : l'âpreté est, avec la soumission, un des instincts primordiaux que lui ont légués les femmes de sa race. C'est une terrienne, cette petite, qui, bien que jeune, sait toute l'importance d'une parcelle de vigne bien exposée. Cette importance, la baronne au contraire l'ignore, étant trop grande dame pour descendre à s'occuper de mesquineries. Il faut que Rose Bivaque lui explique la cause du litige entre les deux familles. Elle le fait maintenant en pleurant comme une Madeleine. Tout en l'écoutant, la baronne observe que ce déluge de larmes n'altère pas les traits de la petite. « Heureux âge, pense-t-elle. Si je pleurais de cette façon,

je me mettrais dans un bel état! Il faut être jeune
pour avoir des chagrins... » Elle conclut :

— Rassurez-vous, mon enfant. J'irai secouer tous
ces grigous, ça ne tardera pas. Vous l'aurez, votre
Claudius, et la vigne par-dessus, je vous le promets.

Elle dit encore, pour elle :

— Je vais m'occuper de mettre un peu d'ordre
dans ce pays de croquants.

Elle considère une dernière fois Rose Bivaque, si
simple, rassérénée, pareille à une rose que vient de
froisser un peu la pluie. « Délicieusement niaise, et
si vraie! » Elle lui dit, en la congédiant :

— Et je serai la marraine. Mais à l'avenir, faites
attention, saprelotte!

Elle sourit, ajoute :

— D'ailleurs, cela n'aura plus d'importance.
Cela n'a d'importance qu'une fois. Et c'est au fond
une bonne méthode de s'y prendre de bonne
heure. Celles qui ont trop attendu ne savent plus
se décider à franchir le pas. Il faut aux femmes
tellement d'inconscience...

Ces paroles ne sont pas destinées à la petite Rose
Bivaque, qui déjà s'éloigne et ne les comprendrait
pas. Celle-ci n'a plus que son Claudius en tête. Il
doit l'attendre sur la route, à mi-chemin du château et du bourg.

— C'est du bon ou du mauvais, qu'elle t'a dit?
demande Claudius, dès qu'il la voit.

Rose Bivaque raconte à sa façon l'entrevue, et
Claudius, qui la tient à hauteur du sein, lui em-
brasse la joue.

— T'-es-ti contente? fait-il.

— *Oh, oua!*

— De ce coup de m'avoir écouté, tu seras mariée
la première de toutes.

— *Avoua ta, mon Claudius!* (1) dit-elle bas, chavirée.

Ils se regardent, ils sont heureux. Il fait une admirable journée, très chaude. Le thermomètre doit marquer trente degrés à l'ombre. Ils n'ont plus rien à se confier. Ils écoutent le concert bienveillant que les oiseaux donnent en leur honneur. Ils marchent silencieusement. Et Claudius dit :

— Encore trois semaines de ce temps, ça va faire le vin bon!

*
* *

Hippolyte Foncimagne avait pris une angine. Ce grand beau garçon était délicat de la gorge. Depuis plusieurs jours, il gardait la chambre, et cela tenait en souci Adèle Torbayon. Pas seulement en souci, doit-on ajouter, mais aussi en plaisir et tentation. En souci, comme hôtesse, qui prenait la responsabilité d'un malade sous son toit. En plaisir, parce que Foncimagne, tant qu'il demeurait enfermé échappait à l'influence d'une autre. En tentation enfin, parce qu'Adèle Torbayon portait secrètement à son pensionnaire un intérêt assez tendre, inspiré tant par le physique du greffier que par un esprit de revanche à l'égard de Judith Toumignon, rivale détestée et victorieuse. Un désir de vengeance, qui sommeillait en elle depuis des années, formait peut-être le plus puissant de son penchant pour Foncimagne. Beaucoup de femmes comprendront ce sentiment.

Un matin, Arthur Torbayon étant à la cave, occupé à mettre du vin en bouteilles, Adèle Torbayon monta jusqu'à la chambre d'Hippolyte Fon-

(1) Avec toi, mon Claudius.

cimagne, portant un gargarisme chaud, préparé
d'après les instructions du docteur Mouraille. (On
ne pouvait pas abandonner ce garçon, et s'il n'avait
que sa Judith pour le soigner, le pauvre pouvait
bien mourir!) Il soufflait depuis la veille un mauvais vent du sud-ouest, annonciateur d'un orage
qui ne se décidait pas à éclater, et toutes les fibres
amolies d'Adèle Torbayon appelaient quelque
chose qui mettrait fin à son malaise, à cette oppression qui lui paralysait les jambes et lui serrait la
poitrine. C'était besoin vague et pressant de fondre
en larmes, d'être sans défense, de pousser des soupirs et des cris inarticulés.

Elle entra dans la chambre et s'approcha du lit
où Foncimagne, dolent, sentait renaître ses forces,
stimulées par des rêveries fiévreuses. L'arrivée de
son hôtesse vint si opportunément concrétiser ces
rêveries qu'il ceintura les cuisses d'Adèle Torbayon
— qui étaient larges et fermes, de très bonne prise
— avec un air d'enfant capricieux et malade qui a
besoin d'être gâté. Une grande douceur apaisante
inonda le corps d'Adèle Torbayon, comme si,
l'orage crevant enfin, de larges gouttes de pluie
rafraîchissaient sa peau brûlante. Son indignation
manqua de force :

— Vous n'y pensez pas, monsieur Hippolyte!
fit-elle avec une sévérité insuffisante.

— J'y pense beaucoup au contraire, belle Adèle!
répliqua le sournois, qui profitait de l'embarras de
son hôtesse, tenant le plateau, pour pousser ses
avantages.

Et, afin de montrer que l'opulente personne
occupait bien sa pensée, il en découvrit la preuve
formelle. Tout serment, en comparaison, eût été
dérisoirement faible. Fortement troublée, l'auber-

giste défendit l'honneur d'Arthur Torbayon par
des raisons improvisées, d'assez mauvaises raisons :

— Pensez-vous, monsieur Hippolyte, j'ai une
pleine salle de monde en bas!

— Justement, belle Adèle, dit irrésistiblement le
perfide, il ne faut pas faire attendre ces gens-là!

Adroitement, il donna un tour de sécurité à la
targette, accessible de la tête du lit.

— Vous m'enfermez, monsieur Hippolyte, ce
n'est pas bien! murmura l'aubergiste.

S'étant à tout hasard réservé cet alibi, sans plus
de manières, en commerçante qui sait le prix du
temps, Adèle Torbayon se laissa doucement aller.
Cette bonne femme cachait, sous un air indifférent
et des toilettes sans éclat, de réelles aptitudes et
d'excellentes surprises corporelles, très réconfor-
tantes pour un convalescent, que le greffier apprécia fort, après de longues journées de diète. Le
plaisir de l'aubergiste ne fut pas moins heureusement ressenti. Foncimagne avait en amour de très
bonnes manières, savantes, cet art des nuances, des
transitions, cette supériorité inventive des hommes
qui travaillent habituellement du cerveau. (« L'intelligence, ça se connaît partout! » pensait confu-
sément Adèle en éprouvant. Et soudain une idée
illumina son subconscient, prépara l'apothéose de
son bonheur : « Et l'Arthur qui met le vin en bouteilles... ») Oui, cet adroit, ce charmant Foncimagne, c'était autre chose qu'Arthur Torbayon,
homme vigoureux certes, mais qui employait mal
sa force, et dépourvu de toute fantaisie.

— Quand même, dit plus tard Adèle Torbayon,
avec une tardive confusion, tandis que s'apaisait
le généreux ressac de sa poitrine, quand même, j'aurais jamais cru ça de vous, monsieur Hippolyte!

Cette parole ambiguë pouvait être éloge ou blâme indulgent. Mais Foncimagne avait été trop bien payé de retour pour éprouver la moindre inquiétude. Cette conviction lui permit d'être faussement modeste :

— Vous n'avez pas eu trop de déception, ma pauvre Adèle? demanda-t-il hypocritement, avec un air de la plaindre et de s'excuser.

L'aubergiste tomba dans le piège que lui tendait la vanité du beau garçon. Etonnée qu'une chose longtemps différée se fût accomplie si simplement, elle était encore gonflée de bien-être et de reconnaissance, elle l'exprima de la sorte :

— Oh! Monsieur Hippolyte, on se rend bien compte que vous avez de l'instruction!

— Juste bon à tenir un porte-plume?

— Fripon que vous êtes, quand même! dit tendrement Adèle, en caressant les cheveux de son pensionnaire.

Elle sentait déjà une nouvelle inquiétude sourdre dans ses flancs étrangement remués. Mais le sentiment du devoir reprit le dessus. S'arrachant aux flatteries superficielles que lui prodiguait par courtoisie le greffier, et saisissant son plateau, elle déclara :

— Il faut que je retourne voir ce qui se passe en bas! Si les clients appellent, ça va faire monter l'Arthur de la cave...

A ces mots, ils se sourirent. Adèle, penchée, eut une dernière effusion :

— Grand monstre, tu me croiras, j'avais jamais trompé mon homme.

— Ce n'est pas si terrible?

— Je m'en faisais une montagne, c'est ben drôle!

Et la bonne hôtesse, sur un dernier regard, se glissa dehors, en refermant sans bruit la porte.

Demeuré seul, Foncimagne reprit ses rêveries, considérablement enrichies par cet épisode, qui venait d'introduire une délectable variété dans sa vie. Il se voyait désormais le maître des deux plus jolies femmes de Clochemerle, et qui plus était, deux ennemies jurées, ce qui pimentait la chose. Il remercia le destin qui lui avait procuré si aisément ces deux éclatantes victoires. Laissant ensuite de côté le destin, qui n'avait tout de même pas tout fait, il convint que sa part était grande dans ces réussites. Il céda au plaisir exquis du parfait contentement de soi-même. Puis il se mit à comparer les mérites respectifs de ces aimables femmes. Encore que leurs pôles attractifs fussent différemment distribués, gardant chez l'une et l'autre leurs caractères nettement distinctifs, en raison du modelé et de la répartition des volumes, les deux personnes avaient de l'attrait, les deux se révélaient splendidement douées. Judith était peut-être plus fougueuse, plus coopérante, mais la ronronnante passivité d'Adèle ne manquait pas non plus d'agrément. En tout cas, les deux faisaient preuve d'une absolue bonne foi, et leur conviction demandait plutôt à être modérée, à cause des voisins. Il se félicita que l'une fût si éclatement blonde, et l'autre si ténébreusement brune. Cette opposition serait un excellent stimulant, car le jeu des alternances, en rompant la monotonie d'une liaison déjà ancienne, lui donnerait un charme nouveau. Après le plaisir qu'il venait de prendre avec Adèle, Foncimagne sentait vivement la puissance de son attachement pour Judith. Mais cet attachement ne devait pas l'empêcher d'avoir une sincère recon-

naissance pour Adèle, qui venait de lui céder avec
une simplicité très commode et propice, alors qu'il
s'ennuyait dans sa chambre et n'avait plus de goût
de lire. Une légère fatigue l'envahit, lui restitua ce
précieux besoin de sommeil qui le fuyait depuis
quarante-huit heures. Il se dit qu'il avait 'le temps
de faire un bon somme avant son gargarisme du
soir, qu'Adèle devait lui monter vers quatre heures.
Il imagina des façons nouvelles de l'assaillir, qui
mettraient en valeur les parties de ce corps riche,
laissées dans l'ombre la première fois. La possession n'est complète qu'à la longue, expérimentée
sous toutes les formes. Il convenait de pousser activement les expériences, avant d'adopter une opinion définitive. Il ferma les yeux, un sourire s'installa sur ses lèvres, à la pensée des multiples initiatives que réclamait cette tâche captivante.

— Cette Adèle... Cette bonne grosse... murmura-
t-il assez tendrement.

Ce fut sa dernière pensée. Ayant oublié son mal
de gorge, il s'endormit profondément, avec cette
aisance intérieure qui vient d'une grande paix de
la conscience, jointe au calme des sens.

Revenue en bas, encore gonflée de la volupté dis-
tinguée que venait de lui dispenser le beau greffier,
Adèle Torbayon alla se poster sur le seuil de sa
maison. En face, Judith Toumignon se tenait aussi
sur le seuil de son magasin. Les regards de ces
dames se croisèrent. Judith Toumignon fut stupé-
faite de l'expression nouvelle de son ennemie. Ce
n'était plus l'air de haine d'une femme outragée
et qui n'a pas eu de revanche, mais l'air de mépri-
sante indulgence du vainqueur pour le vaincu.
Le sourire de triomphe moqueur qui glissa sur les

lèvres de l'aubergiste, et cette sorte de langueur heureuse dont sa personne était encore imprégnée, firent concevoir à Judith Toumignon un atroce soupçon. Elle reconnaissait dans l'attitude de sa rivale les symptômes de cette joie intérieure qui lui permettait souvent de considérer les autres femmes avec pitié. Elle ne pouvait mettre en doute les causes de cet éclat spécial dont elle rayonnait elle-même à l'ordinaire. Reculée dans son magasin et dissimulée à la vue d'Adèle Torbayon, elle fixa intensément la fenêtre de la chambre où se trouvait Foncimagne, attendant avec angoisse que son amant, par un discret soulèvement du rideau, témoignât que sa pensée lui demeurait fidèle, comme il avait coutume de faire plusieurs fois par jour, quand ils ne pouvaient se rencontrer. Mais Foncimagne dormait profondément et faisait des songes faciles, dans lesquels des femmes d'une admirable variété savaient reconnaître avec ardeur une compétence amoureuse qui n'avait pas d'égale à Clochemerle. La belle Judith ressentit l'intolérable souffrance qui vient du pressentiment de la trahison. Entre elle et son amant, de qui la séparait seulement un espace de quelques mètres, s'interposaient tous les empêchements de l'amour défendu. Cela lui interdisait de franchir cet espace pour se procurer les assurances dont elle éprouvait un besoin presque déchirant. Plusieurs fois dans la journée, elle vit sur le visage d'Adèle Torbayon le même sourire chargé d'intentions, et ce sourire la blessait comme un poignard. Elle pensait :

« Si jamais c'était vrai... et je le saurai... »

Des projets de vengeance se pressaient dans son esprit, et si cruels, que sa beauté, habituellement sereine, en était altérée.

XIV

— Une quoi, vous dites?

— Une pouffiasse, madame. Une pouffiasse de maison, vous êtes!

— Et moi, voulez-vous que je vous dise?

— En tout cas, je ne suis pas une sale avec les hommes, comme vous.

— Si les hommes ne vous ont jamais touchée, c'est moins votre vertu que votre laideur qui les a arrêtés. Et vous crevez de vertu rentrée, pauvre Putet!

— Et vous, vous crèverez d'une vilaine maladie de ventre, à l'hôpital.

— Mais moi, je ne l'aurai pas prise à courir après les curés. Je connais vos manèges, dégoûtante!

— Qu'est-ce qu'elle dit encore, cette toquée?

— Écoutez-la, Babette Manapoux, écoutez-la, cette pleine de bon Dieu! Ça ne peut pas passer devant les gens sans les insulter!

— Elle s'est trop nourrie de grains de chapelet, donc! Ça fait comme les haricots. Ça lui sort en pets de gueule, maintenant!

— Passez votre chemin, commère de lavoir! Paille au dos, femme à chemineaux!

— Les chemineaux, Putet, t'en serais bien trop contente, s'ils voulaient de ta mauvaise viande. Mais ils aimeraient mieux se faire malice tout seuls derrière la haie, plutôt que d'y toucher, à ton crotteux, les chemineaux!

— A quel sujet donc vous vous disputez, toutes?

— Vous venez au bon moment, madame Poipanel. Figurez-vous que ça traite les autres de pouffiasse, cette trogne à rendre les hommes incapables!

— Eh bien, moi, je vous le dis à toutes, provoqueuses d'hommes pas difficiles : je vous méprise, mesdames!

— C'est vrai que les hommes nous ont jamais fait mal. Aussi vrai qu'ils t'ont jamais fait de bien, pauvre Putet! Voilà le malheur.

— Putassières!

— Bonne à rien du cul!

— J'ai entendu des mots, mesdames. J'ai fermé mon bureau de tabac, pour venir vite... Comme disait mon Adrien : au jour d'aujourd'hui...

— C'est encore la Putet, madame Fouache. Elle est comme folle!

— Je ne suis pas folle. Mais je lui ai dit son fait, à la rouquine!

— Elle a de la chance que Toumignon ne soit pas là!

— Elle en a gros sur le cœur de c'te vertu qui lui est restée pour compte, vous pouvez croire!

— Que je voudrais bien savoir, mesdames, la cause de cet *escandale* et de l'attroupement sur la voie publique, avec manifestations tapageuses.

— Vous arrivez bien, monsieur Cudoine...

— C'est la Toumignon, monsieur le brigadier, comme je passais...

— La Putet, monsieur Cudoine, sans que je lui dise rien...

— Vous mentez, madame!

— C'est vous qui mentez!

— Je ne me laisserai pas traiter de menteuse par une traînée qui est la honte...

— Vous entendez cette garce jalouse, monsieur Cudoine...

— Une toute pourrie!

— Une renifleuse de soutanes!

— Une jambe-en-l'air!

— Une je-fais-tout-de-mes-doigts!

— Une à toujours se faire tripoter!

— Une malade de ne pas l'être!

— Une toute-derrière!

— Une sans-fesses!

— Une sautez-moi!

— Une trop moche qui n'a pas trouvé preneur!

— Et puis, en voilà assez!

— Vous ne me faites pas peur, pruneau!

— Voilà comme elle me traite!

— Vous l'entendez, monsieur Cudoine!

— Ça ne peut pas durer!

— Il faut l'enfermer!

— Ça ricane, quand je passe!

— Je ne lui demandais rien, à cette vieille folle!

— Cette goulaffe!

— Ce pou!

— Est-ce que vous allez vous taire, toutes les deux? Est-ce que vous voulez que j'appelle mes forces de police?

— C'est elle, monsieur Cudoine, cette vipère...

— Taisez-vous!

— La Toumignon. monsieur Cudoine, elle ne fait que...

— Taisez-vous, que je dis! Je vous dis de vous taire et de débarrasser la voie publique. Rentrez chez vous. Et la première fois que je vous y reprends...

— Ce n'est pas moi, monsieur le brigadier...

— Vous l'entendez cette sorcière de sacristie? Enfin, vous étiez là, Babette Manapoux, vous pouvez dire...

Le brigadier Cudoine saisit dans sa main ferme le bras maigre de Justine Putet et la reconduisit jusqu'à l'impasse des Moines en menaçant de la mener droit en prison si elle ne voulait pas se taire. Les autres femmes se réfugièrent aux Galeries beaujolaises, pour y commenter ce vif incident. Dans cette réunion, Mme Fouache brilla particulièrement.

— Pensez! disait-elle, arriver à l'âge que j'ai, pour voir des abominations pareilles! Moi qui ai vécu ma jeunesse avec les personnes de la haute, élevées à jamais prononcer un mot plus fort que l'autre, et polies à vous dire pardon rien que pour vous passer devant, pensez! Et des merci plein la bouche, des « chère madame Fouache » par ci, « chère madame Fouache » par là, et toutes les gracieusetés imaginables, sans compter les petits cadeaux... Avoir été entourée de respect et d'attelages à chevaux devant la porte, avec des cochers en gibus comme des ministres, et des boutons astiqués au tripoli tous les matins, et entendre ça dans ma vieillesse! C'est cette guerre, probable, qui a tout changé le monde...

A peine calmée la dispute des Galeries beaujolaises, une autre éclatait dans le bas bourg, à cent cinquante mètres de là. On entendait :

— C'est pas vous, peut-être, qui avez été faire des commérages que la Babette Manapoux raconte partout? Non, c'est pas vous?

— Non, madame, c'est pas moi. Et je vous prie de bien faire attention à ce que vous dites!

— Alors, c'est moi, la menteuse, n'est-ce pas?

— Parfaitement, madame!

— Et c'est vous qui dites toujours la vérité?

— Oui, madame, parfaitement!

— Ça serait la première fois que vous la diriez, la vérité. Oui, la première. Chipie!

— Oh! mais, madame, je vous ferai taire, moi!

— Allez donc, on vous connaît!

— Parfaitement, on me connaît, madame!

— Pas à votre honneur!

— A mon honneur, au contraire. Parfaitement, madame!

— Et la fois que vous avez dit à la Toinette Nunant, c'était pas vous non plus, peut-être?

— Parfaitement, madame, c'était pas moi!

— Ni à la Berthe, ni à la Marie-Jeanne. non?

— Non, madame, parfaitement!

— Et dans le bois du Fond-Moussu, avec Beausoleil, c'était pas vous?

— Avec qui donc vous y étiez, dans le bois, pour avoir si bien vu?

— Et le coup du marché, que vous avez volé trois fromages de chèvre?

— Oh! mais là-là, vous savez, vous, j'en ai assez. moi! Parfaitement, j'en ai assez!

— Et moi aussi j'en ai assez, et c'est pas d'aujourd'hui! Faudra que ça cesse, tout ça!

— Parfaitement, madame, faudra que ça cesse!

— Je saurai bien vous faire taire à la fin. Je vous flanquerai mon fer à repasser à la figure, moi!

— Vous toute seule?

— Moi toute seule, oui, et ça ne va pas traîner encore! Je la ferai taire, votre langue à lécher les cabinets!

— Eh ben! venez donc jusqu'ici! Je vous attends, madame. Parfaitement, je vous attends.

— Venez vous-même, froussarde!

— Vous n'osez pas, tiens?

— Venez, je vous dis.

— J'aurais pas peur d'y aller, si je voulais!

— Mais vous restez loin, dites voir?

— J'aurais peur de me salir, moi, madame, à toucher toute sorte de monde. Me salir, oui, parfaitement!

— Un peu plus de crasse, ça serait pas pour vous gêner. Guenon!

— Je ne suis pas toujours à me mettre toute nue, comme j'en connais qui font dans leur cuisine, pour se faire voir des voisins, moi, madame!

— Ça serait pas du beau, si vous vous mettiez toute nue, avec les deux besaces vides qui vous pendent jusqu'au milieu du ventre! Mais vous irez encore raconter. Que je vous y prenne à raconter, vieille bougresse...

Tel était le degré de violence où atteignaient les scènes dans la rue, et ces scènes depuis quelques jours étaient fréquentes. On ne reconnaissait plus les Clochemerlins. Mais il faut parler des événements nouveaux qui les conduisaient à se passionner de la sorte.

*
* *

On a toujours prétendu à Clochemerle que le notaire Girodot avait joué un rôle ténébreux dans la préparation des troubles qui suivirent la bataille à l'église, et que cet hypocrite aurait eu partie liée avec les jésuites, auprès desquels le curé de Montéjour prenait ses directives d'action politique.

A la vérité, rien ne fut jamais prouvé, et les choses peuvent s'expliquer de différentes façons, sans qu'il soit nécessaire d'y mêler les jésuites. Mais il paraît assez vraisemblable que le notaire Girodot eût réellement fomenté des troubles — d'une manière qu'on ne peut très bien préciser — en haine de Barthélemy Piéchut, auquel il ne pardonnait par d'occuper la première place à Clochemerle. Officier ministériel et diplômé, Girodot pensait tout bas que la mairie aurait dû lui revenir de droit, non aller à un paysan. Ainsi nommait-il Piéchut, à qui d'ailleurs il faisait bonne mine. Mais le maire ne se laissait pas séduire et confiait le meilleur de ses disponibilités à un notaire des environs.

A Montéjour, pays de deux mille habitants, séparé de Clochemerle par six kilomètres d'une route accidentée, s'agitaient un curé très actif et une jeunesse belliqueuse, formée par ses soins en bataillon des Jeunesses catholiques. La turbulence de ces garçons de quatorze à dix-huit ans était orientée vers des luttes utiles à l'Eglise. De plus il existait entre Montéjour et Clochemerle une vieille rivalité, qui avait eu pour point de départ la manière trop hardie dont les gars de Clochemerle traitèrent les filles de Montéjour, en 1912, à la fête de ce dernier pays. Depuis cette date, les combats n'avaient jamais cessé entre Clochemerlins et Montéjourais. De ses combats, les Clochemerlins sortaient généralement vainqueurs — non qu'ils fussent plus forts, mais ils se montraient plus inventifs, plus rusés, ils faisaient de la déloyauté un usage plus opportun et décisif. Ils témoignaient, par leur canaillerie dans les rencontres, d'une sorte de génie militaire, dont ils étaient assurément redevables aux croisements de race qui se sont opérés autrefois dans ces régions souvent visitées par les envahisseurs. Les Montéjourais étaient très vexés que leur mauvaise foi fût toujours prise en défaut par la mauvaise foi plus subtile des Cloche-merlins, lesquels excellaient à attirer leurs ennemis dans des embuscades où ils les rossaient copieuse-ment avec l'avantage du nombre, ce qui est le but que se propose généralement la stratégie, but dont Napoléon lui-même ne faisait pas fi. Comme les Montéjourais se groupaient sous une bannière bénie, ils se tenaient pour des soldats de Dieu, ce qui leur rendait plus cuisant de reparaître chez eux avec des visages cabossés par les hérétiques. Ils racontaient bien qu'ils avaient laissé dans les fossés un grand nombre de Clochemerlins assommés, mais ces propos qui sauvaient l'honneur ne pan-saient pas leur amour-propre. On juge par là si les Montéjourais étaient tout disposés à se mêler des affaires de Clochemerle, à condition de pouvoir le faire sans risques. Car ces zélés centurions éprou-vaient une vive répugnance pour les gourdins et les souliers ferrés des vigoureux Clochemerlins.

Les Montéjourais vinrent plusieurs fois de nuit à Clochemerle. On ne les vit ni arriver ni repartir, mais quelques habitants du bourg entendirent des bruits de voix et de bicyclettes lancées, qui de-vaient coïncider avec la fuite des malfaiteurs. Au matin, on découvrait les traces de leur passage : des inscriptions injurieuses sur la porte du maire, des Galeries beaujolaises et du docteur — preuve qu'ils étaient exactement renseignés. Une nuit, les placards municipaux furent lacérés, et brisées les vitres de la mairie. Un matin, on trouva, peint en rouge, le poilu du monument aux morts, orgueil de Clochemerle : une jeune femme, symbolisant la France, posait la main sur l'épaule d'un soldat au visage énergique, qui la couvrait de son corps, en croisant la baïonnette.

Le poilu du monument tout rouge, un matin, au beau milieu de la grande place, on voit l'effet. Ce fut un seul cri dans le bourg :

— Vou'z-avez-ti vu?

Tout Clochemerle se porta au sommet du pays. Ce soldat couvert d'un badigeon frais était curieux à voir, mais la colère fut grande. Elle venait moins de la couleur, en elle-même plaisante, que de l'offense. La bande à Fadet proposa d'aller peindre en vert ou en noir le monument aux morts de Montéjour, qui représentait également une France sereine et un intrépide soldat. Mais cette proposition n'arrangeait pas les choses. Le conseil se réunit en hâte pour délibérer. Le docteur Mouraille dit que la couleur rouge faisait bien plus martial et offrait encore l'avantage de rendre le monument plus visible. Il proposa de conserver cette couleur et qu'on en passât une seconde couche, étendue avec soin. Anselme Lamolire s'y opposa fortement et fournit les raisons morales de son opposition. Le rouge, dit-il, est la couleur du sang. Il n'était pas bon de mêler le souvenir du sang à celui de la guerre. Les hommes frappés à la guerre, on devait se les représenter morts d'une manière tout idéale, glorieuse et apaisée, sans que rien de bas, de vulgaire ou de triste vînt ternir cette évocation. Il fallait penser aux jeunes générations, qu'il convenait d'élever dans le culte de l'héroïsme traditionnel et souriant du troupier français, lequel sait mourir coquettement. Il y a une façon de mourir à la guerre qui est une vertu spécifiquement française, inimitable, laquelle tient certainement à la qualité de l'esprit national, le premier du monde, comme chacun sait. Cette suprématie opportunément rappelée fit courir dans le conseil un frisson patriotique. Lamolire acheva son homme, le docteur Mouraille, par quelques traits soudains, décrochés à bout portant.

— Ça se peut, dit-il, que des gens qui ont taillé dans les cadavres ne respectent rien. Mais c'est pas parce que nous sommes de la campagne que nous devons avoir moins d'idéal que les farceurs de la ville. Faut leur faire voir.

L'éloquence qui s'appuie sur les faits a toujours une grande force de persuasion. Anselme Lamolire était particulièrement placé pour parler des morts de la guerre. Il y avait perdu trois neveux et un gendre. Lui-même avait été garde-voie durant cinq mois, tout au début. Il appartenait à la catégorie des victimes de la guerre. (« Ceux qui sont morts i-z-ont ben de la chance, c'est ceux qui restent qu'ont tout le malheur. ») On se rangea donc à son avis et l'on décida de faire venir un spécialiste qui rendrait au monument sa couleur primitive.

Mais il y eut plus grave. Une nuit, vers trois heures du matin, une explosion ébranla Clochemerle. Les longs échos de la détonation firent croire d'abord à un tremblement de terre, et les Clochemerlins se tinrent cois, à se demander s'ils occupaient toujours la position horizontale, dans des maisons toujours verticales. Puis les plus courageux descendirent dans la rue. Une odeur d'explosif les guida vers l'impasse des Moines, et bientôt, le jour se levant, on vit de quoi il retournait. Une cartouche de dynamite placée sous l'urinoir en avait arraché la tôle, et des fragments de métal étaient allés briser un vitrail de l'église. Cette fois, le dommage atteignait les deux camps. Ce vandalisme souleva l'indignation. Deux Montéjourais isolés, surpris le lendemain par une dizaine de vaillants Clochemerlins, y furent laissés pour morts.

Parallèlement, les scandales privés se multipliaient, mettant en cause des personnalités des deux partis, ce qui contribuait à augmenter le trouble des esprits. On doit en parler.

*
* *

La petite bonne des Girodot, une certaine Maria Fouillavet, fut congédiée un beau jour sans rémission ni indemnité pour s'être rendue coupable d'entreprises éhontées sur la personne du jeune Raoul Girodot, élève des pères jésuites. En réalité, les responsabilités paraissaient mutuelles, et mutuels les délits : le fils du notaire avait environ dix-sept ans, et cette fille en comptait moins de dix-neuf. Mais son aînesse fut imputée à crime à la malheureuse, par un père vertueux dont la colère fut grande à la nouvelle que son fils, futur officier ministériel, faisait sous son toit lit commun avec la bonne. Pourtant, on pouvait penser que l'initiative de cet état de choses, évidemment incompatible avec la décence d'une maison de notaire, avait été prise par Girodot jeune, qui s'annonçait comme un franc sournois.

Raoul Girodot avait bien de son côté quelques excuses. La première, il faut la voir dans la docilité un peu stupide d'une jeune domestique engagée comme bonne à tout faire, qui ne savait où finissait la soumission due aux maîtres. L'ordre social représentait quelque chose d'effrayant pour une créature simple et craintive, descendue d'un hameau de la montagne. D'abord pincée dans les coins par un collégien menteur qui pouvait la faire chasser, elle crut préférable d'en recevoir des caresses qui lui assureraient un protecteur et adouciraient sa solitude, dans une maison où tous la commandaient et lui faisaient peur. Cette Maria Fouillavet n'était pas belle, mais elle avait une rougeur fraîche assez engageante, et surtout une poitrine énormément développée dont la vue bouleversait un garçon qui, souffrant neuf mois par an des rigueurs de l'internat, se débattait jour et nuit dans les tourments d'une puberté impérieuse. Dans ces conditions, il devenait fatal que le rapprochement se fît entre la jeune bonne et le fils du notaire. Celui-ci était venu en vacances bien décidé à éclaircir certains points qui ne figurent pas au programme des matières chez les jésuites. Maria Fouillavet était tout indiquée pour lui procurer des éclaircissements. Elle le fit avec la même application silencieuse qu'elle apportait à ses tâches de domestique, ne se croyant pas pour cela autorisée à devenir familière avec son jeune maître. Les inexpériences conjuguées de ces débutants finirent par se tirer assez bien d'affaire et se dénouer en plaisir, dont Maria Fouillavet prenait modestement la part qu'on voulait bien lui laisser. Bien que les parts ne fussent pas toujours équitablement réparties, ces agréments nocturnes accrurent l'attachement de la bonne pour ses patrons, et son service s'en ressentit.

— Cette fille est bien dégrossie depuis la fin de juillet. Je la trouve moins godiche, répétait volontiers Mme Girodot, qui était difficile à contenter.

— Oui, répondait le notaire, on dirait qu'elle se fait. Et je trouve aussi que Raoul a bien gagné depuis quelque temps. Il devient plus réfléchi, plus calme. Il lit, ce qui ne lui arrivait jamais, il n'est plus constamment à traîner dans le pays, comme les autres années. J'ai l'impression qu'il devient travailleur.

— Il est d'âge à comprendre certaines choses. Son caractère se forme.

Néanmoins, il ne fut tenu aucun compte de ces progrès, lorsqu'on découvrit jusqu'à quel point Maria Fouillavet avait pénétré dans l'intimité de la famille et contribué à compléter l'éducation d'un fils de notaire. On la chassa tout en larmes, et naïvement elle alla partout conter son malheur. Ses plaintes jetèrent un grand discrédit sur la secte des Girodot et le parti de l'Eglise.

— C'est des grands salauds, ces Girodot! disait-on.

— Ils tiennent leur chapelet pas loin de leur braguette!

Mais Maria ne les accablait pas tous également.

— C'est surtout la femme qui est une mauvaise, expliquait-elle. Parce que monsieur, il s'occupait bien de ma santé. Il avait toujours peur que je devienne malade, y me disait toujours : « Ah! » Maria, t'as des bien beaux gros nichons! Faut » faire attention, faut bien faire attention, Maria,

» qu'il leur arrive rien. Ça te fait pas mal, quand
» je les tiens comme ça? » y me demandait toujours dans les coins, monsieur. Il prenait bien soin
de moi, rapport que les filles, ça craint beaucoup
de là, y me disait, monsieur. En manière de gen-
tillesse, y me mettait un billet de cinq francs entre.
Des fois, des dix francs, tout au fond. « Voilà,
» qu'il me disait, pour la petite Maria, qu'a des
» bien beaux nichons! » Ça me faisait des bons
mois, en cachette de madame.

— Et le Raoul, Maria?

— Y m'a forcée, sans me demander. J'étais toute
dormante. Avant que j'aie eu la force de me défendre, c'était déjà tout fini.

— T'aurais dû crier, Maria!

— J'aurais eu trop de honte d'attirer là-dessus
l'attention du monde...

— Mais ensuite, Maria?

— C'était devenu comme une habitude. J'y avais
moins de gêne.

— T'y prenais peut-être ben du plaisir?

— Tant qu'à faire, je me disais, une fois commencé... Quoique ça me faisait de la fatigue en
plus... C'était pas tout profit quand même.

— Il était acharné, le Raoul?

— Il était bien luron. Des fois, je tombais de
sommeil, les jours de lessive et les samedis de grand
nettoyage. Y prenait son content tout seul, sans
que j'y sente même. Ça me faisait pas plus...

*
* *

On signala la disparition de Clémentine Chavaigne, la rivale en piété de Justine Putet. Sortie
un soir, elle n'avait pas encore reparu le lende-

main, fait sans précédent de la part de cette vieille
fille. Les voisines s'alarmèrent et entamèrent une
enquête, poussées par la curiosité et l'espoir vague
d'un événement saugrenu, peut-être plus vifs chez
elles que le sentiment de charité dont elles se
réclamaient.

On établit que Clémentine Chavaigne s'était
rendue la veille chez Poilphard, à qui elle voulait
demander quelques conseils relatifs à des malaises
qui lui venaient, croyait-on, d'un fibrome, excrois-
sance bien gênante pour sa pudeur. La vieille fille
comptait parmi ces assidues à la pharmacie qui
rêvaient de redonner à Poilphard un foyer où sa
vieillesse s'écoulerait dans une paix embellie de
prières. Tout prétexte lui était bon, même ses
maux intimes, pour attirer l'attention du veuf sur
un corps injustement dédaigné et capable encore
d'un bon usage. Les recherches s'orientèrent donc
dans ce sens.

Il fut prouvé que Poilphard lui-même n'avait
plus donné signe de vie depuis la veille au soir.
Fait à ces brusques éclipses d'un homme fantasque,
le potard, sans s'inquiéter de la disparition de son
maître, avait fermé à l'heure réglementaire le
magasin, qu'il était habitué à diriger seul. La
coïncidence entre les deux disparitions donnait à
l'absence de `Poilphard une tout autre portée.
L'employé croyait bien en effet avoir vu la veille
entrer Clémentine Chavaigne, mais il ne pouvait
dire si elle était ressortie. On le pressa de monter
à l'appartement de son maître, situé au-dessus de
la boutique. Il en redescendit bientôt pour appeler
les femmes.

— Venez voir, dit-il, on dirait qu'il y a quelque
chose de bizarre...

Dans le corridor on respirait une odeur de cire et d'encens et lorsqu'ils frappèrent, il se fit derrière la porte un grand remue-ménage. Puis une voix furieuse leur arriva, la voix de Poilphard, changée :

— Allez-vous-en, croque-morts de l'enfer !

Ces inquiétants propos furent suivis d'un éclat de rire strident, plus inquiétant encore : personne à Clochemerle n'avait jamais entendu rire le pharmacien. Le potard frappa de nouveau :

— C'est moi, monsieur Poilphard, dit-il. C'est moi, Basèphe !

— Basèphe est mort, répondit-on. Tout le monde est mort. Il n'y a plus que les croque-morts de l'enfer !

— Avez-vous vu Clémentine Chavaigne, monsieur Poilphard ?

— Elle est morte. Morte, morte, morte !

Il y eut un nouvel éclat de rire, terrible. La porte demeura close, et le silence retomba. Ils redescendirent, très troublés, pour délibérer dans la boutique. Comme Beausoleil passait, ils l'appelèrent et lui soumirent la chose.

— Faut Cudoine dans un coup pareil ! estima Beausoleil.

Ils allèrent prendre le brigadier à la gendarmerie et ramenèrent également le serrurier. Ils remontèrent sans bruit, pour forcer la porte par surprise. Cédant facilement, elle s'ouvrit sur un spectacle très étrange. L'appartement, volets clos et rideaux tirés, était plongé dans les ténèbres, mais dans ces ténèbres brillaient des cierges, entourant le lit, et des pastilles de parfum grésillaient dans des coupes. Ils aperçurent Poilphard, abîmé dans une posture de détresse, à genoux sur la

descente de lit, la tête cachée dans ses bras. Sur le
lit était étendue Clémentine Chavaigne, inerte.
L'entrée des curieux s'était opérée si prestement
que le pharmacien n'avait pas eu le temps de se
ressaisir. Au bruit, il se leva et leur dit avec une
grande douceur, en leur recommandant le silence.

— Chut! Elle est morte. Morte, morte, morte!
Je la pleure. Je ne m'en séparerai jamais.

— Si elle est morte, observa Cudoine, c'est pas
possible de la laisser là.

Poilphard eut un sourire malicieux.

— Je vais l'embaumer, mes braves gens, dit-il.
Et je la mettrai dans ma vitrine.

Basèphe tenta de rappeler son maître à la réalité, par le souvenir de ses occupations profes-
sionnelles :

— Monsieur Poilphard, il faut de l'ipéca pour
une cliente. Où avez-vous rangé l'ipéca?

Le pharmacien considéra son second avec une
grande pitié.

— Fallacieux petit crétin! murmura-t-il simplement.

Puis soudain furieux, saisissant un flambeau et
marchant sur le groupe interdit, avec cette flamme
au bout du bras, bizarre archange coiffé d'une
calotte à gland :

— Arrière, sacrilèges coquins! Arrière, croque
morts de l'enfer, cornus déguisés!

— C'est sa caboche qu'est déglinguée, ça fait pas
de doute! émit le sage Beausoleil.

Ils se jetèrent sur le malheureux Poilphard, qui
se débattait terriblement, en criant :

— Elle est morte, ma bien-aimée. Morte, morte,
morte!

Ils lui lièrent les membres et le descendirent

au rez-de-chaussée, tandis qu'on courait chercher le docteur Mouraille, pour s'occuper de Clémentine Chavaigne.

Elle n'était pas morte. Mouraille s'en rendit compte rapidement, mais plongée seulement dans une sorte de léthargie provoquée par des moyens artificiels.

— Si je savais quoi... disait le médecin, devant le corps sans mouvement de la vieille fille.

En furetant, il remarqua sur un guéridon deux tasses, dont il fit analyser le contenu par Basèphe. L'analyse décela la présence d'un puissant soporifique, et il fut aisé de savoir lequel, en vérifiant le stock d'un petit placard fermé à clef où se trouvaient les toxiques. Mouraille prit aussitôt les mesures qui s'imposaient.

Clémentine Chavaigne s'éveilla dans une chambre inconnue, encombrée de femmes inquiètes et prodigieusement intéressées, qui attendaient peut-être des révélations.

— Où suis-je? demanda dolemment la victime.

— Vous ne vous souvenez de rien?

— Non, de rien.

— C'est peut-être mieux comme ça... fut-il aigrement susurré dans l'assemblée.

C'était une remarque de Justine Putet, accourue des premières, qui ajouta pour ses voisines :

— Toute la nuit enfermée avec ce fou... Ça fait frémir, ce qui a pu se passer!

Le lecteur est suffisamment instruit des aberrations de Poilphard pour comprendre qu'il ne s'était rien passé d'irréparable. Mais la situation de la vieille fille demeura étrange qui, ayant complètement perdu ses esprits durant quatorze heures, ne sut jamais dans la suite quel était exac-

tement son état physiologique. Il lui eût fallu
recourir à l'expertise de Mouraille. Craignant le
pire, elle n'osa s'y soumettre. Elle devait mourir
sept ans plus tard, des suites d'une opération, sans
avoir établi si elle avait toujours intégralement
droit à l'appellation de demoiselle.

Poilphard fit une cure de six mois dans une
maison de santé, où un neurologue de la nouvelle
école traita son subconscient par la méthode des
aveux progressifs. Pressée de questions, la mémoire
du pharmacien livra son secret : à l'âge de quatorze ans, il avait eu son premier émoi sexuel au
pied du lit d'une morte, une belle cousine de
vingt-trois ans, qu'il aimait passionnément en
secret. L'odeur des fleurs, mêlée à celle du cadavre,
avait agi sur ses jeunes sens avec une force déli-
cieuse, que ses instincts obscurs devaient toujours
rechercher dans la suite. Cette confession arrachée
par bribes le guérit complètement. Au point qu'il
sortit de la maison de santé avec un supplément
de poids de douze kilos, un teint rose et un visage
hilare. Paré de cette mine heureuse, il reparut à
Clochemerle. Mais on lui fit comprendre que les
Clochemerlins hésiteraient désormais à lui confier
le soin d'exécuter les ordonnances. Il alla s'installer
dans un petit pays de la Haute-Savoie où il passe
encore pour un irrésistible boute-en-train.

Quant à Clémentine Chavaigne, elle fut à jamais perdue de réputation, car sa farouche ennemie, Justine Putet, d'un mot que lui dicta son
génie de méchanceté, éternisa le souvenir de la
nuit déshonorante. Elle ne se contentait pas de
calomnier sa rivale déchue, elle voulait lui crier
en face son mépris. Elle en fit naître l'occasion,
sous la forme d'une dispute que l'autre esquiva

longtemps. Mais enfin la patience de Clémentine Chavaigne fut à bout. Elle répondit. C'était ce qu'attendait Justine Putet.

— Je m'étonne, dit-elle, de votre fierté, après ce que vous vous êtes fait faire...

— Ce que je me suis fait faire? répliqua la Chavaigne, sur la défensive.

Alors la Putet lui appliqua publiquement ce mot terrible :

— Tout le monde sait bien, pauvre fille, que vous vous êtes fait *poilpharder!*

« Se faire poilpharder » a passé dans le vocabulaire de Clochemerle.

XV

DURANT que tant d'événements allaient leur train
précipité, s'enchevêtrant dangereusement les uns
dans les autres, bouleversant les familles et de
vieux usages éprouvés qui avaient fait depuis trois
quarts de siècle le bonheur de Clochemerle,
l'amour exerçait ses ravages dans un cœur neuf,
un cœur naïf, dont il devait finalement triompher
d'une manière qui allait avoir un énorme reten-
tissement, du fait que ce cœur battait dans une
poitrine désignée à l'attention par sa position
sociale. C'est le malheur des jeunes personnes de
bonne famille de ne pouvoir aimer simplement,
secrètement, humblement au besoin, comme font
les cœurs de modeste origine dont le corps, où
qu'elles le conduisent, n'entraîne ni déplacement
de capitaux, ni mésalliance pour la parenté.

Il faut nous pencher un instant sur une tendre
figure de jeune fille, fraîche et pudique à souhait,
qui a tour à tour les vivacités et les mélancolies
de son âge, d'immenses exaltations et de profondes dépressions qui lui viennent directement
de l'âme, mais charmante toujours et malgré tout,
au point de ne jamais éprouver chagrins ni espoirs,
qui chez elle se succèdent comme le ciel change,

sans y mêler cette grâce prédestinée et fugitive, ce doux rayonnement à quoi se reconnaissent les créatures nées pour aimer sans réserve, et ainsi nées, porteuses à leur insu d'une docilité timide et terrible qui peut les conduire aux pires révoltes, sont touchées de bonne heure par leur vocation, dès que paraît dans le cercle de leurs regards l'être à qui les enchaîne pour la vie un pressentiment infaillible. Telle était, à vingt ans, Hortense Girodot, amoureuse à en mourir. Et belle, d'une beauté riche en dessous, en motifs d'attachement, où l'on trouvait toujours à découvrir.

Cette rêveuse beauté, ce cœur vibrant, ici rencontrés, dans un tel milieu, on peut s'en étonner, si l'on pense à Hyacinthe Girodot et à sa femme, lesquels formaient un couple dont la vie interdisait d'arrêter sa pensée aux gestes de la conception sans que ces gestes demeurassent frappés d'un déshonneur qui atteignait toute l'espèce humaine. Notairesse arrogante, marquée d'une couperose qui lui vint dès trente ans d'une paresse intestinale irrémédiable, le cheveu rare et sec, l'œil quelconque, la lèvre poilue, la peau grumeleuse, le pied fort et la bouche aussi engageante qu'un judas de cellule, haute dame Hyacinthe Girodot (née Philippine Tapaque, des Tapaque-Dondelle, grands maîtres de l'épicerie dijonnaise), très férue de ses privilèges, de sa naissance, de sa dot, de ses convictions, des portraits de famille de son salon, de ses talents en piano et pyrogravure, était une grande femme, une désolante bringue dont la maigreur austère défiait les entreprises voluptueuses désintéressées et décourageait jusqu'aux assauts légitimes.

Elle dépassait d'une bonne hauteur de tête le

notaire, mesquin bonhomme, et son déplorable
complice génésique, qui, de jambes grêles et ca-
gneuses, de thorax étriqué, plaçait toute sa majesté
dans un ventre important, si étrange sur tel corps
qu'il fallait penser à un abcès plutôt qu'à un sac
de viscères. Son nez long et pointu allait au-devant
des odeurs fétides avec un frisson sadique de la
pointe. Et le visage terne, paterne, était pétri d'un
mastic mou qui coulait dans le faux col solennel
en fanons flasques, qu'on eût dit taillés dans la
peau grise d'un pachyderme. Mais les yeux faux,
durs et jaunes, baignés d'humeur blanchâtre,
avaient une vivacité glaçante qui décelait en tout
être comme en toute chose le profit d'argent qu'on
en pouvait tirer. Cette passion dominante tenait
lieu de caractère à Me Girodot et lui traçait sa
ligne de conduite. Pour permettre de détrousser à
l'aise, honorablement, il n'y a encore que les lois,
maniées par de sagaces et respectés coquins. Il les
connaissait toutes à la perfection, de chacune
sachant prendre à la lettre le contre-pied, et si
bien embrouiller les contradictions dont elles four-
millent qu'il défiait les experts de se dépêtrer dans
ses dossiers.

De ces deux monstres de laideur, aggravée chez
l'un de prétentieuse bêtise bourgeoise, et chez
l'autre d'imposante friponnerie, comment était née
la pure, la charmante Hortense, on ne se fait pas
fort de l'expliquer. Sans doute faudrait-il invo-
quer la spirituelle fantaisie des atomes, parler
d'une revanche des cellules trop longtemps victimes d'accouplements immoraux, et qui, lasses de
s'agréger en Girodot détestables, s'épanouirent un
beau matin en une Girodot adorable. Ces alternances mystérieuses sont la loi d'un équilibre qui

permet au monde de durer sans tomber dans l'avilissement complet. Sur le fumier des dégénérescences, des cupidités et des plus bas instincts germent parfois des plantes exquises. Hortense Girodot sans le savoir, et sans qu'autour d'elle on en eût conscience, représentait une de ces fragiles perfections que la nature glisse dans les foules horribles, comme elle tend ses arcs-en-ciel, en gage de son amitié fantasque pour notre race misérable.

En matière de beauté, on ne pouvait comparer Hortense Girodot à Judith Toumignon. Nul ne les tenait pour rivales en séduction. car leurs champs d'action étaient bien distincts et les raisons particulières de leur prestige ne souffraient pas la confusion. Chacune incarnait une personnification de la femme à deux moments de sa vie, la première née pour être à son apogée dans le rôle de la jeune fille et de la fiancée, alors que la seconde avait autrefois passé sans transition de l'adolescence à une plénitude ferme et souveraine dont la vue était d'une singulière efficacité sur les hommes. La beauté voyante et charnue de Judith sollicitait infailliblement les sens, sans aucune équivoque sentimentale, au lieu que la beauté réservée d'Hortense exigeait de la patience et réclamait la collaboration de l'âme. L'une se concevait dans une nudité accueillante et cynique, et dans la nature de l'autre, on décelait quelque chose qui gênait les effronteries de l'imagination.

On ne saurait mieux que par ces comparaisons décrire Hortense Girodot. Qu'on se la représente donc, flexible, encore gracile, quoique gonflée d'une pulpe fraîche, un peu pensive, avec un sourire confiant, et sa chevelure châtain sombre, qui lui retirait l'excessive fragilité des blondes, en la sauvant pourtant de l'altière dureté des brunes. Elle aimait.

Elle aimait un jeune poète fainéant, du nom de Denis Pommier, garçon d'ailleurs enthousiaste et gai, bien que chimérique, qui faisait le désespoir des siens, ce qui est l'ordinaire occupation de jeunesse des poètes, des artistes, et même des génies, lorsque leur valeur est longue à se manifester. Ce garçon signait de loin en loin dans des revues éphémères des poèmes très étranges, dont la disposition typographique, des plus fantaisistes, faisait le meilleur de l'agrément. Il ne s'en défendait pas, disait écrire pour les yeux, et rêvait de fonder l'école *suggestionniste*. D'ailleurs, pour avoir découvert que la poésie n'est pas à notre époque un bon moyen de remuer les masses, il venait de changer ses batteries. Il avait de l'ambition, de l'ardeur, une grande force de persuasion, pas mal de confiance en soi, il savait intéresser les femmes. Très jeune, il s'était fixé pour conquérir la notoriété un délai qui expirerait avec la vingt-cinquième année de son âge, mais, venant d'entrer dans sa vingt-sixième année, il avait décidé de s'accorder un sursis qui le conduirait à la trentaine. Il considérait qu'un homme qui n'a pas conquis la gloire vers trente ans n'a plus aucune raison de s'attarder en ce monde. Partant de ce principe, il menait de front de grands travaux : un roman cyclique dont le nombre de volumes restait encore à fixer, une tragédie en vers (genre à rénover), et trois comédies. Il songeait aussi à quelques romans policiers, par manière de délassement. Mais ce genre littéraire exigeait à son avis l'usage du dictaphone, appareil qui nécessitait une imposante mise de fonds.

Denis Pommier faisait preuve d'une activité intellectuelle très particulière. Sur la couverture de plusieurs cahiers, il avait écrit les titres de ses différents ouvrages, et il attendait, en se promenant dans la campagne, l'heure du jaillissement. Il pensait que l'œuvre d'art doit s'écrire sous la dictée des dieux, presque sans raturer, et sans efforts qui en gâteraient la pâte.

Après avoir longtemps séjourné à Lyon, sous prétexte d'études, Denis Pommier résidait à Clochemerle depuis dix-huit mois. Là, sous prétexte de travaux littéraires, il vivait en surnombre dans sa famille, qui le considérait comme un propre à rien destiné à faire le déshonneur d'une souche laborieuse de petits propriétaires. Il avait eu de grands loisirs pour approcher Hortense Girodot et l'accabler de lettres poétiques qui agissaient vivement sur cette nature tendre.

Inutile d'entrer dans le détail des ruses qu'employaient Hortense et Denis pour se voir et s'écrire. La fille la moins rouée se découvre une invention sans bornes, dès qu'un galant lui délie l'esprit. Chez elle, à différentes reprises, Hortense avait amené dans la conversation le nom de Denis Pommier. Les réactions indignées de tous les Girodot lui firent comprendre qu'elle ne devait conserver aucun espoir qu'on lui permît d'épouser ce garçon, et bientôt on la pressa d'épouser au contraire Gustave Lagache, le fils d'un ami de son père, en qui ce dernier voyait un collaborateur possible qu'il eût formé à son école. Au désespoir, Hortense confia sa peine à celui qu'elle tenait pour son fiancé.

Tout semblait facile à ce poète qui tutoyait les dieux et prenait des privautés avec les muses; il

disposait de l'avenir à sa guise, ne doutant pas
qu'un grand destin lui fût réservé. Sa famille se
déclarait prête à sacrifier une dizaine de mille
francs pour lui permettre de tenter fortune à
Paris et n'entendre plus jamais parler de lui. Ces
dix mille francs, joints à ce qu'Hortense pourrait
se procurer, au montant de quelques bijoux, c'était
suffisant pour les premiers frais d'une aventure
qu'il imaginait comme l'avenue enchantée de la
gloire.

Il décida d'enlever Hortense et vainquit ses suprêmes résistances en lui prenant par surprise son
pucelage, alors qu'il l'avait amenée progressivement à un état de doux ravissement qui la privait
de défense, par la lecture de quelques romans de
passion tendre, choisis avec discernement. Ceci se
passa en un tournemain, dans un décor champêtre, un jour que la fille du notaire allait prendre
à Villefranche sa leçon de piano. La trop confiante
Hortense fut faite femme sans que la bride de sa
serviette à musique eût quitté son poignet, ce qui
lui épargna toute appréhension. Et comme sa
pudeur, alertée trop tard, ne pouvait avoir d'effets
rétroactifs, comme toute réparation paraissait
impossible, elle prit le parti de s'incliner devant
le fait accompli, en plaçant amoureusement sa
joue sur l'épaule de Denis Pommier. Celui-ci déclara en riant qu'il était très content, très heureux, très fier, et, pour la récompenser, il lui récita
son dernier poème. Il lui apprit ensuite que ce
sans-façon était dans la tradition de l'Olympe, qui
est la meilleure de toutes pour les poètes et leurs
amantes, lesquels ne sauraient agir comme le commun des mortels. Hortense, qui ne demandait qu'à
le croire, le crut, en effet, les yeux fermés, ce dont

le drôle abusa de nouveau, pour « se prouver à lui-même qu'il n'avait pas rêvé », dit-il gentiment, une fois en place. Hortense, sur le point de perdre l'esprit, se demandait de son côté si elle ne rêvait pas. Plus tard, rentrant seule, elle s'étonnait que la destinée des filles puisse se déterminer sans préavis et que les jeunes personnes aient si promptement la révélation d'un mystère que les mères disent terrible. Elle sut dès lors que sa vie pour toujours était liée à celle du hardi pionnier de sa chair, qui savait prendre toutes les initiatives et en accepter les conséquences, avec un air de rassurante insouciance. Pour le suivre au bout du monde, elle n'attendit plus que son ordre, un simple geste.

Une nuit de septembre, le haut bourg fut réveillé par un coup de feu, bientôt suivi du fracas d'échappement libre d'une motocyclette qui démarrait à un train fou. Les Clochemerlins qui eurent le temps d'entrouvrir leurs volets virent passer un side-car qui dévalait témérairement la grande rue en lançant des flammes; son bruit ricocha longtemps aux échos de la vallée. Quelques braves, s'étant armés de fusils de chasse, partirent en reconnaissance. Ils trouvèrent éclairée la maison du notaire, dans laquelle il leur parut qu'on s'agitait. Ils crièrent :

— C'est-i-vous, monsieur Girodot, qu'avez fait péter?

— Qui est là, qui est là? répondit une voix altérée par l'émotion.

— Ayez pas peur, monsieur Girodot! C'est nous, Beausoleil, Machavoine et Poipanel. Qu'est-ce donc qu'il arrive?

— C'est vous, mes amis, c'est vous? répondit vivement Girodot, avec une exceptionnelle aménité. Je vais vous ouvrir.

Il les reçut dans la salle à manger, et si grand était son bouleversement qu'il vida dans leurs verres les trois quarts d'une bouteille de frontignan réservée aux invités de marque. Il expliqua qu'il avait entendu crisser le gravier de la cour et vu distinctement une ombre se glisser, pas loin de la maison. Le temps de passer sa robe de chambre, de saisir son fusil, et cette ombre avait disparu. Personne ne répondant à ses sommations, il avait tiré au hasard. A son avis, il s'agissait certainement de voleurs. L'idée des voleurs ne laissait aucune paix nocturne à Mᵉ Girodot, dont le coffre-fort renfermait toujours des sommes importantes.

— Il y a tant de vilain monde aujourd'hui! dit-il.

Il pensait aux soldats revenus de la guerre avec un dangereux état d'esprit, et surtout à ces pensionnés auxquels le gouvernement fait des rentes, ce qui leur laisse tout le temps de préméditer des mauvais coups.

— Des voleurs, je ne crois pas, répondit Beausoleil. Plutôt des maraudeurs. Vous avez les plus belles poires de Clochemerle dans votre jardin. Ça peut faire envie.

— Le jardinier me coûte assez cher! répondit Girodot. On ne trouve plus personne pour faire ce métier. Et ceux qui viennent ont des exigences...

Il secoua tristement la tête, avec déchirement ajouta :

— Tout le monde est riche, maintenant!

— Ne vous plaignez pas, monsieur Girodot.
Vous avez votre part, dites donc!

— On dit ça? Ah! mes pauvres amis, si on savait
le fond des choses! Parce qu'on me voit une maison un peu importante, on suppose... C'est ce qui
attire les voleurs.

— Pour moi, dit Poipanel, ça serait plutôt les
sacrés salopards de Montéjour qui sont venus.

— Plutôt, oui, opina Machavoine. Faudra encore
en assommer cinq ou six.

On entendit un cri déchirant. La porte fut brusquement tirée. Mme Girodot parut sur le seuil.
La respectable dame se montrait dans la tenue
nocturne de toutes les honnêtes femmes Tapaque-
Dondelle, qui se flattaient de n'avoir jamais été
des personnes galantes, même à l'égard de leurs
maris. Les papillotes de la nuit faisaient à son
anguleux visage un ornement ridicule, une cami-
sole couvrait son buste plat, un jupon défraîchi
ses flancs maussades. En cet instant, elle était
blême, et l'épouvante augmentait sa laideur.

— C'est sur Hortense, s'écria-t-elle, que tu as...
Elle se tut à la vue des visiteurs.

— Sur Hortense... dit en faible écho Girodot,
qui se tut à son tour, atterré.

Les Clochemerlins, flairant un mystère dont ils
auraient la primeur — rare aubaine — brûlaient
d'en apprendre davantage. Machavoine lança un
ballon d'essai :

— Ça ne serait pas des fois simplement
mam'selle Hortense qui serait descendue un moment? Les filles d'un âge, il arrive qu'elles peuvent
pas dormir, rapport à des idées qui leur trottent...
Des idées que c'est bien leur tour... On y a passé.

Pas vrai, madame Girodot? Ça serait pas votre demoiselle, des fois?

— Elle dort, affirma Girodot, qui ne perdait jamais entièrement son sang-froid. Allons, mes amis, il est temps de nous recoucher. Merci encore d'être venus, merci.

Il les reconduisit, mécontents, jusqu'à la grille

— Je vas toujours faire mon rapport, dites voir, monsieur Girodot? proposa Beausoleil.

— Non, laissez, Beausoleil, répondit vivement le notaire. Nous verrons demain s'il y a des traces. N'attachons pas d'importance à cette affaire. Au fond, il n'y avait peut-être rien.

Cette réserve augmenta leurs soupçons et leurs ressentiments. Machavoine se vengea en disant, au moment de partir :

— C'te moto qui faisait pareil boucan, elle aurait emporté un trésor, elle aurait pas craché plus de feu, c'est sûr!

— Un vrai coup comme on voit au cinéma! insista Poipanel.

Et le murmure de leurs commentaires désobligeants se perdit dans la nuit.

C'était bien réellement sur sa fille que le capon de Girodot avait tiré. Par bonheur, dans une mauvaise direction. Ce faiseur de grimoires n'entendait rien au maniement des armes à feu : il assassinait plus sûrement les gens avec du papier timbré. Mais, manquant sa fille, il venait néanmoins d'atteindre de plein fouet la réputation déjà très compromise des Girodot. Cette alerte nocturne attira l'attention sur sa maison et sur la disparition d'Hortense, disparition qui coïncidait avec celle de Denis Pommier, possesseur d'une motocyclette des stocks américains qu'on ne revit plus à Clochemerle. Il est plaisant de constater, avant d'en finir avec cette histoire, qu'à l'époque où ce drôle de Raoul Girodot abusait de la pauvre Maria Fouillavet, un autre mauvais garçon perdait sa sœur. L'opinion publique le remarqua :

— Les v'là ben punis, les Girodot!

Cette punition n'atteignit que les Girodot de Clochemerle. Car, pour Hortense, elle était aveuglément heureuse, roulant vers Paris dans un bruyant side-car, lequel s'arrêtait toutes les heures pour des embrassades qui lui retiraient la mémoire. Malgré la vitesse, elle ne pouvait détacher son doux regard de femme amoureuse du profil de Denis Pommier, qui était pleinement satisfait quand le compteur marquait cent à l'heure. Entre les mains d'un poète, qui avait à son côté l'amour, la motocyclette devenait un engin lyrique.

*
* *

La sérénité de la nature a quelque chose d'implacable qui écrase l'esprit humain. Sa magnificence, dont elle fixe les étapes sans tenir compte des querelles des hommes, donne à ceux-ci le sentiment de leur éphémère chétivité et les rend fous. Alors que d'énormes masses d'êtres se haïssent et se déchirent, la nature indifférente répand sur ces horreurs tout son éclat, et, durant les courts répits que les combattants s'accordent par la magie d'un soir ou la fête d'un matin, elle remet à sa vraie place cette rage dérisoire. Tant de conciliante beauté se dépense en pure perte, et même ne fait que stimuler les hommes à pousser plus activement leurs entreprises acharnées, dans la crainte qu'ils pourraient disparaître sans laisser

de traces, et ils n'en conçoivent pas de plus fortes
ni de plus durables que d'immenses destructions.

Avec sa chaleur, ses couleurs, sa fécondité, ses
fleurs et son azur sans rides, la nature agissait ainsi
sur les Clochemerlins. En hiver, ils eussent été plus
tranquilles, à se chauffer dans leurs maisons fermées, à se distraire avec leurs rancœurs de famille
et leurs jalousies de voisinage. Mais en cette saison,
qui obligeait à tenir grandes ouvertes portes et
fenêtres, qui chassait les gens dans la rue, l'air
charriait sans trêve les racontars, et cette semence
partout déposée germait tumultueusement dans
des caboches chauffées à blanc, sortes d'alambics où
les idées les plus inoffensives se changeaient aussitôt en alcool, puis l'alcool en poison.

Inexplicable et communicative folie. Aux pentes
d'une montagne dont les courbes n'étaient que facilité et que dorait la saison déjà déclinante, dans
une région favorisée où l'horizon n'avait que douceur et sourires, sous un ciel rayonnant d'indulgence et d'amour, trois mille têtes de Clochemerlins, bourdonnant de fureur sotte, gâtaient cette
paix trop belle, et Clochemerle tout entier gron-
dait de cancans, de menaces, de disputes, de
complots, de scandales. Placé là comme une riante
capitale du bonheur, comme une oasis de rêverie
dans un monde agité, ce bourg, manquant à sa
fonction de sagesse traditionnelle, devenait dément.

Depuis l'exécrable matinée du 16 août, les choses
ne faisaient que s'aggraver, les événements se suc-
cédaient à une cadence bouleversante. Tant de faits
si éloignés de l'habituelle monotonie, et survenus
en quelques jours, avaient profondément troublé
les esprits. La polémique mit le comble à l'égare-
ment collectif qui divisait Clochemerle en deux

camps, également incapables de justice et de bonne foi, comme il arrive toujours quand l'opinion se passionne. C'était le vieil antagonisme entre le bien et le mal, la lutte entre les bons et les méchants, tous voulant être les bons, ne doutant pas d'avoir pour eux le droit et la vérité. Tous, sauf quelques personnages avertis, un Piéchut, un Girodot, une Courtebiche par exemple, qui agissaient au nom de principes supérieurs auxquels la vérité doit se soumettre en sujette docile.

Un premier article fulgurant de Tafardel, paru dans le *Réveil vinicole* de Belleville-sur-Saône, parvint à Clochemerle, où il fut violemment commenté par le parti de la cure. On ne peut malheureusement reproduire tout cet article, et c'est dommage. Il débutait par une série de titres impressionnants :

> *Un épisode des guerres de religion.*
> *Révoltante agression dans une église.*
> *Un suisse pris de boisson*
> *se jette sauvagement sur un paisible citoyen.*
> *Le curé prête la main à cette honteuse entreprise.*

Tout le reste était de cette encre. Légitimement fier, Tafardel allait toujours répétant :

— C'est un soufflet pour les jésuites, le Girodot et les ci-devant !

Il avait toujours sur le cœur le « foutriquet » de la baronne.

Cette prose éclatante eut aussitôt des échos dans le *Grand Lyonnais*, principal organe des partis de gauche. Le directeur du *Réveil vinicole* se trouvait être le correspondant de ce journal. L'affaire de Clochemerle lui fournit la matière d'une abon-

dante copie — payée à la ligne — qu'il fit précéder
de titres de son cru, qui ne le cédaient en rien
pour la vigueur à ceux de Tafardel. A Lyon, on
fut enchanté d'insérer : il se préparait une élection
municipale, et deux journaux à cette occasion, le
Grand Lyonnais et le *Traditionnel* échangeaient
des coups d'une rare perfidie. Les scandales de Clochemerle, présentés d'après la version de Tafardel,
donnèrent l'avantage au *Grand Lyonnais*. Mais le
Traditionnel réagit superbement, en publiant
quarante-huit heures plus tard une version plus
tendancieuse encore — élaborée dans le propre
bureau du rédacteur en chef — dont voici les
titres :

> *Une infamie de plus :*
> *Odieux exploit d'un ivrogne soudoyé*
> *par une municipalité bassement sectaire.*
> *Ce triste individu profane le saint lieu.*
> *Il est jeté dehors par les fidèles indignés.*

La nouvelle ainsi présentée exigeait des complé-
ments d'information. On ne manqua pas de les
fournir dans les jours qui suivirent. Les rédacteurs
de part et d'autre, et pour un faible salaire, mirent
un grand zèle à inventer des machinations abominables, à déshonorer des gens qu'ils ne connaissaient pas, parmi lesquels Barthélemy Piéchut,
Tafardel, la baronne, Girodot, le curé Ponosse,
Justine Putet, etc. Un homme impartial, qui aurait
consulté alternativement les feuilles ennemies, fût
arrivé à cette conclusion que le bourg beaujolais
de Clochemerle était peuplé exclusivement de
canailles.

Sur les esprits simples, la presse a des effets obscurs, mais souverains. Rejetant avec fureur l'évi-

dence, reniant un long passé de fraternité et d'indulgence, les Clochemerlins en vinrent à ne plus se juger entre eux que d'après les révélations de plusieurs journaux qu'ils lisaient avec un soin égal, les uns pour se réjouir, les autres pour s'indigner. A ce régime, la colère l'emporta et fut générale. L'affaire de Maria Fouillavet, celle de Clémentine Chavaigne, la disparition d'Hortense Girodot et l'intervention des Montéjourais achevèrent de porter l'opinion au degré d'aveuglement qui prépare les grandes catastrophes. Des injures, on passa aux voies de fait. On brisa un second vitrail de l'église, cette fois intentionnellement. Des pierres arrivèrent dans les fenêtres de Justine Putet, de Piéchut, de Girodot, de Tafardel, et tombèrent dans le jardin du presbytère, où Honorine manqua d'être assommée. Les inscriptions se multipliaient sur les portes. Tafardel fut traité de menteur et giflé par Justine Putet qu'il avait mise en cause. Son précieux panama ayant quitté sa tête sous la violence du coup, la vieille fille le piétina. Sur la route, un projectile fit voler en éclats une glace de la limousine où se trouvait la baronne. Blazot distribua quelques lettres anonymes. Enfin une mésaventure publique causa de grands dommages à l'honneur d'Oscar de Saint-Choul.

Ce téméraire gentilhomme s'était vanté de pacifier Clochemerle, en jouant de son prestige et de son éloquence, rendus irrésistibles par son élégance à tons clairs. Il vint un soir, faisant des grâces sur une assez mauvaise monture, qui ne répondait plus aux encouragements de l'éperon, mais cachait encore une fantaisie rétive dans sa cervelle chevaline. Cette bête, « un vieux serviteur », son maître

la nommait simplement « Palefroi ». Il arriva
donc chevauchant un Palefroi méfiant, qui témoignait de sa mauvaise humeur par un trottinement
de risible bidet, trottinement dur au sacrum et
funeste pour l'esthétique du cavalier. Désireux de
rompre l'allure, Oscar de Saint-Choul prit le premier prétexte de faire une halte, et ce prétexte, on
ne sait pourquoi, fut le lavoir. Il salua très cavaliè-
rement les laveuses, avec un joli geste du bras qui
porta le pommeau de sa cravache jusqu'à son
chapeau.

— Eh bien, mes braves femmes, dit-il avec la
familiarité protectrice des grands, on lave ferme?

Il y avait là quinze commères, quinze on-ne-me-
fait-pas-taire invincibles dans les tournois de
gueule, dont Babette Manapoux, très excitée ce
jour-là. Elle leva la tête, la replaça plus haut que
son derrière :

— Tiens, fit cette luronne, voilà notre Tutu-
papan! Alors, mon ziquet, on fait le galant, loin
de sa chérie?

Quinze rires sonores firent un tintamarre de joie
vexante sous le toit du lavoir. Le gentilhomme
avait compté sur une déférence facile à dominer.
L'accueil l'embarrassa, mit en difficulté sa maîtrise
mondaine. Et Palefroi, attiré par le bruit de l'eau
courante, faisait mine de s'avancer pour boire.
Saint-Choul feignit d'avoir une question à poser :

— Dites-moi, mes braves femmes...

Mais il fut incapable de concevoir aussitôt la
suite. Babette Manapoux l'encouragea :

— Dis seulement, mon ziquet! Dis bien tout
ce que tu as à nous dire. Ne sois pas timide avec
les dames, ma petite carotte!

Enfin au prix d'un effort désespéré, le gentil-homme put articuler :

— Dites-moi, mes braves femmes, est-ce que vous n'avez pas énormément chaud?

En disant ces mots, il prit conscience que le don d'un billet de vingt francs couvrirait honorable-ment sa retraite. Mais Palefroi ne lui laissa pas le temps de passer à l'action. Ce fantasque coursier fut saisi brusquement d'une vigueur singulière, la-quelle requit toutes les forces de Saint-Choul pour veiller à son assiette, qui devenait la chose la plus urgente. Choir au pied de ces dames du lavoir eût été la dernière des infortunes, il le sentit, et ses contorsions et grimaces pour se maintenir en selle étaient si extraordinaires que le bruyant plaisir des commères, gagnant de porte en porte, attira l'atten-tion des femmes de Clochemerle sur le malheureux Oscar, lequel fuyait maintenant, en direction de son manoir, comme l'ultime traînard d'un esca-dron qui vient de tourner bride. Il respirait si bien l'effroi qu'un grand courage naquit au cœur des femmes. Une volée de tomates très mûres recondui-sit aux frontières du bas bourg le gendre de la baronne, et trois de ces grenades ménagères s'ou-vrirent, bien juteuses, sur le complet beige.

Cette offense vint aux oreilles de la baronne. Elle tenait son gendre pour un parfait dadais, nous l'avons dit, et dadais en tous points. « Moi, je se-rais morte de faim devant ce garçon! confiait-elle à la marquise d'Aubenas-Theizé. Je me demande comment Estelle... Mais je crois qu'Estelle n'a aucun tempérament. C'est une lymphatique, une inerte. Bon Dieu! de mon temps, nous avions du feu! »

Pourtant, si elle méprisait Oscar de Saint-Choul,

cette grande dame considérait néanmoins que la
plus petite offense faite à un crétin *né* méritait
qu'on fouettât tout un village de croquants. Sévérité fondée sur ce principe : « Les imbéciles de
notre monde ne sont pas des imbéciles vulgaires. »
Elle décida d'intervenir sans retard en haut lieu.

XVI

DES MESURES S'IMPOSENT

MONSEIGNEUR DE GIACCONE administrait le diocèse
de Lyon avec une rare distinction. Il avait la tête
romaine, les manières d'un diplomate d'autrefois
et l'onction subtile des anciennes cours italiennes.
Il descendait d'ailleurs d'un Giuseppe Giaccone,
ami des fameux Cadagne, qui pénétra en France
en compagnie de François Iᵉʳ dont il avait gagné la
faveur, et s'installa au quartier du Change, à Lyon,
où il fit rapidement fortune dans la banque. Dans
la suite, les membres de sa famille contractèrent de
brillantes alliances et réussirent toujours à conserver ou reconquérir la richesse, tantôt par leur
génie des affaires, et tantôt par leur beauté, ainsi
qu'en témoigne cet adage : « Quand la bourse
d'un Giaccone est vide, la flamme de son regard
l'emplit et lui garnit son lit » Il était de tradition
qu'un Giaccone, à chaque génération, fût d'Eglise,
et cette tradition s'est maintenue jusqu'à nos jours.

Dans sa carrière ecclésiastique, Emmanuel de
Giaccone révéla des qualités d'intelligence et de
souplesse qui le firent désigner, à cinquante et un
ans, pour occuper un des premiers postes de la
chrétienté. Il s'y distinguait par une grâce sou-

riante et nuancée, d'ailleurs inflexible, qui tran-
chait curieusement avec les façons de son
prédécesseur, un prélat rude et qui portait la
pourpre comme un paysan son vêtement des dimanches. Chacun de ces choix si différents s'explique par le profond sens politique de l'Eglise
dont les décisions sont arrêtées par un pouvoir
occulte, merveilleusement informé et clairvoyant.

A Mgr de Giaccone, archevêque de Lyon, qui se
tenait à son bureau, on vint annoncer la baronne
de Courtebiche. Sans répondre, il inclina imper-
ceptiblement la tête, en esquissant un faible sourire qui tordit sa lèvre mince. Cela signifiait que
l'on pouvait introduire la visiteuse. Il la vit s'avancer dans la pièce longue et austère, éclairée latéra-
lement par trois hautes fenêtres, mais il ne se leva
pas. Etant lui aussi de robe et donnant à baiser
son anneau, il avait le privilège de ne pas se déranger pour une femme. Un excès de galanterie eût
engagé en sa personne l'Eglise entière, et l'Eglise se
place au-dessus d'une baronne. Mais, étant né Giaccone, il savait quels égards se doivent à une Courtebiche, née d'Eychaudailles d'Azin, et leurs familles se connaissaient. Il accueillit la baronne
avec une grâce empressée, qui passait finement la
mesure de la simple onction épiscopale, et lui désigna près de lui un fauteuil.

— J'ai grand plaisir à vous voir, dit-il de sa voix
douce, aux inflexions exactement contrôlées. Votre
santé est bonne?

— Assez bonne, monseigneur, je vous remercie.
J'ai à supporter les inconvénients de mon âge. Je
les supporte le plus chrétiennement que le permet
mon caractère. Car les d'Eychaudailles n'ont jamais
beaucoup brillé par la patience.

— Vous calomniez votre caractère, j'en suis sûr. D'ailleurs la vivacité est plus agissante que la mollesse, et je suis informé que vous faites beaucoup pour nos œuvres.

— Je n'y ai pas de mérite, monseigneur, dit sans hypocrisie la châtelaine, avec une nuance de regret. Je suis maintenant retirée du monde. Il ne me reste pas grand-chose pour me distraire. Chaque âge a ses occupations. Je les aurai toutes remplies en leur temps...

— Je sais, je sais... murmura l'archevêque avec une aimable indulgence. Vous aviez quelque chose à me confier?

La baronne lui rapporta, en prenant par le début, les événements qui agitaient Clochemerle. L'archevêque les connaissait sans en être instruit dans les derniers détails. Il ne leur supposait pas l'importance que la châtelaine lui révéla.

— Enfin, conclut celle-ci, la situation devient réellement intenable. La paroisse sera bientôt bouleversée. Notre curé Ponosse est un brave homme, mais un imbécile, un faible, incapable de faire respecter les droits de l'Eglise, à laquelle demeurent liées les grandes familles. Il faut mettre à la raison ce Piéchut, le Tafardel et toute leur clique. Il faut agir en haut lieu. Avez-vous un moyen d'action, monseigneur?

— Mais vous-même, baronne? Je vous croyais des influences...

— Hélas! répondit la châtelaine, ma situation est bien changée. Il y a encore quelques années, j'aurais filé directement à Paris, où je n'eusse pas été en peine de me faire entendre. J'avais partout mes entrées. Mais je ne reçois plus et j'ai perdu mes relations. Notre influence à nous autres, femmes, cesse de bonne heure : dès que nous ne sommes plus agréables à regarder. A moins de faire une de ces vieilles perruches jacassantes qui tiennent salon et président au radotage des célébrités sur le déclin. Ce n'était pas mon genre. J'ai préféré la retraite.

Il y eut un instant de silence. La main blanche et soignée du prélat jouait, sur sa poitrine, avec sa croix. Il réfléchissait, la tête penchée, le regard voilé.

— Je crois, dit-il, que nous pourrons toucher ces gens-là par Luvelat.

— Alexis Luvelat, le ministre... et ministre de quoi donc, à propos?

— De l'Intérieur.

— Mais c'est un des chefs de leur parti, un de nos grands ennemis, en somme.

Mgr de Giaccone sourit. Il ne lui déplaisait pas de jouir de cet étonnement. De même qu'il ne lui déplaisait pas, en certaines circonstances, de révéler à des personnes de choix quelques-uns des dessous qui sont les leviers de la société. Par ces personnes se répandait l'idée de sa puissance, et il estimait bon de faire connaître parfois qu'elle s'étendait aux milieux les plus divers. Certaines de ces révélations constituaient des avertissements, ou même des menaces, qui finissaient toujours par toucher les intéressés. Il expliqua, comme se parlant à lui-même :

— Il y a l'Académie française. On ne pense pas assez à l'Académie, à son rôle de contrepoids dans les décisions de certains hommes politiques ambitieux. C'est vraiment un admirable moyen d'action que nous a laissé là Richelieu, une des plus utiles institutions de l'ancien régime. L'Académie, encore de nos jours, nous permet d'exercer un sérieux contrôle sur la pensée française.

— Je ne vois pas le rapport, monseigneur, avec Clochemerle. .

— Il existe pourtant, et j'y arrive. Alexis Luvelat est dévoré du désir d'entrer à l'Académie, et pour y entrer cet homme de gauche a besoin de nous, des voix dont l'Eglise dispose sous la coupole, ou tout au moins de n'avoir pas contre lui l'opposition bien arrêtée de l'Eglise.

— Cette opposition serait si puissante? Pourtant, monseigneur, les écrivains dits catholiques ne sont pas en majorité à l'Académie?

— Ce n'est qu'apparence. Je ne dénombrerai pas nos partisans, mais vous seriez surprise de les voir si nombreux. La vérité est celle-ci, en dépit des attitudes anciennes et des déclarations de jeunesse : le pouvoir de l'Eglise est grand, baronne, sur des hommes qui n'ont plus d'autre avenir que la mort. Il vient un âge où les hommes comprennent que penser bien, c'est penser plus ou moins avec nous. Car les hommes arrivés aux honneurs sont tous des défenseurs de l'ordre qui leur a conféré ces honneurs et les rend durables. De cet ordre, nous sommes le plus ancien, le plus solide pilier. C'est pourquoi tous les dignitaires, à peu près, adhèrent dans une certaine mesure à l'Eglise. Aussi un candidat qui a contre lui l'Eglise peut-il difficilement entrer à l'Académie. Ce qui explique qu'un Alexis Luvelat soit tenu en ce qui nous concerne aux plus grands ménagements. J'ajoute d'ailleurs — et ceci tout à fait entre nous — qu'il n'entrera pas à l'Académie de sitôt. Dans sa situation de postulant, qui le rend craintif, il nous est très utile. Nous attendons qu'il nous ait donné des gages. Il a beaucoup à se faire pardonner.

— Pourtant, monseigneur, objecta encore la baronne, entre son parti et ses ambitions académiques, croyez-vous que Luvelat puisse hésiter?

— Il n'hésitera certainement pas, répondit doucement Mgr de Giaccone, entre des doctrines vagues et des ambitions personnelles très précises. Il sait que son parti peut se contenter de discours et que nous exigeons des preuves. Il fera les discours et nous donnera les preuves.

— Mais alors, s'écria la baronne, vous le jugez capable de trahir!

Mgr de Giaccone écarta d'un geste élégant cet excès d'appréciation.

— C'est un bien gros mot, affirma-t-il avec une modération tout ecclésiastique. Il faut considérer qu'Alexis Luvelat est un homme politique. Il a suprêmement le sens des mesures opportunes, voilà tout. Nous pouvons lui faire confiance. Il sera toujours contre nous, plus violemment que jamais, mais il agira pour nous. Et je peux de mon côté vous assurer que votre bourg si coquet retrouvera bientôt la paix.

— Il ne me reste donc qu'à vous remercier, monseigneur, dit en se levant la baronne.

— Je vous remercie pour ma part de vos précieux renseignements. Votre charmante fille va bien? Je serais très aise d'avoir sa visite. Il serait temps, ne croyez-vous pas, qu'elle joue un rôle actif dans nos organisations? Je pensais à elle dernièrement pour un de nos comités de bienfaisance. Elle ne refuserait pas d'y voir figurer son nom? Elle est une Saint-Choul, n'est-ce pas?

— Oui, monseigneur. C'est bien modeste.

— Le nom est estimable. Il a eu autrefois du prestige. Et nous le verrons peut-être briller dans la politique, m'a-t-on dit?

— Mon gendre n'est pas bon à grand-chose, monseigneur... Je n'en ferais certes pas mon inten-dant, et je ne vois guère que les affaires publiques dont il puisse s'occuper sans péril pour sa famille. Par bonheur, il est bavard et vaniteux. Il peut réussir dans cette voie.

— Dites-lui bien qu'il aura tout notre appui. C'est un devoir pour les gens d'un certain monde de se mêler aux luttes de notre époque. Je verrai volontiers M. de Saint-Choul lui-même. C'est un sujet de nos collèges religieux?

— Naturellement, monseigneur.

— Envoyez-le-moi donc. Nous envisagerons ce que nous pourrons faire, le moment venu de sa campagne électorale.

— C'est bien là le difficile. Je crois qu'il faut beaucoup d'argent...

— Dieu y pourvoira, qui a changé l'eau en vin... murmura Mgr de Giaccone, avec une grâce ex-quise par laquelle il marquait toujours la fin des entretiens qu'il accordait.

La baronne prit congé.

« Que me veut ce vieil abruti? » pensa le mi-nistre en saisissant la carte qu'on lui tendait. Il tambourina sur son bureau le début d'une marche nerveuse. « Si je lui faisais le coup de la confé-rence, ou du rendez-vous avec le président du Conseil? » La chose comportait des risques : si le visiteur apprenait qu'il l'avait éconduit sans motif,

il s'en ferait un solide ennemi. C'était déjà, ce
jaloux, un ennemi (au pouvoir, on n'a que des
ennemis, surtout dans son propre camp), mais peu
agissant. La prudence commandait de le ménager.
Le ministre observait cette règle absolue : peu de
ménagements pour les amis : ceux-là ne sont pas à
craindre — et de grands égards, tous les témoignages d'estime pour les ennemis. En politique, il
faut avant tout penser à désarmer l'adversaire, à se
le concilier. Or l'homme qui demandait à le voir
était un de ces adversaires qui travaillaient à le
démolir, sans cesser de lui sourire. Cela méritait
bien qu'on se donnât un peu de peine pour le
séduire. Un vieil abruti, certes, mais dangereux
par sa sottise même qui lui assurait, dans les couloirs de la Chambre et les coulisses du parti, une
clientèle de mécontents et d'imbéciles. S'aliéner les
imbéciles, c'est jouer trop gros jeu... Il questionna
l'huissier :

— Sait-il que je suis seul?

— Il dit qu'il en est sûr, monsieur le ministre.

— Allez, amenez-le! ordonna Luvelat, avec une
petite grimace qui lui froissa les joues.

Il se leva, dès que la porte s'ouvrit, pour aller
au-devant de son visiteur, avec un air de surprise
charmée.

— Mon bien bon ami, c'est une véritable gen-
tillesse de votre part...

— Je ne vous dérange pas, mon cher ministre?

— Vous plaisantez, mon cher Bourdillat! Vous,
un de nos vieux républicains, un des piliers du
parti, me déranger! Vous ne pouvez que me rendre
service par vos conseils. Nous, les jeunes, nous
vous devons beaucoup. Beaucoup, je tiens à le
dire, puisque vous m'en fournissez l'occasion. Votre

sens de la grande tradition républicaine, votre modération démocratique, votre expérience, voilà des choses que j'envie chaque jour. Et vous avez gouverné à la grande époque. Asseyez-vous, mon cher ami. Puis-je vous être utile? Vous savez que d'avance... Rien de grave, j'espère?

L'ancien cafetier ne mâchait pas les mots et allait droit au but. Son mépris pour les jeunes ministres qui l'avaient trop tôt remplacé renforçait encore sa rudesse naturelle. Il n'admettait pas qu'on pût faire quelque chose de bon à la tête de l'Etat avant d'avoir passé la soixantaine. Il avait cette opinion depuis neuf ans.

— Les curés se foutent de nous, dit-il. Et je me demande ce que l'on peut bien fabriquer pendant ce temps dans vos services!

Luvelat n'aimait pas ce genre d'exorde. Il était très souple, très adroit, merveilleusement opportuniste, toujours prêt à transiger sur les principes, mais de vanité très vulnérable. Lorsqu'on le blessait à la vanité, il devenait aussitôt méchant, et le simple manque d'admiration le mettait parfois hors de lui. Il prit son temps, réduisit son sourire. Son amabilité se fit tranchante.

— Mon cher ministre, répondit-il, vous étiez à l'Agriculture, n'est-ce pas? Le bétail s'administre plus facilement que les hommes, permettez-moi de vous le dire. Je sais d'ailleurs que vous avez rendu d'éminents services à la pomme de terre, à la betterave, aux bœufs du Charollais et aux moutons d'Algérie. Mais enfin ces végétaux nutritifs et ces intéressants quadrupèdes sont sans âme. J'ai charge d'âmes, de quarante millions d'âmes, moi, mon cher Bourdillat! Je vous le rappelle en passant pour vous faire sentir certaines distinctions

qui pourraient ne pas vous sauter aux yeux, mon
bien cher ami. A la place que j'occupe, les charges
du pouvoir sont lourdes, très lourdes... En somme,
de quoi s'agit-il?

— De Clochemerle, dit Bourdillat, pensant
étonner le ministre.

— Ah! fit Luvelat sans inquiétude.

— Vous ne savez pas ce que c'est, peut-être?

— Clochemerle?... Mais si, mon cher Bourdillat.
Comment l'ignorer? N'y êtes-vous pas né? Un charmant petit pays du Beaujolais, dans les deux mille
cinq cents habitants.

— Deux mille huit cents, dit Bourdillat, avec
l'orgueil du pays natal.

— Soit! Puissé-je ne jamais me tromper davantage...

— Mais, poursuivit Bourdillat cherchant à le
prendre en défaut, vous ignorez probablement ce
qui se passe à Clochemerle? Alors que c'est tout
simplement une honte, en plein xxᵉ siècle! Le
Beaujolais va retomber au pouvoir des curés, ni
plus ni moins. Figurez-vous, mon cher ministre...

La tête inclinée, Luvelat laissait aller Bourdillat.
Armé d'un crayon il traçait sur son bloc-notes de
petits dessins géométriques, auxquels il semblait
porter une grande attention. Et parfois il se recu-
lait un peu, les yeux à demi fermés, pour juger de
l'effet.

— Mais c'est grave, mon cher ministre, c'est très
grave! tonna soudain Bourdillat, prenant cela pour
de l'indifférence.

Luvelat releva la tête. Avec un air soucieux et
une immense jubilation, il s'offrit le plaisir dont il
retardait l'instant, depuis que Bourdillat avait
prononcé le nom de Clochemerle.

— Oui, dit-il, oui, je sais... Focart me le disait précisément, il n'y a pas deux heures.

L'altération qui parut sur les traits de son interlocuteur lui prouva que son triomphe était complet. Bourdillat n'avait pas l'impénétrabilité d'un diplomate. Les plis et les afflux sanguins de son visage violacé trahissaient aussitôt ses sentiments. Il exhala un puissant soupir, qui ne témoignait d'aucune tendresse à l'égard du député qu'on venait de nommer.

— Focart est déjà venu? demanda-t-il.

— Il n'y a pas deux heures, je vous le répète. Il était assis dans le fauteuil que vous occupez en ce moment, mon bon ami.

— Par exemple, s'écria Bourdillat, je lui trouve un fameux culot, au petit Focart! De quoi se mêle-t-il?

— Mais Clochemerle fait partie de sa circonscription, il me semble? insinua Luvelat, dont la joie augmentait.

— Et après? Clochemerle, c'est mon pays, nom de Dieu, mon pays natal, mon cher ministre! Est-ce que cela me concerne mieux que personne, oui ou non? Moi, ancien ministre, on veut intriguer dans mon dos! Je l'aurai à l'œil, ce bougre...

— Il est certain, dit Luvelat, très circonspect, que Focart, avant de venir me trouver, aurait pu peut-être...

— Comment, peut-être? tonna de nouveau Bourdillat.

— Je veux dire aurait dû, oui, aurait dû certainement vous parler. C'est par zèle sans doute, par désir de ne perdre aucun temps...

La supposition du ministre fit ricaner Bourdillat. Il ne croyait pas un mot de ce que disait Luve

lat, qui d'ailleurs n'en pensait rien et ne prononçait ces phrases vides que pour envenimer les rapports entre Bourdillat et Focart. Ce faisant, il
appliquait un autre de ses grands principes politiques : « Deux hommes occupés à se haïr ne sont
pas tentés de s'unir sur le dos d'un troisième. »
Nouvelle forme de la vieille maxime à l'usage des
princes : diviser pour régner.

Bourdillat répondit :

— Si Focart est venu tout droit, c'est par désir de
me couper l'herbe sous les pieds, de me faire passer
pour un imbécile. Je connais cette crapule, je l'ai
déjà vu à l'œuvre. C'est un sale petit arriviste.

Alors Luvelat fit preuve de cette mesure dans les
jugements qui doit caractériser l'homme d'Etat, et
plus spécialement un ministre de l'Intérieur. On
n'ose d'ailleurs affirmer que le désir d'en
apprendre plus long fût totalement étranger à sa
générosité.

— Je crois, mon cher Bourdillat, que vous exa-
gérez un peu. Remarquez que je comprends très
bien votre ressentiment dans le cas présent, ce qui
fait que j'excuse bien volontiers vos excès, et tout
ceci est absolument entre nous. Mais on doit à la
vérité de reconnaître que Focart est un des hommes
les plus brillants de la jeune génération, les plus
dévoués au parti. En un mot, c'est un homme qui
vient.

Bourdillat éclata :

— Dites qu'il accourt, mon cher ministre. A
triple galop, avec l'intention bien arrêtée de nous
passer sur le ventre, à vous comme à moi.

— J'ai pourtant l'impression d'être dans les
meilleurs termes avec Focart. Chaque fois que nous
avons été en rapport, il s'est montré très correct.

Tout à l'heure encore il a été charmant, très élogieux. « Nous n'avons pas toujours les mêmes points de vue, m'a-t-il dit, mais c'est peu de chose, quand l'estime rachète les petites divergences d'opinion. » C'est très gentil, vous ne trouvez pas?

Bourdillat suffoquait de fureur :

— Ce cochon-là vous a dit ça? Après ce qu'il raconte de vous par-derrière? C'est là qu'il faut l'entendre! Il ose parler d'estime? Mais il vous méprise... J'ai peut-être tort de vous dire ça?

— Mais non, Bourdillat, mais non. C'est tout à fait entre nous.

— C'est dans votre intérêt ce que j'en fais, vous le comprenez bien?

— Mais naturellement. Alors, Focart vraiment n'est pas très tendre à mon endroit?

— Il raconte des horreurs, c'est bien simple. Et tout y passe, la vie privée comme la carrière publique. Les histoires de femmes aussi bien que les histoires de pots-de-vin. Il prétend...

Tout en écoutant attentivement, avec un sourire qui le plaçait au-dessus des infamies qu'on lui attribuait, Luvelat examinait Bourdillat : « Dire, pensait-il, que ce vieil idiot, est encore un mouchard par-dessus le marché! C'est vrai qu'il a bien une tête d'indicateur de police... Et ce bistrot a pu être ministre... »

— Vendu, vieilles méthodes, pactiser avec la bourgeoisie et la ploutocratie. Servir les intérêts de la grosse métallurgie. C'est-à-dire, mon cher ministre, que vous et moi, c'est bien simple, Focart nous met dans le même sac, en attendant de nous foutre à l'eau.

— Dans le même sac, dites-vous? Il ne fait aucune différence?

— Aucune, aucune. Le même sac, je dis bien.

Cette dernière flèche pénétra profondément dans la vanité de Luvelat, la fit saigner. Cet imbécile venait de lui dire la chose qui pouvait vraiment l'atteindre : que des gens n'établissaient aucune distinction entre lui, Luvelat, brillant universitaire, et cet ancien cafetier qu'il méprisait. Loin de le rapprocher de Bourdillat, pareille affirmation le lui rendait plus odieux encore. Il n'éprouvait que le désir d'abréger cet entretien. Il pressa d'une certaine façon sur un bouton de sonnerie dissimulé sous la planchette de son bureau. A ce signal, on lui délivrait du standard une communication fictive. Il laissait croire qu'il répondait à quelque haute personnalité de la République, qui le faisait appeler d'urgence. C'était un moyen qui lui servait à se débarrasser des importuns. D'ailleurs Bourdillat n'avait plus grand-chose à lui communiquer, car les scandales de Clochemerle l'intéressaient moins depuis qu'il se savait devancé par Focart. Il somma une dernière fois le ministre de lancer de sévères instructions, afin que le pouvoir central agît fortement en Beaujolais, mais son zèle du début avait fléchi.

— Comptez sur moi, mon cher ami, dit Luvelat en lui serrant la main. Je suis moi-même un vieux républicain, fidèle aux grands principes du parti, et je place plus haut que tout cette liberté de pensée que vous avez toujours défendue si généreusement.

Ils étaient pareillement fixés sur le néant de telles assurances, qu'ils avaient l'un et l'autre prodiguées à toute occasion. Mais ils ne trouvaient rien d'autre à se dire. Ils ne s'aimaient pas et n'arrivaient pas à se le cacher.

Luvelat n'avait pas menti en parlant de la visite de Focart, et cette visite d'un homme jeune, ambitieux et résolu l'inquiétait. Elle sous-intendait des menaces. Mais une troisième visite, celle-là tenue secrète, en sous-entendait de plus graves : celle du révérend chanoine Trude, habituel émissaire de l'archevêché de Paris. Cet ecclésiastique habile, qui n'était que glissements et murmures, par ailleurs très bien instruit des courants souterrains de la politique, était venu spécialement pour insinuer à Luvelat que l'Eglise, inquiétée à Clochemerle, se plaçait sous la protection du ministre, auquel, le cas échéant, et sur un autre terrain plus élevé, elle accorderait sa protection. « La voix de l'Eglise — quand ce ne sont pas ses voix — finit toujours par se faire entendre, monsieur le ministre... » avait dit ce négociateur rompu aux marchandages qui se débattent à demi-mot et se tiennent toujours éloignés d'un cynisme gênant.

Seul maintenant, Alexis Luvelat réfléchissait à ces trois visites. Il supputait les périls qu'elles annonçaient. Contraint de choisir entre deux inimitiés, ainsi qu'il arrive constamment dans une carrière comme la sienne, il était bien décidé à se rallier au clan du plus fort, en donnant à l'autre des apparences de garantie. Nul doute que l'appui le plus utile en ce moment ne fût celui de l'Eglise, en raison de ses ambitions académiques. Il suffisait d'agir assez adroitement pour que Bourdillat et Focart n'eussent pas contre lui des preuves formelles. Leur mécontentement de toute façon lui était acquis, les deux lui reprochant d'occuper la place qu'il occupait. Mais après tout Bourdillat, à peu près brûlé au parti, allait sur son déclin. Des deux, Focart était le plus à craindre parce qu'on lui reconnaissait de l'avenir et une certaine valeur. Son influence augmentait, mais il manquait encore de cette expérience roublarde qui permet aux hommes de multiplier leurs obligés et de se glisser à leur suite à la faveur du nombre. Le ministre murmura :

— Il est un peu jeune dans le métier pour s'en prendre à moi, ce petit Focart! D'ailleurs, le plus simple...

Luvelat savait par les dossiers de sa police que Focart se trouvait dans une situation privée très difficile : des dettes et des besoins supérieurs à ses ressources, du fait de sa maîtresse, une femme coûteuse. Un homme ainsi placé, on peut toujours l'entraîner dans une affaire d'argent. Une fois compromis, il est à votre merci. Luvelat comptait dans son personnel semi-policier des agents discrets très rompus à des missions de ce genre et très adroits pour faire naître les occasions de transformer un honnête homme en homme moins srictement honnête, ce qui le rend moins intraitable. Il se promit d'avoir bientôt à ce sujet un entretien avec le chef de la police. Encore soucieux, il fit prier son chef de cabinet de passer chez lui sans retard.

*
* *

Sortant de chez le ministre, le chef de cabinet entra directement chez le chef du secrétariat particulier.

— Je ne sais pas, dit-il, ce que cet imbécile de Bourdillat vient de raconter au patron. Toujours est-il qu'il était comme un crin, en partant.

— Il a filé?

— Oui. Il inaugure je ne sais quoi, au pas de

gymnastique, et doit dîner avec un financier. J'ai moi-même un important rendez-vous avec le directeur d'un grand journal. Tenez, mon cher ami, voici un dossier. Dépiautez donc cette affaire de Clochemerle, et faites le nécessaire. Une histoire entre le curé et la municipalité, dans un petit trou du Rhône. Ça m'a tout l'air d'une ânerie, mais Luvelat y attache une certaine importance. Il y a deux ou trois rapports et des coupures de journaux. Vous verrez facilement de quoi il retourne. Consigne formelle du patron : pas de complications avec l'archevêché de Lyon. Surtout pas cela. C'est entendu?

— C'est parfaitement compris, répondit le chef du secrétariat, en plaçant à côté de lui le dossier.

Demeuré seul, il considéra l'océan de papiers qui submergeait sa table. Il grommela, pensant au ministre et au chef de cabinet :

— Ces gens-là sont étonnants! Ils avancent leurs affaires en fréquentant les financiers et les directeurs de grands journaux, et moi, je suis une machine à résoudre les questions délicates. Et s'il y a une gaffe, naturellement je l'endosse! Enfin...

Son mouvement d'épaules exprima qu'il se résignait à cet état de choses. Il sonna le premier secrétaire, auquel il transmit le dossier et les consignes.

Le premier secrétaire, Marcel Choy, venait d'écrire deux sketches pour la prochaine revue des *Folies parisiennes*. On lui demandait d'y apporter quelques retouches, destinées à favoriser l'exhibition d'une certaine Baby Mamour, jeune vedette, qui passait pour être du dernier bien avec Lucien Varambon, ancien président du Conseil, appelé à le redevenir prochainement. Plaire à la jeune per sonne, c'était plaire du même coup à Varambon, s'attacher au char de sa fortune politique. Tout l'avenir de Choy allait peut-être dépendre de ces deux sketches. Pour l'instant, il ne voyait rien dans les affaires de l'Etat dont l'importance se pût comparer à quelques couplets coquins qui auraient l'agrément d'une jolie fille, parce qu'ils lui fourniraient l'occasion de lever la jambe qu'elle avait parfaite. Baby Mamour chantait surtout avec les jambes : on lui accordait une voix charmante. Or, Choy devait la rencontrer le jour même, chez le directeur du théâtre, à l'issue de la répétition. Il lui restait juste le temps de sauter dans un taxi. Ses gants et son chapeau à la main, il glissa le dossier au second secrétaire.

Celui-ci était occupé à se faire les ongles avec le plus grand soin. Sans interrompre cette tâche, il murmura pour lui seul : « Moi, c'est bien simple, je m'en fous de Clochemerle! Je dois retrouver tout à l'heure la belle Régine Liochet, la femme du préfet, et je la conduis au dancing. Je ne vais pas me casser la tête avec les communes de France! Nous allons offrir cette distraction à notre ami Raymond Bergue. »

Raymond Bergue, penché sur des feuilles surchargées de ratures, écrivait avec une application et une hâte extrêmes. Les contractions de sa main gauche pressant son front révélaient de violents efforts de pensée.

— Je vous dérange, mon vieux? demanda le second secrétaire.

— Oui, en effet, répondit sans ambages Raymond Bergue. Si c'est pour de la paperasse, je n'ai vraiment pas le temps. Je termine pour la revue *Epoque* un article qui doit être demain à la com-

position. Je crois que le début est tout à fait épa-
tant. Voulez-vous que je vous le lise? Vous me
donnerez votre impression.

— Un instant, mon vieux, et je suis à vous. Je
dois d'abord faire le nécessaire pour cette histoire.

Le second secrétaire s'empressa de fuir. Il passa
dans le bureau voisin. Celui du quatrième secrétaire. Il lui tendit gracieusement le dossier.

— Mon cher ami, dit-il, il y a là une petite
affaire...

— Non! coupa le quatrième secrétaire.

— C'est peu de chose. Vous auriez vite fait...

— Non! répéta plus fort le quatrième secrétaire.

— Je trouve quand même surprenant... fit observer le second secrétaire.

Pour la troisième fois, on ne lui permit pas
d'achever.

— Je travaille, moi! cria le quatrième secrétaire, qui avait l'air furieux.

Et c'était vrai. Il travaillait, et travaillait aux
affaires de l'Etat. Ils étaient quelques-uns comme
lui dans ce ministère, des garçons de peu d'avenir,
qui avaient ce goût étrange.

— Oh, pardon, cher ami!

Le second secrétaire s'éloigna, en faisant cette
constatation : « Le travail, vraiment, ne rend pas
les gens aimables! »

Dans la pièce voisine, un jeune homme élégant
et d'apparence décidée avait étalé sur son bureau
plusieurs photographies d'automobiles qu'il com-
paraît entre elles.

— Vous ne voulez pas acheter une voiture
d'occasion? demanda-t-il au second secrétaire.
Actuellement, j'ai deux ou trois affaires splendides.
A enlever, mon cher. Profitez-en pendant qu'il est

temps. Tenez, une Delage six cylindres qui a juste dix mille kilomètres. Préférez-vous la Ballot, la Voisin, la Chenard?

— Je ne suis pas venu pour cela...

— Ce n'est pas une raison. On achète toujours une voiture le jour qu'on y pensait le moins, croyez-moi. Vous ne voyez personne dans vos relations qu'une Rolls pourrait intéresser? Modèle récent, carrosserie de grand luxe. Appartient à un Américain qui retourne dans son pays. Et j'ai la voiture en première main, ce qui est important pour les commissions. A propos de commission, je vous réserverais la vôtre, bien entendu, si l'affaire se faisait.

— J'y réfléchirai. Mais ne voulez-vous pas vous occuper de Clochemerle?

— C'est une combien de chevaux? demanda le jeune homme.

— Ce n'est pas une voiture, c'est un dossier. Le voici.

Le jeune homme eut l'air sincèrement navré.

— Ecoutez, dit-il, demandez-moi ce que vous voudrez, mais pas d'ouvrir un dossier. Je vous assure que ce n'est pas ma partie.

— Et votre partie, c'est?

— Les affaires, je ne m'en cache pas. Il n'y a personne dans votre entourage qui cherche un appartement? J'en connais deux bien situés. Des reprises pas du tout exorbitantes, et très justifiées. J'ai encore trois locaux commerciaux, un sur les boulevards, un autre rue de La Boétie, et le troisième, tenez-vous bien, rue de la Paix. Sur les locaux commerciaux, je pourrais vous lâcher dix billets nets de commission. Il n'y a rien dans tout cela qui ferait votre affaire?

— Ce qui ferait mon affaire, pour l'instant, c'est un homme qui se chargerait de ce dossier.

— Ecoutez, dit le jeune homme, je suis quand même attaché au ministère, et je peux toujours essayer de vous rendre service. De quoi s'agit-il?

— D'une querelle politique dans un petit pays. Il faut préparer des instructions pour le préfet.

— Parfait! dit le jeune homme. Je l'ai, votre type. Allez donc au quatrième bureau, à l'étage au-dessus, et vous remettrez votre dossier au sous-chef, un nommé Petitbidois. S'il y a une décision à prendre, il sera ravi. C'est un gaillard qui a la passion d'emmieller ses contemporains. Dites-lui que vous venez de ma part. Je lui ai fait dernièrement une assurance, en lui abandonnant la moitié de la première prime. Depuis, je peux tout lui demander.

— J'y vais directement, dit le second secrétaire, et je vous remercie vivement. Vous me tirez d'embarras.

— On trouve toujours à se débrouiller, affirma le jeune homme.

Mais il avait pris par le bras le second secrétaire et ne le laissait pas partir.

— Dites-moi, insinua-t-il, je connais une grosse société en formation, une affaire de premier ordre. Ça ne vous tenterait pas?

— Ma foi, non! Mais pourquoi n'en parlez-vous pas au patron?

— A Luvelat?

— Parbleu. Il est administrateur de je ne sais combien de sociétés.

Le jeune homme fit la moue. Il expliqua :

— Luvelat, ce n'est pas intéressant de travailler avec lui. Il prend tout le bénéfice, et il est tou-

jours prêt à lâcher tout le monde, en cas de coup
dur. C'est un faisan, votre ministre.

Si bien que la décision à prendre échut en dernier ressort au sous-chef de bureau Séraphin Petitbidois, homme particulièrement morose. Cette
humeur noire lui venait d'une vexante déficience
qui avait eu sur son caractère, et partant sur sa
carrière, de déplorables effets. On pouvait dire de
Petitbidois ce que certains historiens ont dit de
Napoléon : *insignis sicut pueri,* mais le malheureux sous-chef ne détenait pas en contrepartie le
génie, qui peut du moins procurer aux amantes
déçues des satisfactions d'ordre cérébral, lesquelles,
cheminant par des complexes qui relèvent de la
psychanalyse, peuvent aboutir parfois au plaisir
physique, encore que cela ne soit pas très sûr.
Disons, pour mieux nous faire entendre, que la
nudité de Petitbidois eût fait sourire les dames,
toujours portées à s'assurer au premier coup d'œil
du sort qui les attend. Elles n'auraient pas manqué de s'apercevoir qu'elles tombaient avec Petitbidois sur un insuffisant velléitaire. Aussi le sous-
chef ne menait-il ses entreprises qu'en pleines
ténèbres, mais ces entreprises étaient si furtives
qu'il ne pouvait, même dans une obscurité qui
faisait la part belle à l'imagination, se faire vraiment prendre au sérieux. Pour comble d'infortune, l'exaltation ne venait à Petitbidois qu'en
présence de ces femmes puissantes qu'on nomme
volontiers « dragons », et les géantes le ravissaient.
Dans leurs bras, il passait autant dire inaperçu et
n'avait jamais été dans leur vie qu'un léger hors-

d'œuvre qui ne calme pas la faim. Les étreintes se dénouaient en étonnements rêveurs où perçait l'ironie, quand ce n'était pas la pitié.

On ne tient pas assez compte, dans l'étude d'un caractère, des données vulgaires qui peuvent avoir sur lui des influences. L'âme le plus souvent doit beaucoup au corps qu'elle habite, et certaines disparates entre le corps et l'âme ont quelque chose qui frise le tragique, lorsque, comme c'est ici le cas, le manque d'accord a son origine dans un détail qui prête aux plaisanteries et qu'il devient difficile, à la longue, de tenir entièrement secret. Il faut convenir que le sort est cruel, qui gâte des destinées pour quelques onces de chair dont il s'est montré ici trop avare et là trop prodigue, ce qui ne va pas non plus sans inconvénients. Mais cette seconde disgrâce, Petitbidois l'eût cent fois préférée à la sienne : blesser, tirer des cris, même d'effroi, tout valait mieux que ces silences indifférents où l'on s'enfermait après son léger passage.

Dans ces conditions, il jugea prudent d'appeler en renfort l'ignorance et l'attachement au devoir. Il épousa de bonne heure une très jeune personne qui sortait directement du couvent. Malheureusement, Mme Petitbidois connut bientôt, au moins par ouï-dire, car tout se répète et les femmes aiment à se vanter, qu'elle avait été lésée dans la part de justes joies que devait lui procurer la légitimité. L'inapaisement lui détraqua les nerfs, et l'existence à son foyer devint à peu près intenable pour Petitbidois qui n'osait élever la voix, sachant combien il avait à se faire pardonner. Il y aurait eu un remède simple, et ce fonctionnaire ne manquait pas d'amis dévoués, mais le malheureux était jaloux. Ceci, qui n'empêcha rien, le

perdit. Mme Petitbidois lui donna en effet un collaborateur qu'elle choisit de taille à prendre une
belle revanche. Mais, afin de ne pas éveiller les
soupçons de son mari, elle continua de lui faire
des scènes comme par le passé. En sorte qu'il ne
bénéficia pas même de cette égalité d'humeur et
de ces soins qui sont parfois le bon côté des infortunes conjugales.

On ne s'étonnera pas qu'à toujours remâcher
des humiliations qui tournaient à l'obsession, et
dont on riait sous cape autour de lui, le caractère
de Petitbidois se fût rapidement aigri et qu'il trai-
tât les choses les plus sérieuses avec des ricane-
ments si secs que sa joie se manifestait toujours
par un bruit de crécelle. Victime des destins, Petitbidois se vengeait de sa malchance en préparant
les destinées les plus saugrenues à des étrangers
qui relevaient du ministère. Il tenait compte qu'il
y avait certainement, parmi eux, des hommes
injustement privilégiés, qui savaient réduire les
femmes à cet état d'esclavage sentimental qu'il
désespérait de leur imposer. Cette victoire physique était pour lui la grande, la seule affaire, sa
pensée ne s'en détournait jamais longtemps. Ses
loisirs se passaient à imaginer de grisants soupirs
et des possessions fabuleuses qui, autour d'un
Petitbidois herculéen, jonchaient tapis et divans
de corps magnifiques et las, totalement maîtrisés,
et de belles implorantes qui se disputaient leur
tour.

Personne ne soupçonnait que Petitbidois, derrière ses paupières baissées, évoluait dans les
harems surpeuplés. On le tenait simplement pour
un employé plutôt médiocre, lunatique, et le poste
de sous-chef marquait le terme de son avancement.

Lui-même le savait. Il s'interdisait tout zèle, à moins de circonstances particulières. Il est vrai que son zèle, dans ce dernier cas, revêtait ce caractère de vengeance tournée contre la race humaine, qui était sa seconde occupation favorite. Petitbidois eût aimé détenir la puissance. Faute d'être placé pour cela, il employait les parcelles de puissance qui lui parvenaient à ridiculiser les institutions, en leur faisant jouer le rôle d'une providence stupide, malfaisante si possible. « Puisque tout est idiot, disait-il, pourquoi se gêner? La vie est un sac de billes de loto. Laissons le hasard décider librement. »

Appliquant cette doctrine à la conduite des affaires de l'Etat, il avait imaginé un système qui « donnait à l'absurde l'occasion de faire le bien ». Dans un petit café où il fréquentait assidûment, en compagnie d'un certain Couzinet, expéditionnaire de son service, il jouait aux cartes les décisions qu'il devait prendre au nom du ministre. Cela donnait un attrait burlesque à des parties qui eussent manqué d'enjeu, les deux adversaires étant pauvres.

Ce fut ce qui arriva pour Clochemerle. Au café, ils examinèrent ensemble la situation. Petitbidois avait pris quelques notes, en étudiant le dossier. Il demanda :

— Qu'est-ce que vous faites, vous, Couzinet?

— Moi, c'est bien simple. J'envoie une note au préfet lui enjoignant de faire paraître dans la presse régionale un communiqué qui rétablirait les affaires. Au besoin, qu'il se rende sur les lieux, qu'il voie le maire et le curé.

— Eh bien, moi, dit Petitbidois, je vais au contraire leur envoyer des forces de gendarmerie, à ces gens de Clochemerle. Est-ce qu'on fait ça en mille points, au piquet?

— Mille, c'est peut-être beaucoup. Il est déjà tard.

— Mettons huit cents. A moi de donner. Coupez.

Petitbidois gagna. Le sort de Clochemerle était réglé. Vingt-quatre heures plus tard partaient des instructions adressées au préfet du Rhône.

XVII

POUVOIR CENTRAL ET HIÉRARCHIES

Le préfet du Rhône, du nom d'Isidore Liochet,
était un homme d'une remarquable souplesse
d'échine, et cependant cette remarquable flexibi-
lité de sa colonne vertébrale ne le sauvait pas
toujours des fantaisies du destin, qui aime à
conduire gaillardement les mortels. La crainte
d'être botté par les divinités tutélaires lui retirait
tout esprit de décision. Il suait sang et eau avant
d'oser signer un arrêté. Cet homme, à la fleur de
l'âge, avait été trompé par sa femme, sans qu'on
daignât même lui en faire mystère. Un sûr instinct
l'avertit qu'à changer de compagne, il ne serait
pas moins trompé, moins utilement peut-être. Car
on l'avait trompé pour un bon motif, l'ambition,
et ce déshonneur, qu'il était censé ne pas connaître,
lui rendait de grands services. C'était en somme
la préfète qui faisait carrière et amenait l'eau à
son moulin, par ses façons de belle meunière, toujours prête à faire ce que fait la femme du meu-
nier dans la chanson. Devant cette active, sa
femme, le préfet semblait une loque. Et devant
cette chiffe administrative, son mari, la préfète
s'écriait avec des accents de furieux désespoir, en

frappant sur sa poitrine d'une indécente splendeur,
qui était un des fleurons de la troisième république
— Ah! si j'avais été un homme, moi!

En quoi elle se montrait injuste envers le sort,
car d'être femme, et belle femme, la servait bien.
Il n'est pas sûr qu'un immense génie lui eût
obtenu, homme, le quart de ce qu'elle avait obtenu,
femme, avec des talents d'intimité, et d'abord
de faire de Liochet, ce monstre d'incurie, un
préfet. Cela, c'était vraiment son œuvre, œuvre
menée à bien avec une générosité de nature, un
sens de la démarche opportune et une connaissance
des habitudes secrètes de tous les hommes puissants
du régime qui méritent à Mme Liochet d'être
classée dans les premières manœuvrières de ce
temps.

Cette préfète passait pour facile dans les hautes
sphères politiques. Il importe de rendre justice à
une femme qui pouvait tout perdre, sauf la tête.
Si elle payait loyalement de sa personne, c'est bien
réellement payer qu'il faut entendre, car elle n'accordait rien avant d'avoir obtenu, sachant laisser
les prémices sans apaisant dénouement. N'ayant
garde de confondre le plaisir avec les nécessités de
son état, elle tenait rigoureusement à jour la
comptabilité de ses effusions officielles.

Pour le plaisir, dont cette insatiable entendait
bien ne pas se priver, elle choisissait dans l'élégant
personnel des ministères, où on la voyait toujours
fourrée, poussant son Liochet, car cette sans ver-
gogne prétendait faire maintenant de cet olibrius
un ambassadeur ou un gouverneur colonial. Elle
avait une façon de fixer les jeunes secrétaires de
son goût qui mettait le feu aux joues de ces jolis
garçons. Rien que sa bouche obligeait à baisser les

yeux, tant, muette, elle énonçait déjà de promesses. Un homme dévisagé par cette femme se trouvait nu d'un seul coup, publiquement nu. Mais elle penchée, sous prétexte de renseignements, sur celui qu'elle préférait, l'étourdissait des chauds sortilèges que dégageait sa célèbre poitrine, ce piège à hommes, et lui disait avec un sourire terriblement ravissant : « J'ai bien envie de vous dévorer, mon petit! » Dévorer, c'est bien l'expression qui convient pour les amours de Mme Liochet, la belle Régine. Dans le pied-à-terre où elle attirait la jeunesse, elle obtenait des garçons de vingt-cinq ans un rendement qui les laissait étonnés, fiers, très pâles et le cerveau complètement vide. Peu résistaient longtemps à cette épuisante. Une bien riche femme, on le voit, et qui était, vers quarante ans, au sommet de la fougue et du savoir-faire.

Privé de sa femme, à laquelle il soumettait les cas difficiles, le préfet ne savait à quoi se résoudre. Or ce fut justement durant une absence de Mme Liochet que lui arrivèrent les instructions de Petitbidois, que le ministre avait signées sans les lire. Elles embarrassèrent Liochet. Il flaira qu'il pourrait avoir des histoires avec cette affaire, et la moindre histoire pouvait faire échouer les intrigues de la préfète. Envoyer à Clochemerle un détachement de gendarmerie, c'était attirer l'attention sur ce coin du Beaujolais, provoquer les commentaires de la presse. Il y aurait nécessité de prendre parti, et de cela il avait une profonde horreur. Il pensait sans cesse aux futures élections, désirait ne déplaire à personne. « Si on savait à quoi s'en tenir! » gémissait cet irrésolu. « Il est constant, se disait-il encore, qu'un parti au pouvoir mécontente les électeurs. Nous aurons proba-

blement un revirement, la prochaine fois. » En
conséquence, il ne voulait d'aucun côté s'engager
à fond. Son activité brouillonne se dépensait à
concilier les contraires, donc mécontenter un peu
tout le monde.

Le préfet réfléchit et crut avoir trouvé une de
ces solutions neutres qu'il adoptait toujours. Au
lieu d'envoyer à Clochemerle un contingent de
gendarmerie, ne serait-il pas mieux d'y envoyer de
la troupe, qui viendrait simplement sous prétexte
de manœuvres? On renforcerait l'ordre sans alarmer
l'opinion.

Après mûres réflexions, cela lui parut très habile.
Il commanda son chauffeur et se fit conduire chez
le gouverneur militaire.

Le gouverneur, général de Laflanel, était de
souche fameuse. Au XVIIe siècle. un de Laflanel
avait tenu le coton à Louis XIV, en un temps
où ce roi souffrait d'une exceptionnelle activité
d'entrailles qui eut quelques répercussions sur son
humeur et les affaires de l'Etat. Mais le gentilhomme préposé à l'auguste nettoyage s'acquit-
tait si délicatement de sa tâche que le monarque,
avec cette suprême dignité qui lui a mérité dans
l'histoire le nom de Grand, ne put se retenir de
lui dire une fois : « Ah! mon bon ami, comme
vous me torchez ça! — Sire, répondit l'autre avec
une admirable présence d'esprit, c'est mieux que
du coton, c'est de Laflanel! » Mme de Montespan
qui se trouvait là, les seins libres pour l'agrément
de son maître, rit fort de la saillie, et ce trait,
partout répété dans Versailles, donna une grande

illustration aux de Laflanel, illustration qui devait
se perpétuer jusqu'à la chute de l'ancien régime.
La Révolution, qui n'épargna pas les traditions les
plus respectables, fit bon marché de celle-ci comme
des autres. Mais les de Laflanel se transmirent de
père en fils le culte d'un loyalisme qui avait pour
origine le fondement même de la royauté. Un peu
de cet orgueil parvint jusqu'au gouverneur.

Le général de Laflanel était bien pensant, ce
qui est courant parmi les généraux qui ont commandé au feu et fait tuer beaucoup d'hommes,
lesquels, sans le savoir, sont morts ainsi très chrétiennement par la vertu des convictions de leur
divisionnaire. « *Non nobis, sed tibi gloria, Domine.* » Cette grandiose ânerie — grandiose par
l'application — qui célébrait rien de moins que
l'échec de notre offensive et fut ajoutée près impru-
demment, au point d'en être blasphématoire,
au communiqué du 28 septembre 1915, par un
chef qui surveillait la guerre à l'extrémité inférieure d'un périscope, avec tout le recul nécessaire
à la lucidité de son jugement, et une bonne épaisseur de béton sur la tête pour renforcer encore
cette lucidité, cette mémorable ânerie expliquait
assez bien la tranquillité d'esprit du général de
Laflanel, devant les cimetières du front qu'il avait
copieusement garnis. Il se tenait simplement pour
un illustre instrument placé dans la main de Dieu,
et félicitait Dieu d'un si bon choix. Pensant bien,
le général pensait que la guerre est en somme une
bonne chose, qui apprend à vivre aux civils, que
l'armée est la plus belle institution du monde, et
que les généraux, il n'y a rien au-dessus pour les
facultés intellectuelles. Pensant tout cela, il n'avait

guère besoin de penser beaucoup plus et s'en abs-
tenait avec soin. C'était en somme un assez bon
général, sauf qu'il ne disait pas souvent « Nom
de Dieu », étant bien pensant, ni « scrongneu-
gneu », car le genre s'en est perdu.

Le gouverneur, après avoir écouté le préfet, lui
a dit sa façon de voir, qui était en l'occurrence un
programme :

— Les ferai tous barder, mille milliards!

Tous, c'est-à-dire les Clochemerlins fauteurs de
désordre. Pour complément d'informations, en général très chrétien et désireux de servir la bonne
cause, le gouverneur se rendit à l'archevêché.
Mgr de Giaccone l'instruisit subtilement des
affaires de Clochemerle, trop subtilement peut-être,
ce qui fut une faute car le général comprit tout
de travers. Mais on ne pouvait demander à un
Emmanuel de Giaccone de n'être pas toujours
subtil, non plus qu'à un de Laflanel de le devenir
subitement. Les hommes sont ce qu'ils sont, une
fois pour toutes. En étant subtil, l'archevêque ne
doutait pas d'être compris, et, manquant de toute
subtilité, le général ne doutait pas, ne doutait
jamais, de parfaitement comprendre et de prendre
toujours des décisions admirables de finesse ou
d'à-propos. En passant, notons cette contradiction.
Enclin plutôt au scepticisme, Mgr de Giaccone
accordait trop de crédit aux individus, alors que,
toujours optimiste (au point d'avoir pu, sans sour-
ciller ni douter de sa valeur, faire massacrer inutilement dix mille hommes à la fois), le général
ne leur faisait jamais confiance. Cela tient à ce
que ces deux hommes puisaient en eux-mêmes leur
évaluation de l'intelligence d'autrui.

A la suite de cette visite, le gouverneur fit appeler son second, le général de cavalerie de Harnois d'Aridel. Il l'instruisit de l'affaire à sa façon, et résuma ainsi ses instructions :

— Tous les faire barder, mille milliards! Agissez par la voie hiérarchique, connais que ça!

Nous allons voir une seconde fois fonctionner ces rouages de haute précision : la voie hiérarchique. A l'imitation de son chef, le général de Harnois d'Aridel était favorable à la cause de l'Eglise. Il se dit qu'il fallait sans tarder agir fortement. Il manda le colonel Touff, qui commandait un régiment de coloniaux. Il lui parla de Clochemerle et termina par ces mots :

— De la poigne. Agissez sans délai.

Au régiment du colonel Touff, un chef de bataillon se distinguait par son esprit de décision, le commandant Biscorne. Le colonel lui exposa la situation et lui dit :

— Un gaillard, voilà ce qu'il nous faut. Avez-vous l'homme, parmi vos officiers?

— J'ai Tardivaux, répondit sans hésiter le commandant.

— Va pour Tardivaux. Faites immédiatement le nécessaire.

Comme tous les hommes énergiques et prompts à décider, le commandant Biscorne ne s'embarrassait pas dans les détails. Il fit ce clair résumé au capitaine Tardivaux :

— Vous allez partir chez les pedezouilles, en plein bled, à Clochemerle — vous chercherez sur la carte. Il s'agit d'un micmac à propos d'une pissotière, d'un curé, d'une baronne, de carreaux cassés et d'une bande d'idiots, je ne sais plus quoi. Rien compris à c't'histoire! Vous verrez sur place

de quoi il retourne. Flanquez-moi de l'ordre là-
dedans, et rondement. Une chose que je vous
recommande : prenez plutôt le parti des curés.
C'est les ordres. Vous vous en foutez? Moi aussi!
C'est bien compris?

— C'est compris, mon commandant, affirma
Tardivaux.

— Nous emmerdent, hein, à Clochemerle?

— Oui, mon commandant, dit Tardivaux.

— Alors, liberté de manœuvre. Passez-moi tout
ça au fil de l'épée.

— Bien, mon commandant.

Le capitaine salua. Il allait sortir. Pris de remords, le commandant le rappela, pour compléter
ses instructions :

— Faites pas le con, quand même, avec vos
zèbres!

C'est ainsi que le capitaine Tardivaux fut chargé
de mission.

**
**

Le capitaine Tardivaux, sorti du rang, avait une
forte personnalité militaire. Il n'est pas sans intérêt de retracer à grands traits la carrière de cet
officier.

En 1914, à trente-deux ans, il évoluait à Blidah,
en qualité de sous-officier rengagé, dans une cour
de caserne, ambitionnant, si tout allait bien, de
terminer sa carrière avec le grade d'adjudant-chef,
de prendre sa retraite et de trouver un petit
emploi civil, une conciergerie de tout repos, par
exemple. Une fainéantise décorative lui semblait
une belle fin de vie pour un vaillant militaire.
Pensant à ce couronnement dû à ses états de service, il se voyait à cheval sur une chaise, dans

l'ombre d'un majestueux portail, le buste pris dans une tunique sombre, ornée de ses médailles coloniales, roulant des cigarettes à longueur de journée, examinant sévèrement les gens avec cette sûreté de coup d'œil que donne une longue pratique du corps de garde, et ne quittant son poste que pour aller se désaltérer fréquemment dans un petit café voisin, où il tiendrait aisément sous le charme les péquenots, par le récit coloré de ses campagnes. Quelques accortes femmes de chambre, certainement, ne seraient pas insensibles à tant d'exploits. Et d'ailleurs, en homme qui avait eu des amours sous tous les climats, il savait cligner de l'œil aux jolies personnes, d'une façon peut-être vulgaire mais qui leur faisait clairement comprendre où il voulait en venir, et l'essentiel est de bien se faire comprendre. Car il s'entendait, avec un sens à peu près infaillible des catégories humaines, à sélectionner les femmes à son usage, celles qu'il nommait des « moukères ». Il traitait rudement ce cheptel de son plaisir, dont il acceptait à l'occasion quelques cadeaux, hommages rendus à une vigueur qui s'affirmait également par les poings, quand ce gentleman avait abusé de l'absinthe. Les échelons de la valeur sociale varient à l'infini et n'ont pas partout les mêmes intervalles. Dans la vie civile, Tardivaux eût été catalogué parfait voyou. Dans l'armée d'Afrique, il faisait un excellent sous-officier.

Afin d'accéder sûrement à ce grade d'adjudant-chef qu'il ambitionnait d'atteindre, le sergent Tardivaux se dépensait dans la cour du quartier en vigilante activité de la gueule. En réalité, ce n'était pas foncièrement par goût ni méchanceté de nature que Tardivaux se conduisait ainsi. Mais il

savait que de grands éclats de voix sont nécessaires,
dans la carrière des armes, pour attirer sur soi
l'attention des chefs et mériter leur estime. Dans
une caserne où tout le monde gueulait du matin
au soir et du haut en bas, il fallait, pour être bien
noté, gueuler plus fort que les autres. Assez bon
observateur, Tardivaux l'avait tout de suite compris, de même qu'il avait compris ceci : un gradé
qui ne punit pas, c'est comme un gendarme qui
ne dresse pas de contraventions : on le soupçonne
de faiblesse et de négligence professionnelle. Les
cadres de la maréchaussée et ceux de l'armée
prennent leurs décisions dans la tranquille certitude que tous les civils sont des délinquants pré-
sumés et tous les soldats des tire-au-cul certains.
Chose paradoxale : cette conviction que l'armée
d'une part, et la société civile d'autre part, se com-
posent à peu près exclusivement de crapules fait
justement la force de l'armée et la solidité de la
société civile lesquelles ont besoin, pour asseoir
leurs disciplines et leurs saines hiérarchies, d'un
grand principe fondamental, immédiatement compréhensible. Au nom de ce principe qu'il avait
volontiers admis, le sergent Tardivaux acceptait
d'être traité d'abruti par le lieutenant, sachant
qu'à son tour il pourrait traiter impunément
d'abrutis tous les hommes qui n'étaient pas sous-
officiers, et son ambition tendait à voir diminuer
le nombre des gens qui pouvaient le traiter, lui,
d'abruti, et augmenter celui des gens qu'il pourrait traiter de la sorte. Une ambition si bien défi-
nie, et qui faisait si largement la part à la dignité
personnelle, ne lui laissait guère de repos. Le sergent Tardivaux braillait donc tout son saoul à
Blidah, et distribuait, sans vains efforts de discer-

nement, consigne, salle de police et prison, comme
les puissances suprêmes distribuent les calamités
aux humains, au nom d'une sagesse métaphysique
peu rassurante, dont nous devons renoncer à
percer le mystère de notre vivant.

*
* *

La mobilisation surprit notre sous-officier dans
ces occupations et le conduisit au col de la Chi-
potte, où il se trouva inopinément placé en face
d'autres troupes non moins que la sienne péné-
trées de leur supériorité et d'autres sous-officiers
non moins gueulards que les nôtres, et qui avaient
bel et bien, à grade égal, la prétention de traiter
nos gens d'abrutis et de paniquards, cela se voyait
à leurs grimaces de rouquins, de fadasses blondins
nordiques, bien réellement abrutis, eux, de docilité et de bourrage de crâne.

Le premier contact entre ces hommes résolus fut
détestable pour la raison qui commandait de
quitter au plus tôt ces lieux. Mais le général, loin
derrière, commandait le contraire, bien à son aise
en selle, et bien abrité des coups de soleil, les plus
mauvais coups qu'il risquât d'attraper, avec ce
sacré dangereux soleil du mois d'août, qui tapait
comme un sourd. Le général se tenait à l'ombre,
les yeux à sa lorgnette, et se réjouissait martiale-
ment de voir monter tant de fumée d'une innocente forêt.

— Ça vaut le coup d'œil! affirmait-il à ses officiers d'état-major.

Et pas seulement le coup d'œil, ça valait, car
de cette forêt parvenaient jusqu'à lui un gronde-

ment sourd et de faibles accents de clairon sonnant la charge.

— Qu'est-ce qu'ils doivent prendre, ces cochons-là! disait encore le général, en pensant aux Allemands, car il ne faisait pour lui aucun doute que les Allemands ne fussent chassables, taillables, dispersables, dépeçables, écrabrouillables, éventrables et enfilables à merci, et tous verdâtres de foirade, alors que les Français demeuraient dans cette mêlée autant dire imperçables et roses de bonne mine, et armés de traits d'esprit en plus de leurs deux cent cinquante cartouches et de leurs grivoises baïonnettes qui s'évanouissaient de plaisir dans la tripaille teutonne.

Et si bien pénétré que tout se déroulait selon ses indiscutables prévisions, était le général, qu'il ne craignit pas de prendre une décision héroïque vers cinq heures du soir, comme il ne risquait plus un coup de matraque de Phébus.

— Je crois, messieurs, que nous pourrions maintenant nous avancer d'une bonne centaine de mètres. Nous serions mieux postés pour observer.

Le général avait dit cela résolument, avec une témérité qui faisait frémir.

— Mon général, ne soyez pas imprudent, supplia le premier colonel de son escorte.

Mais le général lui répondit avec un ferme sourire :

— Il y a des témérités indispensables, colonel. Sachez vous en souvenir!

Grande parole qui ne décida pas du sort de la journée, lequel fut confus, mais fit beaucoup pour l'avancement de celui qui l'avait prononcée. Et le général se porta résolument en avant, pour s'arrêter à moins de trois kilomètres de la ligne de feu.

— A la guerre comme à la guerre, mon général!

A la première gorgée, le général comprend l'impertinence.

— De quoi? il fait. D'abord mettez-vous au garde-à-vous devant un supérieur! A quoi êtes-vous bon, commandant?... Me flanquer une pisse d'âne pareille! Je vous y enverrai, moi, dans la forêt, comme en enfer je vous y enverrai, avec les autres andouilles, et pas plus tard que demain!

Le général à son tour devenait comme fou. C'était le soleil, probable, ou le casse-croûte de midi qui lui chargeait l'estomac. Et le commandant ne trouvait rien à dire. C'était un commandant bien modeste, pas fort pour la manœuvre, attendu qu'il n'avait pas passé par l'Ecole de guerre. Il commençait à comprendre, mais trop tard, que la boisson du général, la nourriture du général, le lit du général, le pipi du général, le tampon du général, la bonne amie du général, le chapelain du général, tout ce qui faisait l'humeur du général, ça pouvait avoir de l'importance dans la guerre, beaucoup plus d'importance en somme que les soldats du général... Mais il comprenait tard, parce que le lendemain il y alla, dans la forêt, où il eut le ventre ouvert comme les camarades, et en rotant sa petite âme pas rusée, longue à sortir, ce bon homme de commandant, au garde-à-vous des moribonds, répétait doucement, respectueusement :

— Elle est fraîche, mon général, elle est bien fraîche... la mort!

Et là-dessus il mourut, comme un pauvre idiot de plus ou de moins, ce qui ne faisait pas matière. Et le général n'y pensait déjà plus. Il disait :

— Cette vie au grand air, ça me rajeunit de

vingt ans. Si cette guerre pouvait durer un an ou
deux, je finirais dans la peau d'un centenaire!...

« Et peut-être d'un maréchal... », mais cela il ne
le disait pas, dans la crainte que le propos ne fût
rapporté aux autres généraux, qui étaient, en tant
que confrères, de très ingénieux salauds, tous très
disposés à passer maréchaux avant les copains, et
pour ce, à proprement saboter la bataille du voisin.

Ce premier engagement ne fut guère au goût de
Tardivaux. Bien entendu, comme les autres, une
fois tiré d'affaire, il fit le malin, le brave, mais en
son for intérieur, à l'idée d'y retourner il n'en
menait pas large. Heureusement, dans la vallée
où elle s'était repliée, la compagnie de Tardivaux
trouva un village dont les caves étaient bien gar-
nies de tonneaux, de bouteilles de quetsche et de
mirabelle. Tout le monde s'enivra, avant de remonter dans la forêt, où la compagnie fut engagée
à la baïonnette sur un terrain battu par les mi-
trailleuses, qu'elle réussit pourtant à franchir en
perdant les trois quarts de son effectif. Le soir, ses
glorieux débris défilèrent à l'arrière, et le lieutenant-colonel arrêta ces trente-deux hommes pour
leur dire :

— Des braves, mes amis! Vous êtes des braves!

— On était fin saouls, mon colonel! dit Tardivaux avec simplicité, voulant exprimer par là que
des hommes avaient pu s'acquitter surhumaine-
ment d'une tâche inhumaine, justement parce
qu'ils n'étaient plus des hommes dans leur bon
sens.

A ces mots, le lieutenant-colonel fronça les sour-
cils. Cette libre interprétation de l'héroïsme ne lui
convenait pas.

— Vous aurai à l'œil, vous! dit-il à Tardivaux.

Par bonheur, quelques instants plus tard, ce lieutenant-colonel fut tué par un schrapnell égaré (un de ces rares projectiles de cette journée qui firent vraiment du bon travail), et cette mort sauva de justesse la réputation de Tardivaux, lequel comprit qu'il ne fallait plus parler à tort et à travers.

Mais il ne cessa de réfléchir fortement à ces premiers incidents de la guerre. Il fit bientôt cette importante découverte : *à la guerre, un homme saoul marche droit.*

Les Allemands devaient plus tard doper leurs soldats à l'alcool, et même à l'éther, a-t-on dit. Comme tant d'autres que nous ne sûmes pas exploiter, cette belle invention est française, et le mérite en revient à un simple sous-officier de nos troupes coloniales.

Tardivaux ne s'aventura plus sur la ligne de feu sans être muni d'une grosse provision d'alcool. Il en buvait jusqu'à perdre toute notion des choses et se sentir saisi d'une fureur imbécile qui faisait merveille dans les combats. Cette méthode lui valut d'être promptement remarqué pour sa belle conduite. Comme les cadres étaient très propicement décimés, il devint rapidement adjudant, puis sous-lieutenant. En arrivant sous Verdun, il avait deux galons, et ce fut au cours de cette bataille terrible qu'il s'acquit définitivement une grande réputation. A l'intensité du bombardement, il comprit qu'il lui fallait augmenter sa dose de fortifiant moral. Mais il en abusa et lorsque sa compagnie passa le parapet pour attaquer, il roula ivre mort dans un trou d'obus, entre les lignes, où il ronfla en toute paix, mêlé aux cadavres, durant trente heures, au milieu de la plus formidable entreprise

de destruction qui ait jamais secoué la terre. Il
reprit ses esprits dans le silence menaçant d'une
accalmie, dominé par le chant joyeux d'une
alouette qui s'ébrouait dans un ciel clair. Il n'avait
aucune idée de ce qui avait pu se passer, mais la
vue de deux cadavres et leur odeur déjà foison-
nante lui permirent de faire le point. Il le dit,
avant même de penser à sa sécurité : « Ben, mon
cochon, je me demande comment le vieux va
prendre ça... » Le vieux, c'était le commandant, un
sacré gueulard. Mais enfin, rester entre les lignes
n'arrangeait rien, et il entreprit de regagner en
rampant la tranchée, où il se laissa rouler, tout
étourdi. Ses hommes n'en revenaient pas de le
revoir.

— Vous vous êtes débiné d'en face, mon lieutenant?

Ils lui apprirent qu'ils avaient pris la tranchée
allemande, qu'une contre-attaque les en avait chas-
sés et qu'ils étaient revenus à leur position de
départ. Tout cela n'allait pas sans grands dégâts.
Le lieutenant se rendit chez le commandant, informé déjà de ce retour miraculeux, qui attendait
son subordonné à la porte de sa guitoune.

— Tardivaux, s'écria-t-il, vous n'y coupez pas de
la Légion d'honneur! Comment vous êtes-vous tiré
de leurs pattes?

Tardivaux savait qu'il ne faut jamais contrarier
l'échelon supérieur. Il improvisa tant bien que mal
un fait d'armes.

— J'ai tué les sentinelles, dit-il.

— Il y en avait plusieurs?

— Deux, mon commandant, deux grands
bougres qui doivent faire deux bien jolis macchabs.

— Et dans leurs lignes, vous avez pu circuler?

— Difficilement, mon commandant. Mais j'en ai tué encore deux ou trois, de ces salauds, qui avaient l'air de trop regarder de mon côté.

— Bougre de Tardivaux, fit le commandant, vous en avez une sacrée paire! Vous prendrez bien un quart de gniole, après une aventure pareille?

— Ce n'est pas de refus, mon commandant. Et je casserais bien une croûte par la même occasion.

La renommée s'empara de cet exploit, pour lui conférer une ampleur édifiante. Cheminant par les P. C., les cyclistes et les colonnes de ravitaillement, la nouvelle version parvint aux journalistes, qui la transportèrent toute fraîche à Paris, et là, tout à loisir, en buvant de la bière, ces bons polisseurs de la légende lui donnèrent un tour définitif. Un des meilleurs guides de l'opinion s'en empara et publia, en tête d'un grand journal, un article sensationnel qui débutait ainsi : *L'admirable de cette race française, c'est qu'elle improvise à jet continu de la grandeur, avec un air de simplicité tranquille et comme classique qui est bien la marque de son inaltérable génie.* Dans la semaine qui suivit, les versements d'or à la Banque de France augmentèrent de trente pour cent. Par là se trouva justifié ce que le sergent Tardivaux, cet autodidacte en fait de talents militaires, avait pressenti dès le premier jour : l'importance de l'alcool dans la guerre. Malheureusement, même devenu lieutenant, sa situation demeurait trop obscure pour que ces vastes répercussions vinssent à sa connaissance. Mais il fut décoré à l'ordre de l'armée et bientôt on lui décerna son troisième galon.

Cette dernière élévation lui inspira des réflexions salutaires, on veut dire : relatives à son salut. « Me voilà, se dit-il, dans la peau d'un capitaine. Ce

n'est pas rien! » Il lui apparut que risquer légèrement une vie maintenant considérable serait une
grande sottise, et une sottise néfaste. En somme, il
était aguerri, et à ce titre précieux pour les armées
de l'avenir. Des officiers de complément, on en
trouverait toujours (« à la pelle », pensait-il avec
mépris), mais les militaires de carrière, gardiens
des pures traditions de caserne, se remplacent difficilement. Il importait d'en abriter quelques-uns
pour en avoir de la graine, qui encadreraient soli-
dement les générations futures. Regardant autour
de lui, Tardivaux s'aperçut qu'il n'était pas le
premier à tenir ce raisonnement, et même qu'il y
venait bien tard. Beaucoup d'officiers de carrière,
à peine échappés aux massacres du début, avaient
rapidement progressé vers les états-majors, où ils
s'étaient fortement retranchés, pour le plus grand
bien de la nation à laquelle, avec un inlassable
courage, ils donnaient l'exemple de la persévérance
dans les sacrifices nécessaires. Tardivaux se dit que
là était désormais sa place. Il se fit évacuer à la
première occasion, et même provoqua cette occasion, en vieux colonial rompu aux pratiques clandestines qui peuvent égarer les majors. Il séjourna
longtemps à l'intérieur où il connut de nombreux
succès féminins, qu'il cherchait, doit-on dire, dans
une société très mélangée. Il revint dans la zone du
front, chargé d'une mission de confiance, celle d'un
officier observateur de corps d'armée. Il observa
surtout les règles de la prudence la plus stricte, ce
qui lui permit de terminer la guerre dans la peau
d'un brillant capitaine, dont la poitrine chamarrée
annonçait l'héroïsme.

Tel était l'homme de guerre qui marchait sur
Clochemerle pour y rétablir l'ordre.

XVIII

LE DRAME

RIEN n'est vraiment risible dans les affaires humaines, car toutes recèlent de l'implacable, toutes
se dénouent par la douleur et l'anéantissement.
Sous la comédie, la tragédie fermente; sous le ridicule, les aspirations bouillonnent; sous la bouffonnerie, le drame s'apprête. Il vient toujours un
moment où les hommes font pitié, plus qu'ils
n'avaient fait horreur.

Les événements qui vont suivre, l'historien pourrait en prendre à son compte le récit. Il n'hésite-
rait pas à le faire, s'il ne voyait aucun meilleur
moyen d'en instruire le lecteur. Mais il se trouve
qu'un homme a eu de ces événements une connaissance approfondie, pour y avoir été mêlé de près
en raison de sa charge municipale. On veut parler
du garde champêtre Beausoleil, citoyen de Clochemerle, où il exerçait souvent avec bonheur, et toujours avec bonne humeur, des fonctions pacifiantes.
Il nous paraît préférable d'emprunter sa relation,
certainement supérieure à celle que nous pourrions
rédiger, puisque nous nous trouvons là en présence
d'un véritable témoin, qui a naturellement le ton
local. Ce ton devient ici très nécessaire. Voilà donc

le récit de Cyprien Beausoleil. Qu'on écoute cet
homme parler du passé, avec l'absence de passion
que donne le temps, qui restitue aux choses leur
vraie place et aux gens leur faible importance.

— Voilà que l'Adèle Torbayon tournait subitement à la sans pudeur, à toujours soupirer, les
yeux comme abîmés à coups de poing, avec cet air
de penser à des choses pas difficiles à deviner,
qu'elles ont toutes, les femmes, quand l'amour les
rend maboules. Celle-là, qui s'était tenue longtemps tranquille, à faire honnêtement marcher son
commerce, est-ce qu'elle devient pas franc folle
d'Hippolyte Foncimagne? Une andouille comme
l'Arthur — andouille, rapport qu'il était le mari,
ce qui retire toujours du jugement — pouvait bien
y rien voir, c'était pas cachable à un homme
comme moi qui connaît toutes les femmes du
pays et des environs. Un garde champêtre, avec
l'uniforme et le pouvoir du procès-verbal, pas maladroit de sa langue ni de ses mains, et toujours à
baguenauder, sans avoir l'air de remarquer en observant bien tout, il lui arrive vite d'en savoir
long sur les femmes, et de les tenir, rien que pour
se taire, parce que ça ferait du vilain si un homme
qui sait voir derrière les apparences se mêlait un
matin d'y tout dire!

» J'ai eu du bon temps, ça, je peux l'assurer, rapport que je les surveillais, les porteuses de fesses, et
que je savais me montrer au bon moment. Le bon
moment, tout est là, avec ces gentilles bourriques.
Pour un qui a le goût et qui connaît leurs ma-

nières, c'est pas difficile de s'apercevoir de l'instant qu'il faut s'amener par hasard.

» L'Adèle, la voilà donc d'un seul coup comme folle, toujours distraite, au point de mal compter et qu'on serait quasiment parti de l'auberge sans payer. Une femme qui vient à ce point d'oubli, si contraire aux usages de nos campagnes, où elles sont toutes empileuses de sous, cherchez pas, mon bon monsieur : ça la tient au bon endroit, avec une ardeur pas courante. Je parle pour des femmes comme étaient l'Adèle et la Judith, par exemple, des femmes d'un tempérament riche et qui prennent tout leur content de la chose, avec un zèle bien placé, et pas de ces grimacières, de ces toutes froides qui vous donnent pas envie, comme j'en connais. Celles-là, ces jamais bouillantes, c'est tout chipie et compagnie, et de bien belles emmerdeuses pour les hommes. Ça se comprend : des femmes qu'on ne peut pas contenter de là, on ne peut les contenter de nulle part, rendez-vous compte. On les appelle les femmes de tête. Ouais! Les femmes, c'est pas fait pour travailler de la tête, voilà mon avis, et quand elles travaillent mal de tête, elles travaillent mal d'ailleurs. Ça pèche toujours d'un côté, et c'est de l'intelligence mal employée que je dis, moi, Beausoleil! Les femmes, monsieur, j'en ai approché, entendu, tenu, et tout, par douzaines. Forcément, avec les occasions qu'on a, étant garde champêtre, quand elles se trouvent seules à la maison, avec ses sacrés temps d'orage que nous avons en Beaujolais, qui vous les fout toutes à la renverse, pour ainsi dire. Ecoutez mon conseil : pour être en paix chez vous, prenez une bonne molle un peu lourde, de ces dodues qui tombent quasi d'évanouissement quand on les touche, et des fois rien qu'à les regarder avec un air qui en promet. De celles-là, vous en aurez toujours raison, tant soit peu que vous soyez vigouret. Tapage pour tapage, vaut mieux que les femmes gueulent la nuit que le jour, et mieux que ça soit l'agrément que non pas la méchanceté qui les fasse gueuler. Règle générale : une bonne femme se connaît au traversin. Une qui s'y conduit bien, c'est rare qu'elle soit franchement mauvaise. Quand ça la prend, ces nerfs, faites-lui voir de quoi vous êtes capable : ça lui chasse tout de suite les démons du corps, bien mieux que le goupillon de Ponosse. Elle est toute douce après, et toujours de votre avis. C'est pas vrai, croyez-vous?

» L'Adèle, du temps que je vous parle, c'était une joliment foutue, qui faisait malice à plus d'un, et rien que pour se mettre un peu d'elle dans la vue, les hommes de Clochemerle venaient boire à l'auberge. C'est même, à bien parler, ce qui a fait la grosse fortune de l'Arthur. Il avait qu'à laisser reluquer sa femme par les autres pour avoir toujours une salle bien garnie de monde, ce qui lui faisait tous les soirs un fameux tiroir de picaillons. Il faisait semblant de ne pas voir qu'on y touchait un peu, à l'Adèle. Ça le rendait pas jaloux, parce qu'il la laissait peu sortir, et ça devenait impossible de pousser loin le pas convenable. Faut dire que l'Arthur, c'était un grand fort, qui mettait une feuillette pleine sur une charrette sans seulement faire han! Alors pensez qu'un gringalet lui aurait guère pesé au bout du bras. On se tenait à carreau de son côté.

» De voir une Adèle toute changée, jusqu'à cesser de plaisanter avec la clientèle, jusqu'à se tromper à son désavantage en rendant la monnaie, ça m'a mis sur la voie. Je pensais ben depuis long-temps que c'était une drue, cette femme-là, sous son air tranquille. Mais personne disait qu'elle avait jamais cocufié l'Arthur. Faut qu'un coup, et guère de temps pour en prendre une troussée, parce que les sacrées bougresses, quand ça les tient, elles trouvent toujours le joint, ça serait-i que cinq minutes par-ci, par-là. Je me dis à voir l'Adèle pareillement changée : « L'Arthur, il y a, c'te fois! » Et dans un sens, ça me faisait un certain plaisir, sous le rapport de la justice. C'est pas juste, avouez, lorsqu'il y a deux ou trois vraies jolies femmes dans un pays, qu'elles soient toujours pour les mêmes, pendant que les autres ne prennent que de la mauvaise joie avec les mal viandées et les pas fondantes!... Alors me voilà parti à chercher le sacré cochon de veinard qui avait bien pu s'en-voyer Adèle, sans passer par mon tambour. Ça m'a pas pris longtemps d'y voir clair. Rien qu'à exa-miner la façon que l'Adèle couvait le Foncimagne d'un œil humide, et c'te manière lente de lui sou-rire sans voir personne, et de se pencher pour le servir en lui caressant la tête de sa bonne poitrine, et d'oublier tout le monde pour pas en perdre une miette de son coquin, tant qu'il était là. Les femmes dans des états pareils elles avouent tout sans rien dire, vingt fois par jour : l'amour leur suinte du corps comme une transpiration de dessous de bras. C'est si vrai que ça rend tout fous les hommes autour, des fois sans qu'ils se rendent bien compte. « Ben, que je me dis, à voir ce drôle de » travail, un de ces jours, ça va aller mal! » Pas tant du côté de l'Arthur, je pensais, que du côté de la Judith en face, qui ne voulait pas donner le

plus petit bout de sa part de gâteau, et c'était justement l'Hippolyte, son chou à la crème.

» Comme j'avais prévu, les choses sont allées, et
sans que ça tarde. Ma Judith, elle a tout de suite
le flair de ce qui lui arrive, et la voilà tout le
temps plantée devant sa porte avec une mauvaise
figure, à lancer des sales regards en direction de
l'auberge, à faire croire qu'elle ne pourrait pas
longtemps s'empêcher de venir arracher les yeux
de l'autre. Et à tout bout de champ, elle envoyait
son conneau de Toumignon demander si on n'avait
pas vu le Foncimagne de son cœur. Et de commencer à raconter bientôt tout fort dans sa boutique
que l'Adèle c'était jamais qu'une ci et une là,
qu'elle viendrait lui crier sa honte chez elle, sans
se gêner devant l'Arthur, un de ces matins. Et à
mener tel raffut d'endiablée que le bruit s'en répandait dans tout le pays, et qu'il arriva aux
oreilles de l'Adèle, et pas loin de celles de l'Arthur,
qu'on vit tout soupçonneux, à dire que ceux qui
lui manquaient il avait pas l'habitude de les manquer, et qu'ils ne sortaient pas vivants de ses
mains, et à rappeler l'histoire de l'homme qu'il
avait assommé d'un coup de poing, une nuit qu'il
rentrait de Villefranche à pied. Tant qu'à la fin
l'Hippolyte, menacé par la Judith et l'Arthur, a
pris peur et qu'il est allé loger dans une maison
du bas bourg, laissant l'Adèle toute chamboulée
comme une veuve. Et la Judith, en face, de triompher, et de partir à la ville deux fois par semaine
au lieu d'une, et de sortir mieux que jamais à
bicyclette. Et l'Hippolyte de filer doux. Et
l'Adèle de pas pouvoir cacher les yeux d'une qui a
pleuré. Et tout le bourg d'observer l'affaire, et les
moindres manèges de ces trois-là.

, » On a connu toute la vérité plus tard, qui était bien comme j'avais deviné, par la faute de l'Hippolyte qui a pas pu se retenir de crier sur les toits, un jour qu'il avait bu, qu'il s'en était bien payé avec l'Adèle. Il aurait mieux fait de se taire, bien sûr. Mais c'est plutôt rare que les hommes finissent pas, un jour ou l'autre, par donner des détails sur ces choses-là. Une fois que c'est fini, ça leur laisse encore le plaisir de pouvoir se vanter et de faire envie, quand la personne en vaut la peine, comme c'était le cas pour l'Adèle, qui aurait guère trouvé de Joseph, si l'idée lui avait pris de faire la Putiphar avec les hommes de Clochemerle. Pour ma part, je me le serais pas fait dire deux fois. J'étais tout prêt d'avance à lui faire la politesse. Mais ça ne l'intéressait pas. Cette femme-là, elle avait ses têtes.

*
*

» Tout ça s'était passé par là trois semaines avant que la troupe vienne à Clochemerle. En trois semaines, l'Adèle s'était un peu consolée, mais elle restait piquée dans son amour-propre, et puis elle avait pris des habitudes avec Foncimagne, dont l'envie se passait facilement, attendu qu'elle l'avait sous la main, dans une chambre du haut. Avec l'entrée de derrière par le clos, il pouvait se glisser à toute heure. Les mauvaises habitudes, c'est peut-être bien, passé partout, ce qui fait le principal agrément de la vie. On peut ajouter que les besoins qui vous prennent sur le tard, c'est les plus terribles. Dans le cas de l'Adèle, vous voyez à peu près de quoi je parle. Et l'Arthur, probable, s'était bien ralenti, comme ça vient toujours en ménage, rapport que c'est toujours la même cuisine. A tou-

jours manger de la dinde truffée, on finit par en
faire pas plus de cas que d'un mauvais bouilli. Dès
qu'une femme devient de l'ordinaire à tous les
jours, on a plus de peine à se mettre en train avec.
Rien que l'idée de trouver du nouveau, des fois
pas grand-chose, attendu que ça change guère au
fond, ça nous tourneboule, je dis pour nous, les
hommes, parce que pour les femmes, c'est différent.
Tant qu'on leur donne leur content, elles sont pas
curieuses de ce côté-là. Mais c'est rare qu'elles aient
tout leur content, à la longue, et ça leur travaille
la caboche sans arrêt, parce qu'elles ont rien de
plus important à penser, si on veut bien réfléchir.
C'était comme ça pour l'Adèle, bien sûr. Voilà une
belle jument qu'avait jamais eu d'avoine et qui se
met à s'en goinfrer, et qu'on laisse sans, ensuite.
Ça faisait une femme trop privée, du jour au lendemain. Vers les trente-cinq ans qu'elle pouvait
avoir, rendez-vous compte de la secousse. Ça lui
détraquait la cervelle, on comprend bien.

» Là-dessus, comme je disais, voilà la troupe qui
s'amène à Clochemerle, par là une centaine de gars
dans toute la vigueur du jeune âge, qui portaient
avec eux l'incendie, rapport que c'te gaillarde jeunesse pensait qu'aux jupes et à fourrager dessous.
Toutes les femmes se sentaient visées et pensaient
toutes à ce renfort de bonne vigueur qui restait
sans emploi dans les cantonnements, à tirailler des
garçons au point de les faire souffrir, ce qui mettait en pitié nos bien bonnes femmes, qui ont bien
du cœur et qui aiment à soulager. Je vais vous
faire une remarque sur ma façon de comprendre
certaines choses. L'arrivée des soldats, ça chavire
toujours les femmes. On dit que c'est la vue de
l'uniforme qui leur produit de l'effet. A mon sens,

c'est plutôt une si grande abondance d'hommes en pleine activité et fraîcheur, dont les regards leur brûlent la peau, et l'idée qu'elles se font des soldats. Toujours vifs au déculottage, elles croient les soldats, et vifs à pousser de l'avant, sans prendre conseil ni demander la permission. Ça fait comme un grand coup de viol possible qui leur enflamme le sang : ça doit probablement venir de leurs arrière-arrière-grand-mères, qui en avaient toutes pris de bons vieux coups, quand les armées de brigandage passaient dans le pays. Enfin c'est facile à voir que c't-idée des soldats, ça met en branle chez elles des tas d'affaires qui se tiennent en sommeil au fond de leur nature. Les femmes — les vraies, je dis bien — elles ont toutes plus ou moins rêvé de gueuler d'épouvante devant un beau gars qui leur ferait tout voir sans façon, à l'improviste, parce que l'épouvante leur met le ventre en bonnes dispositions. Ça manque pas les femmes qui aimeraient bien qu'on leur demande pas leur avis, de manière qu'elles aient pas de regrets ni de remords ensuite, et qu'elles puissent dire : c'est pas de ma faute. C'est toujours ce qui les rend rêveuses à la vue des soldats de penser qu'un de ces résolus pourrait se jeter sur elles, et rien que l'idée de l'imaginer, ça leur fait chaud. Dès que les hommes et les femmes se mettent à bien se regarder, comme c'est le cas au passage d'un régiment, ça en fait des cocus dans les têtes! Si tout se passait pour de vrai, de ce qui se passe dans les têtes, ça ferait une sacrée cochonne de foire aux fesses, vous dites pas non?

» Pour le coup, quand j'ai vu cette bonne centaine de gaillards campés à demeure dans Cloche-

merle, j'ai tout de suite pensé que ça tarderait pas
d'amener du grabuge. Voilà toutes les femmes
dehors, sous prétexte de tirer de l'eau à la pompe,
où elles se tenaient le cul haut et le corsage grand
bâillant, penchées sur leurs seaux. Dans ces corsages qui laissaient voir profond, et sous ces jupes
qui cachaient pas de reste, vous pensez si c'était
plein de regards glissés comme des anguilles. Les
satanées bougresses devaient bien s'en douter, et
c'est la raison, à mon avis, qui les menait si souvent à la pompe, où elles vont guère d'habitude :
dans nos campagnes de vignobles, on n'a pas beaucoup besoin d'eau. Enfin voilà tout le monde à se
reluquer, franchement ou pas, entre hommes et
femmes, et ensuite à plaisanter, les femmes sans
bien dire leur façon de penser, et les soldats qui
la disaient trop, et trop fort pour que ça fasse
grand plaisir aux maris, qui se fichent habituellement pas mal de leurs femmes, mais qui reprennent
du goût pour elles dès qu'un autre y prête attention, la chose est connue. Les femmes, rien qu'à se
douter qu'elles faisaient envie, ça leur donnait
déjà du plaisir : des tristes se mettaient tout d'un
coup à chanter, et ça menait grand train vers le
lavoir, où les pas farouches voyaient d'un bon œil
l'occasion de se payer un peu de rabiot à la veillée.
Pareil brassage, ça pouvait pas durer sans rien
donner. On a commencé à dire et à dire, tant et
plus, et bien plus qu'il y avait, c'est certain. Dès
qu'une luronne se voyait davantage tourner autour, ou recevait meilleure part de compliments
que ses voisines, vous pensez si les jalouses étaient
longues à la traiter de pas propre et de faiseuse
d'horreurs dans un coin de remise ou de cellier.
Sûr qu'il s'en passait pas tant qu'on voulait dire.

Mais quand même, il s'en passait des vives, à droite et à gauche, et des fois de la part de celles qu'on ne disait rien dessus. Les plus parlantes, c'est pas celles qui font davantage, souvent : ça se passe tout en mots chez elles, alors que celles qui s'en donnent bien n'ont pas besoin de mots. Le plus fort de l'attention allait aux femmes qui logeaient des gradés, par supposition que le galon donne plus d'agrément à toutes sortes d'affaires. C'est bien pour dire que la vanité va partout se fourrer. On répétait, du haut en bas de Cloche-merle, que la Marcelle Barodet ne devait pas perdre son temps avec le jeune lieutenant toujours enfermé dans sa maison. On ne pouvait pas la blâmer malgré tout, puisqu'elle était veuve de guerre, et dans un sens ça lui faisait une compen-sation bien méritée, qui ne portait préjudice à personne, tout en faisant plaisir à deux. Et ça se bousculait ferme dans la boutique de la Judith, qui a toujours fait gros d'effet sur les hommes. Mais de ce côté-là, c'était midi sonné : elle ne trouvait rien de plus beau que son Hippolyte, elle s'en mettait jusque-là de son Foncimagne.

» Celle qui m'intéressait plus que les autres, c'était l'Adèle, qui avait chez elle le capitaine Tar-divaux, le premier personnage du bourg, si on considère l'autorité et la nouveauté. Après la honte d'avoir été plaquée par Foncimagne, de manière que tout le bourg y savait, l'Adèle se conduisait plus comme avant, et l'arrivée d'un capitaine à l'auberge, c'était bien fait pour l'émoustiller. Sans compter qu'en plus, c'était flatteur, un capitaine, et ça augmentait d'un bon rang sur Foncimagne, un petit greffier de pas grand-chose. Le capitaine,

je voyais ben son jeu. Il avait d'abord tourné vers
les Galeries beaujolaises, comme tous les nouveaux
venus dans le pays. Voyant que ça ne rend pas de
ce côté de la rue, il revient de l'autre, et le voilà
qui s'installe près de la fenêtre comme une sorte
de bureau, mais c'était bien plutôt pour se rincer
l'œil sur l'Adèle et avancer vivement ses affaires,
j'ai pas besoin de dire lesquelles. Il la perdait pas
de vue, l'Adèle, ce cochon d'étranger. Ça nous faisait affront, à nous autres, parce que l'Adèle est
une femme du pays. Une de chez nous qui trompe
son homme avec un de chez nous, on trouve pas
trop à redire : ça fait en même temps un cocu et
un heureux de plus, et si les hommes se mettaient
à être trop sévères sur ce chapitre, comment voudriez-vous ensuite qu'ils trouvent des occasions
dans nos bourgs où tout le monde se connaît? Mais
de voir une femme de chez nous tromper son
homme avec un étranger, c'est difficile à digérer.
On a l'air de vrais couillons, les Clochemerlins, à
se croiser les bras, pendant que la garce se fout de
la joie plein le corps!

» Pourtant là, même voyant venir la chose, on
n'osait pas trop se plaindre, à cause de l'Arthur
qu'est pas bien aimé, rapport qu'il se croit plus
malin que Pierre et Paul, avec l'air de prendre les
autres pour des andouilles, tout en mettant leurs
sous dans sa caisse. C'est un genre qui déplaît. Faut
vous dire également que l'année d'avant, l'Arthur
avait fait un pari en pleine salle de café. « Est cocu
» celui qui veut, qu'il avait dit. Moi, je veux pas
» l'être, je le serai jamais. — Tu paries combien?
» demande Laroudelle. — C'est bien simple, ré-
» pond l'Arthur, le jour qu'il est prouvé que je
» suis cocu, je mets une pièce en perce, au beau

» milieu d'ici, et boira qui voudra, sans payer,
» pendant une semaine. » C'est des paris d'orgueil-
leux et d'imbécile, vous conviendrez! On savait
bien qu'il avait perdu son pari, depuis Foncimagne, mais personne voulait se charger de lui
faire la commission. Entre l'envie de boire sans
payer et la crainte d'attirer des ennuis à l'Adèle,
on aimait mieux se taire, finalement.

» Du moment qu'on ne profitait pas du pari, ça
nous amusait de voir si l'Arthur ne serait pas une
seconde fois cocu. Six mois plus tôt, on n'aurait
donné aucune chance à ce Tardivaux de malheur,
mais une fois que le Foncimagne avait déjà passé,
ça changeait tout. On était donc deux ou trois à
surveiller d'assez près la tournure des événements.
C'était pas aisé de se rendre compte, parce que
l'Adèle n'allait pas faire sonner les cloches pour
nous mettre au courant, et on ne pouvait pas,
comme on dit, passer la ficelle. Ce qui fait qu'on
hésitait tous à dire oui, sur la question de savoir si
les cornes de l'Arthur prenaient de la longueur.

» Un jour, je m'amène seul prendre un verre
dans l'après-midi, et je remarque un grand change-
ment. Tardivaux, qui regardait sans arrêt l'Adèle
d'habitude, la regardait plus. Je me dis : « Si tu la
» regardes plus, c'est que tu la connais mainte-
» nant! » Et c'était l'Adèle qui le regardait guère
avant, qui le regardait maintenant. Je me dis
encore : « Toi, ma fille, tu es ficelée! » Pas plus,
j'en dis tout bas, mais j'avais mon opinion faite.
Vous avez observé ça, dites voir : les hommes regardent toujours les femmes avant, et les femmes
regardent les hommes après. Là-dessus, deux jours
plus tard, voilà l'Adèle qui se plaint du mal de

tête, et qui prend une bicyclette pour aller un peu
prendre l'air, qu'elle dit, tout pareil que la Judith,
et qui recommence le lendemain. Là-dessus, voilà
Tardivaux qui se tient moins dans la salle et qui
fait seller son cheval, pour aller visiter les environs, qu'il dit. Et moi, je me dis : « Arthur, t'es
» bien cocu encore un coup! » Et pour être plus
sûr, je dirige ma tournée dans la direction que
prenait l'Adèle, sans me faire voir, comme de juste.
Je connais les chemins défilés, étant garde cham
pêtre, et tous les coins touffus de la campagne envi-
ronnante, où les femmes et les filles trouvent à se
faire leur affaire à l'abri des curieux. Quand j'ai
vu briller dans un fourré les nickels d'un vélo, et
que j'ai vu plus loin le cheval tout seul attaché de
Tardivaux, j'ai ben compris que l'Arthur, à c'te
cadence, pourrait bientôt payer à boire toute l'année, s'il tenait son pari. Mais ce qui m'a étonné,
c'est quand j'ai vu rôder par là notre sacrée jau-
nasse de Putet, qui venait pas dans le bois pour
son compte, attendu qu'au plus profond de la nuit,
elle risquait pas de rencontrer le loup-garou, celle-
là. Ça m'a paru bizarre. Et probable, je me disais,
que cette charogne a vu comme moi le vélo et le
cheval, avec personne dessus. Enfin, continuons.

» Bon! Tout ça que vous connaissez déjà : les
visions de la Putet, la roulée en pleine église de
Toumignon avec Nicolas, et le saint Roch foutu
par terre comme mort, et Coiffenave qu'avait
comme qui dirait sonné la révolution, et la Rose
Bivaque qu'avait perdu son cordon bleu de la
Sainte-Vierge en s'amusant trop fort avec le Clau

dius Brodequin, et les Montéjourais qu'avaient barbouillé le monument, et la Courtebiche qu'était pas contente, et le Saint-Choul chassé à coups de tomates, et le Foncimagne qui pouvait pas suffire à ses deux goulues, et l'Hortense Girodot partie avec son galant, et la Maria Fouillavet tripotée par ces deux grands cochons de Girodot père et fils, et Poilphard qui devient piqué, et Tafardel tout bredin de colère, et la mère Fouache prise d'une diarrhée de boniments, et la Babette Manapoux qu'allait de la langue pire que de son battoir, tout ça, vous pensez bien que ça nous faisait un Clochemerle pas ordinaire, comme on n'avait jamais vu en remontant au fin fond de la caboche du plus vieux du pays, le père Panemol, qu'avait cent trois ans comptés, et qui était encore lucide, la preuve qu'il vidait bien son verre et qu'il regardait toujours les petites filles jouer à pipi, comme elles font chez nous, ces innocentes déjà tourmentées.

» Dans ce Clochemerle tout de guingois, v'là tous les hommes à parler que de politique, en gueulant vingt dieux! et toutes les femmes à parler que du derrière de leur voisine, et des mains par lesquelles il avait passé, en gueulant autant que les hommes, mais plus aigre comme de juste. Et v'là en supplément ces cent chauds lapins de soldats, tous à répétition comme leur fusil, qui pensaient qu'à se la mettre joyeusement à l'air. Et toutes nos femmes encore en état, de tant y rêver, que ça leur en flanquait comme une épidémie de folie de train, et que nos hommes en maigrissaient de surmenage comme des jeunes mariés. Et par là-dessus un soleil à tout faire bouillir. Une vraie chaudière, ça devenait, Clochemerle, et plus moyen d'arrêter la pression. Fallait que ça pète, d'une manière ou de l'autre. Oui, je me disais, faut que ça pète, ou que les vendanges arrivent sans tarder. On en était par là à quinze jours des vendanges, et si elles arrivaient vite, ça arrangeait tout, rapport à l'occupation depuis le grand matin, et aux sacrées suées et à la fatigue, et au souci de faire le vin bon, qui passe avant tout. Elles auraient remis le monde dans le chemin du sérieux, les vendanges. Quand le vin est cuvé, tous ceux de Clochemerle s'entendent comme famille bien unie, sur la question de le vendre cher à ceux qui viennent de Lyon, de Villefranche et de Belleville. Mais les gens n'ont pas pu attendre quinze jours. La chaudière a pété avant.

» Je vais vous dire cette sacrée imbécile d'affaire, arrivée d'un seul coup, comme ces coups de tonnerre en Beaujolais, vers la mi-juin, et tout de suite après, la grêle. Des fois en une heure la récolte est perdue. C'est du chagrin dans nos pays, ces années-là.

» La grande affaire, j'y arrive donc. Faut d'abord vous représenter Clochemerle avec la troupe d'occupation, comme en état de siège. A l'auberge Torbayon, où Tardivaux avait mis son P. C., comme ils disent depuis la guerre, il y avait le poste, une section complète qui logeait dans les granges ousqu'autrefois on mettait le foin, à l'époque des chevaux qui tiraient les pataches. Devant l'auberge, il y avait une sentinelle, et juste en face, une autre, devant l'impasse des Moines, à côté de la pissotière. Il y avait encore des sentinelles ailleurs, bien sûr, mais c'est seulement ces deux-là qui sont importantes dans l'affaire. Ajoutez, dans la cour de l'auberge, et dans la grande rue, sur les seuils, tou jours des soldats à baguenauder. Vous voyez bien la chose?

» Bon. C'était le 19 septembre 1923, un mois après la Saint-Roch, donc, qu'avait déclenché tous ces trafalgars que vous connaissez. Le 19 septembre, je dis bien. Un jour soleilleux et bien suant, un de ces jours qui portent à boire comme il en a, avec la pointe d'orage quelque part, invisible dans le ciel, mais qui peut vous tomber sur le paletot d'une seconde à l'autre et qui vous met les nerfs en pelote. Avant de faire ma tournée, un petit tour, histoire de m'occuper, et aussi pour la surveillance par goût de bien faire son métier, et aussi (je peux tout vous dire) rapport à la Louise (je la nomme pas autrement, ça lui fera pas du tort), une femme qu'on pouvait encore bien se contenter avec, même avec plaisir, en la prenant du bon côté, et qui me faisait des bontés par-ci, par-là, quand ça me prenait de passer vers chez elle, et c'était toujours par des temps de ce genre que ça me prenait de l'aller voir — enfin avant de partir au travail, rapport à ce temps qui mettait en soif encore plus que d'habitude je m'en vas boire un pot chez Torbayon. Dans la position de garde champêtre, on trouve toujours à boire : c'est l'un, c'est l'autre qui offre, rapport qu'ils ont tout intérêt, les gens, à se tenir bien avec moi, et moi pareil, j'aime mieux par nature me tenir bien avec tout le monde : on en a plus de profit et ça rend la vie meilleure.

» Alors, j'entre. C'était avant deux heures, ce qui faisait guère plus de midi, avec l'ancienne heure. En pleine forte chaleur, donc. Et ce mois de septembre-là était chaud, feu de Dieu! On n'a jamais revu le pareil depuis. Bon, j'entre. Y avait là

les bons rossards toujours fourrés chez l'Adèle, c'est
à-dire Ploquin, Poipanel, Machavoine, Laroudelle
et les autres. « Oh, qu'y me font, Beausoleil, t'as-ti
» le gosier en direction de Montéjour. » C'est la
route de chez nous qui descend tant. « Je peux
» toujours vous donner un coup de main pour
» abattre le travail », que je réponds. Ça les fait
rigoler. « Apportez donc un verre, l'Adèle, ils
» disent. Et puis deux pots. » Alors on a trinqué,
et puis on s'est mis à rester là sans rien dire, à
tourner nos chapeaux sur nos têtes, sauf que
j'avais mon képi comme d'habitude, mais bien
contents de boire frais, et du bon, et de voir tant
de soleil plein la porte, en se tenant bien à l'ombre,
ce qui m'ôtait l'envie de sortir.

» Alors, j'ai regardé l'Adèle. J'avais pas d'espoir
de son côté, mais ça m'occupait la tête d'imaginations pas désagréables de la voir aller et venir,
avec toutes les positions bien favorables au regard
qu'elle prenait, penchée. En tournant sans avoir
l'air, elle venait toujours se placer près de la table
de Tardivaux, et là elle lui parlait tout bas, avec
des coups forts de plaisanterie qu'on pouvait tous
entendre, mais l'important elle le disait doucement, et c'était plus souvent doucement que fort
qu'ils se parlaient, avec les manières bien visibles
de deux qui se connaissaient à fond et qui accor-
daient ensemble leurs affaires. Et puis elle s'arrangeait, l'Adèle, pour le toucher un peu, le Tardivaux, et puis elle regardait l'horloge, et puis elle
faisait un sourire, à ce capitaine, qui n'était pas
son sourire pour les clients. Ça nous faisait peine
à penser, à nous qui avions laissé tant de sous à
l'auberge, que jamais l'Adèle nous avait fait ce
sourire-là. Et je te regarde, et je t'en raconte, entre

eux deux, comme si nous n'avions pas existé, et
ça pouvait grandement surprendre, de la part
d'une pas parleuse comme l'Adèle.

» Enfin par moments c'était évident, comme
pour nous autres de Beaujolais quand on a sucré
le vin, qu'ils étaient dans le dernier bien de l'accord, à plus rien se cacher du tout. Ça se voyait
tellement que ça finissait par nous gêner, et qu'on
s'est mis quand même à parler sur n'importe quoi,
pour faire semblant de pas remarquer leur jeu.
Encore nous, c'était rien. Mais c'était l'Arthur. « Il
» faut qu'il soit aveuglé d'orgueil et de bêtise, cet
» homme-là... », je me disais. De penser de la
sorte, ça m'a fait tourner la tête vers la porte du
corridor de la cour. Je l'ai vue un petit peu
entrouverte et j'aurais juré qu'il y avait quelqu'un
de posté derrière pour voir dans la salle. On distinguait du clair à la hauteur d'une tête. Mais je
n'ai pas eu le temps de réfléchir, parce que justement Tardivaux se lève pour partir. Il était
debout à côté de l'Adèle, qui le regardait de tout
près, et lui, croyant que personne ne remarquait
leur manège, il a promené doucement sa main sur
l'Adèle, pas du tout à la façon d'un client qui
craint l'engueulade, et l'Adèle s'est pas écartée
pour lui dire, comme à un client : « Dites donc
vous, vieux dégoûtant! » Comme j'avais la visière
de mon képi sur les yeux, j'ai tout vu sans qu'ils
s'en doutent. Là-dessus, voilà Tardivaux qui sort,
et l'Adèle qui reste sur le bord de la porte, à le
regarder partir.

» Au même moment, v'là la porte du corridor
qui s'ouvre, et l'Arthur, tout pâle et bizarre, avec
la figure d'un homme qui pouvait plus se tenir,
traverse d'un coup la salle, et il sort aussi, en écar-

tant l'Adèle. On se demande, nous : « Ousqu'il
» court donc, l'Arthur? » On avait pas seulement
répondu à la question, v'là-ti pas qu'on entend
dehors un bruit de dispute et de bataille, et la
voix de Tardivaux qui crie : « A moi, soldats! »..
« Ben alors, faut voir! » qu'on fait, nous autres.
Tous on se lève pour y aller, et pan! v'là un coup
de fusil qui pète tout près, et l'Adèle qui tombe
par terre sous nos yeux, en faisant ouuuu-ouuuu-
ouuu, sans plus remuer que sa poitrine et son
ventre, qui se soulevaient plus vite qu'à l'ordinaire. C'était fort, vous avouerez! Elle était blessée,
l'Adèle, blessée par la balle qu'un sacré abruti de
soldat lui avait tirée sans savoir pourquoi ni comment, dans la surprise. Mais je vous expliquerai...

» Pendant que les autres s'occupent de l'Adèle,
je saute dehors, où le devoir m'appelait. Ben, bon
Dieu, ça faisait du joli, dehors! Une mêlée de
civils et de soldats au milieu de la rue, et tout
ça qui voyait rouge, et qui se triquait ferme, et
qui gueulait comme des Aztèques, et de tous côtés
il en arrivait d'autres avec des gourdins, des barres
de fer et des baïonnettes. Et des cailloux qui com-
mencent à pleuvoir, et tout ce qui pouvait tomber
sous la main des Clochemerlins qui commence à
voler. Ben, bon Dieu, oui, ça faisait du joli! Alors
moi, je me lance au travers, en criant tant fort
que je pouvais :« Au nom de la loi... » Ils s'en
foutaient bien tous de la loi, et moi aussi, pour
bien dire, et j'ai cogné comme les autres. Des moments pareils, on ne se connaît plus. Enfin, la
vraie révolution, et personne avait plus son bon
sens, c'est sûr. On se demande comment les
émeutes arrivent. Comme ça, elles arrivent, sans
crier gare, et personne peut rien y comprendre,

tout en étant dedans. Est-ce que voilà pas deux ou trois de ces sacrés cochons de soldats qui font péter encore des coups de fusil? Ce qui a quand même arrêté la bagarre par panique, parce que ça devenait trop grave. Et puis le manque de souffle aussi l'a arrêtée. On avait trop dépensé ses forces, sans se réserver pour la fin.

» Combien de temps avait duré c'te bataille, j'en sais rien, et pas un de Clochemerle pourrait le dire. Quatre, cinq minutes, peut-être. C'était assez pour faire du malheur, avec l'idiote colère de tous. Du malheur, y en avait, à pas pouvoir y croire. Premièrement donc, l'Adèle qu'était blessée dans la poitrine. Ensuite l'Arthur, avec un coup de baïonnette dans l'épaule. Ensuite Tardivaux, la figure en marmelade, des coups de poing de l'Arthur. Ensuite Tafardel, avec un coup de crosse sur le crâne qui lui faisait la tête comme une citrouille. Et le fils Maniguant avec un bras cassé. Et un soldat qu'avait pris un mauvais coup de pioche, et deux autres, des coups dans le ventre. Et plusieurs encore, tant Clochemerlins que soldats, qui se frottaient ou qui boitaient. Enfin, le pire et terrible, y avait un mort, tombé raide d'une balle égarée, à bien soixante mètres de là, le Tatave Saumat, dit Tatave-Bêlant, qui était l'idiot de Clochemerle, un pauvre irresponsable sans malice. C'est bien pour dire que c'est toujours les innocents qui écopent!

» Ah ben, ça faisait du propre, vingt dieux de vingt dieux. De la stupeur affolante, ça faisait, et les gens se demandaient comment que ces abominations imbéciles avaient pu se passer si vite, avec la mauvaise volonté de personne. C'est bien pour

dire que les choses arrivent bêtement. Et celles-là
que je vous dis, elles étaient arrivées, et pas moyen
de les arranger avec les lamentations de ceux qui
étaient venus voir et qui se tenaient tout saisis de
pitié et de désolation, à dire que c'était pas Dieu
possible des pareilles affaires, dans un pays où le
monde est pas mauvais au fond, ce qui est bien
vrai, à ma connaissance de garde-champêtre. Pas
mauvais, pour sûr, nos gens! Mais quoi, c'était
fait, c'était fait. Fallait se rendre à l'évidence de
la vérité pitoyable, en les voyant, les victimes, et
surtout le Tatave, qu'avait déjà pâli, comme tout
étonné d'être mort pour de bon, en pauvre idiot
qu'il avait été de son vivant, et qui ne comprenait
pas mieux maintenant qu'avant. Couillonné de se
voir au ciel, autant qu'il avait pu l'être sur la
terre, probable!

» Ce qui suivit ensuite, c'est pas difficile de
l'imaginer. Voilà la sallé de l'auberge Torbayon
qui devient comme un hôpital, avec plein de
monde dedans pour voir les blessés, et Mouraille
et Basèphe qui allaient de l'un à l'autre en suant,
avec des drogues et des pansements. Et là-dedans
l'Arthur gueulait fort, d'être en même temps blessé
et cocu, et de ce qu'on lui avait abîmé sa femme,
en plus de l'avoir baisée avant, sauf vot' respect.
Ce qui était fort tout de même, faut l'avouer! Et
le Tardivaux qui gueulait pareillement, avec toute
la fureur de l'honneur militaire, qui en avait pris
une bonne secouée sur sa figure, bien atteinte par
les poings de Torbayon qui lui avaient fendu la
lèvre et cassé deux dents, chose qui n'arrange pas
un capitaine, c'est certain. Mais surtout, c'était
l'Adèle, étendue sur le billard, qui faisait pitié à
entendre avec ses ouïe-ouïe-ouïe qui lui sortaient

doucement de la bouche, et toutes nos bonnes
femmes, pressées autour, de dire : « C'est-i Dieu
possible! », avec des figures pires qu'à confesse. Au
premier rang, il y avait la Judith, tout droit venue
d'en face à la nouvelle de l'affaire, ce qui est bien
pour dire qu'elle n'était pas mauvaise, la Judith,
quand on ne lui prenait pas ses hommes. Elle
avait défait le corsage et la chemise de l'Adèle,
avec bien des précautions, et ça lui faisait tant
d'émotion de voir le sang de l'autre qu'elle répétait sans arrêt : « Je lui pardonne ben tout, à
» l'Adèle! » C'est bien pour dire que les gens
devant le malheur sont mieux disposés pour leurs
semblables. D'avoir été penchée sur sa voisine
blessée et peut-être près de mourir, ça la rendait
toute pleurante et sans défense, la Judith, au
point de plus bien se rendre compte ni rien sentir,
tassée dans c'te foule en peine. Ça fait que deux
ou trois beaux saligauds en profitaient pour lui
peloter les fesses avec ardeur, sans arrêter de dire,
ces grands sournois : « C'est ben du malheur, c'est
» ben du malheur! » C'est bien pour dire, monsieur, que la cochonnerie de l'homme ne laisse
jamais passer une occasion! Un autre encore qui
gueulait fort à sa façon, c'était Tafardel, avec sa
tête cabossée et toute violette sur l'œil gauche. Ça
lui agitait fameusement les idées, ce coup de
crosse qu'il avait pris sur le crâne. Il abondait pas
d'écrire, à tout user son calepin en une fois, en
même temps qu'il en débitait contre les curés et
les ci-devant, qui avaient voulu le faire assommer,
qu'il disait, pour étouffer la vérité. Ça mettait du
comique dans la tristesse. Tafardel, c'est un homme
qui a de l'instruction, on ne peut pas dire, mais
je l'ai toujours jugé un peu piqué et pas mal

couillon quand même, et ce coup de crosse, c'était pas fait, bien sûr, pour lui remettre les cases en ordre.

» Enfin, vous vous représentez les scènes, en plein milieu du bourg, tout retourné de frayeur tardive et de bonne volonté d'entente qui arrivait avec du retard. C'est quand le mal est fait que les gens se disent qu'il vaudrait mieux être d'accord. Vous voyez d'ici la mère Fouache, la Babette Manapoux, la Caroline Laliche, la Clémentine Chavaigne, l'Honorine du curé, la Tine Fadet, la Toinette Nunant, l'Adrienne Brodequin, la mère Bivaque, et celles du lavoir et du quartier bas principalement, qui menaient grand train de la langue dans la rue, pire qu'à chanter des cantiques ou à marchander un jour de foire, à tout expliquer par les saletés qui s'étaient passées de la part de nos feu-aux-fesses, et je te lamente, et je vous dis que je l'avais bien dit, et pensez que ça pouvait pas manquer d'arriver, avec des horreurs pareilles et ces hontes à rougir qu'on voyait partout, madame! rapport que c'était l'affreux de l'abominable dans l'indécence de la chiennerie pas avouable, qu'elles disaient, de voir tant de femmes se laisser aller si facilement avec les hommes, à prendre jamais conseil que de leur derrière, et qu'on n'avait pas fini, et qu'on en verrait bien d'autres, si elles ne voulaient pas se tenir tranquilles, les dévergondées. Et toutes d'en dire et d'en prédire, des pires et des terribles, sans bien savoir ce qu'elles racontaient, comme elles jacassent toutes en général, les pate-au-cul! Faut dire que la plupart de celles à parler pareillement, c'étaient des commères qu'il leur venait plus guère de contentement du ventre, que de loin en loin

et tout à fait par raccroc, attendu que les hommes
en faisaient un tout petit peu cas que par les
temps de grande famine. Ces jamais soulagées,
elles étaient forcément mal jugeuses, à l'égard des
pleines d'appétit qui trouvaient toujours à se
mettre sous la dent et qui en prenaient plus que
leur part. Tout ça, c'est des histoires de femmes,
et les histoires de femmes, pour bien les comprendre, faut connaître ce qui se passe sous les
jupes de celles qui en débitent. Enfin, ça disait
ferme, en pleine rue. Elles en disaient à peu près
comme elles tricotent, sans plus d'effort, et sans
mettre plus de bon sens dans une parole que dans
une maille. Comme des poules après l'œuf, ça
pouvait se comparer.

» Là-dessus Ponosse s'amène, bien embêté de
voir les gens dans l'embarras et la souffrance.
« Mes bons amis, il savait que dire, faudrait venir
» un peu plus souvent à la messe. Le bon Dieu
» serait mieux content de Clochemerle. » Et Piéchut qui demandait : « Comment que c'est arrivé,
» racontez voir? », et qui écoutait l'un et l'autre
sans rien dire, toujours malin. Et Cudoine, toujours bête, à se gendarmer trop tard. Et Lamolire,
Maniguant, Poipanel, Machavoine, Bivaque, Brodequin, Toumignon, Foncimagne, Blazot, enfin
tous jusqu'au sagoin de Girodot, les voilà partis à
débattre sur la façon d'arranger l'affaire, qui était
guère arrangeable, pour le Tatave d'abord qu'on
ferait pas revenir, et après pour l'Adèle, l'Arthur
et les autres, qui pouvaient avoir le corps remis
en place que par les traitements et le temps passé
au lit. Finalement, sur le conseil de Mouraille qui
leur dit que ça vaut mieux comme ça, rapport aux

complications et des fois aux opérations, ils dé-
cident d'envoyer tous les blessés à Villefranche, et
de téléphoner d'abord à l'hôpital pour prévenir,
et de tous les charger dans des autos pour les
conduire vivement sans secousses. Et Mouraille en
personne a pris dans la sienne d'auto, l'Adèle,
parce que pour elle ça craignait davantage
et qu'il fallait avoir l'œil dessus, par crainte de
la perte de sang, qu'il disait. Et par là vers quatre
heures du soir, tous les blessés étaient partis, sauf
Tafardel, dont la bosse devenait noire, mais qui
abondait pas d'écrire plein son carnet, pour
envoyer aux journaux des articles de vengeance qui ont mis le feu aux poudres et menacé
de tout foutre en l'air dans le gouvernement, rapport qu'il disait, Tafardel, qu'on avait tué le
Tatave, blessé l'Adèle et cabossé l'instituteur de
Clochemerle sur ordre des curés. chose qui a fait
du bruit dans toute la France, et jusqu'à la tribune
des députés, qui ont pris la frousse d'un chambar-
dement. C'est bien pour dire que l'instruction,
même dans les mains d'un franc couillon, ça peut
mener loin!

  » Une fois tous ceux-là partis, les gens de Clochemerle n'en revenaient toujours pas des choses
qui s'étaient passées, des choses pas explicables
sans la profonde bêtise de l'homme, qui est bien
sa plus grande maladie, à regarder de près. Tuer
le Tatave et blesser dix personnes parce que
l'Arthur était cocu, on peut pas mettre l'intelligence en face d'une chose pareille, même sous le
rapport de l'honneur. C'est pas de bon sens de
placer l'honneur à pareil endroit, vous avouerez.
Chaque fois qu'il se fait un cocu de plus, si ça
devait finir de manière sanglante, resterait plus

qu'à plier bagage et vivement fermer sa boutique.
Ce qui rendrait la vie quasiment pas supportable.
Le plaisir qu'on prend avec les derrières, c'est
peut-être bien le premier plaisir sur la terre, et le
bon Dieu n'avait qu'à s'arranger de façon que le
meilleur plaisir ne se prenne pas de là, pas vrai?
Voilà comme je raisonne.

» Pour en finir, je dois vous dire comment s'était
emmanchée toute l'affaire du 19 septembre. C'est
par une lettre anonyme, reçue du matin, que l'Arthur avait su que l'Adèle fricotait avec Tardivaux.
Une chose qu'on apprend sur ce chapitre vous en
rappelle facilement d'autres. Ça n'a pas manqué
pour l'Arthur, quand il a voulu réfléchir à la
bizarre conduite de l'Adèle depuis l'arrivée de la
troupe. La jalousie lui a fait voir clair d'un seul
coup, sans que les autres s'en doutent, ce qui fait
qu'ils ont continué à pas se gêner, tandis que
l'Arthur, pour être mieux sûr, les observait sans
rien dire, à travers la porte du corridor de derrière. De la manière qu'il a vu l'Adèle se frotter à
Tardivaux et lui parler tout bas, il a plus douté
du tout. C'est là que la colère lui est venue et
qu'il a sauté sur Tardivaux dans la rue, et qu'il
s'est mis à lui taper sur la figure, et pas de main
morte, vous pouvez croire. Et c'est là que la sentinelle d'en face, dans l'affolement, a lâché ce
coup de fusil qui est venu blesser l'Adèle. Et
l'autre sentinelle, pouvant pas jouir de l'Arthur
qui était fort comme un Turc, lui a envoyé le
coup de baïonnette. Et tous les Clochemerlins
d'alentour, furieux de voir l'Adèle blessée, et l'Arthur aussi, en plus d'être fait cocu par un cochon
d'étranger, ont voulu faire mauvais parti aux soldats et ils ont commencé à cogner dessus. C'est de

là que la bataille est partie. On a tout compris
ensuite.

» De même qu'on a su la provenance de la lettre
anonyme, rapport que la personne de l'envoi
s'était absentée la veille pour aller à Villefranche,
et le nom de la ville s'est retrouvé sur le tampon
de l'enveloppe. C'était la Putet, tiens donc, que
j'avais vu espionner à Fond Moussu. C'est d'elle
qu'est venu tout le malheur, de même qu'elle avait
manigancé toutes les histoires de la pissotière. Elle
pouvait pas rester sans mal faire, celle-là. C'est
bien pour dire que la religion aux mains des garces,
ça fait toujours ni plus ni moins que des mauvaises garces. C'était une bien grande charogne,
cette Putet, une sacrée phylloxéra pour le pays. »

— Une chose m'étonne, monsieur Beausoleil,
dans votre récit. Comment se fait-il que les soldats
aient eu des cartouches?

— Vous m'en demandez trop long, mon bon
monsieur. Rapport peut-être à l'état de siège,
comme ils disent dans l'armée, que Tardivaux
avait fait proclamer par mon tambour, pour se donner de l'importance, probable. Rapport peut-être
que dans cette troupe-là, de coloniaux, y avait
pas mal de brigands au travers, tous plus ou moins
sans aveu et braconniers. Et rapport aussi à la
grande pagaille qui a suivi la guerre, dans les premières années. Un peu rapport à tout ça. Le certain, c'est qu'il y avait quelques balles, assez pour
qu'il en aille une dans le corps de l'Adèle, et une
autre dans la peau du Tatave. Pour bien dire
aussi, ces soldats-là, ils buvaient trop de beaujolais sans méfiance. Nous avons du vin traître dans
nos pays : un qui a pas l'habitude, ça lui met vite

la tête pas d'aplomb. A parler franc, cette troupe, elle dessoulait guère entre les repas. Voilà ben les meilleures explications qu'on peut donner d'une affaire pareillement dramatique, et qui avait au fond ni queue ni tête. Règle générale, il faut pas compter trouver bien de l'intelligence humaine dans les catastrophes.

XIX

PETITES CAUSES, GRANDS EFFETS

LES blessés venaient de quitter Clochemerle. Fou
de rage, Tafardel se rendit à la poste où il se mit
directement en relation avec les correspondants
régionaux de la presse parisienne, qui à leur tour
téléphonèrent d'urgence à Paris les communiqués
terribles de l'instituteur. A peine adoucis, ces communiqués parurent dans les journaux du soir de
la capitale. Les dramatiques incidents de Clochemerle, amplifiés par le ressentiment, frappèrent de
stupeur les ministres, et plus spécialement Alexis
Luvelat, qui portait à la fois le poids de cette
affaire et les responsabilités d'un intérim gouver-
nemental.

Le président du Conseil, accompagné de son
ministre des Affaires étrangères et d'une suite importante de techniciens, séjournait alors à Genève,
où il représentait la France à la Conférence du
désarmement.

Cette conférence débutait sous les plus heureux
auspices. Toutes les nations, grandes et petites,
étaient d'accord pour désarmer et convenir que le
désarmement apporterait un grand soulagement
aux maux de l'humanité. Il ne s'agissait plus que

de concilier les points de vue, nécessairement différents, avant d'arrêter les articles d'un plan mon-
dial. L'Angleterre disait :

— Nous sommes le premier peuple maritime du
monde, depuis plusieurs siècles. En outre, à nous
seuls, Anglais, nous possédons la moitié des colo-
nies disponibles dans le monde, ce qui revient à
dire que nous faisons la police sur la moitié du
globe. Voilà le point de départ de tout désarmement. Nous nous engageons à ce que le tonnage
de notre marine n'excède jamais du double le tonnage de la seconde marine du monde. Commen-
çons donc par réduire les marines secondaires, et
la réduction de notre propre marine suivra sans
tarder.

L'Amérique disait :

— Nous sommes dans la nécessité de nous mêler
des affaires de l'Europe, où tout va mal par excès
d'armements, qui ne peut évidemment se mêler
des affaires de l'Amérique, où tout va bien. Le
désarmement concerne donc avant tout l'Europe,
qui n'est pas qualifiée pour contrôler ce qui se passe
sur l'autre continent. (« Et d'ailleurs, ces Japonais
sont de bien grandes et redoutables canailles. »
Mais cela se murmurait seulement dans les coulisses de la conférence.) Nous apportons un programme américain. En tout, les programmes américains sont excellents, car nous sommes le pays le
plus prospère de la terre. Enfin, si vous n'acceptez
pas notre programme, attendez-vous à recevoir nos
relevés de factures...

Le Japon disait :

— Nous sommes prêts à désarmer, sauf qu'il
convient d'appliquer à notre peuple un « coeffi-
cient d'extension » qu'on ne saurait en bonne jus-

tice lui refuser, si on le compare aux peuples en
régression. Nous avons actuellement la plus forte
natalité du monde. Et si nous ne mettons pas un
peu d'ordre en Chine, ce malheureux pays va som-
brer dans l'anarchie, ce qui serait un immense
désastre pour la communauté humaine. (« Et d'ailleurs, ces Américains sont des brutes orgueilleuses
et de bien inquiétantes crapules. » Mais cela se
murmurait seulement dans les coulisses de la
conférence.)

L'Italie disait :

— Dès que nous aurons égalé en puissance l'ar-
mement de la France, que nous égalons en population, nous commencerons à désarmer. (« Et d'ailleurs, ces Français sont de bien grands voleurs. Ils
nous ont autrefois volé Napoléon. Et voici qu'ils
nous volent maintenant le nord de l'Afrique.
Est-ce que Rome, oui ou non, a bien réduit Car-
thage? » Mais cela se murmurait seulement dans
les coulisses de la conférence.)

La Suisse disait :

— Etant pays neutre, appelé à ne jamais se
battre, nous pouvons bien armer tant que nous
voudrons, cela n'a pas d'importance. (« Et d'ailleurs, si le désarmement était chose faite, il n'y
aurait plus de conférence du désarmement, et
notre syndicat d'initiative le trouverait mauvais.
Et vous, messieurs, vous n'auriez plus si souvent
l'occasion de venir en Suisse aux frais de la princesse. » Mais cela se murmurait seulement dans les
coulisses de la conférence.)

Et la Belgique :

— Etant pays neutre, dont la neutralité n'est
pas respectée, nous demandons à nous armer librement jusqu'aux dents.

Et les petits peuples de formation récente, les plus turbulents, les plus faiseurs d'embarras, les plus criards :

— Nous sommes vivement partisans du désarmement des grandes nations qui nous menacent de toute part. Mais, en ce qui nous concerne, nous devons d'abord songer à nous armer décemment. (« Et d'ailleurs, les armements sont très nécessaires à nos emprunts, car ils garantissent à nos prêteurs que leur argent leur reviendra par le truchement des marchands de canons. » Mais cela se murmurait seulement dans les coulisses de la conférence.)

Bref, toutes les nations tombaient d'accord sur une formule qui se résumait d'un mot : « Désarmez! » Et comme toutes les nations avaient délégué à Genève leurs experts militaires, les firmes Krupp et Schneider jugèrent opportun d'y dépêcher leurs meilleurs courtiers, qui auraient certainement dans les hôtels l'occasion de parler des nouveaux modèles et d'enregistrer de bonnes commandes. Ces courtiers savaient à fond leur métier, possédaient des fiches de renseignements très complètes sur les hommes d'Etat et leurs satellites, et disposaient d'un budget de corruption qui permettait de contenter les consciences les plus difficiles. D'ailleurs, gagnés par l'ambiance pacifiste, les concurrents estimèrent plus profitable de désarmer eux-mêmes sur le plan commercial.

— Il y a place pour deux, mon cher confrère, dit le courtier de Krupp. Qu'en pensez-vous?

— *Ja wohl, ja wohl!* lui répondit dans sa langue, par courtoisie, le courtier de Schneider. *Ich denke so.* Pour sûr, nous n'allons pas nous battre à Genève!

— Alors, part à deux, conclut le courtier de

Krupp. Pour quels articles êtes-vous spécialement placé?

— En 65, en 75, en 155 à tir rapide, en 270 et en 380, je suis certainement sans concurrence, répondit le Français. Et vous?

— Pour les 88, les 105, les 130, les 210 et les 420, je crois que vous ne pouvez pas vous aligner, répondit l'Allemand.

— Alors, tope, compère!

— Tope! Et tenez, pour vous montrer que je suis loyal, je vous signale que la Bulgarie et la Roumanie ont l'intention d'améliorer leur artillerie légère. Vous ferez certainement affaire avec ces gens-là. Par exemple, prenez garde à la Bulgarie : son crédit n'est pas fameux.

— Je prends note. Et voyez vous-même du côté de la Turquie et de l'Italie. Je sais qu'elles ont besoin de grosses pièces pour leurs places fortes.

Depuis quarante-huit heures, les deux courtiers avaient eu déjà d'utiles conversations et remis quelques chèques encourageants. Les marchandages de la conférence elle-même allaient moins aisément. Mais on avait déjà prononcé cinq ou six discours de premier ordre, d'une grande élévation de pensée, supérieurement calculés en vue des résonances internationales. Le discours français venait au premier rang.

*
* *

Dans la nuit du 19 septembre parvint à Genève un message chiffré qui avait trait aux vifs incidents de Clochemerle. Dès que ce message fut traduit, le secrétaire courut aux appartements du président du Conseil, afin que ce dernier en prît aussitôt connaissance. Le chef du gouvernement lut deux

fois le message, et une troisième fois à voix haute.
Puis il se tourna vers quelques collaborateurs qui
se trouvaient là :

— Nom de Dieu, dit-il, mon ministère peut
très bien sauter sur une histoire pareille! Il faut
que je rentre immédiatement à Paris.

— Et la conférence, monsieur le président?

— C'est bien simple : vous allez la torpiller.
Trouvez un moyen, et vite. Le désarmement peut
attendre : ça fait cinquante mille ans qu'il attend.
Mais Clochemerle n'attendra pas, et ces abrutis,
là-bas, vont me flanquer une interpellation dans
les quarante-huit heures, tels que je les connais!

— Monsieur le président, proposa le chef des
experts, il y aurait peut-être moyen de tout arranger. Confiez votre plan au ministre des Affaires
étrangères. Il défendra le point de vue de la France,
et nous le soutiendrons de notre mieux.

— Vous n'êtes pas culotté, vous! dit froidement
le président du Conseil. Vous pensez que j'ai trans-
piré depuis un mois sur mon plan pour le passer
aujourd'hui à Rancourt, qui se taillera sur mon
dos un succès personnel? Pour un expert, permettez-moi de vous dire que vous évaluez mal, mon
cher ami!

— Je croyais, balbutia l'autre, voir là l'intérêt
de la France...

Excuse bien fâcheuse, et qui parut vivement
déplaire au président du Conseil. Il s'écria :

— La France, c'est moi! Jusqu'à nouvel avis.
Allez vous occuper, messieurs, de renvoyer en douceur tous ces macaques dans leur pays. Nous leur
foutrons une autre conférence dans quelques mois.
Ça fera une balade pour tout le monde. Qu'on ne
me casse plus la tête avec cette histoire qui est

finie. Tenez, demandez-moi la communication pour Paris, avec Luvelat.

Il y eut une dernière objection, formulée par un homme qui n'avait encore rien dit :

— Ne craignez-vous pas, monsieur le président, que l'opinion publique en France n'interprète mal ce brusque départ?

Avant de lui répondre, le président du Conseil interrogea son secrétaire particulier :

— Quelles sont les disponibilités de la caisse des fonds secrets?

— Cinq millions, monsieur le président.

— Vous entendez, monsieur! dit le président du Conseil. Cinq millions! Avec ça, il n'y a pas d'opinion publique. Et sachez ceci : la presse française n'est pas chère, au point qu'on ne trouve plus à y gagner à peu près largement sa vie. Je suis placé pour le savoir. C'est dans la presse, section des affaires étrangères, que j'ai commencé ma carrière... Décidément, messieurs, nous pouvons filer. Nous désarmerons une autre fois. Allons nous occuper de Clochemerle.

Ainsi échoua, en 1923, la conférence du désarmement. La destinée des nations tient à peu de chose. On en a ici un nouvel exemple. Si Adèle Torbayon avait été moins voluptueuse, Tardivaux moins entreprenant, Arthur Torbayon moins susceptible, Foncimagne moins volage, la Putet moins haineuse, peut-être le sort du monde en eût été changé...

*
**

Avant de quitter le Clochemerle de 1923, il faut dire comment s'acheva cette journée du 19 septembre, qui fut intensement dramatique.

Il était six heures du soir, une écœurante chaleur orageuse augmentait encore le malaise des Clochemerlins atterrés. Brusquement arriva par le travers du bourg un vent de tempête, qui avait le tranchant des bises farouches de l'hiver. Trois énormes nuages bondissants, sortes de caravelles pansues chassées par un cyclone, s'avancèrent sur l'océan du ciel. Ensuite parut à l'ouest, comme une invasion de barbares, la masse d'une horrible armée de cumulus noirâtres, qui portaient la désolation dans leurs flancs gonflés d'électricité, d'inondations et d'une mortelle artillerie de grêle. Les escadrons de ces envahisseurs innombrables recouvrirent la terre de l'ombre et du silence des vieux effrois, toujours prêts à renaître chez les hommes toujours traqués par les dieux. Les monts d'Azergues, qui devenaient rapidement invisibles, furent déchirés par le fracas, lacérés par des lueurs, tronqués par des explosions géantes. Bientôt le ciel entier ne fut plus qu'une étendue livide, aride, pillée, saccagée, et dans son immensité funèbre s'allumèrent les incendies, roula le prodigieux bombardement des furies surhumaines. Les vallées en un instant furent comblées, les collines abaissées, un raz de marée engloutit l'horizon, les noires avant-gardes du néant surgirent. Des courts-circuits embrasèrent le monde aux quatre coins, la planète fut ébranlée sur son axe jusqu'au plus profond de ses entrailles millénaires, et tout ce qui n'était pas épouvante disparut à la vue. D'immenses, d'ensevelissantes parois d'eau de partout croulèrent, isolant Clochemerle comme un bourg maudit, placé seul avec sa conscience devant les confondants jugements. Et des grêlons comme des œufs firent rage, avec une fureur diagonale qui allait frapper les vitres sous les auvents, qui noyait les pièces dont les fenêtres n'étaient pas fermées, qui noyait les granges et les caves, qui arrachait volets et girouettes, qui abattait les cages à fromages, qui soulevait comme feuilles mortes les poules attardées et les assommait contre les maisons.

Deux toits de hangars s'envolèrent sur cent mètres, lâchant leurs tuiles comme des bombes. Une cheminée tomba d'un coup, comme un vieillard dont c'est la fin. Des torrents parallèles, qui se rejoignaient par endroits, ravageaient la grande rue, entraînant dans leur flot bourbeux des pierres bleues et brillantes. Un cyprès du cimetière flamba de la pointe comme un cierge expirant. La foudre explosa comme une décharge d'avions, au faîte du clocher, menaçant de jeter bas ce vulnérable assemblage de poutres, de légendes et de siècles. Puis, changeant de hausse, elle pointa ses rafales sur la mairie, en tordit comme une épingle le paratonnerre, dispersa en poussière ses ardoises républicaines, rôtit son drapeau malgré la puissance des cataractes, à son fronton brisa la pierre qui portait gravé le mot *Fraternité*, et marqua d'un sceau de feu, à sa porte, le cadre de bois où étaient affichés les ridicules arrêtés des hommes, signés de Barthélemy Piéchut. Allongeant encore un peu son tir, d'une chiquenaude elle pulvérisa le panonceau de Girodot, fit craquer devant son étude de pleines boîtes d'allumettes soufreuses, de quoi donner la colique au notaire, prêt à se réfugier derrière les blindages de son coffre-fort, logis habituel de son âme de coquin.

Groupés au plus sombre de leurs tressaillantes demeures, où ils se tenaient tout saisis d'angoisse,

de repentir et de crainte, les Clochemerlins écou-
taient le grondement des averses hacheuses, et
s'accélérer la cadence de la meurtrière mitraille
qui brisait leurs vitres et leurs tuiles, ce qui n'était
rien, mais qui couchait les vignes, en déchiquetait
les feuilles, en crevait les grappes juteuses, les
jetait au sol, les y piétinait, les y vidait de toute
chair, de leur sang alcoolisé, de leur sang précieux
et parfumé, et c'était le sang de Clochemerle tout
entier qui coulait sur les coteaux, qui abreuvait la
terre, qui se mélangeait au sang de Tatave et de
l'Adèle, injustement victimes des sottises, des
haines et des jalousies secrètes. Et c'était tout le
vin de Clochemerle à la fois changé en eau des
ruisseaux. Frappé terriblement par l'agression
céleste, le bourg se voyait déjà ruiné, anémié,
exsangue, devant une longue année d'expiation,
une année sans profits, à passer, avec des caves
vides, dans un atroce désespoir d'amour.

— Nous v'là ben punis !

— C'est saint Roch, pour sûr, qu'attendait que
le moment...

— Ça pouvait pas durer d'un train pareil, avec
tout ce monde comme fou !

— Ça faisait trop de vilaines choses pour un si
petit pays...

— Faut les payer maintenant, de si grandes
putasseries !

— Toute c'te méchanceté de Clochemerle qu'est
sortie d'un coup !

— A rien respecter aussi, c'était trop.

— Nous v'là ben punis ! Nous v'là ben punis !

Les litanies plaintives avaient soudain remplacé
les propos sans charité. Torturées par les affres du
châtiment, les pécheresses regrettaient leurs détes

tables exploits. Dans les jupes des mères, les
enfants pleuraient. Les chiens se cachaient peureusement, cherchant l'obscurité sous leurs oreilles
rabattues; les oies rampaient sur leurs ventres de
grasses matrones, comme écrasées déjà; les poules
fientaient sans mesure dans les cuisines, et nul n'y
prenait garde. Chargés d'électricité, les chats quittaient parfois le sol des quatre pattes, pour y
retomber raidis, le corps en ogive, le poil dressé,
la queue en rinceau, et fixer sur la consternation
des hommes des yeux dont on voyait s'éteindre et
se rallumer étrangement les prunelles diaboliques.

Près des fenêtres, les vignerons accablés observaient le ciel où ils cherchaient une éclaircie. Pensant à tant de choses détruites et d'efforts perdus,
ils sentaient peser à leurs épaules toutes les vieilles
peines de leurs aïeux, qui avaient lutté sur ces
pentes contre les éléments. Ils répétaient :

— Y est trop de misère, quand même, y est trop
de misère!

La pluie dura toute la nuit, tout le lendemain
encore, et une partie de la nuit suivante, avec une
abondance calme mais inexorable qui entraînait à
la dérive toutes les âmes du bourg. Pas un arc-en-
ciel ne parut, pas un rayon ne perça les opaques
grillages de cette pluie, qui avait des kilomètres de
profondeur et des fleuves en réserve. On avait jeté
Clochemerle au fond des plus humides cachots du
monde, dans l'insondable oubli des éternités
mornes.

Enfin, au troisième matin, ténors désenroués, les
coqs, frais empesés du jabot, fiers de leur crête
comme d'une Légion d'honneur neuve, et plus
m'as-tu-vu que jamais, s'égosillèrent de bonne heure

pour annoncer la naissance d'une journée splendide. L'aurore enfantait des colombes. L'horizon
était une aquarelle non encore séchée, où tous les
bleus se fondaient adorablement, mariés aux roses
inflexibles de l'émoi. Les coteaux étaient doux à la
vue comme des seins jeunes, et les collines comme
des hanches épanouies. La terre semblait une fille
de dix-huit ans surprise au sortir du bain, et qui,
ne se ,sachant pas observée, écoute docilement les
ritournelles de son cœur et règle sur leur mesure
les gestes dansants de son corps. C'était l'armistice,
une fois de plus conclu. Pour le fêter éclatèrent des
trompettes de lumière, et le soleil franchissant du
levant la dernière marche prit possession de son
trône céleste. Sur un geste de son sceptre, jaillirent
les féeries, les réchauffants espoirs. Puis il ordonna
au dauphin Amour de se montrer, en prenant au
refrain sa chanson d'allégresse. Et Clochemerle
connut qu'il lui était pardonné.

Mais le bourg demeurait puni, sévèrement puni.
Cette tiède renaissance faisait mieux ressortir les
désolants ravages des dernières journées. Les vignes
à l'infini n'étaient que débris. Lorsque ce fut le
moment de la vendange, peu de temps après, les
Clochemerlins ne trouvèrent à déposer dans leurs
beines que de rares et mauvaises grappes flétries, à
demi pourries, dont le suc avait fui. Leurs entas-
sements ne firent que très chétives cuvées, bien peu
réjouissantes. Et cela donna une méchante piquette
piquée, une piquette de n'importe où, une triste,
une fade bistrouille de plaine, déshonorante en
Beaujolais.

Et invendable, Seigneur!

Et quasiment pas buvable pour l'honnête
homme, bon Dieu de bon Dieu!

Jamais ça ne s'était vu du Clochemerle avec goût pareil, semblable cochonnerie pour gosiers d'étrangers. Non, jamais!

La plus sacrée foutue année de malheur, qu'on ait connue, 1923! Une sacrée garce d'année, vraiment oui.

Les scandales de Clochemerle eurent leur ultime dénouement dans la matinée du 16 octobre, un dimanche. La saison était encore tiède et dorée. Pourtant chaque soir des frissons glacés de l'air annonçaient, à partir de six heures, l'arrivée imminente de l'hiver. On signalait ses premières patrouilles, apparues sur les hauts sommets des monts d'Azergues, où elles tendaient sur le passage du matin leurs embuscades de givre. Le soleil dispersait sans coup férir ces effrontés hussards nordiques, trop loin et trop tôt aventurés, qui devaient durant le jour se cacher dans les bois pour y attendre les renforts de l'équinoxe, le gros des troupes nuageuses qui se rassemblaient quelque part sur l'Atlantique. Mais on les savait là, ces froides patrouilles, et leur menace donnait aux derniers beaux jours un charme plus grand, un peu poignant, parce que des regrets se mêlaient aux brumes du crépuscule. La terre allait bientôt échanger contre la bure sa robe verte de l'été. Les versants des monts se marquaient par endroits des plaques sombres du dépouillement. Dans la vallée, les champs roussis laissaient transparaître l'humus, à travers les restes de leur végétation rasée, que les pluies transformaient en engrais. Ce décor d'automne fut le cadre d'un suprême incident. Il nous faut une dernière fois donner la parole à Cyprien Beausoleil :

— C'était donc le dimanche matin, au début de la grand-messe, vers les un peu plus de dix heures, pour bien dire exactement. Comme d'habitude, pendant que les femmes se tenaient à l'église, les hommes se tenaient au café, et tous les Clochemerlins d'importance chez Torbayon. L'Arthur était revenu de l'hôpital. Il aimait mieux se sentir chez lui, le bras en écharpe, qu'étendu dans un lit, avec l'idée de sa maison fermée qui le mettait en fièvre, à force de se représenter sa clientèle allant boire à l'*Alouette*, ou chez la mère Bocca, un mauvais estaminet du bas bourg. Il était donc revenu, pas encore guéri, laissant l'Adèle qui reprenait doucement, et ce dimanche-là l'auberge se trouvait comme avant pleine de monde, et tout ce monde occupé à dire sur tout, mais principalement sur la vendange manquée et les malheurs de la bataille. Pour l'Arthur, la chose d'avoir été en même temps blessé et cocu visiblement, ça lui avait baissé le caquet et rendu le caractère plus agréable, ce qui fait qu'on l'avait mieux en estime. C'est bien pour dire que les gens ont souvent besoin qu'il leur en arrive de sévères, pour les mettre à la raison.

» On était donc là, à boire et à dire sans méchanceté, en jetant un coup d'œil dehors, parce qu'il passait toujours des femmes, et c'est en général les mieux nippées et les plus engageantes qui viennent en retard à la messe. A part ces attardées, la rue était toute vide. Après ce qu'on avait vu cette année-là, on pensait qu'il pourrait rien arriver de pire en catastrophe, et rien de plus fort en rigolade, rapport à Tafardel, pas encore remis de

son coup sur le crâne, qui menait dans le bourg
un potin de vengeance à tout casser, et la colère
lui donnait soif jusqu'à se piquer le nez régulièrement. Une fois qu'il avait un verre de trop, ça
devenait épouvantable. Question d'opinions, il
aurait jeté dans les supplices son père ou sa mère.
J'ai jamais vu un homme passer pareillement de la
douceur à la férocité, par l'effet d'un seul pot de
beaujolais. C'est bien pour dire que les opinions,
si elles vont se loger dans les crânes faibles, ça peut
tourner au désastre.

» Enfin, on était là, tranquilles, un peu engourdis du bien-être qui vient du vin bu à jeun, sans
penser à grand-chose pour dire vrai, et sans rien
attendre que la sortie de la messe, pour voir défiler
encore une fois nos femmes de Clochemerle et bien
les examiner au passage, ce qui est chez nous le
grand plaisir du dimanche. Et tout d'un coup, y en
a un qui a crié, et tous on est debout, et on s'est
jeté vers la porte ou la fenêtre. Ce qu'on a pu voir,
c'était le plus insensé de l'imaginable, et par-dessus
le marché tristement affreux. Représentez-vous
c'te chose, si vous pouvez.

» Est-ce qu'on voit pas s'amener dans l'impasse
des Moines une épouvantable bique toute à poil,
avec juste un chapelet autour du ventre et un petit
chapeau planté haut sur le crâne et penché de
côté? Devinez qui? La Putet, mon bon monsieur.
Toute à poil, avec un air furibard, et qui en racontait, qui en racontait, en gesticulant, des cochonneries à mettre en déroute un régiment de zouaves.
Franchement dingo, quoi! Une sorte de folie particulière, en *ique* ça se prononce...

— Erotique, monsieur Beausoleil?

— Voilà justement l'affaire. Une dingo érotique

v'là c'te Putet devenue, ce dimanche d'octobre, à l'heure de la grand-messe. Paraît que ça lui est venu de sa fameuse vertu qu'elle avait jamais pu refiler à personne. Ça lui a tourné sur l'esprit à la longue. C'est bien pour dire que la vertu mal employée, ça peut faire des ravages. C'est pas hygiénique, une vertu si durable, a dit plus tard le docteur Mouraille, qui doit bien s'y connaître mieux que Ponosse, quand même. Enfin tout ça, c'est en dehors.

» Voilà donc la Putet qui s'avance dans la tenue que je vous dis, et nous tous plantés à la regarder, par curiosité plus que par plaisir, parce que c'était pas beau ce qu'elle nous montrait. Dieu-Créateur! Une Judith, une Adèle, vingt autres qu'on aurait vues dans cet équipage rare, ça nous aurait donné bien de la joie, et envie de leur porter secours aussitôt, en mettant la main dessus. Mais celle-là, elle ne faisait que peine, pitié et dégoûtation. De la voir si moche et si effrayante, on comprenait mieux sa méchanceté. D'une maigreur épouvantable, comme un fantôme à vous foutre de nuit la frousse, elle était à peu près, cette malfaisante cafarde. C'était que de l'os, avec une peau toute flapie, et semés dessus n'importe comment des mauvais poils raides de bête errante. Pour la couleur, roulée dans le caca, on aurait dit. Des côtes en cercle de tonneau, une poitrine comme de la vieille chaussette, pareillement vide et pendante, un ventre pointu et râpeux, qu'avait jamais servi qu'à fabriquer de la digestion. Le pire, c'étaient les jambes. Y avait bien trois doigts d'espace entre les cuisses. Des cuisses de femme qui se touchent pas, je connais rien de plus horrible. Ça me fait penser aux squelettes. Et les fesses, monsieur! Comme

deux noix de côtelette bien juste, ragoûtantes
comme de vieux coings, et ridées comme. Et la
figure plus mauvaise que jamais, et c'te voix
criarde comme le grincement d'une vieille porte
humide. Enfin de l'abominable, c'était de partout,
sans rémission.

» On n'a pas eu le temps de revenir de l'étonnement. A poil comme elle était donc, cette dingo,
v'là qu'elle entre tout droit dans l'église, par la
grande porte, en gueulant ses cantiques d'injures
affreuses. Nous v'là tous partis derrière en courant,
pensant bien que ça allait faire du bizarre, cette
entrée en pleine messe.

» Du bizarre, ça en a fait plus qu'on pouvait
penser. En gueulant toujours, au milieu de la
grande allée, la voilà qui s'avance, et toutes les
paroissiennes de crier de frayeur, comme à la vue
du diable changé en femme, ce qui le rendait
encore plus redoutable. Et Ponosse qui se retourne
pour un *dominus vobiscum,* et qui reste baba, et
qui trouve qu'à dire et répéter : « Mais, ma chère
» demoiselle, mais ma chère demoiselle... ça ne se
» fait pas! » Ce qui tourne vers lui la fureur de
c'te surprenante catholique. qui se met à lui en
débiter de toutes les couleurs et à l'accuser de
toutes les plus grandes cochonneries qu'un homme
peut faire par abus sur les personnes faibles. En
même temps, la garce profite de l'étonnement de
tous pour monter en chaire, et la voilà qui
commence un sacré sermon de toquée comme il
s'en est jamais entendu dans une église, c'est sûr.
Enfin, voilà que Nicolas, revenu de sa surprise,
pose sa pique et se dirige vers la chaire pour en
déloger la Putet. Il a pas plus tôt paru au pied du
petit escalier qu'il reçoit dans la figure tous les

livres de piété du Ponosse, et ensuite le tabouret
sur la tête, avec toute la vigueur d'une folle. Sans
le bicorne à plumes de l'uniforme, il était raide
assommé. Ça l'a quand même étourdi et rendu plus
bon à rien, surtout qu'il avait déjà les jambes
pâles, depuis ce mauvais coup de Toumignon qu'il
avait pris ailleurs que dans les gencives. Si bien
que la Putet dominait la situation, à poil en pleine
chaire d'église, le chapeau plus penché que jamais.
Il a fallu qu'on s'en mêle tous, et l'attaquer avec
des échelles de plusieurs côtés à la fois, pendant
que Toumignon, qui lui gardait une dent, la prenait par-derrière et la tirait en bas par les cheveux. Vous parlez encore d'une cérémonie, ce
dimanche-là! Finalement, en se mettant plusieurs
après c'te diablesse, on a pu la ramener chez elle,
et Mouraille est venu, et dans l'après-midi on la
conduisait en auto à Villefranche, habillée c'te fois
et bien ficelée, pour pas qu'elle bouge. On l'a
enfermée à Bourg, chez les fous, sans espoir de gué-
rison. Personne s'en est plus inquiété. Ce qu'il y a
de sûr, c'est qu'elle a bien débarrassé le pays, parce
que sans elle des tas d'histoires ne seraient pas
arrivées, et le Tatave serait encore vivant, et peut-
être qu'il aurait mieux aimé rester vivant, le
Tatave, tout idiot qu'il était.

» Tout ça, c'est pour vous dire que cette Putet,
c'était bien la plus malfaisante garce qui ait jamais
emboucané le bourg. Et d'autre part aussi une
pauvre malheureuse fille. C'est rare que les gens
méchants soient heureux, vous ne croyez pas? Ils
s'empoisonnent eux-mêmes. La Putet devait se
rendre la vie impossible. C'était pas de sa faute
pourtant parce qu'elle avait pas demandé à être
mise sur la terre moche à ce point, pas seulement

approchable d'un homme pendant une existence
entière. Si elle avait eu sa part comme les autres,
elle aurait pas envié les voisines. La vertu, c'est pas
ce qui vous tient le ventre au chaud, on a beau
dire. Oui, d'un côté c'était bien une pauvre
malheureuse, victime à sa manière de la sacrée
pagaille du monde.

» Maintenant, je vous ai dit la fin de la Putet.
En même temps, ça a fait finir les fameuses histoires, et jamais depuis on n'a revu d'histoires de
c't'envergure, à faire tuer et blesser les gens de
Clochemerle. Ce qui est heureux parce que c'est
pas une vie enviable de s'engueuler, de se battre
et de s'assassiner. Surtout dans un pays de bon vin,
comme voilà chez nous. C'est du Clochemerle 1928
que vous buvez là. Une grande année. La récolte
allait dans les treize degrés. Du vin pour la messe
du pape ça, monsieur!

*
* *

Novembre fut glacial et neigeux. Sur la fin du
mois, le thermomètre marqua dix-huit degrés de
froid. Des vents obliques balayaient la grande rue,
perçant sous leurs lainages les imprudentes qui se
risquaient dehors. Tout était morne sous un ciel
sans couleurs où couraient, comme des aéronefs
désemparés, des nuages si bas qu'ils allaient buter
dans les monts d'Azergues. Réduits à boire chiche-
ment, les Clochemerlins se terraient dans leurs
maisons où ils faisaient grand feu. Ils occupaient
leurs loisirs à repasser en détail les événements de
cette néfaste année. Tout rentrait lentement dans
l'ordre. La troupe avait plié bagage, rappelée d'urgence après sa triste action d'éclat; les blessures se

cicatrisaient; les membres brisés se raccommo-
daient; les passions se calmaient; les voisines de
nouveau voisinaient sans aigreur, oubliant leurs
griefs. Auprès d'Arthur Torbayon, complètement
rétabli, Adèle Torbayon guérissait lentement. Elle
avait repris sa place à l'auberge, et tout le monde
le trouvait bien ainsi, comprenant qu'une associa
tion commerciale dont on appréciait les heureux
effets ne pouvait se rompre pour un petit égare-
ment domestique, lequel au surplus avait été expié
dans le sang. Tafardel lui-même se rétablissait,
mais il se montrait plus exalté qu'autrefois, pour
avoir conservé le goût du vin, dont il usait sans
expérience, ce qui mettait souvent sa dignité en
grand péril.

Sans qu'il y parût, le plus atteint était Nicolas,
qui ne retrouvait plus sa belle vigueur ni sa souplesse de jambes. Peut-être fallait-il l'attribuer aux
conséquences organiques du mauvais coup que lui
avait porté Toumignon, lors de la chaude affaire
du 16 août. C'est du moins ce que donnerait à entendre une confidence faite par Mme Nicolas à
Mme Fouache. Un jour que ces dames s'entrete
naient longuement, la buraliste questionna la
femme du suisse :

— Et votre M. Nicolas, dit-elle, il est bien guéri
maintenant?

— Guéri, c'est une manière de dire, soupira
Mme Nicolas. Elles ont bien repris leur couleur
naturelle, mais elles ne sont pas revenues comme
avant, pour la taille. Il y en a toujours une qui
reste plus grosse.

— Croyez-vous? répondit la consolante Mme Fouache. C'est peut-être bien une idée que vous vous
faites. Mon Adrien ne les avait jamais eues d'égale

grosseur. Et l'une toujours un peu plus bas que l'autre, la gauche. Ce qui fait que vous pourriez vous tromper, ma bonne...

Mais Mme Nicolas écarte cette hypothèse, qui en effet ne résistait pas à la preuve qu'elle fournit :

— Elles ne sont pas revenues comme avant, j'en suis bien sûre. Pensez, madame Fouache, depuis dix-huit ans que j'ai épousé Nicolas, j'y avais la main faite!

XX

LE TEMPS A FAIT SON ŒUVRE

LE touriste qui traverse aujourd'hui Clochemerle serait bien étonné d'apprendre que des scandales, dont le dénouement fut sanglant et la portée mondiale, ont autrefois agité ce bourg paisible. Et d'ailleurs, même à Clochemerle, le souvenir s'en perd. Le temps a passé, apportant chaque jour son lot de petits travaux, de petites joies, de douleurs, de soucis, et son action répétée a lézardé les mémoires, dont la plupart sont fragiles, de très faible capacité, prévue pour une durée ridicule.

La mort a supprimé quelques-uns des figurants de 1923. D'autres, atteints par l'usure, sont pratiquement retranchés des vivants; ce qu'il leur est encore consenti de vie, le court délai accordé en rémission, n'intervient plus dans la somme des actions humaines de quelque importance. D'autres, changeant de situation, ont quitté le pays : d'autres ont vu les circonstances leur sourire et couronner leurs ambitions; d'autres ont connu d'accablantes déchéances. A quelques années d'intervalle, les hommes n'entretiennent pas les mêmes rapports. De nouvelles vanités, de nouveaux inté-rêts les unissent ou les divisent, alliant ceux qui

étaient ennemis, séparant ceux qui étaient alliés.
Le clan des triomphants, celui des envieux, celui
des résignés, celui des contents de leur sort ont vu
changer leurs effectifs et plusieurs de leurs adhé-
rents passer à l'ennemi.

Mais le bourg lui-même est demeuré sensiblement ce qu'il était, sans constructions neuves qu'il
vaille la peine de signaler : une longue suite de
maisons jaunes et trapues, construites presque
toutes en surplomb, avec des escaliers massifs, des
caves profondes, des terrasses formant balcons, des
treilles au-dessus des portes, les crépis verts du sul-
fate, dans un enchevêtrement pittoresque qui
comble le regard et lui donne à contempler, de-ci
de-là, une vieille façade d'un goût parfait, laquelle
rehausse de noblesse la gracieuse bonhomie de ce
pays. On y voit toujours la même église, assemblage de morceaux disparates que les générations
ont ajoutés successivement, avec un sens de l'économie qui interdisait de reconstruire plus qu'il
n'était strictement nécessaire et un sens obscur de
la beauté qui leur faisait sentir ce qui était admirable et les retenait de le détruire. Cette modération a fait un peu partout le charme de la campagne française.

Derrière l'église, le cimetière bien exposé au
soleil, reçoit son habituel contingent de Clochemerlins, qui ne varie guère d'une année à l'autre.
Il y a d'un côté le quartier des tombes fraîches qui
gagne peu à peu, et de l'autre côté gagne peu à
peu la jachère où se désagrègent les vieux morts
tombés en désuétude, qui ne sont plus visités que
par les insectes et les oiseaux. Mais ces abandonnés,
dont les végétations sauvages ont rongé les épitaphes, reçoivent au printemps les plus beaux

bouquets de fleurettes, poussés là spontanément tels que n'en possèdent pas les tombes entretenues, condamnées aux fleurs, coupées et aux pacotilles de verre, d'un goût souvent offensant. Sur la grande place, les beaux marronniers entretiennent toujours une ombre impénétrable. Quand on se tient sous leur nef un peu sombre, l'immense perspective exposée aux ardeurs du soleil d'été blesserait presque la vue, si cet éclat n'était tempéré par la vibration de l'air montagnard qui baigne Clochemerle. Le gros tilleul semble plus que jamais indestructible. Plongeant ses racines dans plusieurs siècles du passé, il est lui-même une des plus profondes racines du bourg.

Une seule chose pour l'initié est indice de quelques modifications survenues. On trouve dans le haut du pays un urinoir contre la mairie, et un autre urinoir dans le bas, à proximité du lavoir, ce qui porte à trois, avec celui de l'impasse des Moines, le nombre de ces commodes édifices. Leur présence atteste la complète victoire de Barthélemy Piéchut, du sénateur Piéchut, dont le patient programme s'est réalisé point par point, grâce à la mort très opportune du vieux sénateur Prosper Louèche.

L'honorable Prosper Louèche mourut à soixante-treize ans, dans un établissement discret, en se livrant à des exercices qui n'étaient plus de son âge et qui fatiguent dangereusement le cœur. Son dernier soupir fut un soupir de plaisir, rendu en telle posture que la personne qui collaborait à son agrément fut une minute avant de s'en rendre compte. Enfin, le sentant si peu actif, elle redoubla de zèle professionnel et l'encouragea : « Dépêche-toi, bébé! murmura-t-elle. La maquerelle n'aime pas que ça traîne. » Puis elle s'aperçut avec épouvante qu'elle se dépensait en vains efforts sous une dépouille dont les yeux n'étaient pas révulsés par la volupté, mais bien par l'extase éternelle. Elle jeta des cris perçants qui suspendirent les travaux dans les chambres voisines et firent accourir, en tenue de naïades surprises, une douzaine de jeunes femmes dont les corps variés étaient parfaits, chacun en son genre, cette maison étant une des premières de Paris, et qui se piquait d'être achalandée de façon à satisfaire les clients les plus difficiles : il y venait jusqu'à des monarques congédiés.

Bien dirigés par leur patronne, une femme de tête, ces dames s'employèrent aussitôt à restituer à feu Prosper Louèche un ajustement décent, compatible avec la dignité sénatoriale. Avisée par téléphone, la préfecture de police prit toutes dispositions utiles. Vers deux heures du matin, on transporta le corps au domicile particulier du sénateur, dont on put enfin annoncer le décès. Quelques heures plus tard, on lisait dans les journaux : *Ce grand travailleur est mort à la tâche, alors qu'il étudiait très avant dans la nuit un dossier traitant de questions sociales. On sait que ces questions avaient toujours passionné Prosper Louèche et qu'il s'y était acquis une compétence que personne ne lui refusait. Sa dernière pensée aura été pour cette courageuse population de nos banlieues industrielles dont il était issu. C'est une grande et belle figure qui disparaît.* Ces articles nécrologiques furent commentés, le jour même, dans les couloirs du Sénat et de la Chambre.

— Le fameux dossier, dit un indiscret, c'était la jeune Riri.

— De chez Yolande, voulez-vous dire?

— Parbleu! C'était la favorite de Louèche. « Des » doigts de fée, cette petite! » disait-il.

La nouvelle aussitôt répandue conduisit d'importants contingents du corps législatif à la maison de Mme Yolande, qui connut, durant quelques mois, une prospérité fabuleuse. Il s'y fit l'union nationale entre représentants de tous les partis, qui reboutonnaient dans les corridors leur gilet. Quant à la jeune femme du nom de Riri, elle fut lancée du jour au lendemain, et très rapidement confisquée à la communauté au profit d'un seul, un vieillard immensément riche, pour qui l'évocation des derniers instants de Prosper Louèche était le seul aphrodisiaque dont il sentît encore les effets.

M. le sénateur de Vilepouille n'apprit pas sans émotion la mort de son vieux camarade. Mais il sut dominer son chagrin pour prononcer dans le privé quelques paroles tout à l'éloge du défunt.

— C'est une belle fin pour un briscard! Il est mort au feu, sur le sein de la jeunesse. Je regrette seulement pour lui l'absence des derniers sacrements. Mais Dieu lui sera clément, car il avait bon goût, le bougre : cette Riri est une fille magnifique.

— On a prétendu qu'il abusait un peu... insinua un des auditeurs.

Il s'attira cette riposte sévère :

— Qu'appelez-vous abuser? Dites que c'était un homme qui avait beaucoup d'allant! trancha M. de Vilepouille, les larmes aux yeux.

Pourtant il se raidit contre sa douleur et les funèbres pressentiments qu'elle faisait naître : « Après tout, pensa-t-il, Louèche avait tout de

même trois ans de plus que moi! » La perspective de ce délai lui rendit l'assurance. Mais il
estima qu'il convenait de réagir vigoureusement,
après un choc si funeste pour sa tranquillité. Il
dressa le programme de quelques plaisirs calmes,
qu'il pourrait prendre le soir même chez
Mme Rose, autre maison spécialisée, dont le personnel extrêmement jeune avait quelque chose de
très rafraîchissant pour un homme de son âge.

Avec l'appui d'Alexandre Bourdillat et d'Aristide Focart, qu'il avait su l'un et l'autre se ménager, Barthélemy Piéchut emporta le siège de
Prosper Louèche. Une fois sénateur, il entra en
relations suivies avec les Gonfalon de Bec, de
Blacé, et il n'eut aucune peine à marier sa fille
Francine au descendant de cette noble famille,
qui avait grand besoin de redorer son blason et
ne vivait plus d'ailleurs que de mésalliances, bien
choisies quant à la fortune. La dot de Francine
servit à éteindre quelques dettes gênantes, à faire
réparer les toitures du château, dont on restaura
encore l'aile gauche, où logèrent les jeunes époux,
en attendant que Piéchut eût casé son gendre. Il
pensait en faire un sous-préfet de plus, ou le glisser à la faveur du nombre dans un ministère. Cette
union était assez onéreuse (Gaëtan Gonfalon
de Bec étant princièrement incapable de subvenir
à ses propres besoins), mais elle flattait Piéchut,
étendait à tous les milieux ses relations et ses
alliances. Cela lui conféra une importance qui le
mit en situation d'arbitrer tous les petits conflits,
entre la Saône et les monts d'Azergues. Il s'y acquit
une réputation d'impartialité et de grand bon sens.
En outre, Clochemerle y gagna. On vit se multiplier les comices, les visites d'hommes politiques,

ce qui attirait au bourg, où ils laissaient leur
argent, pas mal d'étrangers. Dans tous les banquets des environs, Piéchut réclamait du vin de
Clochermerle, et cela servait les intérêts du pays.
Commerçants et vignerons se déclaraient enchantés
et fiers de leur Piéchut, un sacré malin.

Il existait une vague parenté entre les Gonfalon
de Bec et les Saint-Choul. Par les Saint-Choul on
touchait à la baronne, et par celle-ci on pouvait
officieusement se tenir en bons termes avec l'archevêché, ce qui n'était pas négligeable. Piéchut se
dit que ces nouveaux appuis feraient de lui un
des hommes les plus considérables du Beaujolais,
le maître à tout le moins de dix vallées. Un hasard,
habilement préparé de part et d'autre, mit en présence la baronne de Courtebiche et le sénateur.
Entre eux, il fut question d'Oscar de Saint-Choul,
de son avenir politique.

— Pouvez-vous vous occuper de mon imbécile?
demanda tout net la baronne.

— Que sait-il faire? demanda Piéchut.

— Des enfants à sa femme. Et encore, il y a
mis le temps. A part ça, pas grand-chose de bon.
Est-ce suffisant pour faire un député?

— C'est toujours suffisant, dit Piéchut. La question n'est pas là. Je pourrai faciliter en sous-main
l'élection de votre gendre, à la condition que tout
le monde y trouve son compte. De manière qu'il
ne m'arrive pas de reproches plus tard, compre-
nez-vous?

— Je comprends très bien, dit la baronne, toujours tranchante. En somme, que demandez-vous?

— Je ne demande rien, je négocie, répondit
froidement Piéchut, dont la dialectique s'était enri-

chie de nuances, depuis qu'il fréquentait au Parlement. C'est bien différent...

La baronne n'aimait pas ces *distinguo*, qui avaient l'air de leçons administrées par des manants. Elle montra du dépit.

— De vous à moi, mon cher, les subtilités politiques sont inutiles. Vous êtes les plus forts, c'est entendu. Je le trouve d'ailleurs déplorable, et rien ne me fera changer d'avis. Mais mes aïeux ont débattu plus de traités que les vôtres, et plus importants. Parce que j'ai des aïeux, mon cher sénateur, qui n'étaient pas les premiers venus.

— Des aïeux, madame la baronne, fit observer doucement Piéchut, j'en ai aussi. Puisque je suis là.

— Des petites gens, monsieur le sénateur?

— De très petites gens, madame la baronne. Des domestiques, assez souvent. Ce qui prouve en somme que mes aïeux ont mieux manœuvré que les vôtres... Nous disions donc?

— Vous aviez la parole, monsieur le sénateur. J'attends vos conditions, pieds et poings liés, mon cher. Voyons si vous en abuserez.

— J'en abuserai si peu que je vais immédiatement vous délivrer, dit galamment Piéchut. Envoyez-moi votre gendre, ce sera plus simple. Entre hommes, on s'entend mieux, lorsqu'il s'agit de certaines questions.

— C'est bien, dit la baronne. Je le ferai prévenir.

Elle se leva. Elle allait sortir. Mais auparavant :

— Piéchut, dit-elle avec amitié, il faudrait qu'il naisse des hommes comme vous dans notre monde... au lieu de ces mirliflores à cervelles d'oiseaux, comme ce pauvre Oscar. Vous deviez être bel homme à trente ans? Et vous avez oublié d'être sot. Venez donc dîner au château, un de ces jours. Vous amènerez votre fille, cette jeune Gonfalon de Bec. La voilà des nôtres, cette petite!

— C'est encore bien récent, madame la baronne. J'ai peur qu'elle laisse à désirer pour les manières.

— Justement, mon cher, il faut qu'on s'en occupe. Je la formerai un peu. Je l'ai vue, c'est une belle fille.

— Elle n'est pas bête non plus, madame la baronne.

— Son mari l'est pour deux, à la pauvre belle! Enfin nous essaierons de vous en faire une imitation de grande dame à peu près sortable. Parce qu'il lui manquera toujours quelques siècles d'éducation, ne l'oubliez pas, mon cher! Soit dit sans vous offenser.

Piéchut sourit.

— Je ne m'offense point facilement, madame la baronne, vous devez le savoir. Mais je crois que ma Francine se fera vite à vos grimaces. Depuis onze mois que la voilà mariée, elle a déjà pris tout l'orgueil de vos fières personnes. Il faut voir comme elle parle à son père!

— C'est bon signe, mon cher sénateur. Ainsi, c'est dit. Amenez-la-moi, je lui enseignerai l'arrogance du bon ton. Si elle m'écoute, ses enfants, dans vingt ans, seront complètement débarbouillés.

Avant de sortir, la baronne ne put se retenir de laisser échapper encore quelques regrets.

— Quelle pitié que les gens de notre monde aient besoin de votre argent pour se maintenir à leur rang!

A ces mots, Piéchut se fit plus paysan que nature :

— Nos sous, p'tête ben oui que ça vous rend

service, mais le sang pas moins! Du sang de Piéchut, ça me fait effet qu'elle en avait ben besoin pour rester un peu drue, c'te chétive race de Gonfalon!

— Le pire, c'est que c'est vrai! dit la baronne. A bientôt, farceur de républicain!

— A bientôt, madame la baronne. Bien honoré...

L'accord se fit très politiquement entre la mairie et le château de Clochemerle. Oscar de Saint-Choul passa député, ce qui malgré tout attira quelques reproches à Piéchut, de la part de ses familiers. Mais il leur répondait tranquillement, parlant du gendre de la baronne :

— Ça manque pas de plus cons que lui, à la Chambre! Tant plus y a d'andouilles, tant mieux ça va, nos affaires. Parce que les malins sont tellement jaloux qu'ils font jamais que s'engueuler et tout brouiller.

Cette philosophie désarmait les mécontents, et Piéchut réservait quelques faveurs aux irréductibles. D'ailleurs, à l'occasion de cette victoire électorale, la baronne avait donné une grande fête. Tout Clochemerle but et dansa dans son beau parc, dont les illuminations se voyaient de partout à la ronde. Cette réception flatta les Clochemerlins. Ils convinrent que jamais un Bourdillat ni un Focart ne les avait traités avec cette magnificence.

*
* *

En 1924, François Toumignon emporta de haute lutte le titre de Premier Biberon. Mais il mourut, trois ans plus tard, victime de la cirrhose qui terrassait, l'un après l'autre, tous les champions de la chopine. Dans l'intervalle, naissait à Judith un enfant magnifique, auquel Hippolyte Foncimagne servit de parrain. Tout le monde disait d'ailleurs que le délicieux bébé avait les traits du beau greffier. Son mari mort, Judith abrégea le deuil et vendit les *Galeries beaujolaises*. Elle partit s'installer à Mâcon, où elle épousa son amant, prit un café que sa présence attrayante garnit rapidement de clients, et mit au monde deux jumeaux, également splendides, qui ressemblaient beaucoup à leur aîné. Puis, heureuse, elle engraissa et ne quitta plus la caisse de son établissement, où les troublantes opulences de sa nuque et de sa poitrine firent longtemps merveille.

Réconciliés par l'intérêt commun, Arthur et Adèle Torbayon reprirent la vie côte à côte. Si Adèle se passait encore une des fantaisies à quoi l'inclinait une maturité turbulente, son mari fermait les yeux. Il savait par expérience qu'il vaut mieux ne pas voir trop clair en ces sortes de choses, et surtout ne pas faire d'éclat. Le bénéfice de chaque jour, qui conduisait d'un cours régulier à la fortune, faisait passer sur quelques irrégularités qui n'étaient plus très préjudiciables à l'honneur de l'aubergiste. Il est certains petits délits, auxquels on attache trop d'importance dans la jeunesse, que l'âge insensiblement replace au rang des vanités futiles. « Y veulent toujours pas me l'user, et ça lui met l'humeur meilleure, ce qui est bon d'un côté pour le commerce! » pensait l'Arthur. D'ailleurs sa femme, sur ce point, prenait mal les observations, et il savait bien qu'il n'en retrouverait pas une pareille pour faire bien dans une salle de café.

De rouge gaillarde qu'elle était, Babette Manapoux devint en quelques années une énorme com-

mère, démesurément hanchue et mamelue, aux
bras craquelés par les lessives, au teint rehaussé
par le vin de Beaujolais dont elle faisait plus que
jamais un usage viril. (« Quand on travaille de
peine, faut boire à proportion. ») Bien que très
alourdie, on la cite encore comme la plus vaillante
forte en gueule de Clochemerle, la reine incon-
testée du lavoir, où les affaires du pays sont com-
mentées verveusement. Alors que Mme Fouache,
desséchée par l'âge, perclue de rhumatismes, est
devenue plus soupirante, plus compatissante et
murmurante que jamais. Elle entretient toujours
la chronique du bourg, avec une persévérance qui
va même croissant, car elle commence doucement
à radoter. Par ses soins pieux, la grande figure de
feu Adrien Fouache domine de haut toute une
époque en déclin.

Eugène Fadet a monté un garage. Il est agent
d'une marque importante, dont les voitures sont
fabriquées en grande série. Ce nouveau commerce
lui donne de l'orgueil et des facilités pour s'absenter, sous prétexte d'essais et de ventes à préparer. Mais Léontine Fadet contrôle sévèrement
les débits d'essence, les crédits, les réparations et
les heures de travail. Elle a su se faire craindre,
aussi bien des clients que des deux apprentis. Cette
crainte assure à l'établissement Fadet des finances
saines.

Tout le malheur des humains vient du travail
qui se fait dans leur cerveau. Or le cerveau de
Rose Bivaque, devenue Rose Brodequin, compte
parmi les plus paresseux qui soient. Ainsi est-elle
heureuse, à l'abri des questions, des comparaisons
et des aspirations qui torturent certains esprits.
Rose n'a qu'une règle de vie, son Claudius, lequel

demeure pour elle le beau militaire qui lui apparut autrefois en messager du printemps. Elle lui fait des enfants, la soupe et la lessive — de beaux enfants, de la bonne soupe et du linge bien tenu. Toujours fraîche, toujours souriante et modeste, toujours docile, elle ne boude à rien, le jour ni la nuit. Raccommodée avec le bon Dieu, avec la Sainte Vierge aussi (qui a bien dû comprendre que les immaculées conceptions n'étaient pas son affaire), depuis son mariage qui fut décidé du jour au lendemain, sur intervention tranchante de la baronne, c'est en somme, cette Rose Brodequin, une des jeunes femmes du bourg qu'on peut donner en exemple de bonne conduite et d'attachement au devoir conjugal.

— Non, t'as pas été maladroit, Claudius, répète encore, de temps à autre, l'Adrienne Brodequin, en considérant sa bru qui, elle, regarde son Claudius, gauche et rougissante comme aux premiers jours, et qui pourrait redire comme aux premiers jours : « Le Claudius, y me fait drôle! »

Ce qui signifie que tout l'univers ne vaut pas pour elle un Claudius Brodequin, ce monstre de Claudius, par qui lui est venue en 1923 toute la douceur du monde, sous le tournoiement d'étoiles d'un ciel d'avril qui fut leur baldaquin nuptial.

Une famille de Clochemerle connut les revers, celle des Girodot, qui se dispersa dans la honte.

Reportons-nous en 1923. Devant l'évidence de l'enlèvement, de Paris notifié à ses parents par la jeune Hortense, Hyacinthe Girodot dut capituler

et servir une pension à sa fille, pour lui permettre
d'épouser son sans-le-sou, si elle réussissait à s'en
faire épouser, ce qui serait déjà beau, après un
scandale pareil. Mais le notaire, pris à la gorge, ne
servait qu'une pension de famine, disant qu'il ne
voulait pas entretenir le vil coquin qui allait devenir son gendre par abus de confiance, et Denis
Pommier dut se mettre en quête de ressources.

Ce garçon était poète, mais il éprouva d'une
façon amère que la poésie, dans un monde mené
par la grande finance et secoué par les machines,
ne procure pas de quoi passer chaque matin à la
boulangerie. Il résolut de se rabattre sur la prose
banale, se réservant d'y glisser quelques néolo-
gismes de son invention et pas mal d'images. Dans
un journal où il réussit à entrer, on le casa aux
chiens crevés, comme bien d'autres qui débutèrent
par là, en lui faisant espérer qu'il accéderait vite,
s'il savait se distinguer dans cette branche un peu
obscure. Il s'y distingua en effet, quoique d'une
manière inattendue — surtout du rédacteur en
chef — car il rendait malaisée ou franchement
humoristique la lecture du journal qui l'employait. Trop gonflé de lyrisme, Denis Pommier
en mettait partout, dans les récits de collisions,
d'agressions, de vols à la tire, de suicides. Il faut
convenir que ce lyrisme venait là comme les cheveux sur la soupe. Il rédigea en langue poétique
le compte rendu d'un assassinat en province et
câbla une surprenante dépêche, assez semblable à
un message chiffré, mais personne au journal n'en
avait la clef. Dès le retour du jeune reporter, on
lui signifia que son style, qui ferait merveille dans
la pure littérature, ne donnait rien de bon pour
l'information. On lui conseilla de courir sa chance

ailleurs. Denis Pommier tenta encore deux expériences de ce genre, que le démon de la poésie fit rapidement échouer.

L'époque était aux talents précoces. L'approche de son trentième anniversaire inquiétait sérieusement ce poète. La trentaine, il se dit que c'était l'âge où Balzac se mit à travailler pour la postérité, mais Balzac, en notre siècle, aurait eu du retard. Il décida de prendre trois ans d'avance sur l'auteur de la *Comédie Humaine*. Il jeta les bases d'un vaste roman cyclique qui aurait ce titre général : xxᵉ *siècle*. Le premier volume se nommerait *A l'aube du siècle*. Il s'enferma résolument et écrivit en huit mois un manuscrit de cinq cents douze pages dactylographiées, sans marges. *A l'aube du siècle* fut reproduit en sept exemplaires par la tendre Hortense elle-même. Et sept éditeurs parisiens reçurent simultanément ce chef-d'œuvre massif.

Un des éditeurs répondit que le manuscrit présentait de l'intérêt, mais que le ton n'en était pas assez littéraire pour sa maison. Un autre : que le manuscrit présentait de l'intérêt, mais que le ton en était trop littéraire pour sa maison. Un autre : que l'intrigue était par trop inexistante. Un autre : que l'intrigue avait trop d'importance. Un autre demanda « si l'auteur se moquait du monde », sans s'expliquer autrement. Un autre conseillait que « l'auteur voulût bien s'assurer les services d'un traducteur, car il n'est pas d'usage en France de publier directement de l'iroquois ». Enfin le septième ne répondit et ne retourna jamais rien.

Ces déboires s'échelonnèrent sur six mois, le temps pour Denis Pommier d'écrire un petit roman nouveau : *Bazars de rêves,* également reproduit en plusieurs exemplaires, et qui n'eut pas un meilleur sort.

Désespéré, Denis Pommier s'orienta vers le roman feuilleton. Là, son premier essai fut couronné d'un certain succès. Il ne lui restait qu'à persévérer, ce qu'il fit méthodiquement. Chaque matin, en fumant des pipes, il abattait ses vingt pages, recourant aux dialogues rapides lorsque l'inspiration faiblissait (« Le premier talent du feuilletonniste est d'aller à la ligne », lui avait enseigné un vétéran du genre.) Plus tard, Hortense tapait à la machine ses brouillons.

Celle-ci était heureuse. Elle avait l'aveuglement entêté des amoureuses tendres et ne doutait pas que son Denis ne fût un grand homme. Il faisait d'ailleurs un grand homme très gai. Après avoir employé sa matinée à bien embrouiller les affaires de ses personnages, à combiner des corruptions, des escroqueries et des assassinats, il était disposé, le soir, à s'amuser comme un enfant. Tous ses mauvais instincts passaient dans les feuilletons. Cela lui faisait un excédent de gamineries charmantes qui enchantaient la jeune femme, laquelle, par la grâce d'un amour fervent, en arrivait à confondre sa destinée avec les destinées romanesques des idéales héroïnes dont Denis Pommier tenait bazar. Cette règle de vie permit au ménage, augmenté de deux beaux enfants, de se suffire assez modestement jusqu'en 1928, année où mourut Hyacinthe Girodot.

On put enfin ouvrir le coffre du notaire, s'en partager le contenu, qui dépassait du simple au double les prévisions les plus optimistes. Les avares se réhabilitent ainsi dans la mort, alors que le sou-

venir des êtres généreux est souvent maudit. Ses
héritiers trouvèrent que le notaire qui avait eu
l'esprit de mourir sans trop attendre, s'il ne laissait pas les gens inconsolables, méritait pourtant
de grandes actions de grâces. Et d'ailleurs, n'est-ce
pas la marque d'un altruisme bien entendu de
faire de sa mort une douce fête de famille? En ce
sens, celle de Girodot fut un chef-d'œuvre.

Il n'est pas un chef-d'œuvre qui n'ait coûté à
son auteur des souffrances. Ainsi en fut-il pour
Girodot, décédé dans le déchirement de voir fuir
son argent, et cette désolation bien certainement
hâta sa mort. S'il eut une fin prématurée, le mérite
ou l'horreur en revient à son fils, Raoul Girodot,
exécrable garçon qui n'avait, disait son père, « que
le vice dans la peau ». A dix-huit ans, ce jeune
homme, décidément rétif aux études, vint s'installer à Lyon, pour y faire le stage qui devait
l'acheminer au notariat. Raoul Girodot, on le sait,
avait sur la façon de comprendre la vie des idées
très arrêtées. Il ne dévia pas du programme qu'il
s'était tracé de bonne heure, dont le premier article commandait de ne pas mettre les pieds chez
un notaire. Dans l'application de ce programme,
il eut toujours l'appui secret de sa mère qui, par
une déviation du sens féminin combiné à l'amour
maternel, témoignait pour ce garçon d'une
incroyable faiblesse, véritablement surprenante
chez cette femme morne. C'est à se demander s'il
ne faut pas voir dans ce penchant une attirance
vaguement incestueuse, d'ailleurs ignorée de la notairesse, par quoi sa nature se vengeait tardive-
ment de certaines inaptitudes qui avaient poussé
Girodot dans les bras des coquines. Quoi qu'il en
soit, Raoul Girodot tirait de sa mère tout l'argent

que celle-ci tenait en réserve dans des cachettes,
car il était d'usage chez les femmes Tapaque-Dondelle de se constituer un magot à l'insu de leur
mari, en prévision des mauvais jours, ces dames
considérant que les hommes sont capables de tout,
même de vous mettre un matin sur la paille, avec
leur sale habitude de courir après des *créatures*.
Ce goût de l'épargne encourage d'ailleurs les
épouses à surveiller la marche de leur maison, ce
qui fait que tout le monde y trouve son compte.

Mais il vint un moment où ni les économies de
la notairesse, ni ses prélèvements sur le budget
ordinaire de son intérieur ne suffirent aux besoins
de son fils. Pour le malheur des siens, ce jeune
homme venait de rencontrer la jolie et capiteuse
blonde dont il avait toujours rêvé. Ce fut irrésistible comme l'appel d'une vocation. La personne, prénommée familièrement Dady, et âgée de
vingt-six ans lorsque Raoul Girodot la connut,
était entretenue par un *soyeux* de Lyon, personnage riche et important dans la ville. Raoul Girodot fut bouleversé par l'élégance de la dame et
perdu par sa science amoureuse. Cette Dady de
son côté n'était pas insensible à tant d'adoration,
à tant de bonne volonté juvénile, et d'autre part
des distractions comme des soins lui étaient indispensables, en dehors des deux ou trois soirées par
semaine que lui accordait un homme de cinquante-
sept ans, ce M. Achille Muchecoin, soyeux.

Le perfectionnement d'un adolescent occupait
très agréablement les après-midi de Dady, et parfois ses nuits, car, se fiant aux habitudes régu-
lières de son industriel, elle ne se gênait pas.

Il n'est si bonnes habitudes qui ne se dérèglent.
M. Muchecoin, survenant un soir à l'improviste,

fit usage de sa clef et trouva chez sa belle un jouvenceau dont la tenue sommaire rendait difficile qu'on le lui présentât comme un petit cousin de passage. Il y eut quelques instants pénibles. Mais M. Muchecoin fut très digne. Replaçant son chapeau sur sa tête chauve, en signe de mépris, il dit à Raoul Girodot, fort rougissant :

— Mon garçon, puisque vous prétendez vous offrir les plaisirs des hommes de mon âge, il faut également en assumer les charges. Je vous laisse donc le soin de faire face aux échéances de madame, à qui je présente pour la dernière fois mes hommages.

Là-dessus il s'en alla, laissant les trompeurs dérangés dans leurs jeux, et sans goût pour les reprendre immédiatement.

— Flûte, après tout! dit la troublante Dady, remise de son émotion. J'en retrouverai bien un autre!

Elle voulait parler du successeur qu'elle donnerait à M. Muchecoin, pour des raisons financières. Raoul Girodot lui affirma que ce monsieur n'aurait pas d'autre successeur que lui. Prenant dans ses bras sa belle maîtresse, il lui expliqua que son père, notaire pingre, disposait de ressources immenses, qui constituaient de solides garanties pour gager des emprunts. Dady s'écria en riant :

— Ce serait trop drôle!

Drôle, voulait-elle dire, que le travail se confondît avec le plaisir. Dans son aventureuse carrière, cet idéal synchronisme ne s'était à peu près jamais présenté. Or il se présenta cette fois, car Raoul Girodot, âgé d'un peu plus de dix-neuf ans, devint l'enteteneur de cette jolie femme qui brillait d'un vif éclat dans la galanterie lyonnaise.

Six mois plus tard, un usurier très endurci fit le voyage de Clochemerle pour aller réclamer à Hyacinthe Girodot une cinquantaine de mille francs avancés à son fils, ainsi qu'en faisaient foi des billets signés par Raoul. Le premier mouvement du notaire fut de jeter dehors le forban, mais celui-ci glissa juste à point que « le petit jeune homme pourrait bien être coffré ». La notairesse qui arrivait entendit cela : elle tomba sur le plancher, de toute sa hauteur, évanouie. Le notaire paya, en poussant des plaintes d'Harpagon. Et le lendemain il accourait à Lyon, pour y surprendre le coupable, en compagnie de sa gueuse.

Il les chercha, et les trouva ensemble naturellement, puisqu'ils ne se quittaient pas. Assis sur la même banquette d'un grand café, ils formaient un de ces couples enviés, tout occupés de leur mutuelle idolâtrie dont les corps lavés, parfumés et toujours renoués sont le grand passe-temps. Ils se souriaient comme des complices bien tranquilles, se taquinaient, se brouillaient, se boudaient, se réconciliaient, s'embrassaient avec un sans-gêne parfait, devant cent personnes, tenant le monde pour quantité négligeable puisqu'ils étaient heureux, charmés l'un de l'autre. Ils n'avaient pas l'air de s'ennuyer, disposant de l'inépuisable réserve de bêtises insignifiantes qui constituent le fond de conversation des amants jeunes, pour lesquels paroles et vie publique ne sont que des suspensions du plaisir — et le plaisir seul est grave. Raoul Girodot affichait une aisance de manières qui aurait pu donner de l'orgueil à son père. Mais 'e notaire, blessé cruellement de cinquante mille francs, portait à son fils le haineux ressentiment qu'éprouve pour son agresseur un homme poignardé. Il considéra la personne, l'enjôleuse — charmante, dut-il convenir. et choisie, eût-on dit, par le fils avec le goût du père. « Pendant que je me prive! pensa Girodot. Mais ça ne va pas durer... » Pourtant cette femme lui rappelait quelque chose. Brusquement il la reconnut, se remémora tout... Il pâlit. En lui se livrait un douloureux combat entre son juste courroux et son hypocrisie, rempart d'une respectabilité qu'il tenait pour le premier des biens, moralement s'entend.

Même pour une belle fille pas sotte, ce qui était son cas, des carrières comme celle de Dady sont toujours difficiles et sujettes à de grands hasards. Avant d'accéder à cette aristocratie des courtisanes, qu'on nomme les femmes entretenues, Dady. débutante, connut des jours noirs. On la vit traîner, la nuit, au cœur de Lyon, en petite radeuse timide et famélique, qui ne trouvait pas toujours à vendre son corps. Pourtant ce corps était beau. sans aucune imperfection. Mais la réputation d'un corps, comme celle d'"un talent, est longue à se propager. Il fut un temps où l'on couchait avec Dady pour cinquante francs. Plusieurs centaines d'hommes couchèrent avec elle pour ce prix, comme ils eussent couché avec toute autre, et nul ne songeait à s'en vanter. Plus tard quelqu'un découvrit le mérite de Dady. Alors il devint très difficile de coucher avec elle, et tout le monde voulut le faire, à quelque prix que ce fût. Elle eut l'intelligence de comprendre à ce moment qu'il ne fallait plus accorder ses faveurs qu'avec une extrême parcimonie, réserve qu'elle nommait, on ne sait bien pourquoi, « le chiqué des poules de la

haute ». Dès lors un courant de snobisme s'orienta
vers Dady. La grande industrie se la disputa, et
quelques bilans de maisons de commerce furent
déposés en son honneur. Le renom de femme dangereuse la porta définitivement au zénith des plus
hauts tarifs.

On s'étonnera qu'elle eût accepté les services de
Raoul Girodot, dont les ressources étaient mo-
diques et peu sûres. Mais, dans ce cas, il entrait
du *béguin,* et Dady s'offrait une fantaisie. Ensuite
l'idée de mariage, toujours si forte chez une
femme, en quelque situation qu'elle se trouve,
joua de nouveau un rôle dans ses projets. Connais-
sant bien l'attachement sensuel de Raoul, cette
idée ne lui paraissait pas tellement déraisonnable.
Mais il existait à cela un empêchement que Dady
ne soupçonnait pas, empêchement qui faisait pâlir
Girodot père, dans un coin de ce café où il observait, sans qu'ils le vissent encore, son fils et sa
maîtresse.

Au temps de son obscurité, Dady avait été plusieurs fois l'objet des « charités secrètes » du
notaire, voilà l'épouvantable réalité dont ce dernier venait d'avoir la révélation. On sait que ces
charités secrètes avaient pour contrepartie des services tout intimes, et le notaire manifestait sur
ce point des exigences si spéciales qu'il jugeait
absolument inadmissible que son fils en eût jamais
connaissance. On imagine le désarroi de ce père,
chez qui la menace de honteuses révélations arrêtait l'emportement d'une juste indignation. Dissimulé derrière un pilier de l'établissement, il réfléchissait aux différentes façons de soustraire son fils
à l'emprise de cette femme, dont il savait très
puissants les moyens d'action, puissants et corro-

sifs. Pour en avoir autrefois senti les effets souverains sur ses sens rassis, il se trouvait à même d'évaluer ce que pouvaient être ces effets sur les sens inflammables d'un jeune homme. A cela se mêlait comme une jalousie vague qui, jointe à la perte des cinquante mille francs, torturait affreusement le bonhomme. Enfin il sentait sa dignité glisser dans l'affaire et partir à la dérive.

Raoul et Dady se levèrent brusquement, jetèrent les yeux sur les personnes de la salle. Le premier vit son père, et la seconde reconnut dans ce chafouin un ancien client, lorsque Raoul, désignant Girodot, lui dit :

— Voilà mon vieux! Il faut que je lui parle. File!

On comprend comment le notaire de Clochemerle fut ici captif des inavouables secrets que détenait la jeune femme, comment la crainte qu'elle parlât retint Girodot d'agir, comment Dady, dès qu'elle eut conscience de cette crainte, ce qui ne tarda pas, se sentit maîtresse de la situation et poussa Raoul dans la voie des dépenses folles, des emprunts sans mesures et des rébellions arrogantes.

Pour Girodot, ce fut un atroce calvaire. En deux ans, il dut acquitter deux cent cinquante mille francs de dettes contractées par Raoul, sans préjudice des sommes que le misérable tirait de sa mère. Il arriva au notaire de croiser Dady dans une rue de Lyon et cette garce immonde qui lui dévorait le cœur, cette confidente salariée de ses vices osa sourire à son passage. La honte et le chagrin minèrent Girodot. La vie s'écoulait de lui par la porte entrouverte du coffre-fort d'où il sortait

l'argent que lui extorquait la messaline de Lyon.
Il semblait, durant les derniers mois, que son sang
charriât du vert-de-gris, tant son teint tournait à
la nuance des vieux bronzes exposés aux intempéries. Girodot mourut à cinquante-six ans, plein
d'amertume, au point que, déjà sur le seuil de
l'éternité, il prit congé de la terre en murmurant :
« La salope m'a pompé! », formule tout à fait
obscure qui fut attribuée au délire. Il tomba
ensuite dans le coma.

Une fois partagées les dépouilles du notaire, son
étude fut vendue, et la famille Girodot quitta Clochemerle. Désormais millionnaire, Denis Pommier
prit un grand appartement à Paris, reçut beaucoup de monde, écrivit beaucoup moins, et se fit
en littérature une belle réputation.

Après quelques années vécues dans le désordre
amoureux, Dady, qui avait doublé le cap de la
trentaine, pensa aux choses sérieuses et se fit
épouser par Raoul. Devenue légitime, on la vit
changer peu à peu, passer finalement au camp des
femmes respectables, où elle brille au premier
rang par l'intransigeance, critiquant sévèrement
les toilettes, les propos et les mœurs. Elle sera
bientôt dame patronnesse, et mesure l'argent à son
mari. Raoul Girodot a dû chercher au-dehors des
distractions. Il vient de prendre une maîtresse, une
autre blonde, jeune, fraîche et replète, comme était
la Dady de ses dix-neuf ans. Celle-ci, empâtée et
convertie, lui fait maintenant des scènes violentes.
Au cours de leurs disputes, elle lui dit parfois :

— Tu deviendras un vieux cochon comme ton
père!

— Comment sais-tu, demande Raoul, que mon
père était un vieux cochon?

— Il en avait bien la tête! Et tu finiras par lui ressembler.

Ce qui est vrai, Girodot jeune, en vieillissant, commence à ressembler à feu Girodot. Et d'ailleurs ce fils, qui fut indigne, devient chaque jour plus disposé à défendre son père, à lui trouver des qualités qu'il ne lui accordait pas de son vivant. C'est le signe qu'il mûrit, qu'il n'est plus très éloigné lui-même de sa propre conversion, plus éloigné de rentrer dans le tiède giron de cette bourgeoisie à laquelle il tient par toutes ses fibres. Cet attachement se manifestera lorsque, son fils ayant grandi suffisamment, il pourra lui inculquer les rigides principes d'une morale venue en droite ligne de Girodot notaire.

Quant à la veuve de ce dernier, Philippine Girodot, elle chercha refuge à Dijon, berceau des Tapaque-Dondelle, où abondent les vieilles demoiselles et les grand-mères de cette famille. En leur société, l'ancienne notairesse épilogue sur les malheurs de sa vie, les maux de son corps et les déboires qu'elle eut avec ses bonnes, ce qui constitue la principale occupation de ces personnes à demi retirées du monde. En outre, elles égaient encore leurs dernières années en prenant beaucoup de cassis, le fameux cassis de Dijon, excellent avec des gâteaux secs.

*
* *

A l'âge avancé où il parvient saintement, le curé Ponosse, dans la belle saison, passe chaque jour quelques heures sous les ombrages de son jardin, en compagnie de sa pipe, de son bréviaire, d'une tasse de café et d'un flacon de marc. Mais la pipe s'éteint parce que le vieux prêtre a le souffle court, mais le doigt de marc reste dans la tasse, et le bréviaire ne s'ouvre pas. Jouissant de la paix frileuse des vieillards, le curé Ponosse médite sur sa vie qui touche à son terme. De ce retour en arrière s'inspirent ses oraisons improvisées, mieux adaptées à son cas personnel que les formules liturgiques. Chargé d'une lourde expérience apostolique qui lui a lentement découvert le fond des âmes, il éprouve à sa manière une grande pitié pour la condition de l'homme, pas foncièrement mauvais, croit-il, car l'homme a souvent un sincère désir de justice et de bonheur calme, mais dans cette recherche il s'égare, comme les aveugles dont le bâton ne rencontre plus, pour les guider, de murailles ou d'aspérités sur leur chemin. Dans leur marche tâtonnante à la recherche du bien, c'est vrai que les hommes vont comme des aveugles, des aveugles féroces, mais c'est peut-être l'excès des chutes et des douleurs qui leur donne cette férocité.

Seul, tout bas, le curé de Clochemerle plaide auprès de son Maître la cause de ses ouailles : « Non, Seigneur, nos Clochemerlins ne sont pas méchants, et moi-même, Seigneur, je ne suis pas méchant non plus, vous le savez. Et pourtant... » Il songe aux châtiments qui attendent les pécheurs impénitents ou surpris par la mort. Et c'est pour adresser une question au ciel clément de Clochemerle, bleu comme la robe de la Vierge : « L'enfer, n'est-ce pas la terre, Dieu juste et charitable? » Il soupire et se recueille ensuite sur lui-même, passe en revue ses propres fautes : « Autrefois, hélas! j'ai forniqué — oh! modérément et sans délectation (et comment se délecter avec Honorine?) — mais c'était encore trop, et je me repens. Seigneur, dans votre indulgence infinie, vous ferez la part des choses. Vous savez que vous m'aviez donné une complexion sanguine, exigeante, et je n'ai péché qu'à la dernière extrémité. Je me repens sincèrement, Seigneur, de ces fautes de ma jeunesse, et je vous remercie de m'avoir retiré depuis longtemps la dangereuse et détestable faculté virile, qui a parfois mêlé sournoisement la concupiscence aux entretiens que j'avais avec mes paroissiennes, pour le salut de leur âme... Seigneur, vous prendrez en pitié la vieille Honorine, lorsqu'elle paraîtra devant vous, ce qui ne va pas tarder. Vous attribuerez surtout au dévouement sa conduite, qui était, plus que toute autre chose, charitable, si l'on examine que j'en ai usé envers elle avec une brièveté où la pauvre fille ne trouvait pas son compte, sans aucune de ces complaisances préparatoires qui ont cours, paraît-il, dans le monde, mais qui eussent été le dernier degré de la chute pour un ecclésiastique. Du moins la conduite d'Honorine a-t-elle empêché que la honte de mes vicissitudes nuise à l'Église, et pour cela il sera beaucoup pardonné certainement à la fidèle servante... De même, mon Dieu, je vous remercie d'avoir placé dans le pays Mme la baronne qui a pour moi tant de bontés, qui me fait prendre chaque semaine par son chauffeur pour aller dîner au château. Bien que la cuisine chez Mme la baronne soit recherchée, je ne me réjouis pas par gourmandise. Je ne mange et ne bois plus guère, mon estomac l'interdit. Mais je prends un peu d'agrément en si excellente société, et j'ai la satisfaction de me dire qu'on honore l'Église en mon humble personne... Seigneur, étendez votre paix sur votre vieux serviteur imparfait ! Réservez-moi

une mort douce. Votre heure sera la mienne. **Mais**
je vous le dis très simplement : j'aurai grand chagrin de quitter mes Clochemerlins, et ces braves
gens seront attristés de voir partir leur vieux
Ponosse, qui connaît tout le monde dans la commune. Depuis le temps, rendez-vous compte...
Ainsi, Seigneur, ne vous hâtez pas de me rappeler,
laissez-moi tant que vous voudrez dans la vallée
des misères. Je peux faire encore un bon service.
Pas plus tard que ce matin, j'ai porté l'extrême-
onction à la vieille Mémé Boffet, la Mémé Boffet
de la Croisée des Chemins, à plus de trois kilomètres du bourg, et j'ai fait le trajet à pied dans
les deux sens. C'est vous dire, Seigneur... »

Ainsi pense et murmure le vieux Ponosse, amai-
gri, blanchi, à la tête branlante, en remuant doucement ses maxillaires où manquent presque
toutes les dents. Et le regard de ses yeux usés erre
au loin, par-delà la plaine de Saône, sur le plateau des Dombes, en direction d'Ars, le pays du
bienheureux Vianney. Il adresse à ce vertueux
modèle des curés de campagne une dernière invo-
cation : « Bon Jean Baptiste, soyez-moi fraternel,
obtenez-moi la grâce de finir, sans grandes douleurs, en bon prêtre. Pas en saint comme vous, bien
sûr, ce serait trop beau. En brave homme, en honnête chrétien, tout simplement. Et venez m'attendre
à la porte, là-haut, quand je partirai d'ici. Parce que
je n'oserai jamais entrer tout seul, comme je me
connais. Et personne ne se dérangera pour venir
au-devant d'un pauvre vieux Ponosse de Clochemerle, et jamais je ne saurai, dans cette foule,
trouver le coin où sont groupés les Clochemerlins
que j'ai conduits au cimetière, munis de l'absolution. Et que ferais-je au ciel sans mes Cloche

merlins, bienheureux Vianney? Je ne connais personne au monde, en dehors de mes vignerons et de leurs bonnes femmes... »

Et là-dessus, le curé Ponosse, penchant la tête sur sa poitrine, s'enfonce dans une torpeur tiède, qui lui donne un avant-goût des béatitudes sans fin.

*
* *

Au mois d'octobre 1932, dix ans après l'époque où se place le début de notre récit, deux hommes, un soir, se promenaient lentement côte à côte sur la grande place de Clochemerle-en-Beaujolais, et ces deux hommes étaient les mêmes qui s'y promenaient dix ans plus tôt, à pareille heure : Barthélemy Piéchut et Tafardel.

Mais ces deux hommes avaient changé. Moins sans doute en raison de l'âge que de l'évolution bien différente de leurs carrières. Entre eux l'écart social, accusé par l'assurance du port, les intonations, les gestes et les détails du costume, se faisaient mieux sentir qu'autrefois. Le maire, devenu sénateur, par mille signes indéfinissables, commandait la respectabilité. Cela ne tenait particulièrement ni au vêtement, ni à une affectation de manières ou de langage, mais à l'ensemble de sa personne, à ce qu'il en émanait de fort, de tranquille et de puissant. Un halo de certitude et de santé enveloppait Piéchut. A le voir ainsi, on avait l'impression, si rare et si satisfaisante, de se trouver devant un homme dont la réussite est complète et qui, sachant que rien venant de lui ne sera discuté, peut jouir de son triomphe sans hausser le ton, sans forcer la note, dans un relâchement aimable et reposant.

A côté de sa simplicité, la dignité grandilo

quente de Tafardel paraissait au premier abord
un peu ridicule, mais on pouvait ensuite la trouver
touchante. Car les excès de cette dignité sup-
pléaient à l'insuffisance des réussites matérielles de
l'homme, dont le mérite n'éclatait pas en beaux
biens au soleil, en fonctions grassement rétribuées,
ni en alliances brillantes. A trois années de la
retraite, Tafardel demeurait le pur intellectuel,
l'isolé, le probe républicain, dont le traitement
ne dépassait pas dix-neuf mille francs, ce qui d'ailleurs, à Clochemerle, constituait un revenu largement suffisant, surtout avec les goûts de l'instituteur. Mais Tafardel tirait mal parti de son revenu,
et l'élégance notamment lui était une science fermée. Il ne concevait, pour habiller décemment un
parfait pédagogue, que le col de celluloïd, le
veston d'alpaga, le pantalon de coutil et le chapeau du genre panama. Ces accessoires, pris dans
les magasins de confection, s'ajustaient à son corps
maigre d'une façon toute relative. Le luisant de la
veste et le raccourcissement du pantalon plusieurs
fois lavé attestaient un usage prolongé. Non que
Tafardel fût avare, mais il avait été formé dans sa
jeunesse à la dure école de la misère, et plus tard
à celle des fonctionnaires mal payés. Il y avait
contracté pour toute son existence des habitudes
d'économie prudente et de mépris des apparences.
Enfin son penchant pour le beaujolais, consécutif
à l'indignation que firent naître en lui les événements de 1923, s'ajoutait au désordre de sa toi-
lette. Il est vrai que ce penchant lui conservait
une flamme de parole et une force de convictions
agressives qui le sauvaient de l'apathie mentale où
sombrent beaucoup de cerveaux, vers les approches
de la soixantaine.

Ce soir-là, Piéchut auréolé de satisfactions et d'honneurs, vint contempler, au bord de la terrasse, la belle étendue beaujolaise où son nom était maintenant prononcé respectueusement. Il mesurait le chemin parcouru depuis quelques années, avec les seules ressources de son esprit ingénieux. Tafardel, enlisé dans son petit emploi, lui servait de terme de comparaison pour mesurer le haut degré de son élévation, et pour cela il aimait toujours la société de l'instituteur, confident naïf avec lequel il n'y avait pas à se gêner. Ce dernier, fier de la confiance du sénateur, fier de se dévouer à une cause qui avait eu d'éclatantes victoires dans les succès de l'autre, lui conservait un attachement inaltérable. En cet instant, Tafardel disait :

— Je crois, monsieur Piéchut, que nos populations s'encroûtent. Il faudrait faire quelque chose pour animer ces gens-là.

— Et quoi donc, mon bon Tafardel?

— J'hésite encore. Mais j'ai l'idée de deux ou trois réformes...

Piéchut l'interrompit, avec une bienveillance amicale, mais cependant très ferme :

— Mon bon Tafardel, c'est fini les réformes. Pour nous, c'est fini! Nous avons lutté à notre heure, d'autres lutteront après nous. Il faut laisser aux hommes le temps de digérer le progrès. Dans l'ordre existant, qui est loin d'être parfait, il y a pourtant de bonnes choses. Avant de bouleverser, il faut réfléchir...

D'un geste circulaire, le sénateur désigna les coteaux environnants, auxquels le soleil faisait des adieux chaleureux.

— Voyez, dit-il gravement, l'exemple que nous donne la nature. Combien ses soirs sont calmes, après les ardeurs de la journée. Nous voilà au soir de notre vie, mon bon ami. Tenons-nous en paix, ne gâtons pas le crépuscule d'une existence bien remplie.

— Pourtant, monsieur Piéchut... voulut encore objecter Tafardel.

Piéchut ne le laissa pas achever.

— Une réforme, oui, j'en vois une...

Il saisit son confident au revers de sa veste, là où les palmes académiques mettaient une tache violette de belle largeur.

— De ce ruban, dit-il malicieusement, nous allons faire une rosette. Qu'en pensez-vous, de ma réforme?

— Oh! monsieur Piéchut!... murmura Tafardel, presque tremblant.

Puis le regard de l'instituteur se posa machinalement sur le ruban rouge qui ornait la boutonnière du sénateur. Celui-ci surprit ce regard.

— Eh! qui sait? dit Piéchut.

TABLE

ŒUVRES DE GABRIEL CHEVALLIER

IMPRIMÉ EN FRANCE PAR BRODARD ET TAUPIN
7, bd Romain-Rolland - Montrouge - Usine de La Flèche.
LE LIVRE DE POCHE - 22, avenue Pierre 1er de Serbie - Paris.
ISBN : 2 - 253 - 00563 - 0
*

Le Livre de Poche policier

Le Livre de Poche classique

Le Livre de Poche pratique

Méric (Philippe de).
** Le yoga pour chacun, 2514/5.
* L'ABC du yoga, 3404/8.
** Yoga sans postures, 3629/0.
Merrien (Jean).
** Naviguez ! sans voile, 2276/1.
*** Naviguez ! à la voile, 2277/9.
Monge (Jacqueline) et Villiers (Hélène).
** Le bateau de plaisance, 2515/2.
Nadaud (Jérôme).
**** Guide de la chasse, 2305/8.
Prévention routière.
Le Permis de conduire, 4086/2.
XXX
** En pleine forme avec 10 minutes
   de gymnastique par jour, 2500/4.
Aveline (Claude).
**** Le Code des jeux, 2645/7.
Berloquin (Pierre).
* Jeux alphabétiques, 3519/3.
* Jeux logiques, 3568/0.
* Jeux numériques, 3669/6.
* Jeux géométriques, 3537/5.
** Testez votre intelligence, 3915/3.
Diwo (François).
** 100 Nouveaux Jeux Vacances,
   3917/9.
Grandjean (Odette).
** 100 Krakmuk et autres jeux,
   3897/3.
La Ferté (R.) et Remondon (M.).
* 100 Jeux et problèmes, 2870/1.
La Ferté (Roger) et Diwo (François).
* 100 nouveaux jeux, 3347/9.
Le Dentu (José).
*** Bridge facile, 2837/0.
Seneca (Camil).
**** Les Échecs, 3873/4.
Boubat (Édouard).
** La Photographie, 3626/6.
Bovis (Marcel) et Caillaud (Louis).
** Initiation à la photographie noir
   et couleur, 3668/8.
Rignac (Jean).
** Les lignes de la main, 3580/5.

VI. DICTIONNAIRES, MÉTHODES DE LANGUES (Disques, Livres), OUVRAGES DE RÉFÉRENCES

Berman-Savio-Marcheteau.
*** Méthode 90 : Anglais, 2297/7
   (Livre).

Méthode 90 : Anglais, 3472/5.
   (Coffret de disques. Prix : 130 F).

Donvez (Jacques).
*** Méthode 90 : Espagnol, 2299/3
   (Livre).

Méthode 90 : Espagnol, 3473/3.
   (Coffret de disques. Prix : 130 F).

Jenny (Alphonse).
*** Méthode 90 : Allemand, 2298/5
   (Livre).

Méthode 90 : Allemand, 3699/3.
   (Coffret de disques. Prix : 130 F).

Fiocca (Vittorio).
*** Méthode 90 : Italien, 2684/6.

Dictionnaires Larousse

**** Larousse de Poche, 2288/6.
**** Français-Anglais,
Anglais-Français, 2221/7.
**** Français-Espagnol,
Espagnol-Français, 2219/1.
**** Français-Allemand,
Allemand-Français, 2220/9.
**** Français-Italien,
Italien-Français, 2218/7.
XXX Atlas de Poche, 2222/5.
Georgin (René).
** Guide de Langue française, 2551/7
Renty (Ivan de).
**** Lexique de l'anglais des affaires,
3667/0.

Humour, Dessins, Jeux et Mots croisés